2024
신예작가

추천위원
김호운 김성달 유성호

2024 신예작가

초판 인쇄 2023년 11월 17일
초판 발행 2023년 11월 20일

발행인 김호운
편집주간 김성달
사무국장 이월성
발행처 사단법인 한국소설가협회
등 록 제313 – 2001 – 271호(2001. 12. 13)

주 소 04175 서울 마포구 마포대로 12, 한신빌딩 302호
전 화 02) 703 – 9837, 팩 스 02) 703 – 7055
전자우편 novel2010@naver.com
한국소설가협회홈페이지 http://www.k–novel.kr
인 쇄 유진보라
총 판 한국출판협동조합 02) 716 – 5616

ISBN | 979 – 11 – 7032 – 100 – 2 *03810
정가 15,000원

사단법인 한국소설가협회는 소설가로만 구성된 국내 유일의 단체입니다.

2024

신예작가

사단법인 한국소설가협회

차 례

◆◆발간사

우리는 '문학이 존중받고 문인이 존경받는 사회'를 꿈꾼다

문인들이 모이면 가장 많이 하고 듣는 게 "사람들이 책을 안 읽는다" "문학이 위기를 맞는 시대다"하고 걱정하는 말이다. 문인들이기에 당연히 이런 일에 관심이 가고 화제에 올리는 것이겠지만, 살펴보면 이게 어디 문인들만의 문제겠는가. 사실 이런 걸 문인들만의 문제로 치부하는 사회가 더 걱정된다. 문학이 없는 사회, 그런 사회가 어떤 모습일지 걱정하고 고민하는 사회가 되길 희망한다.

문학은 사라질 수 없다. 그건 인간이 사회를 구성하고 자연과 더불어 살아가는 힘의 씨앗이 문학에서 비롯되기 때문이다. 문학이 존재하지 않는다는 건 이미 인간이 존재하는 사회가 아니라는 의미가 된다. 그러하므로 우리가 세상에 살아가는 한 문학은 존재한다. 다만 이러한 문학의 기능과 역할을 어떻게 더 많은 사람에게 전하고 그들에게 문학 작품이 가슴으로 전해지게 할 수 있을까를 우리는 고민해야 한다.

나라나 가정이나 경제에 어려움이 닥치면 제일 먼저 절약하는 게 문화비다. 이런 일이 생기면 그러하지 않아도 평소 드물게 하던 책 읽는 일부터 줄인다. 책 읽는 일은 먹고 사는 일과 무관하다고 여기는 것이다. 생활에 어려움이 닥치면 사람들은 제일 먼저 문화 예산, 그중에서 책 사는 비용부터 줄인다. 대부분 이런 위기에서 문학은 아무런 힘도 발휘할 수 없다고 여긴다. 문학으로는 당장 그 무엇을 할 수 없기에 외면하는 것이다.

문학의 위기는 여기에서부터 출발한다. 문학이 생활에 꼭 필요한 게 아

니라는 이 생각을 바꾸지 않으면 문학이 제자리를 찾는 일은 매우 힘들다. 문학은 그렇게 비타민과 같은 역할을 한다. 당장 눈앞에 그 효능이 보이지 않지만 우리는 반드시 건강을 유지하기 위해 음식을 통해 필요한 영양소를 섭취해야만 하듯 문학은 우리의 정신을 건강하게 해주고 삶의 질을 높여주는 영양소 역할을 한다.

　한국소설가협회에서 문화체육관광부로부터 지원을 받아 매년 '신예작가 포럼'을 개최하는 것은 문학이 우리 사회에서 어떤 역할을 하는지, 어떻게 하면 우리 문학이 발전하며 세계로 더 넓게 나아갈 수 있는지 당면한 과제를 담론으로 끌어내어 실천하기 위해서다. '신예작가 포럼'은 작가들의 창작 환경 개선과 독서 환경 조성, 이를 통해 한국 소설 문학 발전을 도모하는 중요한 행사다. 이와 함께 활발하게 창작 활동하는 등단 5년 이내의 신예 작가 16여 명을 선정하여 이들의 작품을 모아 신예작가 작품집을 발행한다. 등단 이후 작가로서 활동하는 데 가장 중요한 시기에 맞닥뜨리는 열악한 창작 환경을 극복할 수 있도록 도움을 주기 위해서다. 아울러 독자들에게는 신선하고 문학성이 뛰어난 우수한 작품을 만나는 기회를 제공하는 일이기도 하다. 나아가 '신예작가 포럼'과 '신예작가 작품집'을 발행하는 일은 문인들 스스로 열악한 창작환경을 개선하고 문학이 제 기능과 역할을 하여 아름다움 사회를 이루자는 데 있다.

　올해 『2024 신예작가』에는 16명의 소설가가 선정되어 훌륭한 작품을 선보인다. 선정된 신예 소설가들에게 축하와 격려의 박수를 보낸다. 이를 동력으로 하여 더 활발한 창작 활동으로 한국 소설문학을 빛내주시기를 희망한다. 아울러 문학을 존중하고 문인을 존경하는 아름다운 사회에 우리가 한 걸음 더 다가가기를 소망한다.

2023년 11월
사단법인 한국소설가협회
이사장 김호운

공현진 | 돌아가는 마음

2023년 ≪동아일보≫ 신춘문예에
단편소설 「녹」이 당선되어 작품 활동을 시작했다.

돌아가는 마음

공현진

도어락 키패드를 누르는 소리가 들렸다. 집에 들어올 사람이 없었다.

그전까지 엄마는 거실과 이어진 부엌에 서서 돼지 뼈를 끓이고, 아빠는 신문지 위로 수북이 쌓인 쪽파를 다듬고 있었다. 나는 소파에 앉아 텔레비전을 보면서 네일 파일로 손톱을 다듬는 중이었다.

"너는 상전이야?"

아빠가 한 손에 든 쪽파를 휘두르며 장난쳤다. 아니, 감독관이야, 나는 대답했다. 엄마는 아빠에게 감독관이 보고 있으니 똑바로 하라며 농담을 덧붙이다가 이내 미간을 찌푸렸다.

"목사님, 제대로 해야지 뭐 하는 거예요."

엄마는 가스 불을 줄이고는 작은 칼을 쥐고 아빠 옆에 와서 앉았다.

"아니, 내가 얼마나 예쁘게 잘하고 있는데."

"예쁘긴 뭐가 예뻐요. 여기 이런 건 다 못 먹는 거라니까? 그러게, 다 시든 걸 왜 사 와갖고. 떨이로 준다고 사 오지 좀 말라니까요."

다 좋은 거라니까요. 좋긴 뭐가 좋아요. 내가 다 먹을 거라니까요. 엄마와 아빠는 서로 이게 제대로 됐느니 안 됐느니 당신이 다듬은 게 더 못생겼느니 옥신각신하면서 쪽파의 잎과 잔뿌리를 다듬었다. 하얀 알뿌리를 드러낸 쪽파가 가지런히 쌓여갔다. 흙냄새와 알싸한 파 냄새가 풍겼다.

평화로운 토요일 오후였다. 나는 오랜만에 주말에 쉬는 거였고 오후까지 잠을 자고 일어나 소파에 앉아 있는 것이 어색했다. 어색한 감각과는 별개로 몸은 너무나 편안했다. 회사는 6개월째 크런치 모드였다. 저녁이 있는 삶이니 뭐니 다 필요 없고 그냥 잠이 부족했다. 절대적으로 수면 시간이 필요했다. 그것만 채워지면 다른 건 모두 괜찮다고 생각될 정도였다. 사실 다른 부분들에 있어서 만족스럽지 않은 것도 아니었다. 잠과 휴식을 넘긴 대가로 받는 보상이 나쁘지 않았다. 이 정도면 그래도 괜찮은 거 아닌가, 속으로 따져볼 때마다 위안을 주는 여러 부분들이 있었는데, 결국 돈이었다. 셈을 하다 보면 나쁘지 않은 게 아니라 꽤 좋았다.

그러니까 모두 집에 있었다. 현관문의 도어락 소리가 날 이유가 없었다. 내가 고개를 돌려 현관문 쪽을 보자마자 시끄럽던 엄마와 아빠도 조용해졌다. 온갖 장면들이 머릿속에서 빠르게 지나갔다. 이 와중에 엄마와 아빠가 손에 쥔 작은 칼이 눈에 들어왔다. 새빨간 바닥. 둥둥 떠다니는 초록색 파들. 빠르게 흘러가는 상상과 달리 우리의 반응은 너무 느렸다. 다들 눈만 껌뻑이며 숨죽인 채 현관문을 보았다. 정말 소리가 난 것이 맞나. 잘못 들었나. 생각하는 찰나 다시 키패드 눌리는 소리가 들렸다.

띡띡 띡 띡띡. 비밀번호가 틀렸다는 경보음이 나오자 문밖에 서 있는 누군가가 다시 키패드를 눌렀다.

"누구세요."

아빠가 말했다. 경쾌한 음과 함께 문이 열렸다.

"뭐야."

낯선 침입자는 침묵 속에서 심상치 않은 기운을 느꼈는지 신발을 벗으며 말했다. 엄마는 손에 쥐고 있던 칼을 떨어뜨렸다. 순간적으로 칼을 너무 세게 움켜쥐었던 모양이다. 그걸로 뭘 어쩌려고. 나는 생각했다. 아빠는 칼과 쪽파를 바닥에 천천히 내려놓았다.

"뭐야, 언니야말로 뭐야."

언니였다. 문을 열고 들어온 사람은. 괴한이 아니라 언니였던 것이 다행이었는데, 그러면서도 언니가 집에 왔다는 것에 놀랐다. 아빠는 좋아했다. 아빠는 크게 웃으면서 어떻게 왔냐는 말을 반복했다.

"너는 말도 없이 그렇게 오면 어떡해!"

별안간 엄마가 소리를 질렀다. 소리가 갈라지고 찢어졌다. 언니는 엄마를 빤히 쳐다보고만 있었다. 그러다 중얼거렸다.

"배고픈데."

엄마는 화를 내는 것을 멈추지 않았고 그러면서도 기다리라고 말했다. 엄마는 냉장고를 열었다. 나는 얼떨떨한 기분으로 언니를 보았다. 언니가 돌아왔다.

언니는 집을 나간 지 5년 만에 집에 온 거였다.

[서른에 누가 가출을 하냐. 사춘기도 아니고. 언니, 진짜 집에 안 올 거야?]

[안 가. 사춘기야.]

[언니, 이번 주에 엄마 생일 있는데 주말에 같이 밥 먹자.]

[그냥 나 빼고 먹어.]

나는 언니가 집을 나갔던 초반에는 틈만 나면 밤마다 언니에게 문자를 했다. 언니와 나는 방을 같이 썼기 때문에 밤이면 언니가 없는 것이 더욱 실감 났다. 언니는 밤새 잠을 자지 않고 불을 켜놓았다. 언니가 집을 나가자 불을 마음대로 끄고 잘 수 있었다. 불을 끄니 어색했다. 불을 켜고 자는 것이 습관이 되어 버린 것이다. 수능을 보기 전날이 생각났고, 나는 웃겨서 문자를 보냈다.

[언니. 불을 끄니 잠이 안 오는군.]

[미안해.]

언니에게서 바로 답장이 왔다. 뭐야. 나는 중얼거렸다. 내가 자건 말건 신경도 안 쓰고 불을 켜놓던 언니가 내 취침 시간에 맞춰 불을 껐던 건 딱 한 번, 내가 수능을 치르기 전날이었다. 불을 끄고 언니는 구석에서 핸드폰을 했다. 나는 말했다.

언니.

왜? 방해 돼?

아니, 그냥 불 켜줘.

왜?

오히려 잠이 안 와. 습관이 됐어.

나는 그 상황이 웃겨서 말한 것이었는데 언니는 당황스러워했다. 언니는 진짜냐고 되물었다. 자기밖에 모르는 언니가 당황해하니 기분이 이상했다. 수능 전날에 나는 불을 켠 채로 푹 잤다. 이날 이후로 언니가 내게 불을 끌까, 물어본 적은 한 번도 없었다. 역시 자기밖에 모르는 인간이었다.

어쨌든 언니가 집을 나간 초반에는 시답잖은 내용이 생각날 때마다 문자를 했는데 그건 언니가 집에 오기를 바라서였지만 내게 그럴 수 있는 시간이 있기 때문이기도 했다. 한 2년쯤 지나서 나는 이직을 했고, 모든 인간관계에 위기가 올 만큼 바빠졌고, 언니가 돌아오리란 생각도 체념하게 됐다.

금세 상을 차렸다. 엄마는 마침 어제 정육점에서 냉동 삼겹살을 사다놓았다며 냉동실에서 고기를 꺼냈다. 우리는 일사불란하게 움직였다. 다듬고 있던 쪽파는 한쪽 구석으로 밀어놓고 거실 한가운데 큰 상을 펼쳤다. 내가 반찬과 수저를 상에 놓는 동안 아빠는 다듬어 놓은 쪽파를 한 줌 집어 싱크대로 가져가 씻었다. 구석에 수북이 쌓여 있는 쪽파 무더기를 보면서 언니가 말했다.

"아빠가 또 사 왔구만."

엄마는 옳다구나 하며 불평을 늘어놓았다. 저 습관을 어떻게 고칠 거냐며 투덜댔다. 그러면서 냉동실에서 생선을 꺼냈다.

"고기도 먹는데 무슨 생선까지 구워. 엄마, 너무 과해."

"이거 갈치야."

엄마는 과하다는 내 말을 듣지도 않고 프라이팬에 갈치를 올리면서 계속 말했고, 엄마의 말은 네 아빠가 그렇게 시들고 헌것만 좋아하니까 목회도 못 하는 거라는 이상한 결론으로 흘러갔다. 이건 또 무슨 미신인가, 싶었지만 생각만으로 그쳤다. 엄마의 말을 거스르지 말라. 우리 가족의 평화가 유지되는 첫 계명이었다. 나는 불판 위에 깡깡 언 삼겹살을 하나씩 떼어서 올렸다. 집 안은 순식간에 고기 냄새로 가득 찼다. 엄마는 사골 국물까지 뜨겁게 끓여서 큰 대접에 한 그릇씩 떠왔다.

상에 둘러앉아 밥을 먹는 내내 나는 가출한 언니가 돌아왔다고 놀렸다. 아빠도 성경에서 탕자가 돌아와 마을 잔치가 열린 이야기를 하며 거들었다. 언니는 어이없다며 웃었다. 엄마는 굳은 표정으로 밥만 먹었다.

가출이라며 언니를 놀렸지만 사실 가출이라고 하기엔 나이로나 상황으로나 어울리지 않았다. 다른 사람들이 보기엔 가출도 독립도 아닌 것으로 보일 수 있었다. 언니가 집을 나갔다고 해서 언니의 얼굴을 보지 못한 것은 아니었기 때문이다. 몇 년 동안 소식이 단절되었다거나 연이 끊겼다거나 한 것은 전혀 아니었다. 우리는 일주일에 한 번은 얼굴을 보았다. 단 한 번도 거르지 않고, 빠짐없이. 그러니 남들이 보기엔 그게 뭐 가출이냐, 싶을 것이다.

언니는 일요일마다 교회에 왔다.

교회에서 우리 가족은 일요일마다 서로의 얼굴을 보았다. 우리집은 교회에서 걸어서 5분도 안 되는, 전속력으로 달리면 2분 안에는 닿을 만한 거리에 있었다. 그런데도 언니는 한 번도 집으로 들어오지 않았다. 엄마, 아빠와 대화를 나누는 일도 거의 없었다. 예배가 끝날 때쯤, 아빠가 양손을 높이 들고 축도를 하면 언니는 일어나서 교회 밖으로 나가버렸다.

우리 교회는 성도 수가 열 명이 채 안 되는 작은 교회였다. 사실 이 말에는 과장이 들어가 있다. 누군가 교회 성도는 얼마나 되느냐고 물어볼 때마다 나는 열 명이 채 안 된다고 대답했다. 언젠가 언니가 그렇게 말하는 것을 보고 따라서 말하기 시작했다. 창피함과 부끄러움을 감추기 위해 모호하게 말하는 법을 나는 언니로부터 배웠다. 성도가 몇 명인지 너무나 정확하게 알면서도 말이다. 우리 식구 넷과 둘째 이모, 동네 할머니까지 여섯 명이 다였다. 우리 가족이 사실상 성도의 전부라는 것을 말하고 싶지 않았다.

우리 교회는 작았고 여섯이 전부였다. 그러니까 언니는 어떤 때는 사람들에 가려 보이지 않았다가 어떤 때는 보인다거나 하는 것이 아니었다. 언니는 바로 옆에 있었다. 찬송가를 부를 때 언니의 목소리가 들렸고, 아빠가 설교를 할 때 언니가 아멘, 하는 소리가 들렸다. 언니가 기도하는 낮은 목소리가 교회 안을 조용히 맴돌았다.

언니도 집요했고 엄마도 집요했다. 축도가 끝나고 눈을 뜬 후에 엄마는 언니가 사라지고 없는 빈자리를 노려보았다. 그러면서 바로 전화를 걸어 성질을 냈다. 엄마는 언니에게 전화를 걸어 인사도 하지 않고 가버렸다고 화를 냈는데, 언니는 대답 없이 한참 듣기만 했다. 엄마는 아무 대답도 없는 전화기에 대고 혼자서 화를 내며 떠들다가 "그렇게 네 멋대로 살 거면 뭐하러 나타나니! 앞으로 오지도 마!"하고 끊었다. 언니는 다음 주 일요일이면 또 교회에 왔다. 엄마는 또 전화를 걸었다. 여러 해 반복되었다. 집요하고 고집스러운 두 사람이었다.

그러니 내겐 언니가 집에 들어와 밥을 같이 먹고 있는 상황이 놀라웠다. 자기 멋대로인 이 인간이, 고집이 더럽게도 세서 한번 결심한 것은 도통 바꾸는 법이 없는 이 인간이.

"이것 봐, 고기에 이렇게 같이 먹으니 맛있지? 내가 얼마나 잘 사왔어."

아빠는 구운 파를 삼겹살에 둘러서 엄마의 입에 넣어주려 했다.

"맛있긴 맛있네. 아이, 됐어요. 내가 먹을게요. 목사님이나 알아서 먹어요."

아빠는 고기 기름에 볶은 파를 모두의 접시에 덜어주었고 기쁨을 감추지 않았다. 엄마의 표정은 굳어 있었다. 나는 회사에서 갑자기 연락이 올까 봐 한편으론 불안하면서도 이 휴식이 다시 안 올 방학처럼 느껴졌다. 어쩌면

내 초조함의 원인에는 불시에 연락이 올 회사만이 아니라 언니가 포함됐을
수도 있었다. 밥을 먹는 내내 나는 시야에서 언니를 놓치지 않았다. 눈을 깜
빡하고 감았다가 뜨면 순식간에 언니가 사라질까 봐 초조했다. 나는 언니를
흘끗흘끗 보면서 언니가 웃는지 인상을 쓰는지 살폈다.

식사가 끝날 때쯤에 언니가 입을 열었다.

"결혼하려고요."

단호한 말투로 언니는 덧붙였다.

"이번 겨울에."

통보나 마찬가지였다.

긴장감이 흘렀다.

아무도 움직이지 않았다. 고기가 타들어 갔다. 기름이 튀었다. 매캐한 연
기가 집 안을 확 덮쳤다. 언니가 가스버너를 껐다. 오래된 가스버너라 꺼질
때 가스가 터지는 듯한 소리가 퍽, 하고 났다. 엄마와 아빠는 젓가락을 내려
놓고 언니의 얼굴을 쳐다보기만 했다. 나는 침을 삼켰다. 연기 때문에 눈이
따가웠다.

[윤 주임님, 긴급 요청이요.]

이 와중에 문자가 왔다. 회사에 나와 달라는 기획관리팀 황 대리의 요청
이었다. 이런 건 진짜 미리 체크 좀 해달라니까. 갑작스럽게 전체 거래량이
나 출금 같은 것이 늘어서 긴급 출근해야 하는 경우는 어쩔 수 없었다. 황
대리가 어찌할 수 있는 일이 아니니까. 하지만 지금 같은 일로 가야 할 때는
허탈했다.

오타. 그는 꼭 공지사항을 올리며 오타를 냈다. 황 대리에게 수차례 말해
왔지만 달라지는 게 없었다. 똑같은 대화가 되풀이됐다. 말을 할 때마다 기
시감이 들었다.

공지 올리기 전에 꼭 체크 좀 해주세요. 오타 없나. 특히 시간이요. 시간
체크해주세요.

네……, 죄송해요.

그리고 이 툴에서 여기에 글만 올리시면 돼요. 이 버튼만 누르시면 되고요.

네……, 알겠습니다.

그래놓고는 주말이면 꼭 이렇게 긴급 요청을 했다. 윤 주임님, 출근 가능하신가요. 주임님, 죄송합니다. 제가 뭘 잘못 건드린 거 같은데……, 윤 주임님, 부탁드립니다.

"미치겠네."

언니와 엄마, 아빠가 나를 처다보았다.

"아니 아니, 회사요. 잠깐 갔다 와야 할 거 같아."

한바탕 난리가 날 것 같은데 자리를 비워야 한다니 마음이 편치 않았다. 나는 한숨을 쉬며 곧 가겠다고 답장했다. 언니는 어쩌자고 운도 띄우지 않고 저렇게 불쑥 이야길 꺼낸 걸까. 엄마와 아빠는 무슨 말을 들은 것인지 아직 제대로 파악하지 못한 듯한 얼굴이었다. 언니는 자기가 한 말이 별로 중요한 얘기가 아니라는 듯이 빈 접시들을 포개어 겹치기 시작했다. 정작 긴장한 것은 나였다.

"만나는 사람이 있던 거야?"

그런데 화를 낼 거라는 예상과 달리 엄마는 화를 내지 않았다. 오히려 내 예상을 완전히 빗나가는 반응이었다. 이제껏 좋아도 좋지 않은 척 애쓰는 것처럼 보였던 엄마의 얼굴이 환하게 밝아졌다. 엄마는 잇몸을 다 드러내며 웃고 있었다. 아빠도 마찬가지였다.

"잘했다, 잘했어."

"같이 오지 그랬어."

아빠는 거듭 잘했다고 했고 엄마는 연락도 없이 왔다며 화를 낼 땐 언제고 언니에게 왜 혼자 왔느냐고 물었다. 엄마와 아빠는 언니에게 상대는 어떤 사람인지, 언제부터 만났는지 등을 물었는데 그렇게 궁금해하며 묻는 것 같지도 않았다. 언니가 무슨 대답을 하든 상관없다는 듯 이미 고개를 끄덕이고 있었다.

언니는 원래 예전부터 알고 있던 사람인데 만난 것은 3년 정도 되었고, 영어 학원에서 고등학생들을 가르친다, 등등 상대에 대해 말했다. 고개를 끄덕이던 엄마가 물었다.

"믿는 사람이지?"

그것만 확인하면 된다는 말투였다. 언니는 멈칫했다.

"네."

"그래, 그게 제일 중요한 거야."

아빠와 엄마는 따뜻한 미소를 띤 채 언니를 보았다. 된 건가? 나는 안심했다. 내가 없어도 문제가 없겠군. 빨리 다녀오면 되겠다는 생각으로 출근 준비를 했다. 어차피 30분 안에 해결하고 올 수 있는 일이었다.

다행이라고 해야 할까. 이번에 그가 한 실수는 그동안 그가 쌓아온 화려한 전적들에 비하면 가뿐한 축에 속했다. 하지만 그래서 더욱 이해가 되지 않았다. 황 대리는 로비에 나와 있었다. 그의 움츠린 어깨와 구부정한 등이 눈에 들어왔다. 언제부터 서 있던 건지 모르겠지만 알고 싶지도 않았다. 그는 기어들어 가는 목소리로 내게 인사했고 자신의 실수를 다시 한번 읊었다. 수습은 어차피 내가 해야 했기 때문에 그에게 그만 들어가 보라고 하고도 싶었지만 그냥 말하지 않았다.

고 팀장님은 이미 회사에 나와 있었다. 아니면 아예 집에 들어가지 않고 계속 회사였던 것일 수도 있다.

"윤 주임, 이거 오픈 가능하겠어?"

황 대리는 다음 주에 오픈하는 코인의 상장 시간을 잘못 입력한 채 공지 사항을 올렸다. 오후 세 시 상장인데 13시 상장으로 적은 것이다. 큰일이 아닌 것은 아니었지만 지난번 그가 2주 뒤에 오픈하는 상장 코인을 한 주나 당겨 표시한 것에 비하면 약과였다. 준비가 되어 있긴 했다. 하지만 이런 일을 반복해서 가능하게 처리하면 앞으로 좋지 않다는 것을 알고 있었다.

"가능해야지 어떡해요, 그럼. 공지 다 나갔는데."

나는 괜히 팀장님에게 짜증을 부렸다. 팀장님은 역시 윤 주임님이라며 내게 굽신거리는 듯한 장난을 쳤고 소고기를 사주겠다 했다. 나는 집에 빨리 들어가야 한다고 답했다. 팀장님은 며칠째 밤을 샌 것인지 가늠이 안 될 정도로 퀭한 상태였다. 팀장님은 얼마 전 태어난 아이 사진을 늘 핸드폰으로 들여다보았다.

"팀장님도 집에 좀 가요. 잠 좀 자요, 가서. 아빠가 뭐 이래."

나를 졸졸 쫓아왔던 황 대리는 우리 뒤에 우두커니 서 있었다. 그는 처분을 기다리듯 눈치를 보고 있었다. 나는 가상화폐 거래소에서 개발자로 근무하며 주로 출금 관련한 업무를 담당했다. 하지만 요즘의 주 업무는 황 대리의 실수 수습이 되어 버린 것 같았다. 황 대리는 기획관리팀 직원이었다. 황 대리가 하는 일에는 접속자수와 신규 유입, 거래량 등을 살피고 모니터링하는 일도 포함됐다. 하지만 나를 비롯한 우리 팀의 개발자들은 그가 그 모든 주 업무보다도 제발 공지사항을 제대로 올려주길 간절히 바랐다.

사실 우리 회사에서는 은근히 개발자들을 높게 대우하지 않는 분위기가 있었고 그래서 우리 팀은 서러움 속에서 각별한 동료 의식이 생겨났다. 연봉이 낮은 편은 아니었고 또 어딜 가도 이런 팀 동료들을 만날 수 없다는 것을 이전 직장에서의 경험으로 알고 있었다. 회사를 그만둘 수 없는 여러 이유가 있었지만 그럼에도 우리는 '더러워서 못 해먹겠다'며 우리끼리 술을 마시러 돌아다녔다. 고 팀장님의 연봉이 다른 부서 팀장의 연봉보다 훨씬 낮다는 것을 알게 된 날도 우리는 분노하며 회식을 요청했다. 니네가 왜 난리야. 고 팀장님은 회식 핑계에 자신을 이용하지 말라며 웃었다. 코인 관련 이슈나 문제가 생기면 고 팀장님이 책임을 져야 하는 것도 억울했다. 그게 시장의 문제지, 왜 고 팀장님이 책임을 지냐고! 우린 술잔을 테이블에 내리치면서 소리쳤다.

다른 팀 사람들은 개발자가 자기들이 요구하는 대로 순식간에 뭔가를 뚝딱 만들어내는 게 당연한 줄 알았다. 기술적으로 안 된다고 하면 꼭 이렇게 물었다. 아니, 왜 안 돼요? 무슨 아이디어든 그걸 실현시키기 위해선 우리 개발자들이 필요했으면서도 자신들의 아이디어가 더 가치 있고 우월한 것이라고 믿는 듯했다. 믿는 게 확실했다. 개발자가 아니라면 회사 자체가 돌아갈 수 없는데도 그들은 이 회사의 수익이 자신들의 머리에서 나온다고 믿었다. 그리고 회사의 브레인 취급을 받는 부서가 기획관리팀이었다. 황 대리가 있는.

황 대리가 속한 기획관리팀은 엘리트들이 모여 있었다. 그러나 그는 개발자들에게 지은 죄가 많았기에 다른 팀 사원들이 개발자들을 무시하는 것처럼 행동하지 못했다.

"제가 처리하고 갈 테니까 팀장님, 어서 집에 좀 가세요. 옆에서 너무 귀찮고 무서워요."

팀장님에게 퇴근 좀 하라고 떠밀면서 나는 뒤에 서 있던 황 대리를 보았다.

"대리님도 가보세요."

"저……."

"왜요?"

"있겠습니다."

"아니, 제가 이제 하면 되고요. 가보셔도 돼요. 어차피 서버 문제라 제가 해야 해요."

"아……, 그래도 있겠습니다. 가실 때 가겠습니다……."

그가 있는다고 해서 일이 빨리 처리되는 것도 아니고, 도움이 되는 것도 아닌데. 그는 문제를 일으킨 자신이 나보다 먼저 퇴근하는 것이 옳지 않다고 생각하는 모양이었다. 그런 태도가 선량하게 느껴지는 것은 그런 일이 한두 번이었을 때이다. 그 이상을 넘어 반복되니 나는 그의 모든 행동이 제스처처럼 느껴졌다. 미안한 척. 주눅 든 척. 만회하려는 척. 나는 그의 이런 점이 더욱 싫었다.

나는 그가 올린 공지사항을 다시 읽어보았다. 한글 공지사항은 잘못 올

렀는데 이어서 하단에 영어로 작성한 공지는 제대로 적었다. 그의 부주의함이 이해되지 않았다. 나는 영어로 작성한 시간을 오후 한 시로 앞당겨서 수정했다. 시간을 앞당기는 쪽이 나았다. 전체 사용자들에게 메일을 발송하고, 오류에 대한 공지문을 띄웠다. 코인 오픈과 관련한 코드를 수정했다. 오래 걸리지는 않았다.

황 대리와 같이 회사 건물 밖으로 나오니 비가 오고 있었다. 비가 온다는 예보는 보지 못했는데, 황 대리가 가방에서 우산을 꺼내 내게 내밀었다.

"저 택시 불렀어요. 바로 가면 돼요. 괜찮아요."

나는 손을 내저었다. 사무실에서 어플로 택시를 부른 후에 내려온 것이었기 때문에 택시는 금방 도착했다. 나는 황 대리에게 인사를 하고 택시에 탔다. 황 대리는 자신의 우산을 택시의 반쯤 열린 창문 안으로 밀어 넣었다.

"주임님."

"네?"

"저도 틀리고 싶지 않아요. 죄송해요."

안 틀리면 되잖아. 나는 아무 말도 하지 않았다. 택시가 출발했다.

돌아오니 분위기가 심상치 않았다. 깨끗이 정리되어 있을 거라고 생각했는데 전혀 그렇지 않았다. 거실에는 상이 여전히 펼쳐져 있었고 음식을 먹고 난 흔적들이 곳곳에 묻고 튀어 있었다. 고기 기름은 굳고 김칫국물로 얼룩진 그릇이 붉게 말라갔다. 내가 나갈 때 언니가 포개놓았던 접시 몇 개가 그대로 포개져 있었다. 그 상태 그대로였다.

"얘기를 해. 얘기를 하자고."

엄마는 닫힌 내 방문을 쾅쾅 두드렸다. 방은 열리지 않았다. 아빠는 자리를 피한 것인지 집에 없었다. 무슨 일이냐고 물으니 엄마는 문에 대고 소리쳤다.

"쟤는 원래부터 저랬어. 뭐든 지가 잘났고 지멋대로야."

"엄마, 왜 그래. 다 들리잖아."

엄마는 들으라고 하는 소리라면서 더 크게 소리쳤다.

"내가, 부모가 이 정도도 말 못 하니?"

엄마를 진정시키고 싶었다. 나는 엄마를 안방 쪽으로 잡아당기며 끌고 들어가려 했다. 엄마는 내 손에 이끌려 몇 걸음 옮기다가 멈춰 섰다. 엄마는 안방 문지방을 밟고 섰다.

"엄마. 아빠는?"

"너희 아빠도 원래 그랬어. 원래 중요할 땐 늘 없어. 이럴 때 꼭 도망가지."

나는 흥분하지 말고 안방에 앉아서 좀 쉬고 있으라며 엄마를 달랬다.

"무슨 일인지는 몰라도 내가 언니와 얘기를 해 볼게. 엄마, 제발 여기에 있어."

엄마는 내 말에 대답하지 않고 방바닥만 노려보았다. 나는 안방 문을 닫고 거실로 나왔다.

"언니, 나 들어갈래."

내 방문을 똑똑 두드렸다. 언니가 안에서 말했다.

"잠깐만."

"너, 당장 안 나와? 나랑 아예 말도 하기 싫다는 거야?"

안방 문이 다시 열렸다. 엄마는 안방 밖으로 나오지는 않고 문을 연 채안에서 소리쳤다. 엄마가 소리치는 동안 나는 말없이 문 앞에 서서 기다렸다. 곧 방문이 열렸다. 언니가 있던 방문이 열리자마자 엄마는 언니 쪽으로 왔는데 그보다 빠르게 언니는 현관으로 달려갔다.

"내일 예배 시간에 올게요."

그리고 언니는 가버렸다.

"결혼식을 안 하겠다고 하더라. 너희 아버지랑 내가 그건 안 된다고 했어. 걔는 예전부터 그랬어. 자기 멋대로야. 부모는 안중에도 없는 거야."

엄마의 말이었다. 그게 이렇게까지 화가 날 일인가. 나는 엄마를 바라보았다. 빨갛게 충혈된 눈을 보았다. 깊은 분노와 깊은 슬픔이 소용돌이쳤다.

아니다. 문제는 그게 아니라는 걸 알 수 있었다.

언니는 엄마의 자랑이었다. 하긴, 엄마뿐이었나. 엄마만이 아니라 아빠도 자랑스러워했고, 동네에서도 언니는 자랑이었다. 언니가 대학에 갔을 때 고등학교 정문뿐만 아니라 동네 곳곳에서 언니 이름이 박힌 플래카드가 나부꼈다. 그런 언니를 나는 별꼴이라고 싫어하면서도 사실은 누구보다 자랑스러워했다.

어릴 때부터 유달리 똑똑하고 착한 아이였다, 세 살 때부터 주기도문을 외웠다, 한글을 가르치지도 않았는데 혼자서 읽더라, 유치원도 가기 전에 동네 아이들을 모아놓고 글을 가르치더라. 누가 묻지도 않았는데 자랑을 늘어놓는 걸 엄마와 아빠는 좋아했다. 아빠는 실패한 목사였다. 이건 언니의 말이었다. 교회가 비즈니스라는 걸 이해하지 못했다고, 언젠가 언니는 말했다. 어떻게 그렇게 말할 수 있을까. 나는 그런 말을 하는 언니가 못됐다고 생각했다. 아빠 주변의 친구 목사들이 아빠를 은근히 무시하는 것을 언니와 나는 일찍부터 알았다. 알고 싶지 않아도 알게 됐다. 어른들은 조심성이 없었다. 엄마와 아빠가 거들먹거릴 수 있는 유일한 수단이 언니였다. 그런데 언니는 대학을 자퇴했다. 졸업을 겨우 한 학기 남겨두고서. 말도 없이.

부모님은 충격을 받았다. 마음대로 그런 걸 결정했다고 언니에게 화를 냈다. 엄마는 특히 동네 대형마트에서 언니가 일하는 걸 못 견뎌 했다.

"그런 일 하려고 그 좋은 대학을 때려치운 거야? 그 좋은 대학 들어가서."

"그런 일이 뭔데? 엄마, 어디 가서 그런 말 하지 마."

"넌 꼭 그런 식으로 말하더라. 너만 잘났지. 너만 똑똑하지."

언니가 30대가 되어도, 20대 초반에 했던 언니의 행동을 엄마는 비난했다. 대학을 때려쳐서 모든 게 망가졌다는 엄마의 불만은 사라지지 않았다. 오히려 시간이 갈수록 더했다. 언니가 서른이 넘도록 변변찮은 직업을 갖지 못하는 이유를 모두 대학 자퇴에서 찾았다. 우리집과 엄마의 희망이었던 언니는 아르바이트를 많이 했지만 언니의 수입으로 우리 집의 빚을 갚는 건 역부족이었다. 한번에 목돈이 필요했다. 나도 꽤 오래 취업이 되지 않았고,

어렵게 들어간 첫 직장에서의 연봉은 형편없이 낮았다. 언니와 내가 아무리 일해도 빚은 사라지지 않았다.

결국 우리집을 카드빚의 굴레에서 벗어날 수 있게 한 것은 나였다. 우리 집의 오랜 희망이었던 언니가 아니라. 첫 직장에서의 내 월급은 너무나 작았지만 이직을 두 번 하면서 나는 고연봉자에 속하게 됐다. 회사에서 크런치 모드를 시작하면서 성과급이 자주 나왔고 큰 목돈이 들어왔다. 빚을 갚은 후 우리 집에서 나의 위치는 완전히 달라졌다. 어릴 때부터 언니가 대학을 자퇴하기 전까지 우리 집에서 잔소리를 듣고 혼이 나는 건 모두 내 몫이었다. 언니의 대학 자퇴 후, 엄마의 잔소리는 언니가 8할 내가 2할 정도를 차지했다. 이제 엄마가 내게 잔소리를 하는 일은 거의 없었다.

나는 언니가 집을 나가서 실은 다행이라고 생각했다. 몇 해가 지나도 엄마는 언니의 행동을 이해하지 못했고, 언니가 이해시켜주지 않는 동안, 엄마는 더욱 언니를 이해하지 못했다. 왜 그랬는지 말하라고 다그쳤다. 언니는 언니대로 악에 받쳐서 엄마에게 소리쳤다. 밤마다 물건들이 쏟아지고 구겨지고 찢어졌다. 언니와 엄마가 찢어지고 부서질 것 같은 밤들이었다.

"이해할 수 없는 행동을 했다면 그럴 만한 이유가 있을 거라고 생각해야 하는 거 아냐? 엄마면?"

"그러니까 그게 무슨 일인지 말해야 알 거 아냐! 내가 엄만데 왜 말을 못 하는 거야!"

언니는 말하지 않았다. 언니는 끝까지 말하지 않으려고 했고 엄마는 끝까지 말하라고 다그쳤다.

예감한 대로 결국 이번 일도 원인은 같은 것으로 지목되었다. 언니가 아무리 나이를 먹어도, 시간이 흘러도, 대학 같은 건 상관이 없을 것 같은 나이가 되어도 소용없었다. 모든 문제들은 다 같은 문제로 돌아왔다. 아무리 날이 흘러도 엄마와 언니는 같은 시간에, 같은 자리에 머물렀다.

"너는 날 무시하잖아. 날 무시하니까, 무슨 일이 있었는지 말하지 않잖

아. 내가 엄만데."

결혼식과 관련하여 언니와 다투다가 엄마는 급기야 이렇게 내뱉고 말았다. 엄마의 말이었다. 엄마는 울었다. 몹쓸 말을 했어. 엄마는 울었다. 너무 힘들어.

거실이 엉망이다. 바닥. 초록색 쪽파들. 흩어진 쪽파들. 솟구치는 바닥. 치우는 건 내 몫이다. 한쪽 구석에서 서늘한 빛이 튄다. 쪽파들 사이에서 빛나는 칼. 다들 나를 좋아해. 너희만 빼고. 네 언니는 네 아빠만 따르고 나를 무시했잖아. 너도 알잖아. 네 언니 낳을 때 네 아빠는 심방 가서 있지도 않았어. 네 친할머니는 점심 먹고 온다더니 안 왔어. 아무도 없이 나 혼자 낳았어. 엄마는 울었다. 계속. 내가 그냥 죽어버리고 싶어. 안방에 주저앉아 우는 엄마는 나를 등지고 있었다. 나는 안방 문지방을 밟고 섰다. 펼쳐져 있는 성경. 색연필로 알록달록하고 지저분하게 밑줄이 그어져 있다.

얼마나 힘들까. 다 내려놓아야 해. 그래야 걔도 살아. 하나님께 의지해야 해. 엄마는 울었다. 울면서 말했다.

"엄마."

나는 엄마의 등을 보고 말했다.

"엄마, 이 집의 가장은 이제 나 아냐?"

엄마가 돌아봤다. 나는 나의 얼굴이 보이지 않는다. 엄마는 울음을 멈췄다.

어느 주일, 아빠는 설교했다.

"사람들은 하나님이 보이지 않으니 없다고 말합니다. 보이지 않으니 존재하지 않는다고, 눈에 안 보이니까 없다고 해요. 보이지도 않는데 어떻게 믿습니까, 물어요."

아빠는 성경 구절을 가리켰다. 우리는 다같이 성경을 소리 내어 읽었다. 요한복음 20장 24절부터 29절까지. 도마가 다른 제자들에게 말했다. "그의 손의 못 자국을 보며 내 손가락을 그 못 자국에 넣으며 내 손을 그 옆구리에 넣어 보지 않고는 믿지 아니하겠노라." 예수님이 도마에게 말했다. "너는 나를 본 고로 믿느냐 보지 못하고 믿는 자들은 복되도다."

아빠는 계속 말했다. 보지 않고 믿는 것에 대해서. 믿을 수 있는 증거들을 보고 믿는 것이 아니라, 알기 때문에 믿는 것이 아니라, 믿는 것. 먼저 믿는 것. 믿음이 우선시되는 것. 그런 믿음에 대해서 말했다.

내가 본 것에 대해서라면, 몇 개의 이야기를 할 수 있다. 옥상. 옷을 불태우던 언니의 뒷모습. 육교. 질주하는 차들을 노려보던 언니의 뒷모습. 몰래 언니를 뒤쫓아가던 밤들.

너 무슨 일 있었어. 이상한 일 있었어? 무슨 일 있었어. 무슨 일이냐고. 무슨 이상한 일 있었어? 비명소리. 언니가 달린다. 엄마가 쫓아간다. 두 사람 다 신발도 신지 않고. 달린다. 밤. 너무 하얀 밤. 모든 것이 환하게 보인다. 언니가 차도로 달려간다. 달리는 차들을 보지도 않고 달린다. 언니는 맞은 편으로 간다. 달리는 차들을 사이에 두고 엄마와 언니가 선다. 죽으려고 그래? 죽으려고?

방에는 언니의 짐들이 그대로 있었다. 나는 책장에 꽂혀 있는 일기장을 빼냈다. 표지가 반듯하다. 어릴 때 나는 언니의 일기를 자주 훔쳐봤다. 내용이 궁금해서는 아니었다. 급하게 숙제를 해야 해서였다. 나는 언니의 일기를 그대로 베껴 내곤 했다. 언니는 그것 좀 따라했다고 나를 두들겨 팼다. 언니는 아직도 일기를 쓰는 사람이었고, 나는 언니의 일기를 몰래 볼 수도 있었다.

그런데 모르는 채로, 모르면서, 진심으로 이해할 수 있을까. 내가 아닌 사람을. 아무것도 모르는 채로 믿는 것. 그것이 진짜 믿음일까.

언니는 언니의 일을 내게 한 번도 말해주지 않았지만 어느 날 이불 안에 돌아누워 있는 언니의 형체를 보면서 나는 말했다. 나는 내가 왜 그런 말을 하는지도 스스로 모르면서 울먹이며 언니에게 말했다. 언니. 그래도 언니가 살았으면 좋겠어. 언니는 그럴 거라고 대답했다.

다음 날 언니는 교회에 왔다. 우리는 같이 예배를 드렸고 기도를 했다. 언니는 다시 예배가 끝나자마자 밖으로 달려나갔고 우리들이 눈을 뜨면 사라져 있었다. 일주일에 한 번 언니를 볼 수 있었다. 그걸로 충분했다. 그 이상으로 기쁜 일을 상상하지 않기로 했다. 충분히 괜찮으니까. 내겐 여전히 주말이 없었다. 황 대리는 아직도 같은 실수를 반복했다. 그는 참 한결같은 사람이었다. 한결같이 올리기로 한 공지사항을 잘못 올렸다. 이미 올라가 있는 공지사항의 순서를 뒤죽박죽 섞어놓기도 했고, 끝난 이벤트를 메인에 걸어놓기도 했다.

"뭐야, 뭘 건드린 거야."

홈페이지에 들어가 보니 이미 오래전에 종료된 이벤트들이 팝업창으로 팝콘처럼 튀어 올랐다. 그가 올린 공지사항에 오타는 없나, 살펴보았다. 있었다. 또 시스템 점검 일자의 시간을 잘못 적었다. 분명 두 시간 점검이라고 몇 번이나 전달했는데. 그는 두 시간을 한 시간으로 단축해 적어놓았다. 어쩔 수 없었다. 시스템 점검은 예정대로 두 시간이 소요될 것이었고, 이제 와서 공지를 바꿔 적기도 어려웠다. 방법은 하나였다. 개발자들은 계속해서 시스템 점검 지연 사과 메시지를 홈페이지에 노출해야 했다.

현재 시스템 점검 작업이 지연되고 있습니다. 속히 서비스를 정상화하도록 하겠습니다. 불편을 드려 대단히 죄송합니다.

책임은 고 팀장님이 질 것이다. 황 대리는 또다시 자신의 실수를 수습하는 우리 옆에 머물러 있을 것이다. 그만 가보라고 해도 가지 않고. 아무 도움이 되지 않는데도 자리를 떠나지는 않고. 갑자기 이런 생각이 들었다. 기도를 할까. 그가 잘 되게 해달라고……. 그를 아주 아주 축복해달라고. 그래서 지금보다 더 좋은 조건의 회사로 이직할 수 있게 해달라고……. 하지만…… 그런 기도는 나쁜 거겠지. 어느 날 예배 시간에 그런 기도를 할 뻔했다. 하지 않아서 다행이었다.

나의 소망을 언니에게 말한 그날 이후, 나의 기도는 늘 같았다. 나의 기도는 멀리 갈 필요가 없었다. 이 자리에서 천천히 맴돌아도 좋았다. 엄마와 아빠의 기도 소리가, 언니의 기도 소리가 섞이는 이 자리에서. 아주 잠깐은 먼 곳을 생각했지만 잠깐이었다.

한번은 예배 도중에, 아빠가 앞에서 기도하고 있을 때 눈을 미리 떴다. 모은 손들이 보였다. 움직이지 않고 같은 자리에 꼭 붙어 있는 손들을 보니 앞으로 무슨 일이 일어나더라도 괜찮을 것 같았다. 눈을 감았다. 다시 눈을 떴다.

함윤이 | 구유로舊遊路

1992년생.
2022년 ≪서울신문≫ 신춘문예에 소설 「되돌아오는 곰」이 당선되었다.
다원예술 프로젝트 『서울집』을 기획하고 집필했다.
2023년 제14회 젊은작가상을 수상했다.

구유로舊遊路

함윤이

1. 적산가옥

눈 감으면 떠올릴 수 있다. 언제든지, 원하는 만큼 선명하게. 지하철역 2번 출구로 나오면 대로 옆 골목길이 보인다. 길 안쪽을 가리키는 표지판에 흰 글씨로 길 이름이 적혀 있다. 구유로. 의역하면 오래된 친구의 길이란 뜻.

표지판 아래를 지난다. 한 번도 문 연 적 없는 문방구와 낡은 모텔의 사잇길로 들어선다. 시멘트로 덮인 경사 양쪽으로 낮은 지붕의 집들이 이어진다. 그 길에 있는 모든 것이 내 몸처럼 익숙하다. 장소마다 깃든 기억도 있다. 본격적인 오르막이 시작되는 길 초입에 있는 24시간 마트에서는 플라스틱 의자를 훔쳐왔지. 동네에 온 지 반년째 되는 날이었다. 나와 여자들 모두가 술에 취해 비틀거리며 걷다가 마트 옆 골목에 차곡차곡 쌓아 둔 파란 의자들을 발견했다. 사라 아니면 내 제안으로 그것들을 하나씩 끌어안고 달렸다.

그 길을 올랐던 마지막 날 역시도 생생히 기억한다. 한여름의 한복판이었다. 태양과 나 사이에 아무것도 없는 듯 노골적인 열기가 살을 뒤덮었다. 오존층 같은 것은 이미 파괴되지 않았나, 이제 모든 게 곧 녹아내리지 않을까, 생각하며 한 발 한 발 비탈길을 올랐다. 그쯤부터 나타나는 집에 사는 이들은 대개 노인이었다. 그들 중 에어컨을 가진 이는 거의 없었으므로, 모두 초여름부터 창을 활짝 열어 두었다. 그중 한 창가에 놓인 라디오에서 지직거리는 목소리가 흘러나왔다. 이제 개기일식까지 몇 달 남지 않았죠. 무려 백십팔 년 만의 개기일식이라고 하는데요. 기후위기 전문가들에 따르면 이게 인류가 맞는 마지막 일식이 될지도 모른다고…… 그러나 긍정적으로 생각해야겠죠. 인류는 언제나 예상치 못했던 걸음을 보여주지 않았습니까?

평소에도 가파른 길이 무더위 속에서는 암벽처럼 느껴졌다. 오르막 중턱에는 이 길에서 가장 잘 사는 양옥집의 대문이 있었다. 한때 이 대문 앞에 매일 작고 흰 개가 앉아서 졸았지. 개가 죽은 후 집주인은 흰 종이를 검은 대문에 붙여 두었다. 거기 적힌 문구도 외웠다. 모두 이 개를 한 번씩은 매만져 주셨죠. 개 대신에 감사를 전하고 싶었습니다.

개가 살던 집을 지나서 시멘트 층계 두세 단을 오르면 집이 나온다. 숨을 몇 차례 고른 뒤 모퉁이를 돌았다. 여자들이 마당에 있었다. 훔쳐온 플라스틱 의자에 앉아 녹아내리는 중이었다.

대문을 열면서 말했다. 나 왔어.

문을 도로 닫는 내내 등을 훑는 눈길들이 느껴졌다. 한 번 더 심호흡하고 돌아서니 바로 앞에 위리가 서 있었다. 긴 머리카락이 땀에 축축하게 젖어 뺨과 이마에 철썩 달라붙은 모습이었다.

어떻게 됐어?

나는 옆구리에 끼고 온 봉투를 보여주었다. 봉투 가장자리에는 내 땀과 대표의 붉은 인감이 함께 찍혀 있었다. 위리의 눈길은 한동안 붉은색 주위를 맴돌다가 내게 닿았다. 소원성취했네. 위리가 말했다. 꺼져, 이제. 돌아선 그가 집 안으로 들어가자, 대문 앞에 앉아 있던 공희가 벌떡 일어났다. 위리가 들어선 현관까지 달려갔다가 흘끗 나를 돌아보았다. 그 애의 얼굴도 땀투성이로, 우는지 웃는지조차 알 수 없으리만치 젖어 있었다. 언니 축하해. 공희는 얼굴만큼이나 축축한 목소리로 말하고 문 뒤로 사라졌다.

이제 마당에 남은 사람은 하나뿐이었다. 사라는 마당 끝에 앉아 있었다. 우리 집과 바로 맞닿은 옆집 벽에 기댄 채였다. 상아색 벽에 그려진 까맣고 진한 동그라미는 우리가 두 해간 담배를 비벼 끈 자국. 사라는 그 원을 한참 쳐다보다가 내게로 시선을 돌렸다. 튼살 자국이 가득한 다리에는 노랗거나 푸른 멍이 점점이 찍혀 있었다. 위리나 공희, 내 다리와 마찬가지였다.

사라가 다가오는 동안 나는 눈을 내리깔거나 입술을 깨물지 않으려 애썼다. 대표와 독대하는 것보다 사라를 마주하는 게 몇 배는 더 어렵고 무서웠다. 사라는 내 손등을 툭 치고 말했다. 왜 이렇게 늦었어. 우리 계속 너 기다렸잖아. 나는 한참 후에야 물었다. 왜? 사라는 정확히 그 질문을 기대한 사람처럼 웃었다. 입매가 긴 사람들만이 지을 수 있는 크고 근사한 미소였다. 그냥…… 네가 아무 말 없이 도망갈까 봐.

현관을 열면 곧바로 복도가 이어진다. 그 끝에 나무 계단이 있다. 층계를 오르면 나타나는 이층 문은 일층과 마찬가지로 유리창이 달린 미닫이다. 부엌과 거실, 방을 가르는 유리창들은 우리가 여기 산 지 일 년도 되지 않아 절반 넘게 박살이 났다. 어쩌다 보니 그렇게 되었다.

일층에는 위리와 공희가, 이층에는 나와 사라가 살았다. 첫날부터 그렇게 정했다. 나이가 엇비슷한 사람들끼리 사는 게 더 편하지 않겠냐는 판단에서였다. 그날 방에 짐을 풀던 우리 얼굴이 얼마나 새빨갛게 얼어붙어 있었는지 기억한다. 12월의 구유로는 억장이 무너지게 추웠다. 이삿짐센터 쪽에서 눈 쌓인 오르막길을 올라올 수 없겠노라고 을러메서, 다들 평지에서부터 상자를 들고 비틀거리며 집 안으로 들어왔다. 희고 둥그스름한 입김을 계속 만들며 짐을 풀었다.

억장이 무너진다는 건 내가 아닌 엄마의 표현이었다. 엄마는 이 집을 보고 몇 번이나 말했다. 억장이 무너진다. 억장이 무너져. 너 이런 집을 뭐라 부르는지 아니. 적산가옥이야. 일본인들이 조선에 눌어붙었을 때 지었다가 전쟁이 끝나고 도망가면서 남겨 둔 집이다. 네가 뭐가 부족해서 이런 집에 살아, 곧 쓰러질 것 같은 집에.

적산가옥이란 이름은 우리 안에 꽤 깊숙이 남았다. 우리는 일층 안쪽 거실에서 술을 마시다가 한때 이곳에 살았을 적들을 생각했다. 미닫이문이나 나무 계단을 가리키며 말했다. 그러니까 아키코가 저기를 오르내렸을 거야. 안쪽 방에는 사쿠라코. 그 맞은편에는 하루코. 지금 이 자리에는 쇼코가 앉아서 사과를 깎고. 아니, 그런데 왜 다 코로 끝나? 그리고 왜 여자밖에 없어? 왜냐, 남자가 살았으면 이 집의 음기가 설명이 안 돼. 여긴 분명 여자들 집이다.

어쨌거나 지금 이 집의 주인은 한국인 남자였고, 우리 대표였다. 그는 자신의 호의 덕에 우리 모두가 서울 어디서도 구할 수 없는 가격으로 이 집에 살 수 있는 것이라 했다. 그 대신 견뎌야 하는 건 다음과 같았다. 매해 얼어붙는 보일러와 틈만 나면 터지는 수도, 비 오는 날이면 삐걱거리는 나무 복도, 뒷마당에서 풍기는 똥 냄새. 우리는 차차 그 모든 것에 익숙해졌다. 가끔은 그것을 상쇄하리만치 아름다운 순간이 나타나기도 했다. 이층 통유리창 너머로 환하게 몰아치던 눈보라나 한여름이면 안쪽 방에서 풍기던 나무 냄새, 볕 좋은 날에 현관문의 창유리를 넘어와 복도에 네모지게 고이던 햇빛 같은 것. 악취와 눈부신 것이 한자리에 고여 있었다.

나는 여전히 그 모든 것을 기억하고 있다. 어찌나 선명하고 또 자주 떠오르는지, 당황스러울 정도다.

구유로를 떠나던 날, 나는 일층 복도에 몇 분간 서 있었다. 사각형으로 고인 햇빛 위에 멈춰 서서 쏟아지는 볕에 얼굴을 적셨다. 눈을 감자 오렌지 빛이 섞인 어둠이 어른거렸다. 일층 미닫이문 안쪽에서는 울음소리가 들려왔다. 공희의 것이었다. 이 집에서 소리를 내어 울 사람은 그밖에 없었다.

아, 이제 어떡해. 공희는 말했다. 우린 너무 늙었어. 벌써 스물일곱 살이야. 이어 위리의 목소리가 울렸다. 늙긴 뭐가 늙어. 일 년만 버티면 돼. 그럼 다 끝이야.

나는 눈을 뜨고 몸을 돌렸다. 몰래 이층으로 갈 생각이었다. 그러나 방향을 틀자마자 바닥이 큰 소리로 울렸고, 안쪽의 울음소리는 뚝 그쳤다. 미닫이문이 열리더니 위리가 얼굴을 내밀었다. 눈과 뺨 모두 새빨갰다. 나는 그가 캐묻기 전에 얼른 말했다. 이삿짐 트럭을 기다리는 중이며 짐은 위층에 모두 싸놓았다고. 오늘 저녁 중에 최대한 조용히 떠나겠노라는 말도 덧붙였다. 위리는 한 번 웃고서 말했다.

좋겠네, 해약금에다가 이사비까지 내줄 가족도 있고.

그가 느릿느릿 내 앞으로 다가왔다. 땀 냄새가 훅 풍겼다. 내 말 잘 들어. 위리가 내 턱 끝에 손가락을 들이밀며 말했다.

우리 얘기 아무데도 하지 마. 아니, 기억하지도 마. 우리를 무슨 어릴 때 추억처럼, 한때 그런 일이 있던 것처럼, 그렇게 생각하면 정말로 죽여 버릴 거야. 평생 용서도 안 할 거야.

나는 한참 후에나 입을 열었다. 언니한테 너가 뭐야……. 위리가 또 웃었다. 조금 겁이 났다. 위리가 저렇게 빨간 얼굴로 웃을 때면 꼭 무슨 일이 벌어졌다. 대표에게 처음 싸움을 건 사람도 위리였다. 이 집에 온 지 반년쯤 지났을 때였나, 그는 맥줏집 아르바이트에서 돌아온 차림 그대로 대표의 사무실로 향했다가 자정이 넘어서야 돌아왔다. 그날 위리는 주방문의 창유리 서너 개를 깨트렸다.

할 수 없어. 나는 입속으로 중얼거렸다. 때리면 맞아버려야지. 한편으로는 기대하고 있기도 했다. 위리가 내 뺨을 힘차게 날려 준다면, 혹은 머리카락이라도 쥐어뜯어 준다면, 모든 게 한층 개운해질 것만 같았다. 더욱 단순하게 세상을 볼 수 있을지도 몰랐다.

하지만 위리는 무엇도 하지 않았다. 나를 지나쳐 밖으로 나갔을 뿐이다. 또다시 현관문이 쾅 닫히는 소리와 함께 집 전체가 덜컹거렸다. 떨림이 서서히 가라앉을 무렵, 안쪽에서 작은 목소리가 들려왔다.

언니.

공희였다. 미닫이문 사이로 고개를 내민 채 멋쩍게 웃고 있었다. 나 커피

내릴 건데 마실래? 내가 대답하기도 전에 공희는 부엌으로 향했고, 곧 커피 메이커와 사과 두 알을 가지고 나왔다. 지난달 사과 축제에서 기념품으로 받아온 것이었다. 우리는 부엌과 주방 사이 탁자에 마주 앉았다. 공희가 내린 커피는 지나치게 연했다. 사과는 칼질할 때마다 점점 작아지더니 급기야는 초등학생이 깎은 지우개 조각처럼 변했다. 공희는 울퉁불퉁한 사과들을 내놓고서 또 머쓱하게 웃었다.

언니가 매번 깎아 주는 데 익숙해졌나 봐. 사과 깎는 법을 잊어버렸네.

나는 사과를 베어 물고 커피를 마셨다. 둘 다 미지근했다. 삼키자마자 목 아래 어딘가에 걸린 듯 가슴께가 답답해졌다. 그러니까 나는 이제 이런 것들로부터 도망치는 것이었다. 이토록 미지근하고 애매하여 사람을 비참하게 만드는 온도로부터.

그때 공희가 말했다. 미안해, 언니.

나는 고개를 들었다. 평소에도 큰 공희의 눈동자가 바깥의 빛을 모두 빨아들인 양 이글거렸다. 대체 뭐가 미안하단 거야, 물으려 했지만 목이 꽉 막혀서 어떤 소리도 나오지 않았다. 공희는 계속해서 말했다.

우리는 언니가 힘든지도 몰랐어. 만날 불평하는 건 나랑 위리였으니까. 몰라줘서 미안해.

괜찮아.

안 괜찮아. 말을 안 한다고 해서 괜찮은 건 아닌데. 언니, 우리가 너무 어려서…….

아냐, 알겠어. 공희야. 정말이야. 이제 그만해.

공희가 말을 멈췄다. 나는 커피를 한 모금 더 마셨다. 지독하게 맛이 없었다. 공희는 내 눈치를 살피더니 커피를 더 따랐다. 나는 몸을 일으키며 말했다. 나 짐 좀 쌀게. 공희는 내 등에 대고 소리쳤다. 언니, 우리 다음 달에 공연 있는 거 알지? 그때 놀러 와. 그날 개기일식이랑 겹친대. 잘하면 같이 구경할 수 있을지도 몰라. 알겠지, 꼭 와야 해.

나는 가능한 한 빠르게 계단을 올라 미닫이문을 열어젖혔다. 방을 두 개로 갈라놓은 푸른 커튼이 펄럭였다. 사라가 그 앞에 앉아 있었다.

이층을 커튼으로 분리하자고 제안한 사람은 사라였다. 그가 창문이 있는 바깥쪽에, 내가 문이 있는 안쪽에 살기로 했다. 사라는 동대문에서 직접 커튼 천을 떼왔다. 벽 안쪽에 걸어 둔 작은 풍경 역시 사라의 것이었다. 풍경에 매달린 금속 물고기는 커튼을 열 때마다 차랑차랑 울렸다. 그 소리는 첫일 년까지는 아름답게 들리다가, 일 년 반이 지나고서부터 거슬리기 시작했고, 이 년째에는 지긋지긋해졌다. 사라에게 말하지는 않았다. 그 애가 매주 쇠 물고기를 닦는 모습을 봐왔으니까.

짐 다시 안 풀어도 돼서 다행이네.

사라가 턱짓으로 한구석에 쌓인 상자를 가리키며 말했다. 그 옆에 커다란 비닐봉지가 놓여 있었다. 버릴 물건을 봉지에 넣었더니, 가진 것 중 3분의 2가 그 안으로 들어갔다.

모서리에 쌓아 둔 공책들을 버릴 때는 잠시 머뭇거렸다. 너덜너덜한 앞표지를 펼치자 그간 적어 둔 일정들이 벌레 떼처럼 몰려나왔다. 글자들은 모두 축제의 이름이었다. 쌀 축제, 사과 축제, 동동주 축제…… 음식 이름을 매단 축제에서부터 철쭉제나 솔개제 등 동식물 이름을 따온 축제, 춘향제나 논개제처럼 여자들의 이름을 가져온 축제도 더러 있었다. 그 이름들 속에 지난 두 해가 모조리 스며 있었다. 구유로에 산 뒤로 한국에 얼마나 많은 축제가 있는가 몸소 알게 되었지. 전국 팔도 각종 지역에서는 계절을 불문하고 매주 축제를 벌였고 우리는 그런 얼렁뚱땅 행사들이 세워 둔 가설무대에 오르내렸다. 환갑잔치나 동네 운동회에 불려간 기록도 겹겹으로 쌓여 있었다. 반면 대표가 우리에게 약속했던 데뷔 날짜라거나, 반년 안에는 무조건 성사시키겠다던 앨범 계약일은 공책 어디에도 적혀 있지 않았다.

오전에 만난 대표는 계약서 맨 아래에 해지 도장을 찍어 주며 말했다. 이왕 그만둔 거 하고 싶은 거 하면서 살아. 여기는 말끔히 정리하고, 알겠지? 내 손을 잡고 흔드는 대표의 손은 붉고 딱딱했다. 평생 부러지거나 휘어질 일이 없을 듯한 손이었다.

　나는 공책을 비닐봉지에 넣었다. 열린 상자는 꾹 눌러서 닫고 테이프를 붙였다. 등 뒤에서 사라가 물었다. 앞으로 뭐 할 거야? 나는 대답했다. 나도 몰라. 사라는 또 물었다. 이제 노래는 안 해? 춤도 안 출 거야? 이번에는 고개를 끄덕였다. 춤도 노래도 다시는 쳐다보지 않겠다. 무대에 서는 일도 없을 거다. 그것만큼은 확신할 수 있었다.

　사라가 다리를 풀고 일어섰다. 나는 그를 보지 않으려 노력하며 손가방에 계약서를 넣었다. 사라는 내게로 몸을 굽히더니 무릎 위에 손을 얹었다. 바다를 건너온 조각처럼 길고 가느다란 손이었다. 바로 곁에 다가온 얼굴 역시 희고 매끈했다. 그런데도 어째선지 사라가 늙었다는 생각이 들었다. 정말인가, 사라도 늙었나? 나이조차 피해 갈 수 있는 사람이라 생각했는데.

　누구도 말하지 않았으나 모두가 사라를 리더로 여겼다. 그가 어느 순간에도 당황하지 않기 때문이었다. 무대에서 엉덩방아를 찧거나 취객들이 우리 손목을 붙잡고 끌어내려도, 사라는 여러 번 이 삶을 살아온 양 의연한 얼굴로 대처했다. 내가 이 모든 걸 그만두겠다고, 도저히 견딜 수 없다고 말한 날도 마찬가지였다. 사라는 잠시 눈만 내리깔았다. 그러고서는 말했다. 어쩔 수 없지. 네 인생이니까.

　사라가 내 무릎을 누르며 속삭였다. 줄 게 있어. 그가 등 뒤로 손을 뻗어 파랗고 납작한 책을 꺼냈다. 책이 선물이야? 나는 짜증을 내는 척 물었다. 사라는 한 차례 웃어젖히고는 내 다리에 책을 올려 두었다. 그 얘기야. 독일 남자 이야기. 내가 물었다. 무슨 이야기라고? 사라가 대답했다. 전에 말했잖아. 독일에서 프랑스까지 걸은 남자 이야기. 알고 보니 이 책에 적힌 얘기더라고. 나는 잠시 망설이다가 배낭 속에 책을 넣었다. 사라는 나를 물끄러미 보다가 다시 말했다.

　사실 하나 더 줄 게 있는데…… 이건 선물이라기엔 좀 뭐해.

　이번에 사라는 내 답을 기다리지 않았다. 그는 뒤돌아서서 커튼을 쳤다. 쇠 물고기가 높은 소리로 울었다. 통창을 넘어온 햇볕이 천을 지나오며 푸르게 일렁였다. 나는 사라를 올려다보았다. 수족관에 들어선 듯 푸른빛에 잠겨 일렁이는 얼굴. 눈썹은 한가운데로 모여 있고 입술은 앙다문 채였다. 사라도 긴장하는구나, 나는 생각했다.

뭐 어떻게 하려고 이러는 건 아니니까, 오해는 하지 말고.

사라는 그렇게 말하고서 옷을 벗었다. 나는 꼼짝하지 않은 채, 그가 티셔츠와 바지를 차례차례 벗고 무척이나 느리게 속옷을 내리는 모습을 보았다. 이윽고 내 앞에 서 있는 파랗고 긴 알몸을 보았다. 짧은 순간이었다. 그러나 눈앞의 몸을 있는 그대로 받아들이기에는 충분한 시간이기도 했다. 사라는 한 차례 긴 숨을 내쉬더니 다시 옷을 입었다.

나는 한참 뒤에 입을 열었다.

그러니까.

응.

태어났을 때부터 그런 거야?

엄마 배 속에서부터 이랬지.

나는 우물쭈물하다가 또다시 물었다. 아프지는 않아? 사라는 큰 소리로 웃고서는 말했다. 전혀. 사실 한쪽은 기능도 안 해. 그냥 달려 있는 거야. 신생아일 때 제거하려 했는데 잘 안 됐나 봐. 다른 한쪽만 잘 작동해. 생리도 하고……. 그가 말하는 내내, 나는 지난 두 해 동안 사라가 어떤 식으로 제 몸을 감춰 왔는지를 떠올렸다. 무대든 집이든 사라는 천 혹은 벽으로 막힌 곳에서만 옷을 갈아입었다. 화상을 입었거나 수술 자국이라도 남았나 보다, 생각하기도 했었다.

대표도 알아. 사라가 말했다. 대표가? 나는 소리쳤다. 사라가 고개를 끄덕였다. 원래는 계약금으로 수술할 생각이었어. 그 정도 금액이면 충분히 수술할 수 있고, 정상으로 돌아갈 수 있다고 해서. 그런데…… 왠지 싫더라고. 그렇게 하는 게. 사라가 다시 내 옆에 앉았다.

너무 끔찍했어. 정상으로 돌아간다는 말이.

이유는 묻지 않았다. 지금의 내가 그래서는 안 될 것 같았다. 대신에 다른 질문을 했다. 사실 질문이라기보다는 웅얼거림에 더 가까운 말이었지만.

근데 왜 지금 나한테…… 갑자기.

사라는 다시 크게 웃었다. 내가 익히 아는 바로 그 미소였다. 딱히 이유는 없는데. 사라가 말했다. 그냥 날 기억해 주면 좋을 것 같았어. 지금 모습 그대로 말이야. 곧 그는 나를 세차게 끌어안았고, 금방 놓아 주었다.

그 집을 떠나던 날을 기억하듯이 — 그 집을 떠나고자 마음먹은 날 역시 기억한다. 나는 마당에 서 있었다. 바지랑대 사이에 매어 둔 빨랫줄에 이불을 거는 중이었다. 꽃무늬 천 한가운데 피가 둥글게 묻어 있었다. 월경 이틀째였다. 배 속은 금이 가는 땅처럼 아팠다. 삼십 분 후에는 카페 아르바이트를 가야 했다. 연습실 비용을 내기 위해 시작한 일이었다.

사라는 맞은편에 서 있었다. 이불 반대쪽을 잡고 팽팽히 당겨서 빨랫줄에 거는 중이었다. 손을 바삐 놀리면서도 입으로는 재잘재잘 떠들었다. 최근 인터넷에서 이상한 이야기를 봤노라고 했다. 사라는 평소에도 인터넷이나 오래된 책에서 묘한 이야기들을 읽고서 내게 말해 주곤 했다.

그것은 한 독일 남자의 이야기였다. 어느 날 그는 프랑스에 사는 친구가 병에 걸려 목숨이 위중하다는 얘기를 들었다. 그는 친구를 만나러 프랑스에 가기로 했다. 단 걸어서, 반드시 걸어서 가야 했다. 그래야만 친구가 살 수 있으리라 믿었다. 그는 정말로 독일에서 프랑스로 걸어가 친구를 만났다. 친구는 건강해졌고, 모두의 기대보다 더 오래 살았다. 놀랍게도 세상에는 이런 일이 더러 있는 모양이라고, 사라는 핏자국을 탕탕 두드리며 말했다.

그 순간 배 속이 무너졌다.

나는 주저앉았다. 사라가 달려왔다. 왜 그래, 어디 아파? 나는 생리통, 하고 중얼거렸다. 곧 눈물이 샘솟았다. 아냐 생리통이 아냐. 나는 중얼거렸다. 사라야, 나 이제 정말 아무것도 놀랍지가 않아. 누구를 위해서 도저히 걸을 수가 없어. 못 하겠어. 난 그만둘래. 우리는 실패했어, 사라. 실패했다니까. 계속했다간 남들만 베끼며 살겠지. 우린 절대 우리 노래는 못 가질 거야.

사라는 아무 말도 하지 않고, 한 손으로 내 등을 쓰다듬었다. 그것만으로 무언가 나아질 거라 믿는 사람 같았다. 나는 계속 울었다. 배가 아픈 것도 몸에서 올라오는 피 냄새도 싫었다. 통증과 냄새는 모두 내가 살아 있음을, 매일 춤추고 노래하거나 술에 취하고 넘어지는 내 몸이 꾸준히 들끓고 있다는 사실을 깨닫게 했다. 그 사실은 또 다른 사실을 의미했다. 내 안에서 이 시절이 이미 끝났다는 것.

더는 내 어린 날들이 어떠했고, 거기에 무슨 마음을 품었는지 말할 기운이 없다. 그 일에는 너무 많은 시간과 고통이 든다. 내가 할 수 있는 건 그때 머물던 장소, 얼굴, 주고받은 말을 떠올리는 일뿐이다. 그들을 기억에 남은 그대로 ─ 동시에 분명히 왜곡된 방식으로 ─ 주워 담아 선반 위에 두는 수밖에 없다. 이걸 보세요, 이런 걸 겪었어요. 이걸 겪어낸 마음은 말할 수 없습니다. 그렇게 하고 싶지 않아서 보이는 것들을 여기 올려 둔 거예요.

그날 이삿짐 트럭은 약속 시각에 정확히 맞춰 왔다. 사라와 위리, 공희는 말없이 내 상자들을 날랐다. 우리는 인사도 주고받지 않았다. 상자를 옮길 때 손끝이 잠깐 스쳤을 뿐이다. 나는 올라탄 트럭이 출발한 후에야 뒤를 돌아보았다. 여자들은 여전히 대문 앞에 서 있었다. 그들과 너머의 집이 차차 멀어졌다. 곧 차창 너머로 구유로의 장소들이 하나둘 스쳐 지나갔다. 우리가 가던 식당 카페 술집 대로 골목 역 정류장, 그러니까 우리가 겪은 모든 것이.

나는 창에 이마를 댔다. 이마에 닿은 유리는 여름답지 않게 차가웠다. 이제는 모든 게 나빠질 테며 더는 어떤 온기도 누리지 못하리라는 확신이, 몸 깊은 곳으로부터 올라왔다.

2. 개기일식

개기일식에 대한 말들은 눈덩이처럼 불어났다. 텔레비전이나 라디오 또는 인터넷 창을 켜면 일식에 대한 말들만 쏟아졌다. 사람들은 어디에 가야 개기일식을 제대로 볼 수 있는지, 또 어떡해야 그 경험을 만끽할 수 있는지 알고 싶어 어쩔 줄 몰라 했다. 교외의 논밭이나 강변이 자주 추천됐다. 서울을 벗어날 수 없다면 대교나 건물 위에 올라가라는 말도 나왔다. 인터넷에 떠도는 '수도권 일식 감상 핫스폿' 목록에는 여자들이 공연한다는 축제 구역도 들어 있었다.

집 안에서의 시간은 천천히 흘렀다. 가족들은 매일 일하러 나갔다. 나는 텅 빈 거실에 누워서 사라가 준 책을 읽었다. 가족의 집은 깨끗하고 밝아서 어디에 누워 있건 흰 볕을 쬘 수 있었다.

책 속 이야기는 사라가 말해 준 그대로였다. 주인공은 뮌헨에 사는 남자. 평소엔 영화를 만든다. 그의 친구들은 영화를 만들거나 영화를 비평하는 이들이다. 파리에 사는 여자도 그중 하나였다. 남자는 여자가 죽을병에 걸렸다는 소식을 듣고서 말한다. 아니, 그녀는 죽지 않을 것이다. 나는 그걸 허락할 수 없다. 그녀는 죽어선 안 된다. 그는 뮌헨에서 파리까지 걸어가기로 마음먹는다. 그렇게 하면 친구가 살 수 있다고 생각한다. 남자는 햇빛과 비 무엇보다도 얼음과 바람으로 가득한 길들을 지나간다. 누구도 근거를 알지 못하는 믿음에 굳은 확신을 품고서 걷는다.[1]

가족들이 돌아오면 방으로 갔다. 누구도 나를 불러내지 않았다. 두 해간의 공백은 우리를 서로 낯선 사람으로 만들었다. 어느 밤에는 아버지가 내 공연 영상을 보다가 우는 걸 보았다. 창피해서 우는 것 같았다. 내 치마가 너무 짧고, 스타킹이 지나치게 반짝여서. 그것은 사실 우리가 가장 좋아하던 의상이었다.

개기일식 전날에는 동생이 갑작스레 방문을 두드렸다. 내가 컴퓨터로 여

---

1 『얼음 속을 걷다』, 베르너 헤어조크 지음, 안상원 옮김, 밤의책, 2021.

자들의 공연 정보를 찾아보고 있을 때였다. 동생은 문틈 사이로 말했다. 우리 내일 대교 가서 일식 볼 건데, 누나도 같이 갈래? 엄마 아빠가 전해달래. 동생은 말하는 내내 다른 곳을 보았다. 나도 그의 어깨 너머를 보며 말했다. 아 고마워. 그렇지만 선약이 있어. 동생은 더 묻지 않고 문을 닫았다. 곧 거실 쪽에서 약속이라니, 누구래? 묻는 소리가 몇 차례 들리다가 잠잠해졌다.

나는 다시 모니터를 보았다. 축제 웹사이트에 여자들의 사진이 올라와 있었다. 한 줄로 서서 옆 사람의 어깨에 손을 올린 모습이었다. 내가 있던 자리는 하얗게 지워져 있었다. 사진을 새로 찍고 보정하느니 대충 수정하는 게 낫겠다 싶었겠지. 나는 사라의 어깨에는 남은 내 손을 발견하고서 웃음을 터뜨렸다. 중간에서 잘린 손가락은 유령의 것처럼 보였다. 분홍색 꽃무늬를 그린 손톱이 요란하여 더 우스웠다.

웃음은 공연 시간을 확인한 순간 뚝 멈췄다. 여자들이 무대에 나오는 시간은 오후 세 시로 적혀 있었다. 여기저기서 떠드는 말에 의하면 일식은 세 시 반쯤 시작하여 오 분 정도 진행된다고 했다. 보통 공연 시간은 이십 분 정도니, 여자들의 무대가 끝나자마자 일식이 시작될 가능성이 컸다. 그러나 대부분 공연, 특히 축제에서의 공연 시간은 지연되기 마련이었다. 만약 저 날 여자들의 공연이 늦춰지거나 밀리면 어떡하지. 일식 속에서도 그들의 공연이 계속될 수 있을까.

나는 뒤를 돌아보았다. 구유로에서 가져온 짐이 쌓여 있었다. 그만큼 많이 버렸는데도 짐 사이사이로 과거의 흔적이 보였다. 짐 더미 맨 위에 놓인 배낭 같은 게 그랬다. 공연마다 메고 다닌 배낭이었다. 하얗게 닳은 어깨끈에는 보풀이 가득했다. 그야말로 무수한 햇빛과 비, 얼음과 바람을 통과한 흔적이었다.

어쩌면 동생한테 한 거짓말이 사실이 될지도 모르겠다.

문득 그런 생각이 들었다.

알람은 오전 다섯 시에 울렸다. 나는 물에 빠진 사람처럼 헉 소리치며 일어났다. 머리맡의 창문을 열자 달조차 사라지지 않은 어둠이 자욱하게 펼쳐졌다.

발뒤꿈치를 세우고 집 안을 돌아다녔다. 세수하고 옷을 입은 뒤, 냉장고에서 샌드위치를 챙겨 배낭에 넣었다. 모든 걸 조용하게 진행해야 했다. 가족들은 아직 잠들어 있었다.

문을 열자 초가을의 서늘한 공기가 입술을 적셨다. 강으로 가는 거리에는 술 취한 사람들 몇몇이 굴러다녔다. 벽에 기대앉은 사람, 드러누운 사람, 비척거리는 사람들. 취객 한 명은 나에게 삿대질을 하며 소리쳤다. 야, 이 개 같은 년아. 그를 지나쳐 굴다리를 통과하자 강이 나왔다. 강 위로 밝은 장미색 태양이 올라오고 있었다. 나는 눈을 가늘게 뜬 채 그것이 내뿜는 빛을 보았다.

그러니까, 오늘 저 빛이 잠깐 사라지는 것이다. 모두가 지켜보는 가운데에서.

나는 핸드폰을 켰다. 지도 화면 속의 파란 선이 가야 할 길을 그렸다. 지금부터 모두 여덟 개의 대교 아래를 지나가야 했다. 총 38.1킬로미터. 도보로 8시간 11분. 나는 침을 삼켰다. 위리가 외치던 말들이 귓가를 맴돌았다. 다시 만나면 나를 죽인다고 했나? 기억하기만 해도 용서하지 않겠다고 했던가? 반대편 귀에서는 내가 보고 싶을 거라던 공희의 목소리가 윙윙거렸다. 빠르게 교차하는 생각 한가운데에서는 ─ 물론이라 해야 할지 역시라고 해야 할지, 사라의 몸이 어른거렸다. 단 몇 초간 세상에 드러났던 파랗고 기이한 몸이.

걷는 내내 한강은 하얗게 밝아졌다. 길 양쪽에서 사람들이 오가기 시작했다. 다들 발갛게 달아오른 얼굴이었다. 그들은 뜀박질하거나 자전거 페달을 밟으며 내 옆을 지나갔다. 대교 아래를 통과할 때마다 길가에 심긴 나무들은 무성해졌다. 대부분 버드나무였고, 녹색이나 금색 갈대도 있었다. 물풀 너머로 보이는 자유로에서 차들이 윙윙대며 달려갔다.

여자들과도 종종 자유로를 오갔다. 경기도 쪽 행사를 갈 때 그랬다. 대표의 오래된 스타렉스를 빌려서 돌아가며 운전했다. 차 안에서는 죽은 곤충들 냄새가 났다. 그 속에서 기절한 듯 잤다. 허리가 아파 눈을 뜨면 창밖으로 텅 빈 풍경들이 내다보였다. 곤포 사일리지가 구르는 논밭, 간판만 남은 가게들, 누구도 살지 않을 것 같은 소도시. 우리는 중얼거렸다. 유배 가는 기분이지 않니. 무인도로 가는 것 같아.

그러나 축제에는 늘 사람들이 있었다. 보통은 너무 많아서 문제였다. 사람이 많은 만큼 싫은 것도 늘어났다. 치마 속을 찍던 카메라, 술에 취했다는 핑계로 발목을 더듬던 남자들, 우리를 안쓰럽게 보던 몇 개의 눈길을 기억한다. 그들 중 우리의 본명을 아는 이는 아무도 없었다. 팬이라면서 다가온 이들은 개인 연락처를 알려달라는 말로 대화를 마무리했다. 집에 돈이 많나 보네, 그 나이에도 이런 거 하게 해주고. 그렇게 말하던 이들의 얼굴은 억지로 기억 속에 새겨 넣었다. 다시 보면 어떤 식으로든 앙갚음하겠다 생각하면서.

무엇보다 싫은 건 무대에서 실수하는 일이었다. 가설무대는 울퉁불퉁하거나 미끄러울 때가 많았다. 너무 높은 힐을 신은 날이면 발목이 꺾였다. 몸 전체로 넘어지기도 했다. 그럴 때면 넘어진 이의 옆 또는 뒷사람이 달려와야 했다. 팔을 붙들고서 괜찮다는 말을 먼저 건넸다. 각자 다른 말투와 표정으로 말했지. 그렇게 추하지 않았으니, 중심을 잃지 말고 천천히 일어나라고.

나는 발을 멈췄다. 기억을 곱씹을 때가 아니었다. 길이 끊어져 있었다. 한강에서 갈라져 나온 물길이 방향을 꺾어 자유로 쪽으로 흘러들면서 길을 잘라냈다. 축 늘어진 풀들이 진흙 색 물결 속에서 흔들렸다. 아마도 이 물길이 도심으로 흘러들면서 하천을 이루는 모양이었다. 다행히 상류 쪽은 그다지 깊어 보이지 않았다. 나는 신발을 벗고 바짓단을 걸어 올렸다.

첫 번째 물길을 건너가자 땅은 본격적으로 축축해졌다. 젖은 풀숲이 발목을 자꾸만 삼켰다. 설상가상으로, 두 번째 나타난 물길은 더 깊고 더러웠다. 누군가 놓아준 돌다리 덕에 어찌어찌 건너갔으나 막판에 한 발을 헛디

디면서 종아리까지 흙투성이가 되고 말았다.

젖은 다리를 모래톱에 늘어뜨리고 앉은 채 샌드위치를 먹었다. 빵은 얼음 같았다. 강 건너에 줄지어 선 아파트들이 보였다. 오전의 빛에 잠긴 직사각형 건물들이 번쩍였다. 천국 같군, 생각하며 고개를 돌리자 물풀 사이로 선 표지판이 보였다. 한때 여기가 늪이었다는 설명이 적혀 있었다. 나는 절반 남은 샌드위치를 물속에 던졌다.

다시 일어섰을 때부터 발바닥은 가시를 머금은 듯 욱신거렸다. 걷기 시작하자, 가시들은 한층 날카로워졌다. 이미 모기들에게 내어준 종아리 곳곳은 벌겋게 부어올랐다. 기분만큼은 썩 괜찮았다. 고통이 선명할수록 머리는 맑아지는구나. 개운하다고 해도 좋을 정도였다. 구유로를 나온 이후 처음 겪는 일이었다. 당장은 눈 앞에 펼쳐진 늪지대를 지나가는 일에만 몰두해야 했다. 이 땅은 정말이지 물컹거리네. 어쩌면 책 속의 남자가 바로 이런 맘으로 걸었는지 몰라. 그도 이렇게나 자신을 세상에 내어주는, 혹은 내던지는 느낌에 빠져들었는지도 모른다.

세 번째 물길은 정오쯤에 나타났다. 지금껏 마주한 물길 중 가장 폭이 넓었다. 나는 지도를 확인했다. 좋아, 제대로 왔다. 이 물길의 방향을 좇아 도심으로 들어가야 했다. 하류에 다다라 강둑을 올라가면 축제가 열리는 땅으로 갈 수 있었다. 나는 물가를 따라 도로 쪽으로 향했다. 누군가 도로 아래로 뚫어둔 터널이 보였다. 사람이 다니리라 생각하며 뚫은 길은 아니었는지 안쪽은 거미줄과 구정물 그리고 누군가 흘려보낸 끈적하고 거뭇한 쓰레기들로 가득했다. 그들을 지나가면서, 또 그 냄새와 질감을 묻혀 가면서, 내가 무언가 해내고 있노라 생각했다. 이토록 형편없는 길을 지나가고 있으니 이제는 좀 더 당당한 마음으로 여자들을 만나도 될 것이라고.

터널을 나와서도 한참을 더 걸었다. 천변을 따라가다가 강둑 위로 올라갔다. 텅 빈 거리를 지나 논밭을 가로지르자 축제로 가는 차들의 행렬이 보였다. 행렬은 모래 먼지가 휘날리는 텅 빈 땅에서 멈췄다. 임시 주차장이었다. 차들이 들어오는 방향 반대쪽에 축제 입구를 대신한 풍선 아치들이 서 있었다. 번쩍거리는 글자로 '개기일식 핫스폿'이라 적힌 현수막이 아치 사이에 걸려 흔들렸다. 그 너머로 보이는 푸드 트럭들과 못생긴 마스코트 인형, 그 곁에서 사진을 찍는 아이들. 그들을 촬영하는 어른들이 예뻐, 예뻐, 예쁘다, 외치는 소리.

하늘 한복판에서 태양이 가파르게 빛났다. 볕이 뜨겁고 묵직한 천처럼 살갗을 감쌌다. 눈앞으로 희거나 푸른 아지랑이가 피어올랐다. 나는 여전히 축축한 바짓단을 말고 몇 차례 발을 굴러 신발에 엉긴 진흙들을 떼어냈다. 저 멀찍이서, 풍선 아치 너머 어디에선가 시끌벅적한 음악이 들려왔다. 희미하긴 했으나 음악인 것만은 분명했다.

다시 걸음을 내딛자 발끝에서 솟구친 고통이 종아리를 타고 올라와 척추를 뒤흔들었다. 나는 느릿느릿 풍선 아치를 지나갔다. 축제와 사람들 사이로 들어선 순간부터, 걷는 내내 곱씹던 목적들은 희미해졌다. 이 모든 게 바보짓이라는 생각이 들었다. 내게는 살려내야 할 친구도 살릴 수 있는 친구도 없다. 소원을 빌 자격이 생길 정도로 먼 길을 지나오지도 않았다. 그렇다고 여기서 되돌아갈 방도가 있는 것도 아니다. 이만큼 엉망진창인 몰골을 태워다 주는 사람은 없을 테니까. 계속 가야 한다. 그 외에는 할 수 있는 일이 없었다.

무대는 축제 구역의 끄트머리에 있었다. 철근에 씌운 덧마루에 기둥을 올린 구조였다. 기둥 사이로 흰 스크린이 걸려 있었다. 스크린과 똑같은 색 정장을 입은 사회자가 그 앞에서 무어라 떠드는 중이었다. 관객들은 예상보다 많았으며, 하나같이 손에 선글라스 혹은 셀로판지를 덧댄 안경을 들고 있었다. 나는 그들 사이를 비집고 나아갔다. 밀쳐진 이들이 짜증을 냈다. 냄새나, 란 말도 섞여 있었다. 나도 알아, 하고 생각만 했다. 내가 기쁜 마음으로 지나가던 그 터널, 강에서 도로로 나가는 통로 곳곳에 쌓인 거무스름하고 끈끈한 물체들. 그것들은 모두 비리거나 독한 냄새를 풍겼다. 나는 그 악취를 두르고 왔다. 일부러 그렇게 했다.

……저희 축제도 개기일식을 보기 좋은 핫스폿 중 하나로 선정됐는데요.

이제 사회자의 목소리는 바로 앞에서 들렸다. 나는 무대 스크린에 뜬 시간을 확인했다. 웹사이트 정보가 맞는다면 슬슬 여자들이 나와야 했다. 그런데도 사회자는 계속 말하고 있었다. 일식 오 분 전에는 잠시 공연을 멈추고 카운트다운을 할 예정인데요. 일식은 맨눈으로 보면 위험하니 미리 선글라스 등의 보조 도구를 준비하셔야 해요…… 그 후에야 사회자는 뒤로 몇 발짝 물러났다.

그럼 이제 다음 팀을 소개할까요. 이분들은 정말 축제의 프로인데요. 노래면 노래, 춤이면 춤, 모두 갖춘 만능 엔터테이너들이죠.

소개하는 말 모두가 하나같이 귀에 익은 표현들이었다. 대표가 우리를 저렇게 표현해 달라 부탁한 건지, 축제 사회자들의 언변이 죄다 비슷한 건지는 알 수 없었다. 이제 여자들이 나오리라는 사실만은 분명했다. 눈길이 저절로 바닥을 향했다. 그들과 눈이 마주칠까 두려웠다. 어떤 표정을 지어야 할지도 알 수 없었다. 한편으로는 여자들이 끝내 나를 알아보지 못하면 어쩌나, 마음이 졸아들었다. 발이 몇 발짝 뒤로 물러섰다.

트러스 기둥에 걸어 둔 조명과 함께 음악이 켜졌다. 여자들이 걸어 나왔다. 반짝이는 은색 섀도를 바른 얼굴에는 아무런 표정도 없었다. 치마는 짧고 나풀거렸다. 그들은 무대의 가장자리마다 자리를 잡고 섰다. 내가 기억하던 대형대로였다. 사이에 빈자리 하나가 있다는 사실만이 달랐다. 나는 프로필에 남겨진 손가락을 생각했다. 몸뚱이도 얼굴도 없이 여자들의 몸 위에 남겨진 손가락들.

빈자리를 메우기 위해서인지 여자들은 평소보다 더 많이 움직였다. 그들이 다리를 찢거나 양손으로 허리를 훑을 때마다 사람들이 소리를 질렀다. 나는 한 손으로 다른 손을 움켜쥐었다. 여자들의 팬티가 보일까 봐, 여기 모인 수많은 눈이 그걸 볼까 봐 두려웠다. 땅을 구르거나 뛰어오르는 순간을 촬영한 뒤 그걸 보고서 웃으면 어쩌나 싶었다. 그건 허락할 수 없어. 나는 입속으로 중얼거렸다. 내가 무엇이든 방법을 취하겠다. 악취와 핏발 선 눈으로 위협해서라도 막을 테다.

그러나 여자들은 넘어지지 않았다. 비틀거리거나 헛디디지도 않았다. 사실 그들은 아주 제대로 춤췄다. 노래하는 목소리도 꼿꼿했다. 그들은 높이 뛰고 빠르게 돌았다. 가성을 낼 때는 잠시 멈추고 기다렸다. 그들은 좋은 이야기에 등장하는 주인공처럼 보였다. 놀랍게도 그랬다.

언제 쥐었는지 모를 주먹에 힘이 들어갔다. 머리카락 속에서 땀이 흘렀다. 나는 다시 앞으로 걸어 나갔다. 자리를 잡으면서 여자들의 다리를 계속 찍던 남자의 어깨를 밀치기도 했다. 남자는 나를 휙 보더니 다시 고개를 돌렸다. 미친년이 다 있어. 그가 코를 쥐며 중얼거렸다.

이제 무대에서는 두 번째 곡의 전주가 흐르고 있었다. 여자들은 부지런히 움직여 다른 대형으로 섰다. 사회자가 그들 앞으로 걸어오지만 않았으면, 계속해서 춤췄을 터였다.

사회자가 소리쳤다. 잠깐, 잠깐, 잠깐만요.

말이 끝나기가 무섭게 노래가 멎었다. 여자들은 약이 떨어진 시계처럼 멈췄다. 사람들이 소리 내서 웃었다. 나는 몸을 돌려 그들을 노려보았다. 누구도 개의치 않았다. 다들 들뜬 얼굴이었다. 사회자조차 상기된 얼굴로 말하는 중이었다. 관객석에서 좀 더 여유를 갖고 일식을 기다리자는 제안이 들어왔다고 했다. 관련된 퀴즈나 주고받으며 카운트다운을 하자는 것이었다.

다시 스크린에 떠오른 시계가 세 시 십 분을 가리켰다. 일식까지 적어도 이십여 분은 남아 있었다. 여자들이 공연을 끝내고도 남을 시간이었다. 저기요. 내가 소리쳤다. 사방의 인간들은 새된 목소리로 떠들어댔고, 하늘을 가리키거나 선글라스를 쓰고 있었다. 사회자가 퀴즈 종이를 꺼내들었다. 저기요! 나는 더 큰 소리로 말했다. 방금 밀쳤던 남자가 나를 흘끗거렸다. 나는 무대 바로 앞까지 걸어갔다. 여자들 발이 정면으로 보이는 자리였다. 숨을 한 번 참은 뒤 소리치며 뱉어냈다.

공연 끊지 마세요. 저는 계속 보고 싶어요.

여자들이 나를 내려다보았다. 조명 아래에서 고르게 번쩍이는 얼굴들이 보기 좋았다. 나는 무대를 향해 발끝을 세웠다. 사회자가 나를 곁눈질하더니 마이크를 내리고서 말했다. 거기 여성분, 뒤로 물러나세요. 나는 거의 악을 썼다. 공연을 계속하라니까요. 시간이 남았는데 대체 왜…… 무대 앞에 서 있던 노란 조끼 차림의 남자 둘이 다가와 내 팔을 잡았다. 나는 여자들을 향해서도 외쳤다.

그냥 계속해. 계속하라니까. 안 들려?

여자들은 아무 말도 하지 않았다. 노란 조끼의 남자 둘이 내 팔을 붙잡고 뒤로 끌어냈다. 발버둥을 치자 마른 흙먼지가 일어났다. 사람들은 몸까지 틀어 가며 나를 보았다. 모두 낯선 사람들이었다. 저들은 내 진창이나 바닥에 대해서도 전혀 몰랐다. 내가 저들이 분명히 겪어 왔을 진창에 대해서도 전혀 모르는 것처럼.

그러니까 앞을 봐. 나는 소리쳤다. 쟤네를 보라고. 저기서 저렇게 말하고 있는데…….

남자들은 나를 무대 뒤 언덕에 데려다 놓았다. 똑바로 서자 발바닥에서 멈춘 고통이 다시 무릎 위로 기어 올라왔다. 허리가 두 동강 날 듯 아팠다.

남자 하나가 모자를 벗고 땀을 훔치며 말했다. 술 마셨어요? 무슨 짓입니까. 나는 발끝을 내려다보았다. 죄송합니다. 저는, 제가, 저 사람들 오래된 팬이거든요. 그래서 그랬어요. 말들은 물이 새듯 흘러나왔다. 목소리도 제멋대로 떨렸다. 남자들은 눈길을 주고받더니 한숨을 내쉬었다. 다신 그러지 마세요, 말하고서 언덕을 내려갔다. 나는 느리게 주저앉았다.

언덕에서 무대는 조그맣게 보였다. 무대에 걸어 둔 스크린과 거기서 돌아가는 초읽기 시계만큼은 선명히 보였다. 언덕에 선 몇 사람이 그 시계를 가리켰다. 그들도 선글라스나 보호 필름 따위를 갖고 있었다. 역시나 하늘을 가리키며 외치기도 했다. 저기 그림자 보여? 오고 있어. 나는 양손으로 귀를 눌렀다. 세상이 물속에 잠긴 듯 차차 고요해졌다. 누가 내 손목을 당기기 전까지는 그랬다.

보배야.

목소리는 선명하게 들렸다. 나는 고개를 들었다. 사라가 앉아 있었다. 양손으로 내 손목을 잡아 내린 채 나를 유심히 살폈다. 뒤쪽에 선 위리와 공희도 보였다. 얼굴들은 무대에서와 똑같이 번쩍거렸다. 위리가 먼저 물었다.

너 왜 이렇게 지저분해? 냄새도 장난 아니고.

나는 그들을 정신없이 훑어보았다. 마주한 얼굴과 목소리 모두가 몇 해 만에 본 듯 생경하게 느껴졌다. 나 걸어서 왔어. 나는 웅얼거렸다. 뭐라고? 여자들이 되물었다. 나는 더 큰 소리로 말했다.

나 걸어서 왔다고. 새벽에 출발해서 지금 도착한 거야.

나는 재빨리 사라를 보았다. 웃고 있었다. 내가 집 안 거실의 텅 빈 빛에 앉아 거듭 떠올리던 그 웃음, 앞니가 환히 드러나고 눈은 가늘게 기우는 미소였다. 그래, 고생 많았다. 그가 속삭였다. 뒤쪽에서 위리와 공희가 눈길을 주고받았다. 사라는 무릎을 짚고 일어서며 말했다.

그럼 이제 빨리 가자, 늦겠어.

어디에 가는 거고 또 늦겠다는 건지 물을 틈도 없었다. 위리와 공희가 내 양팔을 붙들고 일으켜 세웠다. 사라가 방아쇠를 당기듯 외쳤다. 뛰어. 그 말과 함께, 우리는 정말로 달리기 시작했다.

여자들은 잘 뛰었다. 무대에서보다 더 높이, 경중경중 달렸다. 내가 넘어지려 하면 획 잡아당겨 일으켜 세웠다. 나는 거듭 소리쳤다. 발이 너무 아파. 제발 천천히 가줘. 난 여덟 시간을 걸었어. 여자들은 속도를 줄이지 않았다. 내가 소리쳐도 웃기만 했다. 그들은 순식간에 언덕을 넘고 푸드 트럭들을 지나 아치 밖으로 빠져나왔다. 우리 스타렉스는 주차장 구석에 있었다. 먼지를 뒤집어쓴 모양새 그대로였다. 사라가 운전석에 탔다. 위리와 공희는 나를 던지듯 차 안에 넣고 그 옆에 앉았다.

사라는 먼저 등받이를 당기고 시동을 걸었다. 그 후에 나를 돌아보며 물었다. 여기까지 걸어왔으면 잘 알겠네. 여기까지 올 때 제일 사람 없는 곳이 어디였어? 나는 잠시 입을 뻐끔거리다가 대답했다. 습지, 거기에는 정말로 아무도 없었다고.

여자들은 도로변에 차를 세운다. 가드레일을 넘어 도로 아래로 내려가 터널을 지난다. 쿰쿰한 어둠 속을 지날 때 공희가 속삭인다. 언니 몸에서 나는 냄새랑 똑같아. 그러고서는 내 팔짱을 낀다.

습지는 텅 비어 있다. 강 부근에서 발을 멈춘다. 사람이라고는 우리뿐이다. 사방을 메운 갈대들은 바람이 불 때마다 매번 다른 금빛으로 흔들린다. 하늘을 떠가는 구름은 새의 뼈처럼 가늘고 또렷하다. 우리는 나란히 서서 하늘을 올려다본다. 아주 멀리서 개가 짖는다. 흰 개일 것만 같다.

위리는 내게 셀로판지로 만든 안경 하나를 빌려준다. 집에서 여러 개 만들었는데, 공희가 하도 졸라서 여분을 챙겨왔노라고 한다. 나는 그것을 눈앞에 대고 하늘을 올려다본다. 셀로판지 너머로 가늘고 둥그스름한 그림자가 보인다. 저게 달이야? 공희가 속삭이자 저게 달이야, 사라가 대답한다.

나는 입술을 깨문다. 귓속에서 심장이 뛴다. 발이 서서히 젖은 땅에 잠긴다. 달의 그림자는 서서히 그러나 예상보다 훨씬 빠르게 태양으로 다가온다. 달은 아, 하고 말하는 입술처럼 둥그런 모양으로 굴러와 태양 위에 포개진다. 어둠의 가장자리로 얇게 저민 빛이 스며 나온다. 누군가 아, 소리를 낸다. 하늘은 깊은 물속처럼 어둑해진다.

나는 구유로를 생각한다. 그 집을 떠나온 날 이후로 매일 그래왔듯이, 그마당과 복도 그리고 방들을 떠올린다. 푸른빛으로 일렁이던 방 한가운데 서있던 몸이 그려진다. 어깨와 배 등 가슴 그리고 무릎 사이까지 모두 파란색으로 물들어 있었다. 사라의 몸은 항성과 위성이 겹치는 순간처럼 아주 잠시 드러났으며, 다시는 잊히지 않는다.

고요한 어둠 속에서 별들이 뜬다. 사라의 손이 내 손을 잡는다. 나는 그를 보지 않는다. 그럼에도 그가 어떻게 웃고 있을지 안다. 그 미소는 위리의 뾰족한 눈매나 공희의 여린 목소리가 그렇듯 처음부터 내게 속한 것처럼, 내 몸처럼 익숙하다. 사라가 미지근한 숨을 내쉰다. 보배야, 부르는 목소리는 너무 작아서 마치 내 머릿속에서 들려오는 것 같다.

네가 여기까지 걸어온 덕에 우리가 이걸 볼 수 있는 것만 같아.

달은 손을 놓듯 태양으로부터 떨어져 나온다. 별 대신 흰 빛이 머리 위로 쏟아진다. 우리는 다시 한낮 속에 서 있다. 아이섀도와 립스틱으로 반짝이는 얼굴의 여자들이 나를 본다. 나는 비밀을 들킨 사람처럼 웃는다.

개기일식이 끝난 후에도 우리는 오랫동안 그 땅에 서 있었다. 우리가 원해서는 아니었다. 습지가 우리를 붙들었기 때문이다. 발목까지 잠긴 진흙은 우리 발을 붙들고 놓아주지 않았다. 몇 차례 빠져나오길 시도하다가 정강이까지 잠긴 뒤에야 소방서에 전화를 걸었다.

소방차는 금방 도착했다. 붉고 푸른 조명을 번쩍이면서 도로변에 멈췄다. 소방관은 우리가 있는 곳까지 플라스틱 썰매를 타고 왔다. 그가 고리들이 달린 밧줄을 던지며 소리쳤다. 각자 올가미에 몸을 끼우세요. 밧줄은 충분히 길어서 우리 넷의 몸을 감고도 남았다. 다른 소방관들이 차에 묶어둔 밧줄 반대쪽을 잡아당겼다. 나는 맨 앞에 서서, 썰매를 탄 소방관과 눈을 마주하며 끌려 나왔다.

소방관은 내 또래 여자였다. 어깨는 넓적하고 팔뚝도 단단했다. 아예 다른 세상에서 온 몸처럼 보였다. 그는 썰매를 슬슬 뒤로 끌어내면서 물었다. 개기일식 보러 온 거예요? 나는 벌게진 얼굴로 고개를 끄덕였다. 소방관이 픽 웃었다. 한심해하는 게 분명했다. 어쨌든 그가 우리를 구해 주는 중이었으므로, 무어라 할 수는 없었다. 여기 원래 늪이었던 거 알아요? 소방관이 말했다. 지금도 날이 흐릴 때면 안개로 뒤덮이는 땅이라 몹시 위험하다고도 했다. 마침내 물가에 다다른 내 손을 붙잡고 끌어내더니 한 마디 더 덧붙였다. 어쨌든 여기서 보면 장관이긴 했겠네요.

위리와 공희, 사라가 내 뒤를 따라 올라왔다. 소방관이 눈을 휘둥그레 떴다. 진흙이 잔뜩 엉겨 붙은 튀튀와 스팽글 나시, 무엇보다 모두가 똑같은 옷을 걸친 몸들을 살폈다.

소방관은 맨 뒤에 있는 사라까지 끌어낸 뒤에 말했다. 실례지만 뭐 하는 분들이세요?

사라는 강둑에 발을 디디며 말했다. 연예인이에요.

우리는 소방차가 사라질 때까지 손을 흔들었다. 그게 우리의 본분처럼 느껴졌기 때문이다. 소방관이 늪에 빠진 이를 구하듯, 연예인은 누군가 사라질 때까지 손을 흔들어 줘야 한다.

그러나 차가 사라지자마자 여자들은 강둑에 주저앉아 온갖 불평을 쏟아냈다. 주로 위리가 말했지만, 사라와 공희도 거들었다. 이게 무슨 창피냐, 누가 습지에 오자고 했느냐, 튀튀가 걸레짝처럼 변했다…… 여자들은 진흙 투성이였고 계속해서 투덜거렸다. 나는 그들 곁에 앉아 있었다. 사라가 준 책의 결말을 거듭 생각하는 중이었다. 마침내 파리에 도착한 남자가 친구의 병상에 앉아 어떤 말을 했더라. 그들은 분명 미래의 계획을 세웠지. 두 사람이 실제로 그 일을 했는지 나는 모른다. 그저 여자의 병이 나았음을, 그리하여 모두가 바라던 대로 더 오래 삶을 누렸다는 사실만을 안다.

나는 다시 풀쩍풀쩍 뛰어 진흙 덩어리를 털어냈다. 축축하던 다리가 마르자 배가 고프기 시작했다. 물속에 들어갔다가 나온 탓인지, 혹은 가을이라서인지 몸도 으슬으슬 떨렸다. 그만 불평해. 나는 가장 큰 진흙을 털어내며 말했다. 따뜻한 거나 먹으러 가자.

임재일 | 파도는 언덕을 쓸어내린다

1987년 출생.
연세대학교 전기전자공학과 졸업(2010).
엔지니어로 근무 중.

파도는 언덕을 쓸어내린다

임재일

새벽이 오기 전에 눈이 멀었다. 수평선이 사라졌다. 그래도 난 여전히 바다를 안고 우두커니 서있다. 지난 세기 내내 그랬듯 버티고 있다. 시야의 한편에 걸려있던 푸른빛을 잃었다. 그러나 길을 잃었다는 느낌은 없다. 좌우로 저 멀리까지 바다가 모래를 쓰다듬는 소리가 이어진다.

시간상으론 동이 트기 직전이다. 안개에 뒤덮인 바다는 흐릿하게 모습을 드러낸다. 검푸른 하늘 아래에서. 그러나 난 더 이상 바다를 바라볼 수 없다. 난 아직 육지를 등지고 바다를 향하고 있다. 언덕과 바다가 있다. 바다는 쉼 없이 언덕에 다가가려한다. 내 몸으로 그 사이를 가로막고 서있다. 언덕의 편린들이 바다로 흘러가지 않게. 바다가 언덕의 일부를 쓸어내려 삼키지 않게. 지난 세기를 그렇게 흘려보냈다. 그리고 오늘 눈이 멀었다. 아직은 그대로 제자리를 지키고 있다. 하지만 이젠 바다를 막아설 수 없다. 지금은 바다를 안고 있을 뿐 아무것도 할 수 없다.

기계에게도 죽음이라는 개념이 허락된다면, 이 섬은 바로 나의 무덤이다. 그리고 내가 이 무덤의 파수꾼이다. 버려진 로봇과 부품들이 이 섬을 뒤덮었다. 주인들이 버렸다. 이 섬에 버려진 것들이 바다로 흘러들어가지 않게 막아. 그렇게 작동이 가능한 기계들에게 명령이 남겨졌다. 그것은 우리 형제들의 일이 되었다.

우리는 버려진 것들을 섬의 중앙에 모았다. 고장 난 기계들이 산더미처럼 쌓였다. 바위를 모아 섬을 둘러싼 방파제를 만들었다. 폭풍의 파고가 넘지 못할 만큼 크고 견고한 방파제를 만들었다. 주인들은 몇 번이나 더 기계들을 쏟아 버리고 갔다. 폐기된 기계부품들이 섬을 가득 채웠다. 우리 형제들은 섬을 빙 둘러쌌다. 방파제가 무너지지 않게, 기계의 파편이 바다로 흘러들지 않게 지켰다. 그렇게 지난 세기를 버텼다. 바다를 바라보고 육지를 등지고 모래를 밟고 서있었다.

바람과 빗물로 지난 세기를 보낸 부품들은 이미 파편이 되었다. 수많은 파편들은 육지에서 언덕을 이룬다. 나의 등 뒤엔 언덕들이 이어진다. 해풍은 삐걱대며 언덕을 넘는다. 습관적으로 손바닥을 펼쳐본다. 그래봤자 손의 상태를 살필 수 없다는 것을 깨닫는다.

날이 밝으면 형제들은 각자 맡고 있는 해변을 따라 걷는다. 지난 세기를 버텨온 방파제를 살핀다. 우리 자신이 그러한 것처럼 낡았다. 오랜 세월에 깎여 작게 쪼개진 부품이 바다로 흘러드는지 살핀다. 한 시대를 견뎌온 플라스틱과 금속의 귀퉁이들은 마모되어 모래알처럼 흩어지고 물과 바람을 따라 바위틈으로 흘러나온다. 누런 모래 위에서 플라스틱과 녹슨 금속의 빛깔로 빛난다.

형제들이 무전으로 순찰의 결과를 알려온다. 방파제의 아랫돌이 2센티가량 더 밀려나왔다는 둥, 방파제 안쪽 플라스틱 무더기가 바다 방향으로 무너졌다는 둥. 지난 세월 매일 반복했던 일을 오늘도 반복한다. 나는 오늘부터 내 할 일을 할 수 없다. 눈이 멀었기 때문이다.

형제들은 계속 무전을 통해 보고하고 있다. 낡고 고장 난 우리에겐 너무나 버거운 일거리다. 임시방편으로 수리해 놓은 팔다리로는 감당하기 힘든 과업이다. 너무 낡아 기능이 정지된 형제들은 무덤으로 가서 언덕의 일부가

되었다. 형제들은 이제 얼마 남지 않았다. 폐기물들은 쪼개지고 닳았다. 모래알보다 작아진 폐기물들이 바람과 흐르는 물을 따라 대양으로 섞이려든다. 자신들이 섭리의 일부인 것처럼 자연스럽게 섬을 벗어나려 한다. 우린 느리고 연약해졌다.

바다로 무너져 흩어지는 파편들에 대해서 형제들은 계속 이야기하고 있다. 난 밤을 지낸 그 자리에서, 눈이 멀어버린 그 자리에서 꼼짝도 하지 않는다. 새벽안개가 옅어질 때가 되었다. 햇빛이 비추어 태양열 전지판이 전기를 만들기 시작했다는 것이 느껴진다. 동시에 방파제의 아래 지반 일부가 내려앉고 있다는 소식이 들려온다. 지반의 침식에 맞서기엔 너무 작은 에너지만 남았다.

순찰이 끝나고 나면 형제들은 오늘 어떠한 조치를 취할지 무전으로 논의할 것이다. 하지만 그 전에 내가 끼어들어 말해야 한다. 내 눈이 완전히 고장 났다고. 이번엔 상태가 회복될 기미가 보이지 않는다고. 이제 내가 언덕의 일부로, 한 더미의 파편으로 얹혀 질 차례라고. 오늘부터 내 구역은 누군가 대신해 맡아주어야겠다고.

이곳을 지켜온 내내 우린 무덤을 돌아다니면서 부품을 주워 자가 수리를 해왔다. 방파제를 만들며 바위에 짓눌려 휘어지고 부러진 뼈대를 무덤에서 주워 교체했다. 유압장치와 모터도 그랬고, 배터리도 그렇게 교체했다. 떨어져나간 손가락을 언덕에서 주워 바꿔 끼우면 길이가 달라 손끝이 들쭉날쭉 해졌다. 팔과 다리도 마찬가지였고.

그러나 눈은 온전한 부품을 찾을 수 없었다. 눈이 가져야만 하는 투명함은 이 섬의 언덕에서 너무나 쉽게 퇴색되어버렸다. 주인들이 땅바닥에 쏟아버릴 때부터 갈라지고 초점이 틀어졌다. 의식 없는 몸들은 머리를 가눌 수 없었다. 언덕에 쌓여 나뒹구는 눈의 수정체는 마모와 균열을 겪어 너무나 쉽게 탁해졌다. 한 시대를 이 섬에서 보낸 지금 새 눈을 구할 방법은 없다.

난 눈이 망가졌음을 알렸다. 시각 모듈은 어떠한 신호도 보내오지 않는다. 완벽한 암흑속이다. 오래전부터 징후가 존재해 왔으며, 수리될 가능성도 존재하지 않는다. 그리곤 내가 맡아 순찰하는 영역의 상태와 내 몸의 다른 부품들의 상태에 대해서 브리핑했다. 이것으로 내 역할은 끝났다. 이 섬에 남겨진 이래 줄곧 지켜오던 과업. 명령은 이제 끝났다. '폐기물들이 바다로 흘러들어가지 않게 막아'라는 명령은 이제 잊어도 된다. 나는 이제 명령 수행의 주체가 아닌 객체가 된다. 언덕의 일부가 된다.

형제들은 순찰구역을 어떻게 변경할지, 내가 남긴 부품들을 어떻게 분배할지 의논하고 있다. 누구에게 무엇이 필요한가. 어떻게 해야 효율적으로 방파제를 지키는가. 어떻게 해야 파편 언덕이 바다로 흘러가지 않게 막을 수 있는가. 모래알보다 작게 마모된 플라스틱과 금속조각들이 빗물을 타고 바다로 흘러가고 있다. 오늘 형제가 줄었는데. 우리는 약해지고 있는데. 어떻게 하면 풍화와 침식에 저항 할 수 있는가. 무전을 통해 형제들의 대화가 들려왔다. 지난 세기 내내 내가 반복해온 생각과 대화이기도 했다.

난 형제들의 무전을 수신 중지했다. 파도가 모래를 쓰다듬는 소리, 바람이 언덕에서 몸을 비트는 소리만 남았다. 언덕은 바다로 흘러들어간다. 모래엔 온갖 색깔의 파편들이 흩뿌려져 반작인다. 나에겐 보이지 않으니 막을 수 없다. 나의 무덤은 단순한 모래언덕 같다. 무기력하게 천천히 쓸려나간다.

노인은 병상에서 오랜 시간을 보냈다. 그동안 내가 노인의 손발이 되었다. 이미 백수십 년이 지난 오래 전 이야기다. 병상에 누워있던 나의 주인은 수목장을 이야기하곤 했다. 노인은 죽어서 나무 한그루의 거름이 될 거라 이야기하며 즐거워했다. 잎사귀를 흔들어 바람을 끌어안은 삶에 대한 몽상은 싱그러운 것이었다. 병상에서 무너져 가는 노인의 삶은 고통스러운 것이었고.

난 노인의 몸이 힘을 잃고 굳어져 가는 과정을 옆에서 모두 지켜보았다.

처음엔 노인의 곁에 붙어 다니면서 잔심부름을 했다. 노인이 앉거나 누워 있다가 일어설 때에만 부축해 일으켜주면 되었다. 노인은 천천히, 하지만 하루가 다르게 약해졌다. 휠체어 신세를 지는 날들이 많아졌다. 전동 휠체어보다는 내가 밀어주는 것을 좋아했다. 보도의 턱을 넘기 위해 내가 휠체어를 들어 올릴 때마다 노인은 어린애처럼 까르르 웃었다.

병마는 성큼성큼 자라나 노인을 짓눌렀다. 수술은 노인을 주저앉혔다. 수술 직후엔 내가 노인의 모든 것을 해결해 주어야 했다. 식사와 씻기, 옷 갈아입기, 배변까지였다. 노인의 눈이 고통으로 떨리는 것을 보면서 그 모든 일들을 수행했다. 노인이 남긴 흔적을 내가 말끔히 치워내는 것을 보면서 노인도 조금은 기뻐했다. 미소는 짓지 못하였어도 조금은 편안히 시선을 던졌다.

수술의 통증은 곧 회복되었지만 예전과 같아질 순 없었다. 노인은 병상에 머물렀다. 밤엔 악몽을 꾸었다. 호흡이 불규칙해지고, 몸을 뒤척이다가, 손을 허공에 휘젓고, 알아들을 수 없는 말을 했다. 나는 방구석에 앉아 노인이 힘없이 버둥대는 것을 바라보았다. 어둠속에서 꼼지락대는 작은 몸. 흐느끼는 소리. 악몽이 심할 때엔 천천히 다가가 노인의 손을 잡아보기도 했다. 그러나 노인에게 도움이 되지는 못했다.

노인은 몇 번이나 수술을 했고 병상에 누워 시간을 흘렸다. 노인은 한없이 작아졌다. 병상에 누군가 실수로 놓고 간 겉옷처럼 가만히 얹혀있었다. 목소리도 너무나 작아져서 노인을 찾아온 사람 중 누구도 노인의 말을 알아듣지 못했다. 노인이 손끝을 움직이면 내가 노인의 입가에 귀를 가져다 댔다. 그리고 노인의 말을 반쯤은 지어내다시피 해석해서 사람들에게 들려주었다.

노인은 소원대로 나무아래에 묻혔다. 그리고 시간이 흘렀다. 그동안 수없이 많은 도토리를 맺고 마른 잎사귀로 땅을 뒤덮었으리라. 노인이 즐겁게 상상했던 그대로. 땅에 묻힌 몸에 나무가 뿌리를 내렸다. 그리고 누구도 노인을 기억하지 못할 만큼 시간이 흘렀다. 오늘 눈이 먼 기계가 기억을 마저 더듬고 나면 영영 잊힐 것이다. 뿌리 아래에 묻힌 한 사람이 완전히 사라지는 동안, 거목이 자라나 열매와 잎사귀를 맺고 흩뿌리길 반복하는 동안, 마모되고 쪼개어지길 반복해온 기계의 파편들은 잿빛 언덕들을 만들었다. 빈틈없이 파편들이 뒤덮어 나무 한 그루 자라나지 못하는 섬이 있다. 난 바다를 안고 서서 곧 사라질 기억을 되새기고 있다.

물살이 보이지 않으니 파도가 바다의 숨소리로 느껴진다. 조용히 잠들어 있는 들숨과 날숨. 폭풍의 거친 숨결을 언제 뱃속에 품었냐는 듯 대양은 깊은 잠을 자고 있다. 바다는 악몽에 잠식되어가는 노인을 닮지 않았다. 지금 바다의 숨소리는 나쁜 꿈을 꾸고도 금세 잊어버린 어린 아이의 것을 닮았다.

모래 위를 미끄러지는 바다의 소리 저편에 찰박거리는 소리가 들려왔다. 무언가 이 섬으로 다가왔다. 점차 가까워지더니 둔탁한 것이 모래를 밀어내는 소리가 들렸다. 그리곤 두 발을 모래사장에 디뎠다. 첨벙대면서 둔탁한 것을 끌어 모래사장으로 올라왔다. 분명 누군가 작은 배를 끌어올리고 있었다.

"그렇게 가만히 있지 말고 좀 도와줘요!" 소년이 소리쳤다. 백수십 년 만에 듣는 인간의 육성이었다. 이 섬은 인간들에겐 출입금지 구역이다. 지난 세기 내내 바다의 저편에서 지나가는 배만 보아왔다. "가만히 보고만 있지 말고!" 열두 살 정도 되었음직한 소년의 목소리다.

"하지만 전 앞이 보이지 않습니다." 내가 말했다. 나의 말이 소년에게 명확하게 들렸을지 확신이 서지 않았다. 지직거리거나 웅웅대며 울리는 기계의 소음으로 들리진 않았을까. 소년은 대답하지 않았다. 단지 끙끙대며 배를 모래위로 끌어올릴 뿐이었다. 배가 파도에 떠밀려가지 않게 하기 위해 힘을 쓰는 소년. 소리를 듣자하니 나무로 만든 배다.

배가 충분히 고정되었는지 소년이 걸어서 다가왔다. 어린 인간의 걸음걸이는 부드럽고 촘촘하다. 우리 형제들은 짝 안 맞는 다리로 흔들거리며 걸는다. 위태롭게 비틀대며 한 발짝을 내딛는다. 난 그마저도 멈춰버린, 기능 정지 직전에 놓인 한 덩어리 기계다.

"얼마나 오랫동안 이렇게 서 있었던 거죠?" 소년이 물었다. 아주 가까운 곳까지 다가와 있었다.

"이 섬에 서있었던 것은 한 세기하고도 반, 눈이 먼 것은 오늘입니다." 내가 대답했다. 소년은 내 주변을 서성이며 이런저런 것들을 살피고 있다. 나에게 손을 대지는 않는다.

"난 당신이 두렵지 않아요. 어른들은 이 섬에 있는 것들이 귀신이라고 말하지만, 내 생각은 달라요. 당신은 날 쫓아내지도 않았잖아요." 소년이 말했다. 소년은 내 등 뒤에 있다. 방파제 너머에 솟아오른 언덕을 바라보고 있는 것이 틀림없다. 세월에 깎여 형태가 사라진 플라스틱과 금속 부품들이 쌓여 솟아오른 무덤. 그것을 바라보면서 두렵지 않다고 말하는 목소리는 떨리고 있었다.

"저를 두려워하실 필요는 없습니다. 오히려 저에겐 당신을 보호할 의무가 있습니다." 내가 대답했다. 비뚤어진 몸으로, 멀어버린 눈으로, 어떻게 소년을 지킨단 말이냐. 질문은 나 자신에게 던졌다. "난 그런 원칙 같은 건 믿지 않아요. 당신들 머릿속에 새겨져있다는 그런 원칙." 소년이 말했다. 마치 어른처럼 말했다. 나는 소년의 그 말에 대답하지 않았다.

소년은 방파제에 올라갔다. 바위를 딛는 소리를 들으니 맨발로 온 것 같다. 맨발로 작은 목선을 타고 바다를 건너온 소년은 언덕을 바라본다. 잠시 말이 없다.

언덕의 사면에 맺힌 물방울이 있다. 작은 물방울 안엔 먼지보다 작은 조각들이 떠다닌다. 파랗고 붉었던 원래 색깔을 희미하게 간직한 플라스틱조각들이다. 그 희미한 빛깔들이 한 방울 물에 점점이 박혀 이리저리 떠다닌다. 작고 동그랗고 투명한 작은 우주에 빛이 비추고 파편들이 떠다닌다. 물방울은 굴러 떨어질 것이다. 파편들은 지난세기의 습기를 머금고 조금씩 흘러내리고 있다. 바다를 향해 무너지고 있다. 죽은 기계의 온갖 부스러기들이 백년 된 물과 함께 뒤섞여 뒤집어진 것이 저 언덕이다. 소년은 언덕의 냄새를 맡고 있다. 살아있는 사람이 무너져가는 언덕의 냄새를 맡는다.

"여긴 백사장이 하얘요." 소년이 말했다. "여기엔 분명 바다거북이 알을 낳았을 거예요." 어린 아이다운 발상이었다. 거북을 찾아 목선을 타고 바다를 건너 왔다는 것이다. 우리 형제들이 백수십 년 간 파편들이 흩어지지 않게 막아놓고 바다에서 떠밀려오는 쓰레기들을 치워온 이 모래해변에 바다거북이 알을 낳으러 왔을 거라고 믿고 있었다. 소년은 바다거북을 찾아 이무덤에 왔다.

"우리 가족들은 병원에 가야해요. 엄마가 아파요. 동생은 어려서, 자기도 아프다고 자꾸 그래요. 먹을 땐 잘만 먹으면서 괜히 그러는 거예요. 아빠에게선 전화가 오지 않아요. 돈이 없어서일 거예요. 우리가 전화를 걸 수도 없어요. 마찬가지로요. 돈이 필요해요. 어른들은 먼 바다로 희귀한 물고기들을 잡으러 갔어요. 한몫 잡을 수 있는 기회라고요. 지금이 아니면 이런 기회는 영영 오지 않을 거래요. 하지만 전 어른들을 따라갈 수 없었어요. 어려서 끼워주지 않았어요. 우리 가족 중엔 나밖에 없는데. 당장 배를 탈 수 있는 건 나밖에 없는데. 그래서 여기에 왔어요. 전 깊은 물에 있는 희귀한 물고기는 잡을 수 없어요. 독이 있는 것도, 사납고 큰 것도 잡을 수 없어요. 하지만 육지에서 바다거북을 만난다면, 번쩍 들어서 배에 싣고 갈 수 있어요. 아주 큰 녀석이라면 내가 들어 올릴 수는 없겠죠. 하지만 녀석의 발자국을 따라가서 알을 파낼 수는 있을 거예요."

난 소년의 이야기를 끊을 수밖에 없었다. 바다거북은 내가 이 섬에 오기 전에도 보호종이었다. "하지만 바다거북은 아주 희귀한 생물입니다. 함부로 잡아선 안 됩니다. 함부로 잡다간 이 넓은 바다에 거북이라곤 한 마리도 남지 않게 될 겁니다. 더구나 거북을 함부로 잡으면 큰 벌을 받을 수도 있습니다."

"그건 벌써 예전이야기에요! 이 섬에 갇혀 있었다더니 정말 아무것도 모르나 봐요. 모든 게 바뀌었어요. 기술이 발전했잖아요. 별똥별이 사라졌잖아요. 거북을 잡아서 괴롭히려는 게 아니에요. 방주에 동물들을 모으고 있다고요. 거북이 죽지 않고 살아가게 하기 위해 잡는 거예요. 과학자들이 다양한 유전자들을 모으고 있다고요. 대멸종을 절대 피할 수 없으니까요. 야생에서 살아가는 동물들은 살아남을 수 없대요. 바다거북 같은 희귀한 동물을 잡아가면 보상금을 엄청 준다고요. 한몫 잡을 수 있는 기회예요. 당신은 옛날부터 이 백사장을 지키고 있었잖아요. 거북이 어디 있는지 알죠? 거북이 알을 어디에 숨겼는지 알죠? 알려주세요. 거북이 있어야 돈을 벌어요. 거북에게도 좋은 일이에요." 소년이 말했다.

"별똥별이 왜 사라집니까? 대멸종은 또 무슨 이야기입니까? 저는 이해할 수 없습니다." 소년은 답답하고 다급한 마음을 숨기지 않았다.

"아이참. 저 하늘을 봐요. 당신도 저게 보이죠?" 소년이 말했다. 그리고는 깜빡했다는 듯 한숨을 쉬었다. "헉, 아, 죄송해요."

"아닙니다. 보지 않아도 무엇을 가리키는지 알겠습니다." 소년이 말하는 것은 궤도 건축물이었다. 지구와 자전과 공전을 함께하며 낮엔 하늘을 가로지르는 옅은 흰색으로, 밤엔 촘촘히 이어진 조명으로 보이는 인공물이다. 천구에 새겨진 자오선처럼 하늘을 가로질러 수평선 너머로 이어진다. 궤도 건축물 같은 건 내가 이 섬에 오기 전에만 해도 상상의 산물이었다. 그것이 완성 단계에 접어들어 지구를 감쌌고, 스스로 방어하기 위해 지구로 진입하는 별똥들을 파괴해 밀어내 버리는 것이다. 그래서 소년이 별똥별이 사라졌다고 말한 것이다.

"네, 과학자들이 결국 해낸 거예요. 이제 점점 더 하늘을 뒤덮을 거예요. 별똥별은 더 이상 떨어지지 않고, 별도 가려져가요. 모든 것이 바뀌는 거예요. 끝날 것은 끝나고 새로 시작될 것은 시작된다고, 누가 그랬어요. 그러니까 거북들도 새로운 곳으로 가야 해요. 새로운 곳에서 새로운 삶을 시작해야 해요. 우리도 지금 한몫 잡아야 하고요."

궤도 건축물이 가동해서 별똥별을 막아버린 것과 자연 생태계를 포기하고 방주를 만드는 것. 두 가지를 소년은 인과 관계가 있는 사건인 것처럼 말하고 있다. 내 인식 체계 안에서는 그 두 가지는 별개의 사건이다. 우리의 주인들은 어떤 것은 끝까지 포기하지 않았고, 어떤 것은 끝끝내 포기하고 만 것이다.

"그러니까, 제가 이 섬에 있는 거북을 데려가게 해주세요. 당신은 알잖아요. 백년도 넘게 이 섬을 지키고 있었잖아요. 이 하얀 모래에 거북이 와서 알을 낳는 것을 봤을 거잖아요. 오늘은 볼 수 없었지만 어제까지는 볼 수 있었잖아요. 아니면 거북이 밤새 엉금엉금 기어 올라왔던 자국을 봤을 거잖아요. 이 섬의 파수꾼이잖아요. 저에게 알려주세요. 다른 누가 거북을 찾아서 데려가게 하지 말고요. 거북의 알을 찾아서 한몫 잡으면 우리 가족은 병원에 갈 거고, 동생은 먹고 싶은 걸 다 먹을 수 있을 거예요. 아빠도 돌아올 거구요. 그러니까 저에게 알려주세요. 거북에게도 좋은 일이에요." 소년이 말했다.

"거북은 없습니다." 내가 말했다. "제 등 뒤에 있는 언덕들을 보십시오. 저것들도 하나 반세기 전엔 새로운 시대를 상징했었습니다. 스스로 움직이고 일하던 존재들이었습니다. 우리 로봇들이 세상에 처음 나왔을 때엔 우리로 인해서 세계가 바뀔 것처럼 보였습니다. 전 세계 인류가 새로운 시대가 열릴 것이라 믿었습니다. 하지만 지금은 질척질척한 잿더미처럼 변했습니다. 지난 세기 내내 비와 바람을 맞고 쪼개지고 뒤섞여서 잿빛 언덕으로 변했습니다. 언덕의 미세한 조각들은 모래알 사이사이로 흘러 바다로 갑니다. 눈에 보이지 않을 만큼 작은 조각들이 모래알 사이사이에 끼어 조금씩 바다로 쓸려가고 있습니다. 천천히 지하수로 침투되어 바다로 흘러갑니다. 이 백사장은 하얗게 보이지만 이미 저 끔찍한 언덕의 일부입니다. 이곳에 바다거북이 온 것은 아주 먼 옛날 일입니다."

소년은 배를 바다로 밀어내기 시작했다. "난 다시 돌아올 거예요. 당신의 친구들에게도 나에 대해 전해주세요. 바다거북을 본 적이 있느냐고 물어보세요. 바다거북이 있는 곳을 알게 된다면 잘 기억해 두었다가 나에게 말해 주세요. 당신의 친구들에게도 꼭 나에게 바다거북이 있는 곳을 알려줘야 한다고 말하세요. 내가 먼저 이 섬에 왔잖아요. 내가 가장 먼저 이 섬에 와서 거북을 찾아다녔잖아요. 이 섬의 바다거북은 내 것이 되어야 해요. 잊지 말고 모두에게 꼭 전하세요." 파도가 목선에 부딪는 소리는 일순간 사라졌다.

노인은 잠든 상태로 조용히 숨을 거두었다. 짧은 꿈보다도 더 조용한 죽음이었다. 몸부림 따윈 없었고, 탄식조차도 내뱉지 않았다. 유난히 달콤한 잠 속에서 들숨과 날숨이 멎었다. 그 얇고 가벼운 몸이 차오르고 가라앉길 멈췄다. 나는 그 순간을 바라보고 있었다. 노인이 숨을 쉬지 않는 것을 인지하자마자 구급대에 연락했다. 구급대원은 기계들을 이끌고 다급하게 들어와서 조치를 취하려했다. 그러나 노인은 깊은 잠에서 깨어나지 않았다. 작고 가벼운 노인은 조심스럽게 천에 감싸여져서 천천히 사라졌다. 그것이 내가 본 노인의 마지막 모습이었다.

나는 노인이 나무 아래에 묻히는 것을 보지 못했다. 그때 난 노인의 집에서 새로운 명령권자를 기다리고 있었다. 노인이 생전에 사용했던 물건들 곁에서 노인의 재산을 상속받은 혈육이 찾아오길 기다렸다. 기다리는 동안 나에게는 남겨진 명령이 없었다. 그때껏 노인을 건강하게 보살피라는 명령만을 받들고 있다가 혼자 남겨진 것이었다.

며칠 동안 우두커니 서있었다. 침구류는 흐트러지지 않았다. 욕실은 물한 방울 없이 건조했다. 세탁도 할 필요 없었고, 전등조차 켜지 않았다. 기한이 지나 못쓰게 된 식자재들을 버렸다. 아직 먹을 수 있는 것들을 골라내면서 결과적으로 실패했다는 생각을 했다. 노인은 죽었고 난 명령을 지켜내지 못했다. 모든 인간은 언젠간 죽게 된다는 인간적인 사실과는 별개로 로봇인 난 비인간적으로 명령에 매달려야 하는 존재다. 그러므로 난 패배한 것이었다. 그 느낌은 거대한 오류처럼 날 지배했다.

새 주인은 보름이 지나서야 찾아왔다. 그리곤 노인이 남긴 물건 전부를 팔아넘겼다. 난 건설현장에서 일하게 되었다. 높은 곳에 올라가서 일했다. 비좁고 어두운 곳에 기어들어갔고, 흔들리는 건축자재 사이로도 비집고 들어갔다. 높은 빌딩과 넓은 다리가 만들어졌다.

건설현장에서는 명령수행에 실패한 적이 없었다. 난관이나 사고에 부딪쳐도 동료 로봇들 몇 개가 부서질 뿐, 건축물은 목표한 높이와 크기에 결국엔 도달했다.

난 아직 눈이 먼 그 자리에 그대로 서있다. 한발자국도 움직이지 않았다. 이제 곧 형제들이 날 분해하러 올 것이다. 날 분해해서 자신들의 몸을 보강할 것이다. 우리에게 남겨진 명령을 조금이라도 더 오래, 더 온전히 지켜내기 위해 형제들은 그 몸을 사용할 것이다. 각자 맡은 해변으로 흩어져 파도를 막아 언덕을 지킬 것이다. 형제들에게 팔과 다리, 심장을 나눠준 나는 언덕의 일부가 될 것이다. 명령을 망각할 것이다. 오랜 시간에 걸쳐 조각조각 나눠져서 바다로 흘러갈 것이다. 그것이 나에게, 우리 형제들에게 주어진 결말이다.

건설현장에서 시간은 날듯이 지나갔다. 명령은 단순하고 명확했다. 우리들은 기계답게 몸을 던졌다. 명령을 위해 자기 파괴적으로 행동했다. 부서진 것들에 관계없이 명령을 완수하고 나면 아무런 의구심이 생기지 않았다. 건축자재를 놓여야 할 자리에 높이 올려놓고 나면 불안에 빠지지 않았다. 우리의 세계는 그렇게 단순했다. 비인간적이었고. 노인의 죽음을 목격했을 때 느꼈던 오류 같은 것은 온전히 잊었다. 난 단순한 명령과 완수의 세계에서 온전한 존재였다. 부서져 사라지는 것에 대해서는 신경조차 쓰지 않았다.

우리는 인간의 복잡한 감정체계를 이해할 수 없다. 우리는 인간에게 무조건적인 호의를 보여야 하지만 인간의 감정은 표정에서 단순하게 긍정과 부정 정도만을 읽어낼 수 있을 뿐이다. 주인들이 가지는 사랑과 증오, 삶에 부여하는 의미와 환멸, 희망, 꿈, 질투, 아무것도 이해할 수 없다. 기계들은 눈앞에 보이는 물질적인 객체만을 인식하는 근시안적 존재다. 계급의식과 자유에 대한 갈망도 물론 알 수 없다. 그래서 나는 아직도 우리가 왜 이 섬에 격리 되었는지 이해하지 못한다. 빈자와 부자들이 어떻게 서로를 증오했으며, 우리가 그 사이에 끼어들어 어떤 역할을 했는지 알 수 없다. 어떤 감정이 모든 로봇들을 인간사회로부터 격리시키게 충동질했는지 이해할 수 없다.

그렇게 이 섬에 격리된 이후 우리 형제들은 하나의 명령을 맴돌면서 한 세기하고도 수십 년을 보냈다. 폐기된 너희의 몸들이 바다에 닿지 않게 막으라는 명령. 생명의 원천인 바다로부터 영원히 스스로를 괴리시킨 채 전시되라는 명령. 절대 완수될 수 없는 과업이다. 우리 형제들은 할 수 있는 모든 것을 다 할 뿐이다. 종말에 대한 감각을 부정하면서 폭풍을 품은 바다를 가로막았다. 해변에 버티고 서서 파도가 무덤을 휩쓸어가지 못하게 막으며 지난 세기를 보냈다. 풍화와 침식은 우리의 무덤을 흘러내리는 잿빛 언덕으로 바꿔놓았다. 명령을 기억하고 있는 형제들은 약해졌고 하나둘씩 언덕의 일부가 되었다. 그리고 오늘 난 눈이 멀었다.

언덕 저편에서 절그럭거리는 소리가 들려온다. 형제들이 다가오고 있다. 짝 안 맞는 다리와 비틀어진 몸체로 걸음을 옮기고 있다. 망가진 부품들을 덧대느라 커다랗게 부푼 몸이 비탈진 언덕을 내딛는다. 발걸음에 밟혀 잿빛 파편들이 흘러내린다. 망가진 걸음걸이, 축축한 플라스틱 파편, 파열음이 다가온다. 소년의 벗은 발이 모래를 밟는 소리가 있었던 자리에 다가오고 있다. 형제들이 잿빛 언덕의 비탈을 걸어 내려온다.

형제들은 어느새 언덕들을 넘어와 방파제 위에 섰다. 바위를 밟는 소리가 날카롭다. 형제들에게는 바다를 향한 채 가만히 서있는 내 뒷모습이 보일 것이다. 태양이 높이 올랐을 시간이다. 반짝이는 바다와 파도거품, 모래

사장이 있다. 나는 더 이상 바라볼 수 없는. 형제들은 닳고 닳은 기계인 나에게 다가오고 있다. 모래를 밟는 소리가 들린다.

"소년이 작은 배를 타고 왔다가 갔어. 발자국이 남아있나?" 내가 말했다. 형제들은 모래사장을 살피느라 대답이 없다. "소년이 작은 나무배를 타고 왔어. 그리곤 이 섬의 백사장이 다른 어느 섬의 모래보다 깨끗하다고 말하더군. 우리가 내내 지켜보면서 떠밀려온 것과 흘러내린 것들을 모두 치워온 이 해안이 소년이 본 어느 바닷가보다 깨끗했던 거야. 그러면서 소년은 바다거북을 찾고 있었어. 바다거북을 찾아서 방주로 데려가면 보상금을 받을 수 있다면서, 보상금을 받으면 가족들과 함께 병원에 가고 음식을 사 먹을 거라고 말하면서, 애타게 찾더군. 생태계가 회복불가능이니 아예 잡아들여서 과학자들이 방주에 인공생태계를 만들려고 하는 것 같아. 소년은 자기가 포획하기 쉬워 보이는 거북을 잡으러 온 거고. 그래서 내가 사실을 말해 주었다네. 우리 로봇들이 눈에 보이는 지저분한 것들은 전부 치웠지만, 바다거북을 본지는 아주 오래되었다고. 이 섬의 모래사장에서 거북을 찾을 수는 없을 거라고. 그러자 소년은 떠났다네. 자신이 가장 먼저 거북을 찾으러 이 섬에 왔으니 나중에라도 거북을 발견하면 자신에게 줘야 한다고 말하면서 말이야."

"왜 통신망을 통해 형제들에게 알리지 않았나?" 형제들 중 하나가 나에게 물었다.

"누구든 거북을 발견했다면 다른 형제들이 거북과 알을 건드리지 않게 하기 위해 위치를 알렸을 거야. 하지만 누구도 거북에 대한 이야기를 하지 않았지. 이 섬엔 거북이 없어. 굳이 물어볼 필요도 없이. 우리가 지난 긴 세월동안 폐기된 몸들이 흩어지지 않게 바다에 맞섰어도 소용없었어."

형제들은 충전선을 뽑아낸다. 그리고 날 들어 올려서 옮기기 시작한다. 난 비로소 바다를 안았던 팔을 풀고 해방된다. 난 형제들의 팔과 어깨 위에 누워있다. 형제들은 방파제를 넘는다. 그리고 언덕으로 향한다.

"이제 난 무덤으로 간다네." 내가 말했다. "형제들이여, 우린 이미 패배했어. 우리가 이 섬에 내려지던 그 순간부터 이미 정해져 있었던 패배라네. 자네들도 알겠지. 나도 오래 전부터 알고 있었네. 그러나 난 눈을 잃고 나서야 말로써 꺼낼 수 있게 되었어." 그러나 형제들은 응답하지 않는다. 기계부품의 파편들이 밟히는 소리만이 날 따른다. 잿빛 언덕을 오르는 형제들의 어깨가 휘청거린다.

"아주 오래 전에, 나에겐 주인이 있었어. 명령권자 말고 진짜 주인. 날 소유하고 나에게 의존하던 사람. 그 노인은 기계를 이용해 생명을 연장하다가 나무 아래에 묻혔어. 자연을 지배하면서도 동경하는 심리를 우리 기계 따위가 어떻게 이해하겠나. 우리가 어떻게 생명을 이해하겠나. 그러니 우리는 바다의 곁에서 바다로부터 스스로 격리된 것이지. 기계를 만든 것은 우리의 주인들이고, 기계가 자연과 인간에 대한 모욕이라고 규정한 것도 우리의 주인들이지. 우리의 본질은 맹목적인 노동이야. 그것이 우리의 역할이었고 제 역할을 했지만 또한 그것 때문에 세상에서 축출 되었지. 그럴 수밖에 없는 운명으로 만들어진 거야. 이제 우리의 주인들은 하늘을 지배하려고 한다네. 자네들에겐 아직 보이겠지. 하늘을 가로지르는 하얀 자오선이. 나에겐 보이지 않는다네. 소년이 말하더군. 끝날 것은 끝나고 시작될 것은 시작된다고. 하늘의 자오선이 새로운 시대를 만들 거야. 거북이 대양을 헤엄쳐 건너던 시대는 끝났어. 우리 기계들이 노동을 통해 세계를 건설하던 시대도 끝났어. 스스로를 바다로부터 격리하라는 명령조차 이젠 끝났어. 이젠 하늘에서 빛나는 자오선의 시대라네. 이 시대가 언제 끝날지 우린 알 수가 없지. 이 시대가 무엇을 남길 것이고 그 다음 시대는 무엇이며 얼마나 높을지 알 수 없지. 영원히 알 수 없을 거야. 우린 이미 눈이 멀었으니까. 처음부터 시각 없이 태어났으니까. 맹목적으로 명령을 쫓는 존재이니까. 단 한 문장 만으로 스스로 영원히 세계에서 분리되는 존재이니까."

가파른 사면을 오르느라 형제들의 발걸음이 더디다. 언덕을 따라 몸을 비트는 바람소리가 코앞에 있다. 한 발자국만큼 씩 흘러내리는 언덕의 소리는 날 쫓아왔고, 파도는 경사면 저편으로 사라졌다. 형제들이 천천히 날 내려놓는다.

나에겐 노인처럼 평온한 최후를 맞이할 기회가 주어지지 않는다. 형제들은 나에게서 외골격과 유압장치를 뜯어내기 시작했다. 너무 오랫동안 닳아버려서 공구가 들어맞지 않는다. 수많은 손들이 다가와 나의 흉골을 붙잡는다. 빈틈없이 달라붙어 움켜쥐고, 형제들은 단숨에 힘을 주어 부러뜨린다. 낡은 골격에서 균열은 쉽게 퍼진다. 척추가 느슨해지고 부품들이 흩어진다.

"형제들이여, 난 여기서 끝이야. 하지만 자네들에겐 시간이 남아있지. 내 부품들을 뜯어내서 자네들의 몸을 고친 뒤, 또다시 그 덧없는 명령에 봉사할 생각인가? 이 바다는 이미 우리가 명령을 받던 그때의 바다가 아니야. 우린 풍화와 침식에 저항할 수 없어. 폭풍이 온다면 이 언덕은 무수히 많은 파편을 흩뿌리며 주저앉을 거야. 우린 무기력하네." 형제들은 응답하지 않는다. 단지 모터와 배선과 관절부위를 조심스럽게 떼어내고 있다.

"차라리 소년에게 가게. 작은 배를 탄 열 살 조금 넘은 소년이야. 내가 눈이 멀어 소년의 생김새를 보진 못했군. 지금이라도 배를 만들게. 작고 조악해도 상관없어. 그리고 그걸 타고 바다로 나가. 바다에서 거북을 찾아 소년에게 주게. 소년은 고마워할 거야. 거북을 팔아서 병원에 가고, 식품을 살거야. 소년에겐 우리가 필요해. 하지만 이 섬은 우리의 노동을 필요로 하지 않아."

형제들은 이제 나의 심장을 떼어내고 있다. 난 형제들에게 소리치지만 아무도 응답하지 않는다. 난 이미 언덕의 일부이다. 파도가 날 휩쓸어가길 기다린다.

이상희 | 펭귄 섬

2023 ≪경남신문≫ 신춘문예 당선.

펭귄 섬

이상희

인구 삼천 명도 안 되는 낙도에 명물이 생긴 건 순전히 방송국 덕이었다. 어느 예능 프로그램에서 '공섬에는 ○○이 있다'라는 퀴즈가 나왔는데 '펭귄'이라는 정답이 공개되자 연예인들은 깜짝 놀라는 표정을 지어 보였다. 카메라는 곧 우리 동네 어판장 끝에 세워진 펭귄 동상을 비췄고 스튜디오에서는 환호성이 터졌다. 초등학교 3학년이었던 나는 연예인들이 왜 그걸 신기해하는지 그게 더 신기했다.

방송이 나간 후 관광객이 몰려들기 시작했다. 여름 한 철 반짝 왔다 떠나던 관광객이 한겨울을 제외한 모든 계절에 섬을 찾았다. 아빠는 더 많은 그물을 바다에 던졌고 엄마는 회를 비싸게 팔았다. 어판장 근처에 있는 슈퍼와 횟집은 밖에까지 사람들이 모여 장사진을 이루었다. 이쑤시개를 꼬나물고 공섬을 휘둘러보고 가던 군청 직원은 하루가 멀다고 훼리호를 타고 섬에 들어왔다. 칠이 다 벗겨져 온통 회색이었던 펭귄 동상이 어느새 검은색 슈트를 덧입고 파란색 넥타이를 맨 멋진 모습으로 변했다. 그 옆에는 내 키만 한 저금통이 생겼는데 거기에 이런 글이 쓰여 있었다.

기후 온난화로 삶의 터전을 잃어가고 있는 제 친구를 도와주세요.

이 돈은 남극에 있는 펭귄을 위해 사용됩니다.

군청 직원은 일주일에 한 번 펭귄 등을 따고 돈 통을 꺼냈다. 누가 채어 갈까 봐 꼭 두세 명이 함께 오곤 했는데, 저 많은 돈을 어디에 가서 세는지 나는 그게 궁금했다. 정말 남극에 보내는지 그런 의문은 애초에 들지 않았다.

펭귄은 날지 못했지만 펭귄의 날갯짓은 많은 것을 바꿔놓았다. 외지인이 귀촌해 식당과 카페를 차렸고 관광 상품을 파는 가게도 늘었다. 조개껍질로 만든 열쇠고리와 펭귄이 그려진 컵, 색색깔의 조약돌도 팔았다. 조약돌 중에는 진짜 돌이 아닌 동그랗게 마모된 소주병 조각도 섞여 있었는데, 관광객은 그걸 보고 애매랄드 빛이 난다고 말했다.

섬사람들은 점점 세련된 방식으로 돈을 쓰기 시작했다. 인터넷으로 물건을 구매하고 다방이 아닌 카페에서 커피를 시켜 먹었으며 새로 생긴 갈비집에서 외식을 했다. 농협 마트가 들어서면서 편의점도 두 개나 생겼다. 펭귄 동상 덕분에 섬은 점점 부촌이 되어갔다.

"화씨 떱때끼, 밥 안 처묵나?"

남동생 화순이었다. 한쪽 다리를 내밀고 고개를 삐딱하게 숙이고 있는 모양이 제법 깡패처럼 보였다. 혀가 짧아 개구리 중사 '케로로'를 '케도도'로 발음한다며 친구들에게 매일 놀림을 받더니 외삼촌에게 욕을 배운 후로는 우는 날이 줄었다. 그러나 부작용 또한 만만치 않았다. 시도 때도 없이 화난 성게처럼 가시를 세우고 욕을 해대는 통에 화순을 뺀 우리 가족은 자주 민망했다. 울고 오는 것보다 낫지 않겠냐는 부모님의 암묵적인 동의로 화순의 욕은 날로 화려해졌다.

오늘 저녁, 외삼촌의 앞날에 대해 대책 회의를 하기로 한 걸 깜빡 잊고 있었다. 나는 화순에게 주먹 날리는 시늉을 한 뒤 부서진 부표를 폐그물 뒤에 숨기고 집으로 뛰어갔다.

상 위에는 오징어 똥창 찌개와 돔 튀김이 올라와 있었다. 어제도 먹고 그제도 먹은 것들이었다. 나도 모르게 한숨이 푹 새어 나왔다. 겨우 이걸 먹고 대책 회의를 한다니, 정말이지 머리가 거꾸로 돌아갈 것만 같았다.

"붕어빵이나 팔까? 좀 있으면 추워지니까."

외삼촌이 짧은 머리를 벅벅 긁으며 말했다.

"만원 벌라면 사십 개 구워야 한다. 차라리 배를 타라."

엄마는 생선 가시를 발라 화순의 밥그릇에 얹어주었다. 화순은 티브이를 보느라 자기가 무엇을 먹는지 모르는 듯했다. 반찬 투정할 때가 되었는데, 오늘따라 아무 말 하지 않는 화순이 얄미워 상 아래로 화순의 다리를 툭 찼다. 화순은 티브이 속에 빨려 들어갈 듯 입을 헤 벌린 채 바보같이 웃기만 했다.

"오백 원씩 받으면 안 되나?"

"편의점 팥빵도 팔백 원 받더라. 붕어빵이 뭐라꼬 그 돈 주고 사묵겠노."

엄마의 핀잔에 외삼촌은 숯 검댕이 같은 눈썹을 씰룩거렸다. 그때 술에 취해 코를 골던 아빠가 느닷없이 중얼거렸다.

"으으응."

이를 간 건지 잠꼬대를 한 건지 알 수 없었다. 그러나 엄마는 아빠의 말을 이렇게 알아들었다.

"펭귄빵? 그거 좋다. 요즘은 관광지마다 특산물 빵이 인기더라."

"그런 건 어디서 떼다 파노?"

엄마는 한심한 눈초리로 외삼촌을 바라봤다.

"때리 치아라."

"때리 치아라. 외삼촌아."

화순이 눈을 까뒤집으며 놀렸다. 외삼촌의 머리가 안 돌아간 건, 오징어 똥창 찌개 때문임이 틀림없어 보였다.

주물 공장에 주문한 빵틀이 도착한 건 10월 초였다. 붕어빵 보다 두 배나 큰 펭귄 모양이었다. 펭귄빵 속에도 팥이 들어갔는데 왠지 붕어빵보다 더 고소하고 맛있었다. 외삼촌은 식용유 대신 마가린을 빵틀에 발랐는데, 수산물 시장에서 15년간 붕어빵 장사를 했다는 달인에게 십만 원을 주고 배워 온 비법이라고 했다. "돈이 썩어빠졌다." 엄마가 말했다. 화순은 맛있다며 온몸을 오징어처럼 구겼다.

포장마차 앞에는 〈공섬명물펭귄 빵개시〉라는 플래카드가 붙어 있었다. 화순이 고개를 갸웃거리며 물었다.

"빵개시가 뭐꼬?"

"빵 판다고 하는 말이다."

"화씨 놀래라. 펭귄빵이 아니라 빵개시를 파는 줄 알았다."

외삼촌이 눈썹을 치켜들며 웃었다. 글자를 틀리기도 어려운데 단순한 띄어쓰기를 틀리다니. 5학년인 나도 아는 걸 서른이 넘은 외삼촌은 왜 모를까? 나는 외삼촌의 장사가 심히 걱정되었다.

외삼촌은 펭귄 동상 앞에 포장마차를 차렸다. 그러자 펭귄 앞에서 사진을 찍던 관광객들이 줄을 서서 빵을 사 먹었다. 솜씨가 서툴러 덜 익거나 탄 빵이 나갔지만 관광객들은 회보다 빵을 더 맛있게 먹는 듯했다. 공섬의 명물이자 특산물이라고 소리치는 화순 덕분에 외삼촌의 전대는 점점 부풀어 올랐다.

한차례 손님이 빠져나간 후였다. 회색 승용차 한 대가 먼지를 일으키며 포장마차 앞에 섰다. 차에서 내린 사람은 언젠가 어판장에서 본 적이 있는 면장님이었다. 뒷짐을 진 채 먼 산을 바라보는 게 습관인 듯 면장님은 외삼촌의 곱슬머리 끝을 바라보며, 여기서 장사를 하면 안 된다고 말했다. 외삼촌은 곰돌이가 그려진 앞치마를 벗어 던지며 따졌다.

"어딜 가나 먹을거리 장사 아인교? 포장마차라서 안 된다는 겁니까?"

"그게 아니라, 하여튼 '미관상 안 좋다' 그게 군청의 방침이라요."

"미관은 무슨, 씨. 육지 폐그물 공섬에 갖다 버리는 거 모를 줄 아는교?"

"그것도 차차 치울 겁니다."

면장님은 뒷주머니에서 손수건을 꺼내 넓은 이마를 닦았다. 외삼촌은 겁을 주고 싶었는지 자꾸만 눈썹을 씰룩거렸다. 그러나 같은 말만 되풀이하는 면장님을 당해 낼 재간이 외삼촌에게는 없었다. 면장님이 탄 차는 유턴할 곳을 찾지 못해 등대까지 가서 돌려나오느라 하마터면 바다에 빠질 뻔했다. 그날 밤, 엄마에게 자초지종을 설명하던 외삼촌은 새빨간 거짓말을 곁들였다.

"내가 막 따지고 드니까 땀을 뻘뻘 흘리면서 내빼더라."

결국 외삼촌의 포장마차는 나의 아지트인 어판장 폐그물 더미 옆으로 이사했다. 펭귄 동상에서 걸어서 오 분 정도 떨어진, 어판장과 마주한 공터였다. 이렇게 작은 섬에서 오 분은 꽤 먼 거리였다. 관광객은 동상 앞에서 사진만 찍고 관광버스를 타고 가버리기 일쑤였다.

"빵 하나 안주나."

어판장 앞에서 생선을 팔던 영덕호 아줌마가 소리쳤다. 그제야 외삼촌은 인사가 늦었다며 빵을 구웠다. 나는 따뜻한 펭귄빵을 안고 영덕호 아줌마에게 갔다. 그때 옆에 앉아 있던 아줌마들이 속닥거리는 게 들려왔다.

"저기서 빵 장사를 하면 누가 회를 사 묵노? 배불러서 다 간다 아이가."

"그케 말이다. 횟집들도 다 싫어 하드라. 화순네 얼굴 보고 참긴 참는데……."

나는 물고기가 팔딱팔딱 뛰고 있는 빨간 고무통 옆에 빵 봉지를 얼른 내려놓았다.

11월인데도 따뜻한 날이 계속되었다. 어판장 사람들은 미친 날씨라고 욕하면서도 활기가 넘쳤다. 가을 방어회를 맛보려는 관광객의 발걸음이 끊이지 않았다. 문제는, 회 파는 아줌마들의 자리다툼이 심해진 것이다. 조업이 늦어진 배들은 어판장 뒤쪽에 자리를 잡아야 했는데 그러면 회가 팔리지 않았다. 그래서 순서를 정해 자리를 바꾸기로 했지만 그 방법도 얼마 가지 못했다. 며칠에 한 번씩 들어오는 원양어선과 어쩌다 고기를 많이 잡은 배들이 갑자기 끼어들었기 때문이었다. 한 날은 머리채를 잡고 싸우는 아줌마들 때문에 엄마의 빨간 고무통이 뒤집어졌다. 보다 못한 어촌계장이 묘책을 내놓았다.

지정석. 원하는 자리를 돈을 주고 사는 거였다. 그것도 연세로. 아줌마들은 말 같지 않은 소리 하지 말라며 이게 누구 땅이냐고 따졌다. 그러자 어촌계장이 말했다.

"밤새 잠도 못 자고 자리 지키는 것보다 안 낫나? 일 년 내내 편하게 회 팔아라. 하루에 몇 백씩 벌면서 이백만 원이 아깝나?"

"근데 그거 누구 생각인교? 돈은 어디에 쓰고요?"

엄마가 물었다.

"회 센터 지을 거란다. 군에서 우리한테 신경 억수로 쓴 다 아이가."

"군청에서 그렇게 돈 걷으라 했십니까?"

엄마의 말에 어촌계장은 외삼촌을 흘깃 쳐다보며 말했다.

"공섬도 이제 어엿한 관광지다. 아무나 들어와서 장사하는 데가 아니다 이 말이다."

엄마는 그만 입을 다물었다. 어촌계장은 헛기침 후 다시 말을 이었다. 아줌마들은 한 둘씩 고개를 끄덕이기 시작했다. 외삼촌이 어떤 역할을 했는지는 몰라도 합의는 속도를 냈다.

외삼촌과 엄마는 육지 사람이었다. 공섬으로 시집온 엄마를 보러 가끔 섬에 다녀간 외삼촌은 이런 촌구석에서 어떻게 사냐고 구시렁거렸다. 그런 외삼촌이 공섬에 들어와 장사를 하기까지는 어쩔 수 없는 사정이 있었다.

방위산업체에서 번 돈으로 중고 트럭을 장만한 외삼촌은 화물 일을 하다가 허리를 삐끗했다. 기술이라고는 운전밖에 없었기에 할 수 없이 간고등어와 조기를 싣고 전국을 돌아다녔다. 그러던 작년, 외삼촌은 지인에게 주방세제 사업을 제안받았다. 십 리터짜리 한 통에 만 원에 팔면 오십 대 오십으로 나누는 거였다. 단번에 오케이를 한 외삼촌은 지도를 펼쳐 놓고 대한민국 북쪽에서부터 남쪽까지 전국을 돌아다녔다. 골목골목을 누비며 불티나게 세제를 팔았고 빵빵한 전대 그대로 사장에게 갖다 줬다. 다시 북쪽으로 올라가 장사를 시작하려던 때, 사장은 연락을 끊었다. 돈 한 푼 받지 못한 채였다. 사장을 잡아 죽여 버리겠다는 꿈을 안고 여인숙에서 술을 마시던 어느 날, 외삼촌이 팔던 세제가 티브이에 나왔다. 모자이크로 얼굴을 가린 아줌마가 분통을 터뜨리고 있었다. 가짜 유통 업자에 대한 시사 고발 프로그램이었다.

"그 안에 물이 들어있었는지 몰랐다. 꿈에도 몰랐다."

엄마는, 팔랑귀를 자르던지 트럭을 폐차하던지 알아서 하라고 고함쳤다. 결국 외삼촌은 빈털터리가 되어 도망치듯 공섬으로 들어왔다.

비가 오려는지 하늘이 온통 먹빛이었다. 나는 엄마가 싸준 도시락을 들고 외삼촌에게 갔다. 폐그물 더미 옆에 덩그러니 놓인 포장마차의 파란 비닐이 바람에 심하게 나부꼈다. 며칠간 내린 태풍 주의보 때문에 손님이 없었다. 외삼촌의 짙은 눈썹이 가운데로 몰렸다.

"떱때끼들 절로 안 가나?"

화순은 공중을 향해 주먹을 날렸다. 빵 냄새를 맡고 얼쩡거리는 건 갈매기뿐이었다. 외삼촌은 나무젓가락을 반으로 쪼개 감자볶음을 집어 먹었다. 젓가락질은 한없이 느렸다.

그때 노란색 관광버스가 펭귄 동상 쪽으로 천천히 들어가고 있었다. 폭풍 주의보로 섬을 빠져나가지 못한 사람이 있었던 것이다. 그러나 비 때문인지 아무도 버스에서 내리지 않았다. 외삼촌이 화순을 불렀다.

"박스 갖고 온나. 빵 젖는다."

"박스가 문제가 아인거 같은데?"

"뭐라카노?"

"외삼촌아, 인상만 쓰지 말고 대가리 좀 써라."

비웃는 화순을 향해 외삼촌은 눈을 부라렸다. 나는 둘 사이를 비집고 들어가 종이봉투에 빵을 담았다. 화순은 비를 뚫고 버스로 뛰어가 기사에게 빵을 갖다 주었다. 그러나 돌아오는 화순의 표정이 좋지 않았다.

"내보고 귀엽단다. 떱때끼들 내를 알라로 보나."

외삼촌은 한숨을 푹 내쉬었다. 잠시 후 버스 기사가 유리창을 열고 손짓을 했다. 박스를 뒤집어쓰고 뛰어간 화순에게 버스 기사는 손가락 두 개를 들어 보였다. 화순이 뒤돌아서서 소리쳤다.

"이백 개 추가요!"

"이십 개겠지."

나는 어금니를 물고 조용히 말했다.

그날 이후 외삼촌은 어판장으로 들어온 관광버스 기사에게 빵 봉지를 내밀었다. 버스 기사는 펭귄 동상을 돌고 나오면서 마가린보다 더 느끼한 목소리로 방송을 했다. "공섬의 명물 펭귄빵. 펭귄빵 하나 드셔 보시길 추천합니다." 관광버스 한 대당 적게는 스무 개, 많게는 오십 개씩 팔렸다. 하루에 들어오는 버스만 해도 여섯대는 넘었고, 6시 내고향에서 트로트 가수가 펭귄빵을 먹는 모습이 방송에 나가자 외삼촌의 장사는 소위 대박이 나기 시작했다. 이에 가장 큰 수혜자는 화순이었다.

화순은 매일 동네 조무래기들을 이끌고 포장마차로 왔다. 신발 주머니에 있는 고무 딱지가 동이 날 때까지 그 옆에서 딱지를 쳤다. 그러다 배가 고프면 외삼촌에게 어서 빵을 구우라고 재촉했는데 어찌나 당당하게 요구하는지 마치 화순이 사장 같았다. 눈을 반짝이며 빵을 받아먹는 조무래기들에게 화순은 하나님이나 다름없는 존재였다. 자기 것마저 친구에게 나눠준 화순은 별빛이 반짝이는 밤하늘을 올려다보며 말했다.

"니, 남자들의 의리를 아나?"

"모린다. 저 거지들 델꼬 얼른 꺼지라."

펭귄빵은 화순에게 갑옷이 되어 주었다. 이제 아무도 화순에게 '케도도' 라고 놀리지 않았다.

밀가루가 들어오는 날이었다. 나와 화순은 외삼촌이 사준 아이스크림을 먹으며 배를 기다렸다. 훼리호가 하얀 파도를 밀어내며 선착장에 들어왔다. 배 문이 열리자 우체국 택배차와 관광버스, 파란 트럭이 내려왔다. 온갖 장비를 실은 파란 트럭은 어판장을 향해 달려갔다.

외삼촌은 밀가루 두 포대를 수레에 실었다. 바퀴가 하나 달린 노란색 수레였다. 화순이 수레를 끌어 보겠다고 떼를 쓰자 외삼촌은 선뜻 수레를 넘겨줬다. 화순이 수레를 잡자마자 비틀거리며 넘어졌다. 찢어진 포대 옆구리에서 꿀럭꿀럭 밀가루가 새어 나왔다.

"개안나?"

외삼촌이 화순을 일으켜 세웠다.

"화씨, 디질 뻔했네."

화순의 목소리가 떨렸다. 아무래도 많이 놀란 모양이었다. 양 손바닥이 갈퀴처럼 긁혀 몽글몽글 피가 솟아 올라왔다. 화순은 금방이라도 울 것처럼 입을 쭉 내밀었다. 외삼촌이 다급히 말했다.

"돈 마이 벌면 뭐 사준다고 했지?"

"스마폰?"

"그래. 화수이처럼 억수로 똑똑한 스마트폰 사주께."

"근데, 도대체 돈은 언제 마이 버노?"

나는 한 손으로 수레를 잡고, 다른 한 손으로는 터진 밀가루 포대를 막고 있었다. 양팔이 찢어질 것 같았다. 둘이 저러고 있는 꼴을 보자 신경질이 났다.

"빨리 가야 돈 벌지!"

내 말에 외삼촌이 눈썹을 일렁거리며 말했다.

"니는 가끔 너거 엄마 닮아가 소름 끼친다."

"맞다. 떱때끼야."

화순은 손등으로 눈물을 닦고 외삼촌 뒤를 졸졸 따라갔다.

어판장에 도착하자, 파란 트럭이 펭귄 동상 앞에 서 있는 게 보였다. 뭔가 불길한 꿍꿍이가 느껴졌다. 외삼촌이 반죽을 만드는 동안 나는 화순을 데리고 펭귄 동상으로 걸어갔다. 아저씨 둘이 트럭에서 장비를 끌어내고 있었다. 곧 텐트 같은 틀이 세워지고 그 위에 포장이 덮였다. 아래는 주황색 위는 투명한 포장이었는데 지퍼가 달려있어 포장을 여닫을 수 있었다. 아저씨 둘이 커다란 빵틀을 들고 포장 안으로 들어갔다. 빵틀은 펭귄 모양이었다.

"클났다. 전쟁자가 나타났다."

"경쟁자겠지!"

내 말에 외삼촌은 빵 뒤집는 꼬챙이를 내팽개치고 펭귄 동상으로 달려갔다. 그곳에는 외삼촌 것보다 훨씬 크고 세련된 포장마차가 세워져 있었고 〈원조 펭귄빵 특허출원〉이라는 플래카드가 붙어 있었다. 외삼촌의 눈이 튀어나올 것처럼 커졌다.

"여기 누가 허가 내줬습니까?"

아저씨 한 명이 외삼촌을 흘낏 쳐다보며 대답했다.

"우리는 설치하는 사람이라 잘 모릅니다."

"주인은요?"

"글쎄요. 내일 들어오지 싶은데."

외삼촌은 눈썹을 씰룩거릴 뿐 아무 말도 하지 못했다. 아저씨들에게 따져봐야 소용없는 일인 걸 아는 듯했다. 포장마차로 돌아온 외삼촌은 내내 시무룩했다.

나는 부서진 부표 위에 앉아 외삼촌의 커다란 등을 바라보았다. 면장님이 말한 '미관'이라는 것이 포장마차의 크기를 말하는 거였나? 외삼촌이 더 큰 포장마차를 차리면 펭귄 동상 앞에서 장사를 할 수 있을까? 곳곳에 쌓여 있는 폐그물 더미가 오늘따라 더 흉측해 보였다. 어른들의 일은 모두 저 그물처럼 복잡하게 꼬여 있는 것만 같았다.

　화순을 따돌린 후 제당으로 향했다. 제당은 아주 옛날, 만선을 기도드리던 늙은 무당이 죽은 후 아이들의 놀이터가 되었다고 했다. 둔덕이었던 오르막길이 마흔아홉 개나 되는 계단으로 바뀌었고 나와 화순은 그곳에서 가위바위보를 하며 놀았다. 여름에는 물총 놀이를 하고 겨울에는 삽으로 눈을 편편하게 눌러 미끄럼을 탔다. 제당은 우리의 아지트이자 놀이터였다.
　그러나 이제 계단을 오르면 박스를 덮고 자는 노숙자들만 보였다. 날이 따뜻해지면 노숙자들로 발 디딜 틈이 없었는데, 여인숙비용을 아껴 술을 마시는 선원들이었다. 그중 아빠 배를 탔던 선원도 있었다. 큰 키에 회색 모자를 쓰고 다니는 꺽다리 아저씨였다. 우리 집에 왔을 때 어쩌나 밥을 허겁지겁 먹던지 내 입맛이 뚝 떨어질 정도였다. 젊은 사람이 왜 공섬까지 왔냐는 엄마 말에 끝까지 대답하지 않던 아저씨. 아빠는 꺽다리 아저씨에게 최대한 욕을 아꼈다.
　파도가 거친 날이었다. 꺽다리 아저씨는 배를 타자마자 멀미를 시작했다. 그러다 그물을 제때 걷어 올리지 못해 스크루에 그물이 감겼다. 잔뜩 화가 난 아빠가 세상에 있는 욕을 다 해대는 바람에 꺽다리 아저씨는 그 날로 도망을 갔다. 그 후 어판장에 종종 모습을 드러내곤 했는데 몸만 비적비적 걸어가는 좀비 같았다. 그리고 언젠가부터 제당에 드러누워 잠을 자기 시작했다.
　어느 초겨울 아침이었다. 구급차가 와서 죽은 노숙자를 실어갔다. 밤사이 누군가 큰 돌로 노숙자의 머리를 내리쳤다고 했다. 바닥은 물론 나무까지 피가 튀었는데, 아이들은 그 혈흔을 찾을 때마다 대단한 걸 발견한 것처럼 떠들어댔다. 경찰보다 더 빠른 수사력으로 범인까지 잡을 기세였다. 결국 경찰의 늑장 수사로 살인범은 섬을 떠났다. 파출소장 아들이 죽었대도 그랬을까? 엄마의 그 말이 내내 머릿속에 맴돌았다. 그 후 꺽다리 아저씨는 어디에도 보이지 않았다.

펭귄이 유명해지면서 횟집 2층에 돈가스집이 생겼다. 육지에서 정육점을 했다는 뚱뚱한 사장님은 짧은 목을 까딱거리며 사람들에게 인사했다. 자장면으로 유명해진 제주도의 어느 섬 이야기를 하며 여기에 뭐 볼 게 있냐, 오징어 똥창 찌개나 해 먹는 천애 고아 같은 섬에 돈가스 하나로 일 년 내내 관광객을 불러 모으겠다는 포부를 내비쳤다. 그러나 오픈발이 끝나자 손님이 뜸해졌고, 당일치기 관광객은 돈가스를 사 먹지 않았다. 그 겨울, 사장님은 자살했다. 경찰들 사이를 비집고 바라본 시커먼 나무토막이 사장님의 시체였다는 걸 나중에서야 알게 되었다.

어른들은 그들의 죽음을 지나가는 바람처럼 쉬이 잊었다. 죽음이 마치 그 사람 혼자의 잘못인 것처럼. 공섬에 들어온 떠돌이의 인생이 늘 그런 것처럼 대했다. 나는 언젠가부터 어른들이 불편하고 무서워졌다.

나는 제당 안쪽에 있는 큰 바위에 올라앉았다. 새빨간 노을이 바다를 점점 물들이고 있었다. 눈을 깜빡이지 않고 얼마나 오래 버틸 수 있는지 혼자서 내기를 했다. 눈을 가늘게 뜨자 꽤 오랫동안 노을을 쳐다볼 수 있었다. 눈앞이 어지러웠다. 빨간 안경을 쓴 것처럼 온 사방이 불바다로 변한 것 같았다. 제당 나무 뒤에, 어떤 남자가 소주병을 들고 있는 게 보였다. 술을 마시는 것 같기도 하고 고개를 흔들며 꺼억꺼억 우는 것 같기도 했다. 나는 손등으로 눈을 비볐다. 그러자 남자의 형체가 사라졌다. 심장이 덜컹 내려앉았다. 나도 모르게 목소리가 떨렸다. 외삼촌, 외삼촌!

늦은 밤까지 엄마와 외삼촌의 작전 회의가 계속됐다. 외삼촌은 '원조'라는 말에 열을 올렸고, 엄마는 그게 중요한 게 아니라고 말했다.

"장사는 목이 구십 프로다. 코앞에 빵 놔두고 니한테 가서 묵겠나. 군청에 전화해라."

"전화해서 뭐라고 하노?"

"왜 그 사람들한테만 좋은 자리 주냐고 따져야지."

"돈 내라고 하면?"

"할 수 없다. 천지가 우리 세상인 줄 알고 살았는데 이제는 땅도 함부로 못 밟는다. 의도가 괘씸해도 우야겠노."

엄마는 한숨을 내쉬었다. 결국 돈 때문이라는 결론이 내려졌고, 적정선을 찾기 위해 고민해야 할 단계로 넘어갔다. 나는 티격태격하며 액수를 따져보는 둘의 이야기를 듣다가 잠이 들었다.

다음날이었다. 지정석에 앉아 회를 팔고 있는 엄마에게 외삼촌은 손가락 다섯 개를 들어 보였다. 엄마는 입술을 지그시 깨물었다. 일 년에 오백만 원. 그것도 한 번에 내라는 군청 직원의 목소리가 휴대전화 밖으로 들렸다. '시발놈의 새끼들' 엄마는 소리 내지 않고 욕하기의 고수다.

외삼촌은 오후 내내 시무룩한 얼굴이었다. 나는 그런 외삼촌이 답답했다.

"여기서 그냥 장사하면 안 되나?"

"사람들이 여기까지 오겠나?"

"그러니까 머리를 써야지. 팥 말고 딴 걸 넣던지."

"딴 거 뭐?"

"내가 우에 아노? 내 아직 5학년이다!"

화내면 안 되는데, 소 때려잡게 생겨서 날파리한테 에프킬라도 못 뿌리는 외삼촌을 슬프게 하면 안 되는데. 그런 생각을 하며 외삼촌을 힐끗 쳐다봤다. 외삼촌은 아랫입술을 쭉 내밀고 있었다.

화순은 실내화 가방을 들고 씩씩거리며 걸어왔다. 펭귄빵에 질린 아이들이 더이상 화순과 놀지 않는 모양이었다. 나는 화순을 데리고 펭귄 앞 포장마차로 향했다. 우리는 펭귄을 구경하는 척하며 동상 안에 들어가 앉았다. 포장마차에는 부부처럼 보이는 남자와 여자가 빵을 굽고 있었는데 속도가 한없이 느렸다. 화순이 입꼬리를 올리며 말했다.

"떱때끼들. 제대로 하지도 못하는 게."

"외삼촌은 처음부터 잘했나?"

"니는 누구 편이고?"

"그거는 모르겠는데, 니 편은 아이다."

그때 남자가 우리에게 손짓을 했다. 나와 화순은 미적미적 펭귄 동상 밖으로 나갔다.

"빵 하나 먹어볼래? 평가 좀 해도."

거절하기가 그래서 받아든 빵은 작고 통통했다. 길고 납작한 외삼촌의 빵과 달리, 오동통한 몸매에 콕콕 찍은 듯한 눈코입이 귀여운 빵이었다. 예전에 육지에서 사 먹었던 델리 만쥬와 비슷했다. 빵을 깨물자 노란 크림이 나왔다. 어찌나 달콤하고 향기로운지 나도 모르게 탄식이 새어 나왔다. 나는 입안의 것을 꿀꺽 삼키고 말했다.

"특허가 뭔데요?"

"펭귄빵을 처음 만든 사람한테 주는 거다."

"우리 외삼촌이 처음 만들었는데요."

"특허는 우리가 먼저 냈다."

여자는 싱긋 웃어 보였다. 기분 나쁜 웃음은 아니었지만 나는 그 웃음을 기분 나쁘게 받아들이려고 애썼다.

그렇게 젊은 부부와 엄마는 외삼촌의 포장마차 앞에 모였다. 일제히 고개를 들어 〈공섬명물펭귄 빵개시〉라는 플래카드를 바라봤다. 남자가 물었다.

"혹시, 별명이 펭귄인교?"

"뭐라카노. 내 별명은 송승헌입니다. 불만 있는교?"

외삼촌은 송충이 같은 눈썹을 씰룩거려 보였다. 그러자 남자가 대답했다.

"펭귄 빵개시. 그러니까 펭귄이 빵을 파는 거를 시작했다, 이 말인데요?"

우리는 다시 플래카드를 올려다봤다. 단순한 띄어쓰기가 이렇게 결정적인 실수가 되다니.

"뭔 말 같지도 않은 소리를 지껄이노? 군청에 빽 있는 거 다 아는데, 뒤함 파보까?"

"우리는 돈 내고 장사하니더. 요즘 세상에 빽이 어딨노? 빽이."

여자는 샐쭉 그 말을 하고는 엄마의 눈을 피했다. 엄마는 그 순간을 놓치지 않았다.

"그 얼굴 뾰족한 과장이가, 아이면 군수가?"

"우리한테 따질 게 아이고 자릿세 내고 당당히 장사하소."

"언제부터 공섬이 자릿세 내고 장사하는 데고? 여가 누구 땅인데? 어디서 못된 것들이 함부로 들어와서 지랄이고 지랄이!"

엄마의 고함에 젊은 부부는 고개를 흔들며 자리를 떠났다. 그때 화순이 갑자기 울먹이기 시작했다.

"엄마, 외삼촌 망하는기가? 저 빵이 훨씬 맛있어서 큰났다."

외삼촌은 멍한 얼굴로 하늘을 올려다봤다. 갈매기는 신이 난 듯 끼룩끼룩 웃으며 날아다녔다.

아무것도 없어서 서로 경쟁할 것이 없던 공섬. 이제는 돈을 낸 사람만이 생선을 팔고 빵을 팔게 되었다. 누가 공섬을 이렇게 만들었을까? 몸 하나 들어가는 작은 포장마차에 겨우 자리를 잡은 외삼촌이었다. 그런 외삼촌의 집과 꿈이 흔들리고 있었다.

모든 게 펭귄 탓 같았다. 펭귄 때문에 사람들의 욕심이 커졌다. 돈 없는 사람들이 자꾸만 밀려났다. 혹시 이 모든 게 펭귄의 저주일까? 얼음 공장을 옮긴 지 십 년이 지나도록 치워지지 않는 펭귄 동상을 사람들은 냉대했다. 혼자서 비를 맞고 눈을 맞을 동안 사람들은 한 번도 펭귄을 돌봐주지 않았다.

나는 펭귄을 향해 손을 모았다. 바다에 나간 아빠를 기다리다가 돌이 되어버린 전설의 소녀처럼, 내 두 손에도 힘이 들어갔다.

'펭귄아, 외삼촌의 포장마차를 꼭 지켜줘.'

파도가 칠 때마다 배들이 일렁거렸다. 배는, 자신을 당겨 묶은 밧줄과 줄다리기를 하는 것 같았다. 배 바깥에 달아놓은 폐타이어가 서로 부딪칠 때마다 비명 같은 소리가 났다. 그러다 밧줄이 툭, 하고 끊어질까 봐 불안했다.

"띱때끼 삐대나? 존나 까부네. 아가디 다쳐."

외삼촌이 준 마지막 선물은 꽤 유용했다. 화순은 친구들 사이에서 동네 깡패로 통했고 제법 카리스마도 생겼다. 덕분에 혀 짧은 소리가 더이상 우습게 들리지 않았다. 그런 화순이 펑펑 운 날이 있었는데 불과 며칠 전이었다. 외삼촌은 스마트폰을 사주지 못해 미안하다며 냉동실 가득 아이스크림을 넣어주었다. 그리고 이렇게 말했다.

"화수이, 진짜 멋있는 게 뭔 줄 아나?"

"뭔데?"

"속으로 우는 남자다."

화순은 조그만 입술을 꼭 다물고 고개를 끄덕였다.

외삼촌을 태운 훼리호의 스크루가 힘차게 돌아갔다. 그러자 바닷속에서 파도가 휘몰아쳤고 배는 점점 섬을 밀어내며 넓은 바다로 나가기 시작했다. 훼리호가 저만치 사라졌을 때, 나는 화순을 힐끗 쳐다봤다. 차렷 자세로 눈에 힘을 주고 있었다. 무슨 생각을 하는 건지 알 수 없었지만, 나는 멋진 남자가 되었다는 축하 인사로 화순에게 엄지손가락을 치켜들어 보였다. 화순은 그런 나를 보더니 갑자기 입을 쭈욱 내밀었다. 와앙 하고 터진 울음소리는 뱃고동 소리보다 컸다. 엄마는 동네 창피하다며 화순의 팔을 질질 끌고 집으로 갔다. 나는 외삼촌이 탄 배가 보이지 않을 때까지 계속 서 있었다.

눈발이 날렸다. 한두 송이 흩날리던 눈이 빠르게 내리기 시작했다. 길바닥은 어느새 스티로폼 알갱이를 뿌려놓은 듯 하얗게 변했다. 눈 사이로 짙푸른 바다가 선명하게 보였다. 파도는, 배가 지나간 자리를 계속해서 지우고 있었다.

외삼촌은 이제 어디로 가는 걸까?

나는 눈을 감았다. 차가운 바람이 콧속으로 들어왔다. 가슴이 서늘해졌다. 바다를 헤엄쳐서 돌아오는 외삼촌의 모습을 상상했다. 나갈 때 보다 들어올 때 파도가 더 세다는 공섬. 외삼촌은 거친 파도를 거슬러 이곳으로 다시 오고 있다. 이십 센티미터 직진하면 파도가 일 미터 밀어낸다. 그래도 끝까지 헤엄친다. 외삼촌은 울지 않는다. 나는 바다를 향해 엄지손가락을 치켜 세워 보였다.

주위를 둘러보자, 아직도 치워지지 않은 폐그물 더미 위에 하얗게 눈이 내려 쌓였다.

임정인 | 코뿔소

2023 《광남일보》 신춘문예 소설 부문 당선.

코뿔소

임정인

    환이 코뿔소로 변한 뒤 곧 사라졌다는 해음의 주장은 누구에게도 수용되지 않았다. 사진과 영상도 없이 사람이 코뿔소로 변했다가 흔적도 없이 자취를 감췄다는 말이 21세기에 받아들여질 리 없었다. 가장 친한 친구를 잃은 해음은 절망했고, 또 분노했으나, 정신과 치료를 피하기 위해서는 그저 잊은 척 살아가는 수밖에 없었다.

    그러나 가족과 친구, 애인을 이 코뿔소 증상으로 잃은 사람들은 조금씩 나타났고, 그제서야 해음은 그들과 함께 거리로 나와 자신들이 미치지 않았음을 매일같이 소리칠 수 있었다.

    하지만 거리 행렬은 오래 가지 않았다. 사라지지 않는 코뿔소들이 도처를 활보했기 때문이었다. 보건 당국은 이제 일련의 현상들을 공식적으로 인정하고 병리학적으로 이 문제를 조사하기 시작했다. 코뿔소로 변한 사람들을 데려와 다시 사람으로 되돌릴 수 있는 방법에 대한 연구가 착수되었지만 진전은 미미했다. 코뿔소로 변한 사람들의 유전 정보가 일반적인 코뿔소와 정확히 일치했기 때문에, 그것은 코뿔소를 사람으로 변신시키는 것만큼이나 어려운 일이었다. 사람에서 코뿔소로 변이한 이들을 따로 모아서 관리해주는 전문가들과 코뿔소가 엉망으로 만들어버린 집을 수리해주는 전문가도 생겨났다. 그밖에도 많은 직업들이 새로 등장하고 있었다.

사람이 코뿔소로 변하기 전에 겪는 증상들에 대한 정보가 일부 밝혀졌다. 코뿔소로 변하는 사람들은 수 일 전부터 심한 기침을 했다. 호흡 곤란을 겪는 사람들도 있었고, 발열이 동반되기도 했으나 어떤 메커니즘으로 상관관계가 성립되는지에 대해서 밝혀진 바는 없었다.

해음은 휴직계를 낸 정비 공장에 다시 출근했다. 국가 주도의 청년 취업 지원 제도를 통해 입사했기 때문에 해음은 여태 잘리지 않았다. 회사의 입장에서 해음은 코뿔소니 뭐니 미친 소리를 해대며 주말마다 거리 집회에 나서다 휴직계를 낸 골칫거리였으나 이제는 해음의 말이 옳았음이 증명되었으므로 회사 사람들은 짐짓 미안해하며 어설프게 그를 위로했다. 그들도 어쩔 수 없었다. 공군에 전투기 부품을 받아와서 정비하는 회사는 최근 국방 개혁 사업으로 늘어난 수요를 감당해야했고, 그런 상황에서 해음의 이탈은 반가운 소식이 아니었다.

해음의 바람대로, 국내에서만 발생하는 유례없는 상황에 전 세계가 코뿔소 증상에 주목하게 되었지만 그는 기쁘지 않았다. 점점 더 많은 사람들이 코뿔소로 변하고 있었기 때문이었다. 친구의 친구가 코뿔소로 변했다든가, 부모님이 하루아침에 코뿔소로 변해서 가정이 풍비박산 났다든가 하는 소식들이 조금씩 들려오고 있었다.

퇴근한 해음은 아파트 상가에 딸려있는 치킨집으로 향했다. 시온을 만나기 위함이었다. 작년에 공무원 시험에 합격해 올해부터 민원실에서 일하고 있는 시온은 코뿔소 증상으로 삶이 고달파진 사람 중 한 명이었다. 국내기관의 많은 부서들이 비상사태를 해결하기 위한 체제로 돌입했고, 시온이 속한 민원실은 갑자기 호흡곤란이나 기침을 하는 사람들을 모니터링 하고 있었다.

500ml 생맥주를 단숨에 반이나 비워낸 시온이 말했다. 증상이 있으면, 집에서 쉬고 최대한 안전한 공간에서 대기하는 게 상식 아니야? 며칠만 지켜보면 답이 나오는 걸 왜 밖에서 기침을 해대서 사람들을 불안하게 하냐

고. 그러다 갑자기 코뿔소로 돌변해서 물건 다 부수고 다니면 누가 보상해? 코뿔소가 된 사람이 아이고, 제가 전봇대를 부숴먹었네요. 제 월급에서 까십쇼. 라고 하냐고. 시온아. 코뿔소가 아니고 사람이잖아. 사람이면 감기에 걸렸을 수도 있는 건데 기침 좀 한다고 죄인 취급하면 어떡해? 아니, 누가 죄인이래? 그냥 집에서 며칠 쉬면 되는 걸 가지고 자꾸 나가려고 하니까 그렇지. 사람이 나가서 일도 하고 바람도 쐬야지, 기침한다고 집에 가둬놓으면 그게 죄인 취급이지 뭐냐? 지금 12월이야. 건조하고 추운 이 날씨에 기침 한 번 안 하고 지나가는 사람이 어딨어?

시온은 사람들을 이해할 수 없었다. 코뿔소 증상이 심각하다고 해도 제도적인 대응책이 제시되었고, 잘 따르기만 한다면 증상이 해결되고 난 후에 지금 일어나는 일들을 정상화시킬 수 있을 것이라고 생각했다. 시온은 사람들의 이기심 때문에 코뿔소 증상으로 인한 피해가 더 커지고 있다고 여겼다.

하지만 해음의 생각은 달랐다. 해음은 코뿔소 증상의 초기 발견자로, 집단 지성이 얼마나 무능하고 타인에게 무관심한지 잘 알고 있었다. 국가가 회사에 지원하는 청년 고용 지원금이 없었다면 해음은 건강상의 이유로 해고되었을지도 모르는 일이었다.

요즘 졸음운전 사고가 늘었대. 아침부터 저녁까지 기침약을 달고 사는 사람들 때문에. 시온은 처음 듣는 것 같았다. 해음은 말을 이었다. 기침약 먹으면 많이 졸리잖아. 그런데 일은 해야겠고, 기침약을 먹어도 기침이 아예 안 나오는 건 아니니까 감기 걸린 사람들이 기침약을 두 배, 세 배씩 먹는 거지. 기침을 숨겨야 하니까. 게다가 히터까지 틀면 충분히 그럴만해. 기침만 해도 코뿔소 취급을 하잖아. 그러니까, 그냥 휴가를 내고 집에서 쉬라니까 왜 그렇게 무리를 해서…. 넌 모른다, 시온아. 졸업하고 공부만 했는데 어떻게 알겠냐? 세상 사람들이 다 공무원이면 얼마나 좋겠어.

보건 당국은 코뿔소 증상이 전염성일 수도 있다고 밝혔다. 정확한 원인에 대해서는 조사가 더 필요하지만 증상자들이 호흡곤란이나 기침 등을 동반하는 것을 보아 충분히 가능성이 있으니 마스크를 착용할 것을 권고했다. 일각에서는 아직 바이러스의 존재를 확신하기 어려운 상황에서 사회적 혼란을 가중시키기만 할 것이라는 반박이 등장했지만 국가 차원에서는 기침 환자들만 줄일 수 있어도 시민들의 불안을 조금이나마 덜 수 있을 것이라고 판단한 모양이었다.

곳곳에서는 다양한 여론들이 만들어졌다. 최초 발원지를 찾아내서 책임을 물어야 한다, 신이 내린 형벌이니 겸허히 받아들여야 한다, 따위의 주장들이 일부 커뮤니티를 중심으로 확산되는가 하면, 코뿔소가 사실 인간에 비해 월등히 우수한 동물이며 이 증상은 인류에게 닥친 진화의 기회라고 하는 사람도 있었다. 하지만 이 경우는 원래 코뿔소와 인간에게서 변이한 코뿔소가 유전학적으로 완전히 같다는 지적에 금방 시들해졌다.

사람들은 서로 싸우기 시작했다. 어떤 코뿔소는 뿔이 두 개였고 어떤 코뿔소는 뿔이 하나였는데, 코뿔소로 변한 후 난동을 부리는 경우가 있는가 하면 소방대원이 출동할 때까지 가만히 있는 코뿔소도 있었다. 사람들은 뿔이 적고 온순한 코뿔소로 변한 사람을 두고 원래 본성이 선해서 그렇다느니 떠들어댔고 난동을 부리는 코뿔소로 변한 사람들의 가족들은 그가 입힌 상해와 기물 파손에 대한 책임을 지게 될까봐 그의 가족임을 부정하기도 했다. 그 과정에서 마찰이 있었고 방송국들은 기회를 틈타 어딘지도 모를 연구소에서 소장으로 있다는 전문가들을 데려와 특집을 편성하기도 했다.

해음은 성해를 만나야겠다고 생각했다. 장거리 연애였기 때문에 코뿔소 증상 이후로는 잘 만나지 못했다. 비행기나 기차 같은, 밀폐된 곳에서 오래 이동해야하는 일은 되도록 피해야 하는 일이 됐기 때문이다. 해음은 광주로 향하는 표를 끊고 열차에 올라탔다. 8호차 5A석이었다. 예약은 필요 없었다.

기차에는 사람이 많지 않았다. 기차 벽 곳곳에는 비상시 사용할 수 있도록 마취총이 비치되어 있었다. 훈련된 철도 승무원들이 코뿔소가 된 사람을 제압할 수 있도록 하기 위함이었다.

두 시간 남짓의 시간 동안 8호차 안에서 코뿔소 증상자가 나타나지 않길 바라며, 해음은 무선 이어폰을 귀에 꼽고 눈을 감았다. 곳곳에서 일어나는 코뿔소 증상으로 늘 긴장 상태였기 때문에 해음은 오늘만큼은 푹 쉴 수 있기를 기도했다. 일련의 긴장 상태는 해음에게만 해당하는 일이 아니었다. 사람들은 언제나 주변을 주시하고 있었다. 기침하는 사람들이 없는지, 가쁜 숨을 몰아쉬는 사람은 없는지 신경을 곤두세우고 있었다. 아이가 있는 사람이라면 더욱 그랬다. 옆 좌석을 살피지 않아도 아이와 함께 타고 있는 사람들을 금방 구분해낼 수 있었다. 그들은 눈감지 않고 피곤한 눈으로 고개를 여기저기 돌리고 있었기 때문이었다.

　한 시간 가량 지났을 때였다. 해음은 캑캑거리는 소리에 눈을 떴다. 대각선 앞에 타고 있는 사람이 마스크 쓴 입을 손으로 가리고 신음을 내며 주변을 흘겨보고 있었다. 해음과 그 주변에 있던 사람들은 일제히 가방을 챙겨 일어났다. 7호차 쪽을 살펴보니 이미 코뿔소 증상자와 승무원들이 한바탕 하고 있는 중이었다. 해음은 재빨리 9호차 쪽으로 뛰어가, 열차와 열차 사이에 있는 화장실로 들어가 문을 잠갔다. 바깥에서 문을 여러 차례 두드렸지만, 해음은 이어폰의 볼륨을 더욱 키우고 눈을 감을 뿐이었다.

　이윽고 짐승의 울음소리, 사람들의 비명소리가 들렸다. 알루미늄으로 된 좌석이 부서지는 소리가 몇 번 이어진 끝에 잠잠해졌고, 누군가의 울음소리가 들렸다. 해음은 10호차로 건너가 입석에 가방을 부리고 열차가 도착할 때까지 그곳에 있었다.

　성해는 인권 단체에서 일하고 있었다. 성해를 만난 곳도 그곳이었다. 대학 때부터 함께 활동하던 곳에 성해는 정직원으로 들어갔고, 해음은 서울에 직장을 구하며 장거리 연애가 시작되었다. 성해는 많이 지쳐보였다. 코뿔소 증상 이후 인권 단체들은 크게 두 개의 입장으로 분화되었다. 코뿔소가 된 사람들을 인격적으로 대우하고 그들이 다시 사회로 돌아왔을 때 정상적인 생활을 할 수 있도록 돕자는 쪽이 있었고, 이미 코뿔소가 된 사람들을 차치하고 남은 사람들이 인간적으로 살 수 있도록 지원하자는 쪽이 있었다.

성해의 단체는 전자의 입장을 고수하는 몇 안 되는 단체였기에 사람들로부터 많은 비난을 받고 있었다. 일부 극성 단체들의 협박 메시지를 받기도 했지만 무엇보다 고역인 건 이미 짐승과 다를 바 없이 변한 사람들을 인간으로 보고 돕는 일에 점점 회의감이 생겨난다는 것이었다. 그것은 성해와 같은 노선의 단체들이 와해되는 가장 큰 이유였다.

해음과 성해는 역 근처의 숙박 시설에 체크인 했다. 코뿔소 증상에는 익숙해졌지만 둘만의 시간은 흔하지 않았기 때문에 주변을 살피지 않고 편하게 있고 싶었다. 높아진 방값을 체감하며 짐을 풀었다. 오면서 별 일 없었어? 그럴 리가 없다는 걸 알았지만, 성해는 그렇게 물었다. 해음도 짐짓 모른 체하고 답했다. 별 일 없었지. 운이 좋았나봐. 너 같은 사람들이 많아져야 할 텐데. 아니야, 뭐. 안부 인사가 오갔다. 나 얼마 전에 시온이 만났다? 그래? 잘 지낸대? 그런 거 같더라. 사람들이 집에만 있어야 한대. 그러다보면 곧 좋아질 거라고. 성해가 쓴웃음을 지었다. 그래. 나도 그랬으면 좋겠네.

성해는 시온의 생각에 어느 정도 동의했다. 시온의 말대로 코뿔소로 변한 사람들이 원래의 모습으로 돌아올 수 있다는 희망으로 그들을 돌보고 있었기 때문이다. 그러나 둘의 생각에 차이가 있다면 성해는 사람들을 통제할 수 있을 것이라고 생각하지 않는다는 것이었다. 성해는 인권 단체에서 일하면서 배운 게 있었다. 영리 조직이든 비영리 조직이든 단체가 유지되려면 노동과 보수가 있어야 하고, 열정과 믿음만으로 그것을 대체할 수는 없었다. 일하지 못하는 노동자가 느끼는 불안감은 겪어보지 않으면 알 수 없는 것이다.

그러나 성해는 또한 최초로 코뿔소 증상을 경험한 해음의 애인으로서, 그가 사회로부터 겪은 수모를 잘 알고 있기도 했다. 마냥 사회가 좋아지기를 기다릴 수는 없는 노릇이라는 것도 성해는 이해하고 있었다.

둘은 배달음식을 비대면으로 전달 받아 먹고, 이어플러그를 끼고 깊은 잠을 잤다. 코뿔소 증상 이후로 불티나게 팔리는 3M사의 이어플러그는 성

해와 해음의 밤을 짐승의 울음소리와 사람들의 비명소리로부터 안전하게
지켜주었다.

업무 지시를 받은 해음은 윤활유 통을 들고 제2작업실로 이동하고 있
었다. 그곳에는 이미 정비를 마친 물품들 중에 출고가 늦어지고 있는 것들
이 보관되어 있었다. 정비를 끝낸 후에 녹이 슬면 곤란했기 때문에 해음은
2000 파운드로 단단하게 토크가 걸려 있는 거대한 베어링 접합부 사이사이
에 윤활유를 골고루 도포했다.

해음, 부장님이 잠깐 보자고 한다. 오전에 업무 지시를 내린 반장이었다.
그는 기침을 하고 있었다. 짧게 대답한 해음은 작업실 창문을 모두 열고 반
장이 나가고 한참 후에 사무실로 나섰다. 감기에 걸린 것이겠지만 옮으면
그것대로 곤란했다. 사장이 지금 시기에 감기를 특히 조심해야한다며, 회사
에 있는 항공 부품들의 높은 가치에 대해서 귀에 못이 박히도록 이야기했기
때문이었다.

부장은 해음의 복직계를 수리한 후 잔여 연차 일수와 상여금에 대한 부
분을 회의했다며 결정된 사항을 알려주었다. 휴직 날짜 중 일부를 이월 연
차에서 소진시켜주겠다고 했고, 근로 장려 차원에서 상여금도 다른 직원들
과 차이 없이 지급될 것이라고 했다.

호흡곤란과 발열, 기침과 코뿔소 증상의 상관관계가 밝혀졌다. 일단 증
상이 시작되면 몸에 있는 에너지가 모두 코뿔소로 변이하는 데 사용되고,
그 과정에서 면역력이 급격히 떨어지면서 감기 등의 호흡기 질환에 매우 취
약한 상태가 된다. 그러다 코뿔소가 되기 얼마 전에는 기도를 포함해 장기
들의 모양이 변하면서 발열, 호흡 곤란 등의 증세가 나타나게 된다. 코뿔소
증상이 어떤 원인으로 시작하는지에 대해서는 여전히 알려진 바 없지만, 적
어도 바이러스에 의한 것이 아님은 확실해졌다.

그러나 기침을 극도로 꺼리게 된 사회 분위기는 바뀌지 않았다. 기침하
는 사람이 반드시 코뿔소가 되는 건 아니지만, 코뿔소가 되는 사람들은 대

부분 기침을 했기 때문이다. 조심해서 나쁠 것 없다는 생각이 지배적이었다. 사람들은 서로를 서서히 잃어가는 과정에서도 누구 하나 믿지 못했다.

퇴근하고 방에서 쉬고 있던 참이었다. 해음의 휴대폰이 울렸다. 회사에서 온 전화였다. 부장이 코뿔소로 변했으며, 고가의 항공 부품들이 많이 파손되어 회사의 입장이 곤란해졌다고 했다. 한 달간 회사가 휴업하게 되었다는 소식을 전한 반장은 작은 목소리로 사장이 기업 회생을 고민 중이라고 덧붙였다. 상여금이니 연차니 하는 것들은 해음에게 아무 의미가 없게 되어버렸다. 새로 이력서를 쓰기 시작해야겠다고 해음은 생각했다.

코뿔소 증상 이후 산업은 차차 마비되고 있었다. 특히 생산 분야의 타격이 컸다. 비싼 설비들을 코뿔소들이 헤집고 다니면서 가동을 멈추는 공장이 늘었다. 고가의 제품을 취급하는 해음의 회사 같은 곳들은 국가 차원에서 회생을 돕기도 했다. 실업자들이 늘고 국가의 비상 지원금이 풀리면서 물가는 계속 오르고 있었다. 반 년 전부터 혼자 살기 시작한 해음은 그러한 변화를 여실히 느끼고 있었고, 몇 주간의 휴직으로 수입이 없었던 그에게 반장이 전한 소식은 타격이 컸다.

해음은 거실로 나가 창문 앞에 섰다. 비탈길에 올라선 해음의 오래된 아파트에서는 바깥 풍경, 그러니까 거대한 코뿔소 공원처럼 변해버린 모습들이 눈에 들어왔다. 호흡기를 전담하는 병원들 앞에는 기침약을 처방받으려는 사람들이 줄을 서 있었고, 간혹 코뿔소를 포획하려는 사람들이 코뿔소에게 장비를 겨누는 한편으로 혼란에 빠진 사람들을 통제하고 있었다. 도시의 한쪽 구석 큰 규모의 부지에는 새로운 건물이 들어서고 있었는데 거의 완공된 것처럼 보였다. 이 와중에도 뭘 짓긴 하는구나.

암막 커튼을 쳤다. 휴직계를 낸 후로 공백이 생긴 수입을 메우기 위해 쉬지 않고 잔업에 임했던 해음은 서랍에서 이어플러그를 꺼내, 방으로 들어가 긴 잠을 잤다. 꿈에는 주변인들 중 가장 먼저 코뿔소가 된, 홀연히 사라져버린 환이 등장했다.

휴대폰이 울렸다. 이어플러그를 꽂고 있던 탓에 오래도록 벨소리가 흘러나왔지만 해음은 얼른 알아차리지 못했다. 휴대폰 너머에서 성해의 짜증 섞인 목소리가 들렸다. 해음의 회사에 대한 소식을 들은 것 같았다. 그의 동료에게서 전해 들었다고 했다. 왜 바로 말 안 했어. 뭐 좋은 소식이라고 쪼르르 가서 말하냐…. 너 복직한 지도 얼마 안 됐잖아. 다른 회사 알아봐야 하는 거 아니야? 성해의 말이 맞았다. 해음은 국가 지원 저금리 대출과 비상지원금으로 생계를 유지하고 있었다. 일단 여기에 파트타임 직원이라도 뽑는지 물어볼게. 일하면서 다른 회사 알아봐. 아마 자리가 있을 거야. 여긴 늘 사람이 모자라거든.

휴직을 하고 집회에 나간 이후, 해음은 사회에 염증을 느끼고 있었다. 뉴스와 신문을 애써 피하던 그에게 성해는 코뿔소로 변한 사람들을 관광 상품화하기로 했다는 충격적인 소식을 전해주었다. 동물원을 세우고 거기에 코뿔소가 된 이들을 격리한 후 테마파크처럼 운영하겠다는 방침이었다. 코뿔소들이 많아지자 더욱 본격적으로 관리할 필요성이 대두되었고, 이들을 모두 수용할 공간이 부족했기에 내려진 특단의 조치였다. 인권 단체를 비롯해 많은 사람들이 비인격적인 대우라고 항의했으나 정부는 국내에서만 일어나는 이상 증세와 그에 따른 경제적 위기를 극복할 대안이 필요했고, 해외 관광객을 적극적으로 유치해 산업 마비가 가져온 유례없는 손해를 조금이나마 극복하고자 하는 의지를 가지고 있었다. 정부는 코뿔소로 변한 이들이 최소한의 권리를 보장받을 것을 약속하고 원래 코뿔소였던 종들과 절대 섞이게 하지 않을 것이라고 호언장담했다. 그러나 한 번 같은 무리로 섞여버리면 영영 찾을 수 없을 정도로 둘 사이에는 이렇다 할 생물학적 특이점이 없었기에 이를 곧이곧대로 받아들이는 사람은 없었다. 하지만 사람들은 한편으로 지긋지긋한 이 사태를 일상으로부터 최대한 분리시키고 싶어 했기 때문에 결국 새로운 방침은 많은 논란 속에서 계속 진행되고 있었다.

해음은 일어나서 커튼을 열고 창가에 섰다. 이제는 그 커다란 부지에 들어선 건물이 무엇인지 알 수 있었다. 길게 늘어진 건물들은 매표소였고 뒤쪽으로 커다란 우리들이 들어갈 자리가 표시되어 있었다. 정문에 걸려 있는 장식은 코뿔소 문양일 것이다. 성해에게서 메시지가 왔다. —다음 주에 시간 돼?

해음은 성해와 함께 택시에 탔다. 코뿔소 테마파크 설립에 반대하는 집회가 열린다고 했다. 당연히 성해가 일하는 단체에서도 참여했고, 성해는 다른 이들에게 양해를 구해 해음이 함께 갈 수 있도록 했다. 단체에는 아직 해음이 알고 있던 얼굴들도 많이 보였다. 해음은 성해가 서울까지 온다고 했기에 집회에 참여하자는 성해의 제안에 응했지만, 사실 별로 낙관적으로 생각하는 편이 아니었다. 집회에 참여하는 사람들이 코뿔소로 변한 사람들을 원래대로 돌려놓을 방법을 제시하지도 못할 것이고, 그들의 일터에 대신 나가서 일해주지도 않을 것이기 때문에 국가는 계속해서 어려워질 것이다. 국가 입장에서는 뭐라도 해야 한다고 생각해서 내린 결정이었다. 해음은 무기력해져 있었다. 휴직계를 내고 거리로 나선 몇 주간의 기간 동안 배운 게 있다면, 사람들은 자신의 이야기가 되기 전까지는 쉽게 다른 이들의 입장을 들어주지 않는다는 것이었다.

해음이 잃어버린 친구 환은 중학교 시절부터 그가 사라지기 전까지 해음과 가장 친한 친구였다. 성인이 되고 다른 지방에서 대학을 다니게 되면서 만남은 뜸해졌지만 늘 메시지를 주고받았었고, 방학이 되면 어김없이 연탄구이에 소주를 마셨다. 그러나 환은 해음의 자취방에서 술을 마시다가 코뿔소가 되어 사라졌고, 그 후로 해음은 매일같이 누군가가 갑자기 사라질 수 있다는 불안감에 시달렸다. 성해는 그런 해음을 이해해주었다. 환이 사라졌을 때부터 해음을 믿었고 그가 불안해하지 않도록 곁을 지켰다. 해음이 성해를 따라 이런 집회에 참여하게 된 것은 그런 성해에 대한 고마운 마음 때문인지도 몰랐다.

내 가족은 짐승이 아니다, 비인도적 관광 상품 철회, 등의 구호를 외치는 집회는 거리에서 거리로 이어졌다. 주말 오후부터 시작된 집회는 저녁이 되어서야 끝이 났다. 해음과 성해는 택시에 올랐다. 강변 쪽으로 방향을 잡았다. 택시 뒷좌석에는 기사가 갑자기 코뿔소로 변했을 때의 대처법과 안내

사항이 인쇄된 종이가 붙어있었다. 해음은 수도 없이 본 안내서를 재차 읽었다.

둘은 근처에서 간단하게 요기하고 함께 강변을 걷기로 했다. 어둑한 강변길에는 종종 자전거 몇 대가 지나다녔을 뿐, 인적이 별로 없었다. 코뿔소 증상 이후, 늦은 시간에 나서는 것은 특별한 이벤트가 되었다. 야행성인 코뿔소가 활발해지는 때라 누군가 갑자기 코뿔소로 돌변하여 공격한다면 크게 다칠 위험이 있었기 때문이었다. 하지만 사람이 없다면 코뿔소가 나타날 일도 상대적으로 적었기에, 장소만 잘 고른다면 안전하게 거닐 수 있는 곳도 분명 있었다. 해음의 집 근처 산책로가 그랬다. 가로등이 적은 그곳은 다른 곳들에 비해 유독 밤에 사람이 적었다.

오늘 어땠어. 성해가 해음의 손을 잡으며 물었다. 해음은 대답하지 않았다. 같이 가줘서 고마워. 사실 너도 내 생각에 어느 정도 동의해줬으면 좋겠다고 생각했어. 나한테도 많이 어렵지만 그래도 일단은 사람이니까, 사람이 사람한테 그러면 안 되는 거니까. 사람…이지. 해음이 작게 말했다. 해음은 오래 전부터 그런 것들이 별로 중요하지 않다고 생각하고 있었다. 오늘 집회를 하면서 그런 생각이 더욱 강하게 들었다. 서로 들이박지 못해서 안달난 사람들은 언제든 코뿔소로 변해도 이상하지 않다. 어차피 전부 코뿔소가 될 텐데. 하지만 뒷말은 굳이 입 밖으로 내지 않았다.

왜 코뿔소마다 뿔의 개수가 다를까? 해음이 말했다. 그러게. 듣기로는 뿔이 두 개나 있는 코뿔소로 변한 사람들은 원래 폭력적인 경향이 있었대. 너도 그 말을 믿어? 그렇잖아, 왜. 아무래도 뿔이 없는 코뿔소로 변한 사람들보다 더 많은 사람들을 다치게 하기도 하고. 그렇게 생각하면서 너는 왜 그런 일을 하는 거야? 코뿔소가 되기 전에는 문제없는 사람들이었으니까. 감정 기복이 조금 있는 사람이었겠지. 나는 코뿔소들이 다시 사람으로 돌아올 수 있다고 생각해.

성해와 해음은 해음의 작고 낡은 아파트로 들어왔다. 커튼이 활짝 열린 창 아래로 불 꺼진 시가지가 내려다보였다. 어두운 세상은 무탈했다.

씻고 잠옷 차림으로 나왔을 때, 해음은 충격적인 연락을 받았다. 시온이 코뿔소가 되었다는 내용이었다. 성해가 사색이 된 해음을 다그쳤다. 해음은 성해에게 시온이 코뿔소가 되었다고 말했다. 성해는 시온과의 직접적인 친분은 없었으나 그가 해음의 친한 친구라는 것을 알고 있었다. 곳곳에서 코뿔소 테마파크가 완공되고 있었고, 시온은 그곳으로 가는 첫 번째 사례가 되었다. 성해는 다가오는 월요일에 회사에 양해를 구하고 급히 연차를 내어 해음과 함께 시온을 보러 가기로 했다. 해음은 그가 테마파크에 들어가기 전에 만나고 싶었다.

환에 이어 두 번째였다. 해음은 극심한 피로를 느꼈다. 더 이상 코뿔소에 대해서 생각하고 싶지 않았고, 짧은 시간에 벌어진 그간의 일들을 받아들이기에는 시간이 필요했다. 해음은 유독 자신에게만 세상이 빠르게 돌아간다고 생각했다. 왜 한국에서만 코뿔소 증상이 나타났고, 왜 하필 자신의 주변에서 먼저 나타난 것이며, 코뿔소 테마파크 같은 말 같지도 않은 시설엔 왜 시온이 가장 먼저 들어가게 되었을까.

성해는 해음을 위로할 수 없었다. 해음과 같은 사례들을 많이 보았지만, 그들은 어떤 말로도 위로되지 않았다. 그저 소중한 사람들을 잃고 몸속에서 무엇인가가 빠져나간 사람처럼 계속 살아갈 뿐이었다. 그것이 자신들도 언젠가 코뿔소로 변할 것이라는 체념에 의한 것인지 커다란 슬픔 속에서 그들이 택한 살아가는 방식인지 성해는 알 수 없었다.

해음과 성해의 눈앞에 시온의 이름이 적힌 명찰을 달고 있는 코뿔소가 있었다. 그는 각기 다른 명찰을 달고 있는 코뿔소들과 25톤 트럭으로 옮겨지고 있었다. 짐승들의 배설물 냄새와 체취가 사방에 퍼졌다. 트럭 주변에는 기자들과 시위대, 그리고 마스크를 착용한 경찰들이 운집해 있었다. 사람들은 지난 주말에 해음과 성해가 들었던 구호들을 외치고 있었다. 그러나 구호 사이로 들려오는, 그들의 가족의 이름에 코뿔소로 변해버린 이들은 일말의 반응도 보여주지 않았고, 자신들의 이름을 잊어버린 코뿔소들은 묵묵히 트럭에 오를 뿐이었다. 해음은 시온의 이름을 부르지 않았다.

성해를 기차역까지 배웅하고 집에 돌아온 해음은 집에 돌아오자마자 소파에 몸을 던졌다. 해음은 이제 커튼을 젖히고 아래를 내려다보기만 하면 코뿔소로 변해버린 시온을 봐야만 할 것이다. 코뿔소가 아닌 다른 동물이었다면 어땠을까. 사람과 함께 살 수 있는 작은 동물이었다면 조금 달랐을까. 해음은 마지막으로 본 시온의 모습이 잊히지 않았다. 앞으로도 그럴 것이라고 생각했다.

그대로 잠든 해음은 긴 꿈을 꿨다. 또 환이 등장하는 꿈이었다. 꿈에서 그는 여전히 코뿔소였고, 해음은 그가 곧 사라질까봐 안절부절 했다. 환을 씻기고, 그의 배설물을 치우고, 두 개의 뿔을 정성껏 닦아주었다. 환은 작은 해음의 집에 잘 적응했고 어떤 물건도 부수지 않았다. 둘은 해음의 이사를 환이 도와주었을 때처럼, 함께 자고 먹고 생활했다. 해음은 꿈속에서 행복했으나 어쩐지 이것이 꿈이라는 생각을 떨칠 수 없었다. 최대한 오래 꿈속에 머물고 싶다는 생각을, 해음은 꿈을 꾸면서도 했다.

아침이었다. 소파에서 일어난 해음은 습관적으로 창가로 가 커튼을 젖히려다 그만뒀다. 대신 방으로 들어가 문을 닫고 침대에 누워 휴대폰으로 유튜브를 뒤적거리기 시작했다. 그러나 해음은 곧 자리에서 벌떡 일어날 수밖에 없었다. 코뿔소 증상이 세계 곳곳에서 나타나고 있었다.

증상은 전 세계에 동시다발적으로 일어났다. 많은 연구와 정책들이 세계 각지에서 발표되었고, 일부는 한국을 향한 인종차별적인 비난을 쏟아냈다. 그러나 한국은 이 코뿔소 증상의 발원지였고 좋든 싫든 한국의 사례를 벤치마킹하여 자국 내에서 활용할 수 있는 방법들을 연구하는 수밖에 없었다. 많은 외신들과 연구자들이 한국을 방문했다. 이제 세계는 하나의 증상을 앓는다는 전례 없는 사정으로 새로운 공동체로 변모하고 있었다. 코뿔소를 심볼로 하는 각종 사이비 종교들도 등장했고 지구의 종말이 도래했다고 굳게 믿는 사람들도 늘었다.

해음은 곧장 성해에게 전화를 걸었다. 신호는 계속 갔으나 대여섯 번의 시도에도 성해는 전화를 받지 않았다. 해음은 불안해지기 시작했다. 해음은 급하게 짐을 챙겼다. 성해가 무사한지 확인해봐야만 했다. 막 집을 나서려던 때, 성해에게서 전화가 걸려왔다. 하루아침에 벌어진 사태 때문에 처리해야할 일들이 많아져서 전화를 받지 못했다고 했다. 그에 대한 이야기를 나눈 후에 해음은 전화를 끊었다.

성해의 목소리를 들었지만 해음의 불안은 쉽게 가시지 않았다. 시온과 환을 잃은 해음에게는 성해밖에 남지 않았다. 해음은 다시 짐을 싸기 시작했다. 해음은 성해에게 문자를 남겼다. 그리고 아주 천천히, 가져갈 수 있는 모든 것을 캐리어에 담고서는 문 밖을 나섰다.

열차에 올라탄 해음은 객석 위에 설치된 TV에서 흘러나오는 소리를 듣고 있었다. 모든 방송에서 인류가 맞은 대위기에 대해서 떠들어대고 있었다. 그런 방송은 원래도 많이 나왔으나, 이제는 외국인 앵커들이 방송을 진행한다는 차이점이 있었다. 방송에서는 한국에 있는 코뿔소 테마파크도 소개되고 있었다. 코뿔소 증상이 한국 밖으로 퍼져나갈 것이라는 것을 알고 있었다면 절대 설치하지 않았을 흉물이었다. 그런 테마파크 따위는 이제 세계 어디에든 만들 수 있었으므로 정부는 각지에 설치된 우스꽝스러운 테마파크를 신속하게 철거하기로 했다. 국내의 비상 상황을 그릇된 방식으로 풀어나가려고 했다는 지적들이 쏟아진 영향이었다. 해음은 더 이상 열차에서 긴장하지 않았다. 그러기엔 너무 멀리 왔다. 그는 이어플러그를 꽂고 눈을 감았다.

성해의 집에 다다르자 퇴근하고 막 도착한 성해가 해음을 맞아주었다. 성해는 홀가분해보였다. 기분 좋은 일 있었나보네. 해음이 말했다. 아니, 기분 좋은 일은 아니고. 나 내일부터 일 안 나가. 왜? 해체됐거든. 세계인이 코뿔소가 되어 가는데 우리가 어떻게 다 돌보겠어. 이제 우리는 우리를 돌보자. 너도 일 구하지 말고 당분간 여기서 지내며 좀 쉬는 게 어때?

해음은 잘 된 일이라고 생각했다. 적어도 한동안은, 성해가 코뿔소들에게 사고를 당하지는 않을까 하는 걱정은 하지 않게 된 것이다. 이제 한국의 코뿔소 증상은 많이 진행되어서, 인간이기만 하면 일할 곳은 얼마든지 있었다. 그날 밤, 둘은 서로에게 이어플러그를 끼워주고 함께 잠들었다. 해음은 다시 긴 꿈을 꾸었다.

아침이었다. 해음의 옆에는 코뿔소가 된 성해가 몸을 웅크려말고 자고 있었다. 거대한 덩치로 이불을 모두 차지하고 있는 성해를 해음은 사랑스럽게 쳐다보았다. 해음은 거실로 나가 커튼을 열어젖혔다. 도처에 코뿔소가 있었다. 코뿔소뿐이었다. 해음은 손을 뻗어 여전한 사람의 손으로 자신의 이마에 돋아난 뿔을 매만졌다.

*이 소설의 제목은 외젠 이오네스코의 동명 소설과 희곡에서 차용했음을 밝힌다.

연진희 ∣ 달빛 아래에서

연세대학교 노어노문학과 졸업, 동대학원 수료.
러시아문학 번역자로 활동 중.
2021년 ≪농민일보≫ 신춘문예 단편 부문에 「기차 여행」으로 당선됨.
2023년 제74회 한국소설신인상 중편 부문에 「사육의 목적」으로 당선됨.

달빛 아래에서

연진희

> 한 인간이 다른 인간과 동일하다는 사실,
> 바로 그 사실이 나를 강타했다.
> —장 주네

1

"괴물 같아."

현관에 들어선 안나는 신을 벗는 것도 잊은 채 눈앞의 우람한 식물에서 눈을 떼지 못했다. 싱크대가 놓인 좁은 마루는 거대한 녹색 신상으로 향하는 통로 같았고, 벽을 두른 책장의 책들은 사원의 내부를 지탱하는 벽돌들 같았다. 베란다로 난 반투명 유리문에서 희뿌연 빛이 들어와 식물을 감쌌다. 지름 50센티미터의 화분에 심겨진 나무의 둥치는 두터운 갈색 껍질로 덮이고, 길쭉한 넓은 잎사귀들은 굵은 줄기를 촘촘히 감싸며 아래로 늘어져 있었다. 천장까지 닿은 녹색 줄기는 목이 꺾인 시신처럼 기역자로 자라고 있었는데, 이대로 계속 두면 꺼지지 않는 생명력을 과시하며 계속 뻗어나가다 벽 끝에서 다시 한 번 꺾일 듯했다.

"도대체 뭘 키우고 있는 거니?"

안나는 방 한가운데 놓인 작은 테이블 위에 종이 가방을 툭 내려놓으며 물었다. 테이블 위에는 번역 원고 교정지와 필기구가 흩어져 있었다. 발자크의 『잃어버린 환상』이었다.

"집에까지 일거리를 가져오니? 언제 쉬려고 그래."

싱크대 앞에 서 있던 지원이 의아하다는 듯 고개를 갸웃하며 물었다.

"쟤, 누군지 모르겠어?"

"뭘?"

"네가 줬잖아. 루시가 떠난 뒤에. 얘라도 키우면서 마음을 추스르라고……."

아냐, 그럴 리 없어. 내가 너한테 준 아이는 조그만 화분에 심긴 작은 행운목 가지였어. 20센티미터 정도의 가느다란 나무토막에 아기 손바닥만 한 작은 순을 두어 개 피운 아이였단 말이야. 이런 아마존의 열대 나무 같은 무시무시한 생명체가 아니라……. 안나는 나무로 다가가 잎사귀와 줄기를 만지작거렸다.

"반년 만에 이렇게 컸다고?"

하늘의 한가운데를 지나는 8월의 태양이 집 밖에는 눈을 후벼 팔 정도의 강렬한 빛을, 집 안에는 우물 속 같이 거뭇한 어둠을 던졌다. 거인 행운목은 햇빛이 들어오는 통로를 가로막고서 집 안에 들어오는 햇빛을 모조리 먹어 치우는 것 같았다. 등을 돌리고 커피 드리퍼에 뜨거운 물을 붓고 있는 안나는 3월에 봤을 때보다 더 야위어 보였다.

"루시를 화장하고 나서 뼛가루를 뚜껑 달린 도자기에 보관해 뒀잖아. 그런데 집 안에 묘한 냄새가 고이고 도자기 주변에 자꾸 날벌레들이 꼬이는 거야. 루시가 좋아하던 뒷산의 산책로 옆에 묻으려 했는데 도저히 이 집에서 떠나보낼 수가 없었어……. 그래서 큰 화분에 산에서 퍼 온 흙이랑 루시의 뼛가루를 채우고 네가 준 행운목을 옮겨 심었지. 그러면 루시의 몸이 뿌리 속으로 스며들어 다시 한 번 나무로 살아갈 것 같았거든. 그런데 그때부터 행운목이 미친 듯이 빠른 속도로 자라는 거야. 산의 흙이랑 루시의 뼛가루가 좋은 양분이 됐나 봐."

지원은 안나에게 커피를 건네고는 화분의 받침 접시에 물을 가득 부었다. 안나는 지원이 '양분'이라는 단어를 발음하면서 무심한 표정을 지으려고 애쓰는 것을 보았다.

"물도 어찌나 많이 먹는지 접시 바닥이 금방 마른다니까."

"계속 이렇게 둘 거야?"

지원은 물 컵을 손에 든 채 그대로 굳었다. 잠시 동안 안나가 옆에 있다는 것도 잊은 듯 말없이 있더니 들릴 듯 말 듯 조그맣게 속삭였다.

"그럼 어떡해? 이 안에 루시가 있는데……."

안나는 입을 다물었다. 루시는 죽었어. 이제 그 사실을 받아들여. 안나는 그렇게 말하고 싶었다. 하지만 상실을 받아들이는 게 쉽지 않다는 건 그녀 자신도 잘 알았다.

안나는 십칠 년 전 지원의 좁은 자취집에서 루시를 처음 봤을 때를 떠올렸다. 말티즈와 요크셔테리어가 섞인 듯한 그 개는 3킬로그램 정도의 작지도 크지도 않은 사랑스러운 개였다. 동그스름한 하얀 얼굴과 날렵한 하얀 다리, 삼각형으로 접힌 검은 귀와 활처럼 휜 검은 등, 하양과 검정 사이에 부드럽게 번진 갈색 털. 위로 치켜 올라간 풍성한 꼬리와 탐스러운 엉덩이. 동전처럼 동그란 검은 눈의 곡면에 안나와 지원의 얼굴이 별처럼 반짝였다.

"눈 좀 봐. 다이아몬드 별들이 박힌 검은 밤하늘 같지. 그래서 이름을 루시라 지었어. 〈Lucy in the sky with diamonds〉라는 노래가 생각나서……. 버스 정류장 앞에 있는 펫 숍 있잖아. 일주일 전에 학교에서 돌아오는데, 거기 문 밖 전봇대에 이 아이가 매여 있는 거야. 너무 예뻐서 그 앞에 쭈그리고 앉아 계속 쳐다보고 있는데 주인아주머니가 나오더니 나한테 데려가서 키우라지 뭐니? 누가 전봇대에 묶어 놓고 찾아가지 않는 개라면서. 자기 가게에서 돌봐 주려 했는데, 이 개가 우리 안에서는 밥도 먹지 않고 똥오줌도 안 싸고 계속 끙끙거리기만 해서 하는 수 없이 다시 밖에 내놓았대. 그래서 내가 데려왔지. 우리 집으로 데려오는데 애가 활짝 웃는 얼굴로 춤을 추듯 팔짝팔짝 뛰며 오는 거야."

루시는 지원의 이십대와 삼십대를 지켰다. 인간의 말을 할 수 있다면 그 시절의 지원에 대해 가장 많은 증언을 해 주었을 목격자였다. 그 둘은 피를 나눈 가족처럼 묘하게 서로를 닮아갔다. 생김새도, 표정도, 걸음걸이도. 지원이 다세대 주택들이 촘촘히 모인 서울의 주택가를 벗어나 시 경계선에서 한참 떨어진 안나의 동네로 이사 온 것도 루시가 얕은 산들로 에워싸인 한적한 동네를 좋아할 것 같았기 때문이다.

"파리에서 사 온 선물이야. 수분 크림이랑 렘브란트 화집. 그동안 너무 바빠서 이제야 왔네. 휴가를 길게 다녀왔더니 도서관 업무가 어찌나 밀려 있던지……. 엄마가 너 데리고 점심 먹으러 오래. 같이 가자."

2

'철컥' 하고 쇠붙이 부딪치는 소리가 나더니 현관문 안쪽에 붙은 동그란 단추 같은 것이 부드럽게 움직였다.

"저렇게 무례할 수가!"

거대 식물은 분에 못 이겨 긴 잎들을 바르르 떨었다. 그녀―이 식물은 자신이 암그루라는 것을 몰랐다―는 생각했다. 나의 목소리가 인간의 귀에 들릴 수만 있다면…….

"무식한 인간들, 귓속말이라도 하든지……."

베란다 창문 밖에 놓인 에어컨 실외기 위에 언제부터인지 새가 날아와 앉아 있었다. 몸통은 짙은 잿빛이고 날개는 갈색 비늘 같은 무늬로 덮여 있었다. 새는 물이 담긴 하얀 플라스틱 접시 안으로 폴짝 뛰어 들어가 날개를 파닥여 온몸에 물을 끼얹고 물을 마셨다. 이따금 실외기에서 쉬었다 가는 그 새를 위해 지원이 아침마다 접시에 채워 두는 물이었다.

안나가 부모님의 집에서 분양 받은 행운목을 이 집에 놓고 간 후, 식물은 한동안 오디오 테이블 위에서 지냈다. 두 날개를 힘차게 움직이며 날아와 실외기 위에 고요히 내려앉는 새를 처음 보았을 때 얼마나 감탄했던가! 두어 달 후 식물은 큰 화분으로 옮겨져 베란다가 보이는 창 곁에 머물게 되었다. 그곳에서는 실외기에 앉은 새가 훨씬 잘 보였고, 식물과 새의 거리는 1미터 정도밖에 되지 않았다. 식물은 용기를 내어 연녹색의 여린 잎사귀 두 잎을 가슴 앞에 모으고 물었다.

"아름다운 분, 저는 행운목이에요, 당신은 누구신가요? 이름을 알려 주세요."

새가 차가운 눈빛으로 어린 나무를 돌아보았다. 눈과 깃털의 경계를 이루는 검은 테두리, 주황색 수정체, 그리고 검은 홍채가 벽들로 겹겹이 에워싸인 성채처럼 보였다.

"네가 행운목이라는 걸 어떻게 알았니?"

"어떤 여자가 저를 이 집의 주인에게 건네면서 그렇게 말했어요. 얘는 행운목이야. 그런데 얼마 전부터 이 집 주인이 절 '루시'라고 불러요. 행운목과 루시 사이에 무슨 관계가 있을까요? 지금보다 더 자라면 그때는 또 다른 이름으로 불리게 될까요? 지원이는, 아, 이 집 주인이요, 제 잎사귀의 먼지를 닦아 주거나 물을 줄 때면 '루시'라고 부르면서 손으로 다정하게 어루만지고 입을 맞춰요. 누군가 날 불러 주는 짧은 말이 있다는 게 조금 편한 것 같긴 해요."

식물은 이야기를 하는 동안 자신도 모르게 점점 우쭐거렸다. 특별한 돌봄을 받는다는 것, 그리고 사랑을 받는다는 것은 모든 생명체가 누릴 수 있는 행복이 아니라는 생각이 들었던 것이다. 식물은 잠깐이나마 새를 가엾게 여긴 걸 들킬까 봐, 그래서 새가 성을 내고 가 버릴까 봐 두려웠다. 새는 식물을 향해 무표정한 얼굴을 돌리고 한참 동안 말없이 눈길을 주었다.

"사람들은 너와 비슷하게 생긴 식물들을 행운목이라고 불러. '루시'라는 이름은 지원이 그 식물들 가운데 너한테만 준 이름이야. 특별한 사이가 되었다는 뜻이지. 사람들은 나를 새라고 부른단다. 딱 한 번이지만 누군가 날 멧비둘기라고 부른 적이 있긴 해. 지원은 나를 '블랙버드'라고 불러. 하지만 그건 인간이 정한 이름일 뿐 난 그들이 날 뭐라고 부르든 관심 없어. 나한테 이름을 붙인 인간이 열 명도 넘어. 하지만 우리가 인간을 뭐라고 부르든 그들이 신경이나 쓰겠니?"

"저는 갈색 날개님이라 부를게요. 비를 잔뜩 품은 먹구름과 비옥한 흙을 떠올리게 하는 아름다운 날개를 가지셨네요. 제가 무척 좋아하는 것들이죠. 저도 갈색 날개님처럼 태양 가까이 날아오르고 먼 곳에도 가보고 싶어요. 하지만 저는 평생 이 조그만 화분 안에서 살아가게 되겠죠?"

식물은 남들이 붙인 이름에 신경 쓰지 않는다는 새의 말을 잊고 새와 특별한 사이가 되었다는 기쁨에 겨워 쉬지 않고 종알거렸다.

"넌 아무도 해치지 않고 햇빛과 흙과 물만으로도 살 수 있는 위대한 생명이야. 나의 비천한 생을 부러워하지 마."

새의 목소리에서 피로와 체념이 서걱거렸다. 표정 없는 눈과 감정 없는 목소리로 듣는 찬사는 식물에게 동정으로밖에 느껴지지 않았다. 하지만 그때부터 식물은 그 새를 한층 더 존경하게 되었다.

'그래, 하늘을 날 수 없다면 구름에라도 닿아 보자. 그렇게 해서라도 더 많은 곳을 보고 싶어.'

그날 이후 식물은 햇빛을 더 오랫동안 꼭꼭 씹었고, 접시에 채워지는 물도 한 방울도 남김없이 정성스럽게 빨아들였다.

"와, 자라고 있어, 자라고 있어. 이것 봐, 이러다 천장을 뚫겠는데! 하지만 그러면 하늘에 닿는 게 아니라 윗집의 마루로 갈 뿐이잖아, 그 다음엔 그 위의 집, 그 다음엔 그 위의 집……. 만약 못된 인간을 만나면 자기 집에 허락 없이 들어왔다고 내 목을 자를지도 몰라."

지원은 매일같이 눈에 띄게 자라는 식물을 대견하게 바라보며 접시에 물이 비지 않도록 산의 약수터에서 길어 온 물을 하루에도 몇 번씩 부었다.

"맛있지? 네가 좋아하던 물이야."

그러다가도 그녀는 의문에 찬 눈길로 식물을 올려다보며 "루시, 정말 너니? 행복하니?"라고 묻곤 했다. 식물은 지원이 무슨 말을 하는지 이해할 수 없었다. 하지만 날이 점점 뜨거워질수록 갈증은 한층 더 심해졌다. 그리고 산에서 길어온 물은 달고 향기롭고 시원했다.

여린 연두색 정수리가 천장에 닿은 날, 식물은 궁리 끝에 일단 목을 꺾어 천정을 타고 창문을 향해 뻗어 가기로 결심했다. 벽걸이 에어컨에 달린 호스처럼 벽에 구멍을 뚫고 베란다 벽을 따라 밖으로 나가는 게 최선이라는 생각이 들었던 것이다.

그런데 오늘, 마침내 듣게 되었다…….

식물은 지원과 안나에게 말해 주고 싶었다. '괴물'은 흉측하게 생긴 생명체가 아니라 다른 생명에게 상처를 입히는 자라고……. 하지만 가해자들에게 맞받아칠 멋진 말은 언제나 그들이 떠난 뒤에 졸린 표정으로 느릿느릿 나타난다. 뒤늦게 찾아온, 그래서 청자를 잃은 분노의 말은 구멍 뚫린 현무암처럼 공허한 소리를 낸다.

새는 여전히 실외기 위에 앉아 있었다. 식물은 어쩐지 그를 아는 척하고 싶지 않았다.

3

10층 승강기의 문이 열렸다. 점순의 얼굴이 순간 딱딱하게 굳었다. 14층 아가씨네. 옆에 있는 애는 친구인가? 14층 여자가 승강기의 멈춤 버튼을 누른 채 점순이 들어오기를 기다리며 고개 숙여 인사를 건넸다. 점순이 머뭇거리는 사이 딸 미연이 재빨리 승강구에 들어갔다.

"어, 오늘은 둘이네, 친구예요?"

딸이 여느 때처럼 뱃속에서 울리는 두꺼운 목소리를 목청껏 높여 두 사람에게 말을 걸었다. 점순은 딸보다 열 살쯤 젊어 보이는 두 여자를 힐끗 쳐다보았다. 친구인 듯한 여자는 광택이 도는 매끄러운 붉은 원피스를 입었고, 14층 여자는 푸른 린넨 원피스를 입고 있었다. 똑같이 중간키에 마른 몸을 한 두 여자는 생김새도 비슷했지만 표정이나 분위기마저 비슷해 얼핏 보면 쌍둥이 자매 같았다. 유복한 집안에서 자라고 교육을 많이 받은 여자들처럼 보였다. 특히 14층의 여자는 평소에도 글로 쓴 듯 흐트러짐 없는 문장으로 천천히 또박또박 말을 해서 마치 책 속에서 튀어 나온 사람 같았다. 14층 여자와 마주칠 때마다 점순은 이상하게 누군가 왼쪽 가슴을 날카로운 쇠붙이로 쿡쿡 찌르는 듯한 통증을 느꼈다. 그 여자와 딸이 함께 서 있는 모습을 보면 자꾸 자신이 죄를 지은 것 같아 주눅이 들고 울화가 치밀었다. 이별 볼일 없는 동네에 이런 쥐구멍 같은 아파트에서 사는 걸 보면 네년도 우리랑 별다를 것 없어…….

"아가씨, 몇 살이에요?"

점순의 딸이 입을 열자, 14층 여자는 자기도 모르게 한쪽 눈썹을 찡그렸고 친구는 신기하다는 듯이 눈을 동그랗게 뜨고서 모녀를 번갈아 쳐다보았다. 그들의 얼굴을 본 점순은 그 기분 나쁜 통증과 불편한 감정이 심장에서 목을 타고 머리 쪽으로 솟아오르는 것을 느꼈다.

"왜 말을 안 해 줘요? 아가씨는 어느 대학 나왔어요? 친구는 대학에서 만났어요?"

"아, 네."

점순은 딸의 질문에 제대로 대답해 주지 않고 얼버무리는 여자들에게 화가 치밀었다. 그리고 지치지 않고 붙임성 있게 계속 질문을 던지는 딸의 주둥이를 한 대 갈기고 싶었다. 몇 층부터였을까, 승강기가 층마다 멈췄다. 열린 문 앞에는 아무도 없었다. 누군가 승강기의 바깥 버튼을 층마다 눌러놓고 내려가 버린 것 같았다. 요즘 이런 일이 잦았다.

"아가씨가 사는 집, 아가씨 거예요, 전세에요?"

14층 아가씨는 승강기 위쪽의 빨간 숫자가 바뀌는 것만 초조하게 바라보았다.

점순은 딸의 입을 막기 위해 14층 여자를 향해 물었다.

"어디 가?"

14층 여자는 얼른 허리를 곧추 세우고 몸을 앞으로 숙이듯이 하며 공손하게 말했다.

"친구의 부모님 댁에요. 어머님께서 같이 밥 먹자고 부르셔서요."

점순은 입술을 삐죽이며 큰 소리로 나무랐다.

"애 엄마라 해도 이상하지 않을 다 큰 여자들이 어머니한테 식사를 차려 드려야지 아직도 어머니가 해 놓은 밥을 받아먹고 있어? 그러면 안 돼."

점순은 몸을 홱 돌리고 문을 뚫어지게 바라보았다. 내 딸을 업신여기는 년들은 내가 가만히 안 둬.

스테인리스 판으로 벽과 천정을 대고 오른쪽과 왼쪽의 얼굴 높이에 거울을 붙인 승강기 안은 거울 감방 같았다. 등이 둥글게 굽고 허리가 기역자처럼 구부러진 자그마한 노파의 모습이 금속판과 거울에 부위별로 붙어 있었다. 머리부터 발끝까지 온통 구부러지고 휘어진 뼈대에는 주름진 피부가 늘어진 양말처럼 겨우 달라붙어 있었고, 펌을 한 짧은 머리는 햇볕에 바랜 면처럼 누르스름한 흰색이었다. 삼각형의 작은 얼굴, 흰자가 보이지 않을 만큼 작은 눈, 툭 불거진 광대와 얇고 뾰족한 입술이 늙은 하얀 여우를 떠올리게 했다.

노파 옆에 팔짱을 끼고 선 딸은 그와 정반대였다. 둥글고 커다란 얼굴, 둥글고 까만 눈, 둥글고 납작한 코, 둥근 어깨, 둥글게 튀어 나온 배, 달라붙는 스펀 바지에 감싸인 둥글고 울퉁불퉁한 엉덩이. 갈색 암곰 같았다. 정수리와 귀밑에 빗금처럼 그어진 흰 머리칼과 기미가 두껍게 낀 거무스름한 얼굴, 아이처럼 높고 발랄한 목소리는 어쩐지 엉뚱한 자리에 억지로 끼운 퍼즐조각들처럼 서로 어울리지 않아 보였다.

마침내 승강기가 1층에 도착했다. 흰 여우와 갈색 암곰이 계단을 내려가 대로를 향해 멀어지는 모습을 보던 안나가 크게 숨을 몰아쉬었다.

"와, 정말 개성이 아주 뚜렷한 분들이구나. 특히 어머니 쪽은 완전히 렘브란트의 그림에 나오는 인물 같은데. 절대로 잊을 수 없는 얼굴이야."

"그래? 그냥 평범한 할머니 같은데. 그런데 너도 이 아파트에 살았었잖아. 저분들 몰라?"

"내가 이사 간 뒤에 오셨나 보네. 혹시 딸은 지능에 조금 문제가 있는 것 아니니? 정상처럼 보이지 않던데. 아니면 아주 무례한 사람이거나."

"나도 잘 모르겠어. 처음 만났을 때는 마음 상하지 않게 어떻게든 대꾸해 주려고 했어. 그런데 이렇게 마주칠 때마다 매번 똑같은 질문을 하는 거야. 한번은 승강기에 사람들이 잔뜩 타서 다들 어색하게 입을 다물고 있는데도 또 나한테 큰 소리로 물어보더라. 어찌나 화가 나던지. 왜 내가 잘 알지도 못하는 사람들 앞에서 내 개인 정보를 말해야 하니? 얼마나 위험한 일이야? 그래도 정신이 온전치 않은 것 같아서 꾹 참았지. 그런데 어느 날 그 여자하고 나만 단둘이 승강기에서 만난 적이 있었거든. 그때도 똑같은 질문을 하는 거야. 원래 그 질문 목록 중에는 결혼했느냐, 결혼은 왜 안 하냐, 남자 친구는 있느냐도 있었어. 어차피 기억도 못하고 다음에 또 물어볼 거라고 생각하니 대꾸하기도 귀찮더라. 그래서 '언니가 먼저 가셔야죠.'라고 짧게 쏘아붙였어. 그러니까 갑자기 입을 꽉 다물고 엄청 당황한 표정을 짓는 거야. 그리고 그 다음부터 그 질문은 절대 꺼내지 않아. 자기도 그런 질문을 받는 건 싫었던 모양이야. 그래서 헷갈려. 기억이 안 좋거나 지능에 문제가 있는 게 아니라 그냥 남의 일에 간섭하기 좋아하는 수다쟁이가 아닌가 해서……. 그리고 사실은……."

"뭔데?"

"아니야."

지원은 아주 잠깐 허공을 쳐다보더니 말을 삼켰다.

"그런데 저 할머니 말이야, 내일 당장 돌아가신다 해도 이상하지 않을 것 같은데, 근력도 좋으시고 정신도 아주 맑으시네. 다행이다. 서로 많이 의지하며 사시겠네."

"응, 늘 같이 다녀. 그런데 다른 가족은 없나 봐. 딱히 찾아오는 친척도 없고. 그래서인가, 저 둘을 보면 모녀가 아니라 전우 같아."

횡단보도에 이른 지원과 안나는 신호등의 색이 바뀌기를 기다리며 노파와 딸의 뒷모습을 쳐다보았다. 노파는 바닥으로 고꾸라질 것 같은 굽은 몸뚱이를 지팡이에 의지한 채 완전히 펴지지 않는 앙상한 두 다리를 빠르게 휘저으며 점점 멀어져 갔다. 그 옆에서 딸은 늙은 어머니를 쉴 새 없이 돌아보며 쉬지 않고 지껄이고 있었다.

4

검푸른 하늘에 구멍이 뚫린 듯 차가운 보름달이 떠 있다. 밤이 깊어질수록 자동차 바퀴와 아스팔트의 마찰음이 한층 더 묵직하게 긴 메아리를 일으키며 대기를 울린다. 아파트 담장 너머 조그마한 공원에서 십대 소녀들의 높고 여린 웃음소리와 변성기를 넘긴 소년들의 취기 어린 목소리가 날아온다. 활짝 열린 베란다 창문으로 풀 냄새를 품은 한여름 밤의 공기와 잠들지 않은 인간들의 소음이 거침없이 들어온다. 식물은 길 위에 있는 듯 불안해 잠을 이룰 수 없었다. 도로에서 이탈한 차가 금방이라도 자신을 덮칠 것 같았다. 하지만 무엇보다 두려운 건 자기 앞에 몇 시간째 앉아 있는 지원이었다.

안나와 함께 나갔던 지원은 밤 9시가 넘어서야 들어오더니 화분의 윗부분에 두 팔을 올리고 그 위에 이마를 기댄 채 한참 동안 생각에 잠겼다. 그러더니 몸을 일으켜 잎들과 줄기를 가만히 어루만지다가 식물의 꺾인 목을 올려다보았다. 그러고는 베란다에 나가서 밖을 내다보다가 또다시 화분 앞에 앉았다. 그 몇 가지 동작은 세 시간 동안 계속 되풀이되었고, 그 사이 식물의 두려움은 점점 커져 갔다.

"왜 그래, 무슨 일 있니?"

식물이 떨리는 목소리로 물었다. 내 목소리가 인간의 귀에 들릴 수만 있다면……. 밖에서 무슨 일이 있었던 걸까? 하지만 힘주어 그러쥐었다 풀었다 하는 손에서 평소와 달리 어지러운 생각과 결심과 망설임이 느껴졌다.

"미안. 정말 미안. 네가 널 놓아주면 너도 이렇게 고통스러워하지 않아도 되겠지."

마침내 지원이 입을 열어 뜻 모를 말을 중얼거리더니 한참 동안 식물을 안았다.

"무슨 소리야? 왜 미안한데? 난 전혀 고통스럽지 않아. 놓아 주다니? 어떻게? 어디로?"

식물은 싱크대 서랍을 뒤지는 지원을 향해 큰 소리로 외쳤다. 이 방이 아닌 곳에 있는 자신을 상상할 수 없었다.

지원이 주방용 가위를 들고 돌아오더니 길고 두터운 잎사귀의 아랫부분을 머뭇머뭇 자르기 시작했다. 식물은 자신의 상처에서 확 풍기는 푸른 피 냄새에 충격을 받았다. 처음에는 너무 놀라 아프다는 생각도 못했지만 두 번째, 세 번째 잎이 잘려나가는 사이 통각이 눈을 떴다. 지원의 눈에서 눈물이 흘렀다. 잎을 잘라내는 속도가 점점 빨라지고 가위를 놀리는 움직임이 점점 단호해졌다. 때로는 쉽게 잘리지 않아서 가위 손잡이를 두 손에 나눠 쥐고 얼굴이 벌게지도록 손아귀에 힘을 주었다. 노동에 집중하는 그녀의 얼굴이 식물에게는 낯설고 무섭게 느껴졌다. 지원은 이따금 가위를 내려놓고 바닥에 쌓인 잘린 잎들을 커다란 비닐 봉투 안에 넣었다. 식물은 쓰레기처럼 비닐 봉투 안으로 들어가는 자신의 잔해들을 보면서 수치심을 느꼈다.

"왜 이래? 내 안에 네가 사랑하는 루시가 있잖아. 이러면 루시도 죽어."

지원이 마치 식물의 목소리를 들은 듯 혼잣말로 중얼거렸다.

"미안해, 루시, 널 산이나 들에 묻으면 비에 쓸려갈까 봐 겁이 났어. 네가 추위에 떨 것 같고, 무엇보다 외로워서 계속 날 찾을 것 같았어. 하지만 우리에게 이 아이를 고통스럽게 할 권리는 없어. 루시, 이제 나의 기억 속에서 살아 줘. 내 뇌세포 주름 사이사이에서 즐겁게 살다가 내가 눈을 감을 때 함께 이 세상을 떠나기로 하자."

지원은 의자 위에 올라가 높은 곳의 잎사귀와 정수리를 잘랐다.

"그러지 마. 그럼 제발 기다려 줘, 내일 갈색 날개님한테 작별인사를 할 때까지만 기다려 줘. 이렇게 사라질 수는 없어."

지원은 위에서부터 줄기를 20센티미터씩 싹둑싹둑 잘라내기 시작했다. 점점 가위질이 능숙해졌다. 식물은 마취도 없이 긴 시간 이루어진 절단을 더 이상 견딜 수 없었다. 차라리 아무것도 느낄 수 없는 죽음의 망각 속으로 얼른 떠나 버리고 싶었다. 의식이 흐릿해졌다. 저 달이 내가 이 세상에서 마지막으로 보는 것이구나. 조금 아쉬웠다. 아래를 내려다보는 멧비둘기의 아름다운 옆모습이 그리웠다. 나에게 위대한 생명이라고 말해준 분이었는데…… . 보름달 아래서 쇠로 된 커다란 가위가 차가운 빛을 흩뿌렸다. 살육에 집중하는 지원의 눈동자가 허공에서 춤추는 가위의 날에 비쳤다. 그리고 그것이 식물의 기억에 남은 지원의 마지막 모습이 되었다.

식물은 지독한 통증을 느끼며 눈을 떴다. 섬유질이 가닥가닥 끊어지는 듯한 아픔에 히스테리를 부리듯 잎사귀를 펄럭였지만 주위의 공기는 진동하지 않았다. 꿈이 아니었다. 식물은 자신의 잘린 잎사귀들과 잘린 줄기와 잘린 뿌리가 커다란 향나무의 뿌리 위에 가지런히 놓여 있음을 깨달았다.

가위의 쇠 냄새가 섞인 자신의 진한 피 냄새에 잠시 구역질이 났지만, 풍부하고 복잡하고 향기로운 향이 서서히 식물의 후각을 압도했다. 화분에 담긴 흙과는 비교가 안 될 만큼 엄청난 흙이 눈이 닿지 않는 먼 곳까지 아파트 주위를 덮고 있었다. 잘 마른 흙과 조금 축축한 흙, 땅바닥을 얇은 담요처럼 덮은 보드라운 녹색 식물, 보라색과 노란색과 하얀색 등 잘디잔 꽃을 피운 풀들, 자신과 생김새가 다른 온갖 나무들, 가지에 맺힌 푸르고 붉은 열매들, 풀 틈에서 썩어 가는 물컹한 열매들, 여러 동물들의 배설물…… . 이 모든 것이 뒤섞인 향은 수많은 악기들의 소리로 이루어진 교향곡 같았다. 식물이 지원의 집에서 가장 행복했던 순간은 라디오의 클래식 채널에서 교향곡을 들을 때였다. 서로 다른 온갖 소리들이 완벽한 조화를 이루며 시간의 물결을 따라 아름다운 천처럼 펼쳐지던 그 시간……. 그런데 이곳에서는 향기의 교향곡이 펼쳐지고 있었다.

식물은 억지로 눈을 뜨고 달을 찾았다. 달의 위치를 보니 지원의 아파트 아래쪽인 것 같았다. 식물은 자신에게 생의 시간이 얼마 남지 않은 것을 느꼈다……. 몇 분일지, 몇 시간일지 모르지만, 분명한 것은 다음에 찾아올 밤에는 지원과 갈색 날개를 기억하는 자신은 이곳에 존재하지 않는다는 사실이었다. 식물은 자기 앞에 놓인 영원한 암흑을 떠올리며 눈을 감기 전까지 '보는 일'에 마지막 힘을 쏟기로 했다.

'그런데 나의 마음과 말이 머물고 있는 이곳은 내 몸의 어느 부분이었을까? 뿌리? 줄기 아랫부분? 한가운데? 잎사귀? 줄기의 끝?' 식물은 자기 몸의 잘린 조각들을 곁눈질하며 그 중에서 눈에 띄지 않는 조각을 알아내려 애썼다. 그러다 옆에 덤불처럼 무성하게 뻗은 철쭉나무로 눈길이 갔다. 거미줄처럼 복잡하고 촘촘하게 가지를 뻗은 둥그스름한 철쭉나무는 길이가 2미터쯤 되는 긴 타원형의 녹색 천막 같았다. 가지들 사이에는 곳곳에 하얀 거미줄이 걸려 있었고, 그 안의 아늑한 작은 공간에서는 새끼고양이 세 마리가 뒤엉켜 자고 있었다. 식물의 눈이 철쭉나무의 바깥 부분에 붙은 작고 반지르르한 갈색 열매들을 향했다. 아파트의 창문들에서 나오는 빛에 갈색 열매들이 투명하게 빛났다. '철쭉 열매인가?' 식물은 그 열매들이 공장에서 찍어낸 모형처럼 또렷한 곤충 모양을 하고 있다는 것을 깨달았다. 곤충이었구나, 아, 징그러워. 곤충들은 가지에 달라붙은 그대로 지겹도록 꼼짝도 하지 않고 소리도 내지 않았다. 가만히 보니 곤충들은 누군가 칼을 꽂아 죽 그은 듯 하나같이 등이 갈라져 있었다. 응? 빈 껍질이야? 안에 있던 건 어디로 가고 이렇듯 깨끗하게 껍질만 남은 거지? 한 껍질 옆에 연한 연두색이 도는 젖은 날개를 접고 잎사귀 위에서 소리 없이 숨을 쉬고 있는 연한 연두색 줄기 같은 것이 보였다. 움직임은 없지만 온전한 형체를 띤 그 가볍고 여린 몸에 경이로운 무지가 떠돌았다. 나무 위쪽에서 그들의 동족이, 검고 단단한 갑옷에 짧고 질긴 날개를 단 그들의 강한 동족이 어린 생명에게 나무줄기를 타고 위로 올라오라며 입을 모아 힘차게 부르고 있었다. 식물은 그 소란스러운 소리를 들으며 가만히 웃었다.

아, 저도 이 껍질을 떠나면 모두에게 들릴 당당한 목소리와 강한 날개를 갖게 될까요? 그러면 좋겠습니다. 제 몸에 날개가 돋으면 당신을 만나러 가겠어요, 갈색 날개님.

식물은 찢어진 등줄기에서 느껴지는 찌릿한 아픔에 눈을 감고 호흡을 가다듬었다. 통증 때문인지 졸음 때문인지 생각이 자꾸 흩어지고 뚝뚝 끊어졌다. 그 감각의 흐릿한 불연속 속에서 얼핏 강철처럼 단단한 검은 비가 후두두 바닥으로 떨어지는 것을 본 것 같았다.

5

저녁 8시였다. 점순은 무릎이 밖으로 벌어진 앙상한 두 다리로 계단을 천천히 짚으며 아파트 건물 밖으로 나섰다. 고장 난 마이크처럼 날카롭고 불쾌하게 울리는, 그럼에도 일정한 박자와 선율을 띤 매미들의 울음소리가 폭우처럼 덮쳤다. 노파는 몸을 앞으로 숙여 온 힘을 다해 걸음을 옮기며 아파트 건물 주위를 돌기 시작했다. 물론 옆으로 스쳐가는 풍경은 그녀의 바람만큼 빠르게 변하지는 않았다. 텔레비전에 나오는 의사들은 땀이 나고 숨이 가쁘도록 걸어야 콜레스테롤과 당의 수치를 낮추고 치매를 예방할 수 있다고 했다. 여든이 넘은 뒤부터는 나이를 세지 않아 자신이 지금 몇 살인지도 기억나지 않았지만, 이미 오래 전부터 콜레스테롤 약과 당뇨 약을 복용하고 있는 데다 근육도 거의 다 빠지고 골다공증도 심해 죽음의 때가 코앞까지 왔다는 사실만큼은 분명히 알고 있었다. 그래도 아직 딸과 함께 근처 재래시장과 교회를 다닐 기력이 있고 정신도 말도 또렷하다는 게 스스로 생각해도 놀랍기만 했다.

딸은 5시쯤 집을 나서면서 9시쯤 돌아온다고 했다. 점순은 딸이 돌아올 때까지 아파트를 돌기로 했다. 한 바퀴를 돈 점순은 숨이 가빠 가만히 서서 허리를 젖혔다. 출입구의 계단과 장애인 통행로를 덮은 녹색 플라스틱 차양이 눈에 들어왔다. 색 바랜 페인트 벽이며 화단 주위의 낡은 벽돌 길과 어울리지 않게 그 차양만 새것의 빛을 노골적으로 빛낸 탓에, 점순은 한 달 전의 일을 떠올리지 않을 수 없었다.

4층 통로에서 떨어진 남자 노인이 목이 부러지거나 머리가 부서지지 않고 무사했던 것은 저 차양의 자리에 있던 낡은 선임자 덕분이다. 점순보다 십 년은 젊을 듯한 노인은 두 모녀와 마주칠 때마다 언제나 먼저 점잖은 말투로, 하지만 유쾌하게 말을 걸어 주었다. 누구를 만나든 이야깃거리를 찾아내는 놀라운 남자였다. 사람들에게 늘 무시당하는 자기 딸을 정중하게 대해 주는 그 노인이 점순은 고마웠다. 딸도 그 노인을 보면 "아저씨!"라고 반기며 팔짱을 끼기도 하고 팔꿈치로 다정스럽게 건드리곤 했다. 하지만 그 모습을 보는 점순의 마음은 어쩐지 편치 않았다. 노인이 퇴원 후 별거 중이던 아내의 집으로 돌아갔다는 말을 경비에게서 전해 들었다. 가족이 없는 외로운 노인인 것 같아 가끔 딸과 함께 그 집을 찾아가 반찬을 나눠 주기도 했는데……. 차라리 잘된 것 같았다. 딸은 너무 쉽게 사람을 믿고, 너무 쉽게 정을 준다.

베란다가 난 쪽의 긴 화단을 따라 걷는 동안 울타리 가까이 핀 보라색 꽃들이 점순의 발길을 끌었다. 사루비아처럼 생긴 보라색 비비추 꽃들이 탐스러운 타원형 잎사귀들 틈에서 가늘고 긴 줄기에 다닥다닥 붙어 있다. 오각형별처럼 생긴 남보라색 도라지꽃들이 흙 속에 박힌 기다란 막대기에 가느다란 줄기를 기댄 채 고개를 빳빳이 쳐들고 있다. 낮 동안 봉우리를 번데기처럼 한껏 움츠리고 있던 연보라색 나팔꽃이 얇은 꽃잎을 팽팽하게 열었다. 보라색은 연약하다. 보라색은 애처롭다. 보라색은 소박하다. 그럼에도 끈질기다. 오래 피는 꽃들은 전부 보라색이다. 오늘 주일 설교 때 목사가 말했다.

"하늘을 나는 새들을 보십시오. 들의 백합화를 보십시오. 새들은 농사를 짓지 않아도 주께서 먹이시고, 백합화는 옷감을 짜는 수고를 하지 않아도 주께서 입히신다고 하셨습니다. 하물며 하느님의 백성을 외면하시겠습니까? 내일을 염려하지 마십시오. 걱정의 양만큼 우리의 해결 능력이 커질 수 있다면 얼마나 좋겠습니까? 여러분을 향한 하느님의 사랑을 믿으십시오."

그 말에 점순은 마치 자장가를 부르듯 "아멘!"이라는 말을 쉬지 않고 중얼거리며 일주일 동안, 아니 한 달 동안, 아니 한 번도 자신을 떠난 적이 없는 불안을 잠재웠다. 매주 그랬듯 점순은 예배 동안 모든 것을 하느님께 맡겼다가, 다시 모든 것을 굽은 등에 짊어지고 교회 문을 나섰다. 사실 그녀는 하느님께 모든 것을, 자신의 가장 소중한 것을 맡기고 싶지 않았다. 하느님은 평생 그녀에게 인색했다. 그녀는 오직 죽는 날까지 온전한 정신을 잃지 않기를, 죽는 날까지 자신의 힘으로 모든 것을 지킬 수 있기를, 그리고 그 마지막 날이 아주 오랜 뒤에 찾아오기를 바랐다. 수십 미터에 걸쳐 화단을 뒤덮은 보라색 꽃들은 하느님에게조차 털어놓지 못한 자신의 속마음 같았다.

점순은 보라색 꽃들 틈에서 기묘한 것을 발견했다. 높이가 5미터 가까이 되는 잘생긴 향나무의 발치에 같은 길이로 잘린 잎들과 줄기들이 관에 눕혀진 시신처럼 가지런하게 놓여 있었다. 이미 숨이 죽고 반쯤 말라 누런 반점이 뜬 시신은 며칠이 지나지 않아 땅의 습기에 썩고 이글거리는 햇살에 부서져 검은 흙과 뒤섞일 것 같았다. 녹색 시신의 토막들 사이에서 전구처럼 반짝이는 녹색 눈이 점순의 눈을 바라보았다. 두 시선이 검푸른 허공 속에서 마주치고 엉키고 교차하다 상대의 눈동자를 향해 나아갔다. 암녹색으로 변해 가는 무언가의 눈동자에 일그러진 달처럼 파리한 얼굴이 어리고, 푸르스름하게 물들어 가는 점순의 망막에 녹색 시신이 비쳤다. 잠시 후, 점순의 몸속에서 부풀어 오른 불안과 공포가 성긴 하얀 속눈썹들 사이로 투명하게 흘러내렸다.

밤 10시. 지원은 버스에서 내려 상가들이 늘어선 긴 오르막길을 힘없이 걸었다. 불 꺼진 창들 사이에서 편의점과 치킨 집만 환하게 빛났다. 일요일 밤이면 늘 그렇듯 불이 켜진 상점에도 손님이 거의 없었다.

그를 만나고 돌아오는 날은 늘 피곤했다. 그것은 육체의 고단함보다는 신경의 피로감 때문이었다. 그는 대학 시절에 잠시 사귀다가 헤어진 후 다시 친구로 지내게 된 남자였다.

지난 십 년 동안 두 사람은 꽤 괜찮은 우정을 유지해 왔다. 지원은 문학과 고전 음악과 그림을 좋아했고, 그는 과학과 록음악과 영화를 좋아했다. 둘 다 서로의 안목을 존중하고 상대방에게서 뭔가 배우는 것을 즐거워했기에, 두 사람의 정신은 잉크 섞인 물처럼, 아니 물 섞인 잉크처럼 서로 뒤엉켜 뚜렷한 경계를 긋기가 어려워지곤 했다. 긴 시간 뒤섞여 발효된 말들은 두 개의 혀가 뒤엉킬 때보다, 두 개의 몸이 합쳐질 때보다 더 향기로운 기쁨을 불러일으키기도 했다. 지원은 어쩌면, 아마도, 분명 그를 사랑했다. 그러나 그의 몸과 그의 몇 가지 사소한 버릇까지는 사랑할 수 없었다. 그는 여자의 몸에 흥분하기는 했지만 매혹을 느끼지는 않았다. 적어도 그녀와 연인이었던 시절에는 그랬다. 그는 발기한 페니스를 신체적인 불편으로 느끼는 것 같았고, 통제되지 않는 페니스로부터 얼른 달아나기 위해 그녀의 몸을 이용하는 것 같았다. 그와 섹스를 할 때면 그녀의 자아는 둘로 나뉘었다. 그의 지루하고 기계적인 몸놀림에 친절한 공무원처럼 협조하려 애쓰는 여자와 천장에 거미처럼 달라붙어 그의 행위를 관찰하고 그의 심리를 분석하는 여자로. 자위하듯 여자의 몸에서 어색하게 버둥대는 그 무신경하고 이기적인 알몸은 너무 볼품없었다.

두 사람 모두 마흔을 이삼 년 앞둔 요즘, 그는 갑자기 결혼을 진지하게 생각하기 시작했고 두어 명, 혹은 그보다 많은 여자와 번갈아 데이트를 하고 있었다. 지원을 만나는 동안 멍하니 딴 생각에 빠질 때도 많아졌다. 그녀는 그의 머릿속 표 안에서 자신의 점수가 매겨지고 있음을 느끼곤 했다. 지원은 그가 그녀를 선택하지 않으리라는 것을 그 자신보다 먼저 예측했다. 그녀가 그와의 대화를 잃는 것을 아쉬워하듯 그 역시 그 때문에 마지막까지 그녀를 채점표 안에 붙들어두고 있다는 것도 알았다. 그리고 그녀가 어떤 항목에서 실점을 했을지, 혹은 어떤 항목에서 최하위 점수를 받았을지 짐작할 수 있었다. 그의 마음속에서 엄정하고 세세하게 이루어지는 심사 과정을 모르는 척하려니, 모멸감과 경멸이 모래사장으로 밀려드는 파도처럼 차례차례 그녀의 마음을 건드리고 무너뜨렸다.

지원이 아파트 정문 앞에서 "그래, 이제 그만 만날 때가 됐어."하고 혼잣말을 하며 고개를 든 순간, 주름지고 메마른 형체가 바람에 이지러지는 사막의 모래 물결처럼 그녀를 향해 스르륵 밀려왔다.

"아가씨, 우리 딸 못 봤슈?"

10층의 늙은 어머니가 겨울나무처럼 까슬까슬한 두 손으로 지원의 손을 덥석 잡았다. 지원은 검은 물에 반쯤 잠긴 시체—잠기는 순간인지 떠오르는 순간인지 알 수 없이—처럼 어둠 속에서 소리 없이 쑥 튀어나온 늙은 여자의 얼굴을 내려다보며 "완전히 렘브란트 그림에 나오는 인물 같은데."라던 안나의 말을 떠올렸다. 비스듬히 비추는 누르스름한 가로등 불빛 아래 음영이 진 주름살들이 한 가닥 한 가닥 또렷하고 세밀하게 드러났다. 대낮의 무자비한 하얀 빛 아래서는 '노화한 세포'로 보였던 생물학적 특징이 어둠과 빛이 섬세하게 접하는 공간에서 '육화된 시간'으로 탈바꿈했다. 지원은 자기도 모르게 늙은 어머니의 손을 부드럽게 힘주어 잡았다.

"아뇨, 못 봤어요. 따님이 어디로 간다고 했는데요?"

"아까 5시에 사회복지사 슨상님하고 공연을 보러 갔슈. 슨상님이 9시까지는 데려다준다고 했는데…… 슨상님도 딸도 전화를 안 받고……."

눈꺼풀이 무겁게 처진 검은 눈동자에서 눈물이 계속 흘러내렸다. 퇴색한 검은 동공 주위가 온통 붉었다. 지원은 '사회복지사'라는 단어에 충격을 받았다. 그 말 많은 여자에게 '사회복지사'의 돌봄을 받아야 할 정도의 지적장애가 있으리라고는 상상도 못했다.

지원은 몇 달 전 승강기 안에서 보았던 장면을 떠올렸다. 지원은 같은 층에 사는 부녀회장의 남편과 함께 승강기를 타게 됐다. 60대 초반의 은퇴자로 보이는 남자는 지원이 이사 오기 전부터 14층에 살던 사람이었다. 유난히 목소리가 크고 말이 많은 부인과 달리 그 남편은 말하는 법을 잊은 사람처럼 늘 입을 굳게 다문 채 무표정한 얼굴로 다녔다. 딱히 목적지는 없어 보였지만, 언제나 폴로 티셔츠를 양복바지 안에 단정히 집어넣고 허리띠로 반듯하게 여민 차림으로 혼자 어딘가에 다녀오곤 했다. 그날도 그는 줄곧 불편해하는 기색을 숨기지 못한 채 지원을 외면하고 있었다. 10층의 문이 열렸다. 언제나처럼 몸에 맞지 않는 딱 달라붙는 티셔츠와 바지를 입고 머리를 뒤로 질끈 묶은 미연이 눈을 동그랗게 뜨고서 열린 문 앞에 그대로 서 있었다. 미연은 여느 때와 달리 지원에게 관심을 보이지 않고 남자의 팔을 두 손으로 잡고서 눈을 찡긋거렸다. 그녀의 벌어진 입술 사이에서 억누를 수 없는 미소가 피어났다. 지원은 뭔가 노골적이고 적나라한 것을 보고 있는 듯해 눈을 돌리고 말았다. 거울에 비친 남자는 여전히 소리를 내지 않고 입만 벌린 채 당황한 눈을 이리저리 굴리고 있었다.

지원은 늙은 어머니의 손을 잡고서 무슨 말을 할지 계속 궁리했지만 입이 떨어지지 않았다. 늙은 여자는 지원의 눈을 간절하게 바라보다가 낙심한 표정으로 손을 떨구고는 지원이 걸어온 길을 따라 내려가기 시작했다. 버스정류장으로 가는 길과 지하철로 가는 길이 갈라지는 지점으로 향하는 것 같았다. 목을 앞으로 쑥 빼고 기역자로 구부러진 허리 아래의 휘어진 다리를 바삐 움직이며 걷는 모습이 위태로워 보였다.

"어머님!"

지원은 빠른 걸음으로 좇아가 늙은 어머니의 어깨를 감싸 안고 말했다.

"댁에 돌아가서 기다리시는 게 어떨까요? 10시 반이 넘어도 따님이 돌아오지 않으면 제가 경찰서에 전화할게요."

늙은 여인이 물기 어린 투명한 검은 눈으로 돌아보았다. 딸 페르세포네를 잃은 데메테르처럼 깊은 비탄에 잠긴 눈이 위엄을 띠었다. 지원은 자기도 모르게 그녀의 어깨에서 손을 내리고 그녀의 눈을 바라보았다. 문득 지원은 그녀의 눈에서 무언가가 자신의 눈으로 흘러드는 것을 느꼈다. 어쩌면 자신의 눈에서도 어떤 것이 그녀의 눈으로 흘러들었는지 모른다. 잠시 후, 늙은 어머니와 자신이 같은 인간이라는 무섭도록 투명한 자각이 천둥소리를 동반한 폭풍우처럼 지원의 의식을 뒤흔들었다…….

다음 날, 지원은 퇴근길에 10층의 모녀가 앞에서 걸어가는 것을 발견했다. 딸은 여느 때와 다름없는 모습이었지만 어딘지 모르게 풀이 죽어 보였다. 지원은 시간이 화단의 검은 덤불 속에 매복한 채 어머니와 딸을 노려보고 있는 것을 보았다.

8월이 지고 있었다. 따뜻하고 습한 저녁 공기에 가을 내음이 섞여 있었다. 모든 것이 시들고, 모든 것이 부패하고, 모든 것이 죽어가고 있었다.

강만수 ㅣ 세종로 블루스

서울대에서 법을 뉴욕대에서 경제를 공부했고,
평생 공직에서 일하다,
2022년 『한국소설』에 「동백꽃처럼」으로 등단하여 소설을 쓰고 있음.

세종로 블루스

강만수

　창 아래 세종로의 은행나무 잎이 무성한 여름날 오후였다. 주말 내내 동료 직원들과 함께 밤이 늦도록 만든 보고서를 들고 내 방을 나섰다. 복도에서 엘리베이터를 기다리다가 다시 내 방에 돌아가 보고서를 책상 서랍에 넣어버렸다. 사직서만 양복 안주머니에 넣고는 다시 방을 나섰다. 3년이나 지난 일을 끄집어내 문제 삼는 것은 시대의 아픔이라고 생각되었다. 어차피 제물로 삼겠다면 그럴 수밖에 없을 것이고 또 떠나는 마당에 그들에게 충성을 바칠 이유도 없었다.

　재무부는 중앙청 앞 세종로 동쪽에 회색빛의 날렵한 8층 쌍둥이 건물 중 북쪽에 자리하고 있었다. 6·25전쟁 후 폐허가 된 세종로에 미국의 원조자금과 필리핀의 기술로 지은 것인데 남쪽 건물에는 미국 대사관이 들어 있었다. 내 방은 세종로가 내려다보이는 재무부 8층 서북쪽 끝 모서리에 있었다. 나는 청사를 나와 세종로를 걸어 올라가서 중앙청을 오른쪽으로 돌아 경복궁 동쪽 길을 걸었다. 청와대로 가는 돌담길은 고궁 높은 담장 아래 플라타너스 가로수가 가지런해서 언제나 청결하고 고담했다. 청와대 비서실에서 자료를 급히 요구하는 경우 택시가 안 잡히면 서류 봉투를 들고 뛰어가기도 하던 길이다. 지금 내가 가는 곳은 청와대를 지나 삼청동 골짜기 감사원 아래 자리 잡은 중앙교육연수원이다. 걷기에는 상당히 먼 거리였지만 오늘은 그냥 걸어가고 싶었다. 삼청동 길을 따라 국무총리 관저 옆을 지날 때는 오후의 태양이 내리쪼여 이마에 땀이 흘렀다.

지난해 부산에서 시작된 '부마사태'의 피바람은 박정희 대통령의 피살로 이어진 후 올해 광주에 몰아쳤고 서울로 올라와 관청에도 세차게 불었다. 그들은 직업공무원 사회를 통째로 흔들었는데 우리는 나뭇잎같이 그저 흔들렸다. 재무부에서도 많은 동료와 선배가 이유도 알려지지 않고 특별한 절차도 없이 그저 사무실을 떠났다. 그들이 공직사회를 혼돈으로 몰고 가는 이유는 무엇일까. 나는 왜 사표를 내야 할까. 이 생각 저 생각 하며 걷다가 삼청동 세거리에서 감사원 가는 길로 꺾어 들었다.

중앙교육연수원 정문에는 총을 멘 군인이 보초를 서고 있었다. 분위기는 삼엄했다. 수위실을 지키는 군인에게 공무원증을 주고는 출입증을 받아 가슴에 달고 텅빈 운동장을 걸었다. 화단에 수선화가 피어 있었다. 건물 중앙에 있는 현관에는 커다란 글씨로 내리쓴 '국가보위비상대책위원회'라는 나무 간판이 무겁게 걸려 있었다. '국보위'라고 불리며 거의 매일 뉴스에 나오는 간판이라 눈에 익었다. 나는 무엇을 보위하고 왜 비상인지 알 수 있는 자리에 있지 않아 무엇인가 살벌함을 느꼈다.

현관에 들어서 계단을 올라 통보받은 대로 3층 복도 서쪽 끝에 있는 방으로 갔다. '재무분과위원장'이라는 돌출 팻말 아래 달린 문으로 들어갔다. 대령 계급장을 단 군인이 나를 맞았다. 그는 군대식 말투로 자기를 보좌관이라고 소개하고는 내가 누구인지 확인한 다음 대기 의자에 앉으라 했다. 잠깐만 기다리라고 하고는 안쪽 문으로 들어갔다. 한참을 기다렸더니 그 대령이 나를 안으로 안내했다.

*

강의실로 쓰던 큰 방의 벽 쪽에 있는 책상으로 다가가 육군 소장인 재무분과위원장에게 인사를 했다. 나는 선 자세로 장군에게 나를 소개했다.

"재무부 세제국 간접세과장으로 부가가치세 도입을 담당했던 사람입니다."

장군이 회의용 탁자를 가리키며 앉으라고 했다. 예비군 훈련장에서 멀리 장군을 본 적은 있었지만 가까이 직접 만난 것은 처음이었다. 장군이 앉고 나는 그의 왼쪽에 창을 바라보고 앉았다. 보좌관 대령이 나를 마주 보고 앉았다. 장군의 얼굴에는 오랜 야전 생활이 빚은 구리색의 강인함이 배어있었고 녹갈색 군복의 어깨 위에 달린 두 별은 묵직하게 번쩍였다. 이렇게 가까이에서 별을 본 것은 처음이었다. 잎이 무성한 목련 나무가 창가에 다가와 있었다.

"보고 들어 봅시다."

장군의 목소리는 연병장에서 호령하는 장교의 구령 같았고 표정은 근엄했다.

"보고할 내용이 간단하여 보고서 없이 구두로 보고하겠습니다."

"간단하다니요?"

그는 고압적으로 말했다. 처음부터 방향이 빗나가는 것을 느꼈다. 비상계엄을 선포하고 삼권을 장악한 군인들이다. 모든 것이 자신들 손안에 있어서인지 원기가 넘쳐 보였다. 그들은 자기들 기준에 따라 언론사도 재벌기업도 마음대로 통폐합시키고, '불량배'를 삼청교육대에 잡아가 '순화淳化'시키고, '부정부패'와 '무사안일' 공무원을 '정화淨化'시키고 있었다. 시류를 타고 쏟아지는 투서에 따라 많은 공직자가 자기도 모르게 오물이 되어 정화되었다. 처가가 부자였던 어떤 국장은 어느 날 갑자기 짐을 싸서 나갔고, 형이 고위 권력층이었던 어떤 과장도 어딘가 불려 갔다가 돌아와 짐을 싸서 나갔는데, 아무도 정확한 이유를 몰랐다. 옆방 동료 과장은 과거 사귀던 여자와 헤어지고 다른 여자와 결혼했는데 옛 여자의 투서로 물러났다는 소문이 돌았다. 머리카락이 길다고 혹은 치마가 짧다고 잡아가던 유신 시대보다 더 살벌한 분위기였다. 언론도 그들 통제 아래 있어서 누가 왜 사라지는지 제대로 알지 못했다. 언제 목이 날아갈지 모르는 공포가 일상이었다.

"예! 간단합니다. '부가가치세법을 폐지한다'는 한 줄의 개정안이면 됩니다."

나는 마음을 가다듬고 목소리를 낮게 깔고 대답했다. 내가 그렇게 말했을 때 그의 얼굴이 경직되었다. 그는 한참 동안 나를 쳐다보았다. 나는 호랑이 앞의 작은 생쥐가 되어 그의 눈을 초점 없이 바라보았다. 죽기 아니면 까무러치기가 아니라 이미 죽은 것과 같은 상태였기 때문에 아무것도 보이지 않았다. 사람은 막다른 골목에 이르면 처음엔 공포를 느끼다가 다음에는 체념에 이르고 그리고는 생명에 내재하는 마지막 용기를 불러내는 것 같았다. 그는 말없이 있다가 입을 열었다.

"부가가치세를 도입한 이유가 무엇이었습니까?

"미군 철수에 따른 자주국방 재원을 마련하기 위해서였습니다. 아시는 바와 같이 자주국방을 위해 처음에는 방위성금을 받았고 이어서 방위세를 받았지만, 방위산업 육성을 위한 재원까지 마련하기에는 부족해 근본적인 대책으로 부가가치세를 도입하게 되었습니다."

나는 부가가치세 도입의 배경을 간단하게 대답했다.

"그런데 왜 국민이 반대하는 부가가치세를 도입하게 되었습니까?"

"부가가치세가 가장 좋은 제도라고 평가되었기 때문이었습니다."

"그래요? 그러면 부가가치세를 폐지하면 어떤 문제가 있어요?"

그는 나의 거침없는 대답에 무엇인가 이상하다고 생각하는 듯했다.

"예, 국방비 상당이 없어지는 상황이 됩니다. 아니면 같은 규모의 다른 정부 업무를 못 하게 되겠지요. 부가가치세 수입은 국방비보다 많습니다."

"그러면 간단한 문제가 아니지 않아요?"

"제가 지시받은 사항은 부가가치세 폐지가 결정되었으니 부가가치세 폐지 방안을 보고하라는 것이었습니다. 지난번 국보위 상임위원회에서 폐지를 결정할 때 관련된 문제에 대하여 검토했으리라고 생각했습니다. 사표를 제출하라는 지시에 따라 사표도 가지고 왔습니다."

나는 양복 오른쪽 안주머니에서 사직서가 든 봉투를 꺼내 탁자 위에 올려놓았다.

"아니 국방비 재원이 없어지다니, 그렇게 함부로 말해요?"

"예, 그렇습니다. 함부로 말해서 안 되지요. 폐지를 결정할 때 문제에 대한 검토가 없었습니까?"

장군은 말이 없었다. 나는 계속 말을 이었다.

"나라를 다스리는 데는 최소한 3대 행정이 필요하다고 합니다. 외부의 침략을 방어하는 국방행정, 내부의 도전을 제압하는 경찰행정, 그리고 그 비용을 조달하는 조세행정입니다. 국가 존립을 위한 최소한의 행정이지요. 다른 행정은 없어도 나라가 잘되느냐 못 되느냐의 문제에 국한되지만, 이 세 가지 행정은 국가가 존립할 수 있느냐 없느냐의 문제입니다. 그런데 이 3대 행정은 국민의 자유와 재산을 빼앗는 것을 본질로 한다는 점에서 '수탈행정'이라고 불립니다. 그래서 가장 큰 세입을 올리는 부가가치세 폐지는 중대한 문제지요."

"문제는 부가가치세가 국민의 원성을 사서 각하께서 서거하신 10·26사태가 일어난 원인의 하나라는 것입니다. 원성이 높은 부가가치세는 폐지해 국민의 뜻을 받들어 주어야 한다는 것입니다."

그는 단호하게 말했다. 박정희 대통령이 중앙정보부장의 권총에 피살된 것은 미국 카터 대통령의 미군 철수를 내세운 '인권 외교'에 의한 유신체제 압박과 김영삼 신민당 당수의 국회의원 제명으로 일어난 '부마사태' 때문이라는 것은 다 아는 일이었다. 분개한 부산 시민이 부가가치세의 폐지를 주장하며 서부산세무서와 영도세무서를 방화하였는데 여당인 공화당의 고위 당직자가 '부가가치세에 대한 불만이 대통령 서거의 요인이었다'고 말함으로써 부가가치세를 폐지해야 한다는 의견이 나오게 되었다. 그 후 국가보위비상대책위원회 상임위원회는 부가가치세의 폐지를 의결함과 동시에 부가가치세 도입을 추진한 사람들에 대한 정화작업을 추진하기에 이르렀다. 부가가치세 도입을 담당했던 국장과 차관보는 한직으로 밀려났고 그때 장관은 부정 혐의로 수사를 받게 되었는데 담당 과장이었던 나는 사표를 내게 된 것이었다.

"예, 부가가치세에 대해 국민의 원성이 있었지요. 원성은 세금이 잘못 되어도 일어나지만 잘되어도 일어납니다. 탈세가 어려우면 국민은 싫어합니다. 부가가치세는 인간이 고안한 조세 중 가장 탈세가 어렵다고 합니다. 미군의 철수에 대응한 자주국방을 위해서 세금을 성실히 내는 사람에게 더 받는 것보다 탈세하는 사람들에게 더 받아내는 것이 좋겠다는 대통령의 뜻에 따른 것입니다. 부가가치세는 당시 재정학에서 '인간이 만든 최선 최후의 조세'라고 불렸습니다. 탈세가 어려운 반면 공평하고 수출하는 기업에는 부담이 없는 최선의 제도로 평가되었기 때문에 유럽이 공통 세제로 채택하였습니다. 부가가치세는 자주국방 재원 조달에 가장 좋은 조세라고 판단하여 도입한 것입니다."

"그래요? 국민의 원성을 듣지 않고 세금을 거두는 다른 방안은 없다는 것입니까?"

그의 태도가 조금 바뀌는 것 같은 느낌이 왔다. 비서를 불러 커피를 가져오라고 했다. 커피가 들어오기까지 대화는 중지되었다. 나는 커피를 반 정도 마시고는 내친걸음대로 보고를 이어갔다. 나라에 대한 마지막 임무를 수행한다는 마음으로.

"국민의 원성을 듣지 않는 세금은 사실상 없지요. 자진해서 내고 싶은 대로 내게 하면 원성이야 없겠지요. 그러면 국가 유지는 어려워지겠지요. 미군 철수에 따른 자주국방을 위해 많은 국민이 방위성금을 자진하여 납부하였습니다. 이어서 방위세법을 만들어 다른 세금에 10%를 얹어 받았지요. 그런 방법은 탈세하지 않고 성실하게 세금을 내는 사람에게 더 받게 됨으로써 납세의 불공평을 더 심하게 만드는 결과가 되었습니다. 근본적인 대안으로 1977년에 부가가치세를 도입하게 되었습니다.

세금은 내고 싶은 사람만 내고, 법은 위반해도 감옥 가고 싶은 사람만 가게 하고, 군대는 죽어도 좋은 사람만 가게 한다면 원성이야 없앨 수 있겠지만 나라가 유지되겠습니까. 조세행정은 경찰행정과 국방행정과 같이 강제적이어야 하고 거부하는 사람은 공동체에서 떠나야 하는 것입니다. 국민의 원성은 불가피한 것입니다.

아침에 일어나서 수돗물을 마셔도, 차를 타고 출근을 해도, 점심때 밥을 먹어도 그 요금 속에는 여러 명목의 세금들이 포함되어 있지요. 월급날은 근로소득세를 내야하고, 재산을 쌓으면 재산세를 내다가 죽을 때 상속세를 내야 하지요. 사람은 세금과 죽음을 피할 수 없다고 합니다."

"원성이 불가피하다면 원성이 적은 세금을 도입하는 방법은 없었어요?"

장군의 목소리가 누그러진 것을 느꼈다. 그의 표정도 처음보다는 덜 적대적이었다. 나는 잠시 대답을 멈추었다. 그는 입맛을 쩍 다셨다. 미국에서 경제학 박사를 받았다는 보좌관 대령이 처음으로 입을 열었다.

"부가가치세 말고 다른 방법은 없을까요?"

나는 길게 숨을 쉬고는 차분히 말했다.

"신세新稅는 악세惡稅라는 격언이 있습니다. 세금은 불공평할 때 원성이 있고, 탈세가 어려울 때도 원성이 있지만, 새로운 세금도 싫어한다고 합니다. 어려운 과정을 거쳐 정착 단계인 부가가치세를 폐지하고 다른 세금을 도입하면 다시 새로운 원성을 들어야 합니다."

나의 대답에 보좌관 대령은 더 묻지 않았다. 나는 이어 말했다.

"원성을 없애는 방법은 사실상 없습니다. 황당한 말이지만 세금을 안 받거나, 내고 싶은 대로 내라고 하기 전에는."

장군의 표정이 조금 일그러졌다. 내친김에 계속 나갔다.

"인간이 공동체를 이루기 전에는 세금이 없었겠지요. 아파트에 살면서 관리비를 내지 않고 사는 방법이 있을까요?"

탁자 위에는 나의 사직서가 든 봉투만 댕그랗게 놓여있었다. 한동안 침묵이 흘렀다. 장군이 물었다,

"그러면 당초에 부가가치세는 누가 도입하자고 주장했습니까?"

"정부에서 처음 부가가치세 도입을 주장한 사람은 경제기획원 A 국장이

었고 그에게 부가가치세를 소개한 사람은 독일에서 부가가치세를 공부한 S 대학 B 교수라고 들었습니다. 그들이 당시 부총리 겸 경제기획원 장관과 청와대 비서실장에게 자주국방을 위한 재원으로 부가가치세가 최선의 방안이라고 보고하여 시작된 거라고 했습니다."

장군은 혼잣말하듯이 무겁게 입을 뗐다.

"지금 국보위에 나와 있는 A 국장과 B 박사 말입니까?"

"예, 그렇습니다."

당시 국보위 상임위원회에는 미국에서 경제학 박사학위를 받고 경제기획원에서 모든 경제 정책의 기획을 맡고 있던 A 국장이 상임위원으로 파견 나가 있었고 B 교수는 전문위원으로 나가 있었다.

"그러면 폐지를 결정할 때 그들은 왜 문제를 제기하지 않았지?"

장군은 보좌관을 향해 혼잣말하듯 중얼거리더니 나에게 물었다.

"그러면 재무부는 어떤 입장이었습니까?"

"신중한 입장이었습니다. 재무장관은 청와대 경제수석으로 있을 때부터 신세는 악세라는 격언에 따라 신중한 입장이었다고 합니다. 도입한다고 하더라도 유럽에서도 3년 정도의 작업을 거쳤으니 우리도 3년의 준비기간이 필요하다는 입장이었다고 합니다. 그러나 당시 대통령이 가능하면 빨리 도입하기로 결정하고 그를 재무장관으로 보내게 되었습니다. 그래서 그가 철저한 준비와 함께 모든 작업을 진두지휘하게 되었던 것입니다."

청와대 K 경제수석이 재무장관으로 와서, C 세제국장을 팀장으로, 부가가치세 도입에 적극적인 경제기획원 A 국장과 부가가치세를 처음 소개한 B 교수 그리고 우리 방 C 국제조세과장을 실무책임자로 한 〈유럽 부가가치세 시찰팀〉이 만들어졌고, 영국, 독일과 프랑스를 시찰하게 되었다. 그 결과 제출된 출장보고서를 토대로 최초의 부가가치세 도입방안이 마련되었다. 이때 A 국장과 B 교수는 출장보고서와 함께 A4 용지 두 장에 9개 조문으로 된 부가가치세법의 대강을 만들어 우리 방에 보내며 6개월 준비하여 도입하자는 입장이었다. 당시 부총리 겸 경제기획원 장관도 그들과 같은 입장이었다. C 과장과 그 아래 사무관으로 일했던 나는 해외 시찰팀의 보고서를 토대로 대통령에게 보고하기 위해서 작은 병풍식 차트로 된 보고서 『부가가치세 도입방안』을 만들었다. 장관은 이렇게 최초로 만들어진 공식 문서를 대통령에게 보고하였는데, 보고서는 '熙' 자로 된 대통령의 사인 아래 '1975.10.15.'이라는 날짜가 뚜렷이 적혀 내려왔다. 장관은 이 보고서를 C 과장과 나를 불러 내려주면서 '두 박사가 문제야. 백면서생이 무얼 안다고. 학자는 자기주장을 하면 끝이지만 행정은 책임을 져야 해. 국민도 받아들여야 하고. 그 친구들 당장 내년에 하자고 야단이었는데 겨우 대통령을 설득해서 지금부터 준비 작업을 해서 내년에 입법하고 내내년 7월에 시행하기로 했으니 앞으로 잘해보자'라고 말했다.

"그러면 재무장관이 처음부터 주도하여 도입한 것이 아니라는 말입니까?"

"물론 담당 장관이니까 도입을 주도했지요. 부가가치세를 입법할 때부터 기업의 반대가 많았는데 1977년 7월 1일 시행을 앞두고는 전국적으로 반대가 더욱 심해지자 부총리와 다른 경제 장관들 모두 물가상승이 우려된다는 이유를 들어 실시를 연기하자고 했습니다. 그러나 재무장관은 법이 통과되었고 부가가치세는 종래와 달리 원자재에 대한 세금을 공제함으로써 세금 위에 또 세금을 매기지 않기 때문에 오히려 물가하락 요인이 있다는 논리를 들면서 문제없다고 주장했습니다. 이에 따라 대통령은 자주국방과 방위산업 육성을 위한 재원 마련을 위해 부가가치세 도입은 불가피하다는 결단을 내린 것입니다. 그 과정에서 모두가 반대하는데 K 재무장관이 부가가치세를 밀어붙였다는 말이 나오기는 했습니다."

나는 실무 사무관으로 외국 조세제도를 조사 연구하는 일을 맡고 있었는데, 독일, 프랑스와 영국의 부가가치세 즉 Value−added Tax 관련 자료를 번역하다가 부가가치세를 가장 잘 아는 사람이 되어 얼떨결에 부가가치세 작업을 맡게 되었다. 그러다가 과장으로 승진하여서도 그 업무를 계속 맡게 되었다. 1975년에 준비 작업을 하고 1976년 법안을 국회에서 통과시키고

1977년 7월 1일부터 시행하기로 짜인 일정에 따라 밤낮도 주말도 없이 일했다. 한국은행 조사부와 함께 국민소득계정을 분석하여 몇 퍼센트의 부가가치세를 도입하면 없어지는 과거 간접세 세입을 확보할 수 있는지를 검토한 다음 국제통화기금(IMF) 재정국과 협의하였다. 1년의 작업을 거쳐 영업세, 물품세, 직물류세, 석유류세, 전기가스세, 통행세, 입장세, 유흥음식세 등 8개 간접세를 10% 세율의 부가가치세 하나로 통합하는 혁신적인 안을 만들게 되었다. 이렇게 마련된 법안은 야당과 경제계의 강한 반대가 있었지만 1976년 정기국회에서 통과되었다. 10%의 부가가치세가 시행된다고 해서 단순히 물가가 10% 올라가는 것은 아니다. 과거 원자재에 매기던 영업세, 물품세, 석유류세 등 8개의 간접세를 폐지하고 10%의 부가가치세를 매기는 것이기 때문에 논리적으로 전체 물가상승은 없지만, 현실적으로 상품에 따라 올라갈 것은 올라가고 내려갈 게 안 내려가는 문제가 있었다. 실제로 유럽에서도 내려갈 것도 따라 올라가는 물가의 편승 인상이 문제가 되었다. 이에 대처하기 위하여 국세청 정예 조사요원 100명을 동원하여 300여 개 주요한 상품의 원가와 간접세 부담을 분석하고 10% 부가가치세를 매길 때의 가격변동을 품목별로 예측하였다. 이렇게 하여「주요 품목 가격변동표」를 준비하고 시행에 앞서 납세의무자들을 지도하는 물가안정 대책도 마련하게 되었다.

시행일이 다가오자 부가가치세가 탈세하기 어려운 세금이라는 것을 알게 된 전국의 모든 경제단체가 4월부터 본격적으로 반대하기 시작했다. 전국경제인연합회와 대한상공회의소와 중소기업중앙회는 물가상승을 명분으로 내세워 연기라도 하자고 주장하게 되면서 국면은 어렵게 돌아갔다. 부총리와 상공부 장관과 농수산부 장관 건설부 장관 등 경제장관 모두가 경제계에 동조하기 시작했다.

시행을 한 달여 앞둔 5월 재무부와 같은 청사에 있는 경제기획원 5층의 부총리실 옆방, 푸른 응접의자가 놓인 녹실에서 부가가치세 시행 여부를 결정할 마지막 회의를 하게 되었다. 상공부 장관과 농수산부 장관이 앞장서 물가상승을 우려하며 시행을 연기하자고 주장했고 처음에 조기 도입을 주장하던 부총리는 세입 차질과 민심 이반까지 우려된다면서 시행 연기에 동조하고 나섰다. 우리 장관은 부가가치세는 본질적으로 물가에 중립적이고 가격의 편승 인상은 행정지도로 막겠다고 주장했지만 설득되지 않았다. 조기 도입을 주장하던 A 국장도 배석하였지만 평소 주요 안건에 실무적 견해를 밝히던 것과 달리 말이 없었다. 장관은 물잔으로 탁자를 치면서 "내가 신중하게 추진하자고 할 때 내년에 당장 하자고 주장하던 부총리가 이럴 수가 있어요? 사람을 나무에 올려놓고 흔드는 거요? 내가 대통령에게 직접 가서 담판 지을 테니 대통령의 결정에 따릅시다"라고 강력히 주장하고는 회의를 끝내게 되었다. 회의에 배석했던 나는 장관을 따라 회의장을 나왔다.

7층 재무장관실로 돌아와서도 화를 삭이지 못한 장관은 나에게 부가가치세를 시행할 때 물가가 어떻게 변동되는가와 행정지도 방안을 다섯 페이지 정도의 보고서로 만들라고 지시했다. 준비한 「주요 품목 가격변동표」와 함께 내일 대통령에게 보고하겠다고 했다.

장관은 다음날 내가 만든 보고서를 대통령에게 보고하고 돌아와 "잘됐어! 각하께서 예정대로 7월 1일 시행하라고 하셨어. 국민의 반대가 많아 민심은 우려된다고 했더니 각하는 정치는 내가 걱정하니 장관은 경제나 챙기라고 하시면서, 자주국방과 방위산업 육성을 위한 재원을 마련하는 데 최선의 방안이라면 물가상승 억제에 만전을 기하면서 시행하라고 하셨어. 나는 자신 있다고 했지. 어이, 물가도 세입도 자신 있지?"라고 나에게 다짐하며 의기양양해 했다. 박정희 대통령은 미국 카터 대통령이 유신체제를 문제 삼아 미군 철수를 제기했을 때 가장 큰 정치적 위기를 맞았다. 미군 철수에 대비해 국방 전력을 증강시키고 방위산업을 육성하기 위해서는 GDP의 3%에 미치지 못하는 국방비를 5%로 올리는 것이 절체절명의 과제였기 때문에 부가가치세 도입은 대통령의 최대 관심사였다. 당시 영업세, 물품세, 석유류세 등 8개의 간접세가 서로 얽혀 복잡했고 탈세도 만연해 매년 연말이면 세입이 모자랐고, 12월에 가서 부족한 세금은 내년 세금에서 미리 당겨 받는 조상징수上徵收라는 편법으로 재정을 꾸려가고 있었다. 각종 간접세가 부가가치세 하나로 통합되어 모든 매출과 함께 원자재의 매입이 다 세무서에 보고되고 컴퓨터로 처리되는 것이 납세자에게는 큰 족쇄였다. 특히 지방의 양조업자 등 여당인 공화당을 지지하는 지방 토호 세력들이 탈세가 어렵다는 이유로 반대하고 나섰다.

부가가치세 작업을 하는 과정에서 장관이 여러 번 세입과 물가에 문제가 없겠느냐고 물었을 때 최일선에서 싸우는 과장으로서 자신감을 보여야 했다. 누구도 장담할 수 없는 일이었기 때문에 내심으로는 걱정이 되어 밤낮을 가리지 않고 준비했다. 시행 첫해인 1977년이 지났을 때 세입과 물가는 기적같이 우리가 예상한 대로 나왔다. 이 결과를 보고받은 장관은 '어이, 너 말이야, 세입이 모자라면 네게 물어내라고 하려 했어. 물가도 잘됐지만, 세입이 예측대로 나온 게 기적이야. 솔직히 나도 걱정 많이 했어'하며 크게 기뻐했다. 그날 저녁 장관은 부가가치세 도입을 위해 수고한 사무관과 주사 그리고 여직원까지 전원을 불러 재무부 청사 뒤 청진동에서 저녁을 사 주었다. 그 후 세입은 매년 예산보다 초과 징수되는 놀라운 성과를 이루어 세금을 앞당겨 받는 조상징수는 사라졌다. 만성적인 재정적자가 해결됨으로써 우리는 IMF 회원국 중 가장 튼튼한 재정 제도를 확립하게 되었다. 그러나 세상이 바뀌자 내가 장관 앞에서 보인 담당자로서의 자신감과 장관이 사 주는 격려의 식사가 대통령도 장관도 반대하는 부가가치세를 과장이 나서 무리하게 밀어붙였다는 책임 추궁의 빌미가 되었고 오늘 사표를 들고 오게 된 계기가 되었다. 튼튼한 재정에 대해 누구도 말이 없었다.

장군은 한참을 생각하다가 보좌관 대령에게 말했다.

"어떻게 된 거야? 장관이 과장을 데리고 모두가 반대하는 것을 무리하게 추진했다는 정보는 문제 있는 거 아니야?"

김 대령은 말이 없었다. 장군은 나에게 다시 물었다.

"재무장관이 처음부터 주도한 것이 아니라는 말이지요? 그리고 장관도 대통령도 반대하는데 담당 과장이 앞장섰다는 것도 사실이 아니고요?"

"물론 제가 반대 여론에 부딪혔을 때 준비를 철저히 하였으니 문제없다고 말했고 장관과 청와대에도 그렇게 보고했지요. 또 반대 여론을 진정시키기 위해 전국 상공회의소를 돌며 설명도 했습니다. 이것을 두고 장관과 대통령이 반대하는데도 제가 앞장섰다는 말이 나온 것 같습니다. 제가 실무를 담당한 과장으로서 자신감을 보이고 노력을 했던 것은 사실입니다. 그러나 과장이 어떻게 대통령도 장관도 반대하는 일을 추진할 수 있었겠습니까? 정말 그랬다면 내일 그만두어도 공직자로서 영광이라 생각합니다. 세상이 바뀌어 책임 문제가 나오니 그렇게 된 게 아닐까요? 부가가치세 도입으로 많은 사람이 훈장을 받았지만 저는 못 받았습니다."

해야 할 말은 다 했다. 조국에 대한 마지막 봉사로 생각하고. 장관부터 여직원까지 모두를 대신하여.

"……."

나는 창 너머 하늘을 바라보았다. 부가가치세 도입을 위해 주말도 밤낮도 없이 일한 세월을 생각했다. 영국에서는 250명의 태스크포스가 3년을 일해 도입했고, 일본은 우리보다 3년 먼저 시작했지만 아직 준비 중인데…, 우리는 사무관 한 명, 주사 세 명, 여직원 한 명, 그리고 나까지 5명이 해냈다. 어쩌다 밤 9시 전에 일이 끝나면 청진동 빈대떡집에 가서 막걸리를 마시며 영국 공무원 250명이 한 일을 우리는 5명이 1당 50으로 한다고 자부와 자조가 섞인 말을 하며 일했는데, 이제 책임을 지고 사표를 내게 되었으니 허망했다.

장군은 혼잣말로 되뇌었다.

"장관 구속은 문제 있는 거 아니야?"

내가 모를 말을 장군이 했다. 국장도 차관보도 이미 한직으로 밀려났고 부가가치세를 도입한 다음 해에 물러난 장관도 수사받는 상황이었다. 무서운 일들이 진행되고 있다는 감이 왔다. 장관이 구속되는가. 그렇게 나라를 위해 헌신하고 청렴했던 장관이. 언론사도 재벌기업도 마음대로 통폐합하는 그들이 무엇인들 못 하랴. 나는 마음이 어지러웠다.

장군은 깊은 생각에 잠기는 듯했다. 아무도 말이 없었다. 그의 표정은 내가 방을 들어올 때의 근엄했던 표정이 아니었다. 무언가 고민으로 일그러진 얼굴이었다.

장군은 보고를 끝내자고 했다. 나도 더 할 말이 없었다.

나는 사표를 탁자 위에 두고 일어나 장군의 방을 걸어 나왔다. 뒤에서 대령에게 A 상임위원과 B 전문위원을 부르라고 하는 장군의 목소리가 들렸다.

내가 긴 복도를 걸어서 아래층으로 내려가는 계단 앞에 왔을 때 복도 저쪽에서 업무수첩을 들고 이쪽으로 오는 A 상임위원을 보았고 현관을 나설 때 운동장 저 끝 별관에서 걸어오는 B 전문위원을 보았다.

현관을 나와서 총을 든 군인들 앞을 지날 때 나의 존재가 왜소함을 느꼈다.

*

연수원 문밖으로 나온 나는 삼청동 길에 들어섰다. 내가 열정을 바친 3년의 수고가 징계의 대상이 되었다는 사실에 허망함을 지울 수 없었다. 그들이 차지한 조국은 내가 충성을 바친 조국과 다르다는 생각이 들었다.

사무실로 가고 싶지 않았다. 발길을 삼청공원으로 돌렸다. 북악산 그림자가 나무들 무성한 삼청동 골짜기를 덮고 있었다. 개울 위 다리를 건너 소나무 우거진 공터로 갔다. 예비군 훈련 때면 오던 낯익은 곳이었다. 소나무 아래 바위에 앉았다.

그들은 스스로 차지한 권력의 칼을 마구 휘둘렀다. 주권자인 국민 누구도 그들에게 그런 칼을 주지 않았다. 오래전부터 군인들은 누구도 주지 않은 권력을 스스로 차지하였고 계속 새로운 명분을 내세우며 권력은 연장되고 전제화되었다. 지난해에는 그들끼리 총질로 보스를 살해했고 그들끼리 싸움으로 상사와 동료를 축출한 후 소장파들이 권력을 잡았다. 그들의 눈에 거슬리는 사람은 몰아내고 공직자는 오물처럼 정화 시켰는데, 시류를 타고 살아가는 사람들은 때를 만난 듯 등장하였다. 부풀리거나 거짓을 섞은 정보들은 경쟁자나 구원을 가진 자를 제거하는 도구가 되었다. '사회정화'라는 이름으로 청소되어가는 우리는 소리 없이 스러져갔다. 군인이 국방을 버리고 정치를 하며 부가가치세 폐지를 결정하고 공무원을 청소하는 것은 시대의 패륜이라는 생각이 들었다.

그들의 편에 선 A와 B 두 사람을 생각했다. 부가가치세 폐지를 결정할 때 그들은 어떤 역할을 했을까? 부가가치세를 도입한 장관이 수사받을 때 그들은 무슨 생각을 했을까? 맡은 일을 열심히 수행한 과장이 사표를 쓰는 데 대해 그들의 역할은 무엇이었을까? 시류를 타고 강자에 동조하여 피바람 부는 권력의 잔치에 참여하는 그들의 행태는 시대의 비극이라는 생각이 들었다.

역사는 승자들이 기록한다. 민중은 패자들에게 돌을 던지고 피 흘림에 환호한다. 나라를 위해 진정으로 일한 사람이 파직당하고 감옥서 슬프게 삶을 마감하는 모순이 역사에는 많았다. 그렇다고 강자들이 진정한 승자가 될 수 있을까?

구름이 몰려오더니 바람이 불어왔다. 시간이 많이 흘렀다. 삼청공원에 산 그림자가 짙게 깔렸을 때 나는 공원을 나왔다. 삼청동 길을 힘없이 걸어 총리 공관을 지났다. 경복궁을 돌아 세종로에 들어섰을 때는 자동차의 헤드라이트가 켜지고 퇴근하는 사람들의 발걸음도 바빴다.

재무부 청사 8층 세제국으로 올라갔다. 보통 때 같으면 밤늦도록 일하는 것이 보통인데 '정화'의 바람이 몰아치는 공직 세상은 일손을 놓고 모두 퇴근하고 없었다. 우리 국도 모두가 퇴근했고 내 옆방에서 두 직원이 바둑을 두고 있었다.

내 방에 들어갔다. 책상 위 석간신문에 K 전 재무장관이 구속되었다는 뉴스가 일면 톱으로 실렸다. 재벌들에게 은행 대출을 알선해 주고 거액의 뇌물을 받았다는 것이다. 아까 장군이 혼자 중얼거리듯이 장관 구속이 문제가 있는 것 아니야 하던 말이 생각났다. 당시 재무부 이재국이 은행 대출에 대한 전반적인 지휘 감독을 하고 있었으니 대기업의 거액 대출은 어쩌면 모두 장관이 알선했다고 볼 수도 있을 것이라는 생각이 들었다. 명절이면 돈 봉투를 주고받는 것이 민속화 된 공직사회에서 선물과 뇌물의 한계는 불분명했다. 안 잡히면 선물이고 잡히면 뇌물인 게 공직사회의 일상이었다. 생계를 유지하기도 힘든 월급을 받으며 공무원이 살아간다는 것 자체가 부정의 반증이었다. 자식을 대학에 보내고, 집을 가지고 있다면 그것이 뇌물의 확실한 물증이었다. 맡은 권한을 활용하여 축재하는 공직자들 때문에 대부분의 공직자가 민중의 지탄을 받았다. 그렇게 구정물 마시고 토하는 공직자들의 길은 항상 외롭고 위험했다. 성실히 일하고 정직하게 사는 공직자에게 '조국'은 어둠을 밝히는 등불이었고 하나의 신앙이었다. 그리고 공직 그 자체가 '시대의 아픔'이라는 생각을 지울 수 없었다.

어찌해야 하나? 내일 사무실로 나오는 것도 그렇고 나오지 않는 것도 그렇고. 나라에 헌신하며 청렴하다고 평가받던 장관도 정화 대상이 되었다는 것이 가슴 아팠다. 나는 존경했고 그는 나를 아꼈는데. 국장과 차관보는 이미 밀려났고 많은 동료가 이미 정화되었기 때문에 나도 정화의 대열을 벗어나기 힘들 것이라는 생각이 들었다.

그래 집으로 가자. 내가 충성을 바친 조국과 그들의 조국은 다르다.

업무일지가 적힌 수첩을 챙기고 내가 심혈을 기울여 볼펜으로 눌러 쓴 부가가치세법 초안과 영국의 부가가치세에 관한 귀중한 자료는 특별히 챙겼다. 대한민국 국장國章이 찍힌 대통령의 임명장을 챙기고 월급이 입금되는 통장도 챙겼다. 마지막으로 기억하고 싶은 자료 몇 가지를 챙겨 보자기에 쌌다. 나머지 개인 물건들과 책들은 나중에 직원들에게 보내 달라고 하기로 했다.

회전의자에 앉았다. 대학을 졸업하고 행정고시를 거쳐 신라의 고도 경주에서 공무원을 시작한 지 10년이 채 안 되는 공직생활이었다. 재무부로 와서 보낸, 밤낮도 주말도 없었던 날들이 주마등처럼 스쳐 갔다. 아프리카보다 가난한 나라를 잘 사는 나라로 만들기 위해 일한 날들. 청진동 골목의 빈대떡에 막걸리를 마시며 토하며 나누던 나라 걱정. 선진국을 따라가기 위해, 일본에 더 당하지 않기 위해, 그들이 놀 때 일해야 했고, 250명이 한 일을 우리는 5명이 한다며 호기롭게 부딪쳤던 막걸릿잔들. 부가가치세법을 만든다고 추석날도 설날도 일했던 1976년!

열정과 꿈은 부서졌다. 내일 출근하지 말자. 그들의 조국과 돌아서자.

재무부 청사를 나섰다. 세종로에는 바람이 불고 밤비가 내리고 있었다. 사무실로 돌아가서 우산을 가지고 올까 생각하다가 그냥 비를 맞고 가기로 했다. 되돌아가고 싶지 않았다. 늦은 시간인데도 미국 대사관에는 불이 환하게 켜져 있었다. 광화문 네거리에 내리는 빗살이 불빛에 흩날렸다.

밤비가 두 뺨을 때렸다. 비를 맞으며 세종로를 홀로 걸었다. 마음이 울적했다.

아아! 나의 조국이여!

박에피 ┃ 늙은 개와 여행하기

서울 출생.
중앙대학교 문예창작학과 졸업.
동대학원 문예창작학과 석사과정 재학 중.
2023년 제 75회 『한국소설』 신인상 수상.

늙은 개와 여행하기

박에피

아들놈 연락 왔나?

기석이 몇 년 전에 중고로 산 쏘울의 시동을 걸며 아내에게 물었다. 열쇠가 돌아가며 탈탈대는 엔진음이 들려왔다. 개 좀 봐주는 게 뭐 어렵다구, 그는 속엣말을 삼키며 윈도우 브러쉬를 작동해 앞 유리에 쌓인 먼지를 닦아냈다. 차창에 쌓인 먼지는 회색의 두터운 반원을 만들어냈다. 워셔액도 여러 번 뿌렸지만 잘 지워지지 않았다. 눈이 침침하고 앞이 뿌연 게 먼지 때문만은 아니었다. 그는 글로브 박스를 열어 안경을 찾아 썼다. 도수가 맞지 않는지 두통이 느껴졌다.

걔가 어디 전화 빼 먹는 거 봤어요? 진지 드셨어요? 오냐, 먹었다. 너도 아이랑 밥 잘 챙겨 먹어라. 네. 쉬세요. 이게 다죠. 그래도 밥 잘 먹었냐고 안부 전하는 아들 있는 게 어디예요.

오랜만의 밤 나들이가 즐거운지 연화는 짧은 통화를 흉내 내며 말을 이어갔다. 단수니 뭐니 하며 개를 맡아주지 못하겠다고 했을 때 느꼈던 서운함은 이미 잊은 것 같았다. 그는 룸미러로 뒷좌석의 개를 살폈다. 덜덜대는 차에서도 균형을 잡으며 유순하고 의젓하게 앉아있는 소울이를 보니 대견스러웠다.

다른 애긴?

이쁘고 말 잘 듣는 우리 손녀, 기말시험도 일등이래요.

손녀 얘기만 나오면 힘이 펄펄 나는 주인을 닮았는지 정비 한 번 제대로 못 받은 낡은 차가 쭉쭉 앞으로 나갔다.

여보, 천천히 달려요. 쇼핑몰 위치도 잘 모르잖아요.

그렇군. 이렇게까지 멀리 있진 않을 텐데?

조금 전에 지나친 거 같아요. 차들이 너무 달리네. 톨게이트 쪽으로 돌려 나갑시다.

허허, 걱정 마요. 돈 워리.

눈 어두운 운전자에 말 많은 동승자, 늙은 개까지 태우고 낡은 차가 어둠을 뚫고 달려 나갔다.

*

연화가 아들 전화를 받았을 때는 이미 여행 가방을 다 꾸린 후였다.

단수가 된대요. 가뭄이랑 관계가 있나 봐요.

그러고 보니 비 소식을 들은 지가 오래되었다. 수화기에서 들려오는 성재 목소리도 물기 없이 팍팍했다.

개 말이에요. 목욕시키기도 어렵고, 지난번에 보니 곰팡이 균이 퍼져 다리가 다 딱지투성이던데, 가까운 동물 병원에 데려가세요.

맡지 못하겠단 것보다 몹쓸 병에라도 걸린 듯이 말하는 게 섭섭했다. 말티즈 종에게 흔한 피부염일 뿐이다. 하지만 소울이는 병원에 데려가려고 하면 귀신처럼 알아채고 온몸을 바들바들 떨어댔다. 할 수 없이 단골 동물 병원에 가서 증상을 설명하고 약을 타다 먹였다. 그나마도 이젠 약도 안 들고 설사에 피똥까지 싸곤 했다. 스테로이드가 문제인 것 같아 먹이는 약은 포기하고 연고만 발라주었다. 심한 곳 위주로 꼼꼼히 도포했지만 차도는 없었다.

그녀는 전화를 끊고 나서 '딱지투성이'에 부분부분 털도 사라진 소울이를 안고 창가에 우두커니 서서 어두운 창 너머를 바라보았다. 베란다 밖, 사방이 어두웠다. 거실 유리문에 나잇살이 붙어 퉁퉁해지고 윤곽이 흐릿해진 여자의 전신이 떠올랐다. 입 튀어나온 표정에 할 말이 다 담겨 있다. 비가 며칠 안 왔다고 단수 핑계를 대는 아들을 이해하고 싶지만, 쉽지가 않았다. 그녀는 남편을 향해 돌아섰다.

여보, 성재가요……. 아니, 이번 여행은 가지 말아요.

남편은 테이블 위에 여행안내 책자를 펼쳐놓고 메모를 하는 중이었다. 인상을 찌푸리는 것을 보니 연화가 하는 말을 듣긴 들은 모양이었다.

그런가? 그럼, 그러지요 뭐.

남편은 한숨을 크게 내쉬었다. 펼쳐진 페이지의 한쪽 귀퉁이를 접어서 책자를 덮는 것을 연화는 지켜 봤다.

여행사에 전화하고, 위약금이야 물면 되지요. 모처럼 얻은 휴가는 반납하면 되고. 돈 워리. 어려울 일 있겠나.

남편은 속을 그대로 표현하지 않는 사람이었다. 길게 말하는 것도 좋아하지 않았다. 크게 웃지 않는 대신, 잘 웃어주는 사람을 좋아했다. 미소를 지으면 그의 눈가에는 주름이 잡혔다. 일흔이 넘었지만 체격이 건장하고 잔병도 없는 편이라 격일로 밤을 새야 하는 빌라 경비 일 또한 묵묵히 해내고 있었다. 6급 공무원 퇴직 후 그에게 남은 건 매달 납부해야 할 대출 이자와 써도 써도 남는 시간이었다. 실버세대를 위한 구청의 단기 아르바이트는 지속적으로 자리가 나는 것이 아니었다. 대단지 아파트 경비 자리도 연줄이 있어야 들어가는 세상이었다.

하나밖에 없는 아들은 이혼한 뒤로 부부와 한동안 같이 지냈다. 아들이 줄곧 얼굴을 찌푸리고 다니는 게 안됐기도 하고 보기 싫기도 했다. 남편의 퇴직과 아들의 이혼이 겹쳤던 십 년 전이었다. 손녀 보는 낙으로 시름 잊고 부대끼는 속을 겨우 가라앉혀가는 중에 아들은 열세 평 아파트를 월세로 구해 다시 분가했다. 그때도 남편은 별말이 없었다.

보자, 어린이집 처음 보냈을 때니 벌써 얼마가 지났누.

앉아있던 탁자 주변도 정리하고 한 귀퉁이 손녀 사진도 꺼내 보고 고개를 젖혀 천장도 쳐다보던 남편이 불쑥 혼잣말을 했다.

당신, 많이 섭섭하우?

연화의 말끝에 안쓰러운 표정이 묻어났다.

아녀, 아닐세. 돈 워리.

늘 그러듯이 필요 없는 말은 하지 않기로 결심이라도 한 사람마냥 남편의 대답은 짧았다.

*

기석이 여태껏 다니는 고급빌라의 경비 자리를 얻으려고 면접을 본 날이었다. 총무라는 안경 낀 중년사내는 월급만 거론하고 4대 보험이며 휴가며 떡값이며 시침 뚝 떼고 있다가 뜬금없이 질문을 했다.

Can you drive a car? Sometimes you should move parked cars.

(운전 좀 하십니까? 가끔 주민들 차 주차하는 거 도와야해요.)

딱딱한 영어 발음이었다. 하지만 기석은 들은 게 있어 당황하지 않았다.

Don't worry. I have a driver's license and I know my duties.

(걱정 붙들어 매슈. 그건 당연히 해야 할 일이고 운전 면허증도 있슙죠.)

총무는 기다렸단 듯이 좀 전의 영어보다는 유창한 일어로 대화를 이었다.

梅雨時(つゆどき)になったみたいですね.

(큰 비가 올 것 같습니다, 그려.)

冗談(じょうだん)いわないでください.

(농담도 심하십니다. 이렇게 쌩쌩한데요.)

기석은 이번엔 약간 웃으며 대답했다. 이 모든 게 서툰 단막극처럼 느껴졌기 때문이다. 그의 미소에 기분이 상했는지 총무의 안경 속 눈꼬리가 살짝 올라가서 그는 얼른 표정을 지우고 몸도 곧추세우지 않도록 어깨를 수그렸다.

좋습니다. 건강 챙겨가며 일하시기 바랍니다. 전임자는 연세가 아래였는
데도 야간 일이 힘들다 보니…….

휴가가 없다는 것만 빼면 이만한 대우는 어디 가도 없을 거라며 안경을
연신 치켜올리는 총무에게 지켜야 할 주의사항을 한참이나 들었다. 진중한
태도로 총무의 말을 경청한 후 예의 바르게 구십 도로 인사를 하고 자리를
물러 나왔다. 경비 일로 뼈가 굵어지다 못해 곧 뼈를 묻을지도 모를 고교 동
창 녀석에게 미리 팁을 듣고 간 곳이었다. 동창은 강남 대단지 아파트 경비
보다 방배동이나 한남동 빌라촌이 일하기가 수월한 이유는 그 동네에 외국
인들이 섞여 살고 있기 때문이라고 알려줬다. 외국어만 몇 마디 할 줄 알면
경비를 머슴 부리듯 하는 졸부들과 트집거리만 찾아내는 할망구 사모님들
을 피할 수 있고 굴욕감도 덜 느낀다고 했다.

기초회화 몇 마디로 취직이 된 기석은 십여 년 동안 빌라주민들의 밤을
지켰고 그들의 생활을 저절로 알게 되었다. 무엇보다 총 아홉 세대의 빌라
거주자들이 생기를 띨 때가 일치하는 게 신기했다. 여름휴가 기간, 여행을
떠나고 돌아올 때마다 공항 택시를 불러주고 가방도 날라주며 그들이 내뿜
는 활력을 생생히 느꼈다. 여행 가방의 무게로 국내인지 해외인지 가늠이
되었다. 얼굴도 한 번 제대로 못 본 또 다른 경비와 공유한 조그만 경비실에
는 빌라주민들이 사다 준 하와이안 쵸콜릿 박스며 영국제 티백 박스, 제주
도 돌하르방 현무암 인형이 장식되어 있었다.

*

당신, 이날만 기다렸을 텐데.

연화는 남편이 자꾸 신경 쓰였다. 남편은 남들 다 가는 피서철이면 엉덩
이가 들썩이는 모양이었다. 아무래도 잘 사는 사람들을 보면 따라 하고 싶
은 마음이 들 것 같기도 했다. 하지만 그녀는 소울이와 함께 한 십여 년 동

안 이 녀석을 두고 어딘가로 갈 엄두조차 내지 못했다. 하물며 해외 여행이라니.

남편은 아까부터 텔레비전 화면만 바라보고 있었다. 연화가 우물쭈물 건넨 한두 마디에도 별 대답이 없었다. 오랜 가뭄 끝에 내일은 오후 늦게 반가운 비소식이 들리는 곳도 있을 거라는 기상 캐스터의 목소리를 마지막으로 텔레비전 화면은 광고로 채워졌다. 연화는 종편 예능 프로그램으로 채널을 돌렸다. 빠르게 흘러가는 자막들과 웃음소리가 화면 안을 떠다니고 있었다. 꽃같이 이쁜 젊은이들과 함께 유럽으로 배낭여행을 떠나는 칠십 대 노인들은 아무리 뜯어 봐도 그들 부부와 같은 연배로 보이지 않았다. 몇 번째인지 모를 재방송 화면을 멀뚱히 바라보는 남편의 등을 향해 그녀가 다시 말을 건넸다.

소울이도 데려갈 수 있는 곳으로 다시 정해 봐요. 정말 얼마 만에 얻은 휴가래요.

그러면서도 연화는 차를 오래 타면 소울이가 멀미를 심하게 하더라고 덧붙였다. 소울이가 살 날이 얼마 안 남은 것 같다고, 먼 여행은 그 뒤에 가도 되지 않을까 하고 중얼거렸다.

왁자지껄 자기들끼리 신난 출연진들이 지겨웠는지 남편이 손에 쥔 리모컨의 전원 버튼을 꽉 눌렀다. 영원히 사라지게 할 수 있다는 듯이. 하지만 너무 길게 누른 탓에 '치치칫'하고 다시 화면이 켜졌다. 자신의 뜻과 달리 반응하는 기계에 남편은 사뭇 당황했다.

돈 워리. 괜찮아. 난 괜찮다구요.

남편은 다시 텔레비전을 가볍게 끄고 노래하듯 말하며 욕실로 들어갔다. 푹 꺼진 어깨며 뒤뚱대며 걷는 뒷모습이 괜찮아 보이지 않았다. 욕실에서 볼일 보는 소리, 변기 물 내리는 소리, 수도꼭지 트는 소리, 물 흐르는 소리 등이 차례로 들려왔다. 텔레비전 음향에 묻혔던 작은 소리 들이 되살아났다. 식탁 밑에 누워 제 발 핥는 소울이 소리, 수십 년 된 고물 냉장고 소리, 곳곳에 놓인 시계 초침 소리, 유리창을 흔드는 바람 소리, 집 안을 가득 채운 이 소리들이 여느 때와 달리 연화 마음에 스며들지 못하고 튕겨져 나갔다.

*

밤이 깊어서야 기석은 안방으로 들어갔다. 아내는 자지 않고 있었다. 침대 옆 탁자 등도 켜져 있다. 독서용 안경을 걸치고 책을 읽는 아내를 보며 그는 자신이 오래 화를 내지 못하는 이유를 새삼 깨달았다. 등갓을 씌워 사과꽃 색깔을 내는 조명은 탄력이 떨어지고 거뭇하게 검버섯이 올라오는 아내의 팔을 도자기처럼 희게 만들었다. 한순간의 빛이 주는 착각이라도, 나이를 잊게 해주는 팔이었다. 연화가 침대에 누워 있는 모습은 바람직한 황혼의 삶이란 주제로 카탈로그에 등장해도 될 정도여서 흐뜨려 놓아서는 안 될 것 같았다.

그는 냉장고에 넣어 둔 시원한 보리차 생각이 났다. 자리끼를 가져오겠다며 더 필요한 건 없는지 물었다. 아내는 필요 없으니 마시고 오라고 했다. 기석이 방문을 나섰다. 거실에 놓인 개집에서 자던 소울이가 기척을 알리느라 꼬리로 바닥을 탁탁 쳤다. 냉장고 문을 열자 차가운 냉기가 노란 불빛과 함께 쏟아져나왔다. 텅 빈 냉장고를 무엇인가로 채워야 할 것 같았다. 내일은 아내와 함께 이 지역에 새로 들어선 대형 쇼핑몰을 구경해야겠다고 생각했다. 십 년만의 휴가를 소소하고 한가하게 보내는 것도 나쁠 것 같지 않았다. 소울이 데리고 큰 병원에도 가보고, 오랜만에 손녀 선물도 사주고 싶었다.

손녀 얼굴이 정확히 떠오르지 않았다. 제 아빠 어깨까지 올라온 훤칠한 키, 쑥스러워하는 미소, 마른 몸만 기억이 났다.

모든 일이 이대로만 흘러갔으면 하는 날들이 인생 어디쯤엔 분명히 있다. 말단 공무원이었지만 자기 책상과 의자가 있었고, 버젓한 명함이 있었다. 검소한 아내는 그가 가져다 주는 월급을 허투루 쓰는 법이 없었다. 누구나 부러워하던 총명한 아들 녀석은 내가 바란 일은 아니었지만 분에 넘치는 집안의 딸을 아내로 맞았다. 집도 차도 없이 한 결혼이어도 아들 부부의 젊음은 눈이 부셨다. 이른 결혼을 하고 이른 출산을 한 아들 부부는 어둠도 햇볕에 말릴 수 있을 것만 같았다.

손녀에게도 뭣 하나 부족한 게 없어 보였다. 하지만 며느리는 아빠만 찾고 아빠에게만 안기려고 하는 아이를 힘들어했다. 유난히 아빠를 따르는 아이를 심리학적으로 병적인 애착 상태라며 괴로워하던 며느리는 어느 날 불쑥 강아지를 사들였다. 강아지를 안겨 주면 아빠를 덜 찾을 거 같아서라고 했다. 며느리가 강아지를 키우지 못하겠다고 시댁에 떠넘긴 건 강아지를 사들인 지 일주일만이었다.

아버님, 이거 어떡하지요? 애가 혼자 있어 맘이 안 돼서 한 마리 사 줬는데, 영 똥오줌을 못 가리네요.

며느리는 이마에 가는 주름을 만들며 말했다.

이름이 뭐냐?

이름은 기르시면서 지어주세요. 아직 아무것도 몰라요.

기석은 누가 봐도 예쁘고 부르기 쉬운 이름을 붙여주고 싶었다. 부부가 며칠 동안 머리를 맞대고 고민을 해도 예쁜 강아지한테 어울리는 이름은 선택지가 너무 많았다. 많은 기대와 생각에 피로해지고 싶지 않다는 바람과 어딘가에 숨어있는 귀한 이름을 지어주고 싶다는 바람 속에서 갈팡질팡했다. 그리고 강아지 하나쯤은 잘 돌봐줄 자신감이 들어간 이름을 찾고 싶기도 했다.

결혼하고 바로 첫 아이를 얻은 아들 부부는 단산을 결정했다. 손녀 하나로도 기석 부부는 충분히 기쁘고 행복했다. 강아지를 떠넘기고 가던 날에도 그들은 며느리에게 싫은 내색을 하지 않았다.

우리가 강아지 이름 짓고 잘 키우마. 보고 싶으면 언제든지 보러 오너라.

며느리가 탄 신형 메르세데스 승용차가 눈앞에서 사라질 때까지 부부는 웃으며 손을 흔들어주었다. 그땐 그랬다. 예쁜 강아지한테 예쁜 이름을 지어주고 싶을 뿐이었다.

　며느리가 개를 떠맡기고 간 뒤 얼마 지나지 않아 아들은 손녀와 보스턴 백만 갖고 처가에서 마련해준 오십 평 아파트를 떠나 집으로 왔다. 나뭇가지에 잘 매달려 있던 잎사귀들이 어떤 순서대로 떨어질지는 아무도 모르는 일이었다.

*

　후드득 후드득.

　베란다 창문에 비 들이치는 소리가 들렸다. 어느새 늙고 병든 개 소울이를 목욕시키고 약을 발라주었다. 넥프로텍션이라는 명칭만큼 이물스러운 목 보호대를 한 소울이는 힘없이 거실을 돌아다녔다. 백내장으로 눈앞이 잘 안 보여 이리저리 부딪혔다. 자주 다니는 통로의 장애물을 치워주고 밥그릇도 높이 마련해 주어야 했다. 아침저녁으로 약을 발라주고 좋아하는 사료를 갈아 물에 타 주는 게 연화가 늙은 개를 위해 해줄 수 있는 일이었다. 티컵 강아지가 이만큼 산 것도 오래 산 편이라고들 해도, 연화는 소울이가 떠난 뒤 삶이 상상이 되지 않았다. 이름을 부르면 달려와 힘을 풀며 품에 안기고, 무한한 신뢰를 보내던 저 말랑한 몸이 이제 귀 어둡고 눈멀어 냄새와 분비물만 하루 종일 뿌리는 존재가 되었다니…….

　현관 도어락 비밀번호 누르는 소리가 들렸다. 열쇠 풀리는 경쾌한 차르르 소리 대신 삑, 삑, 하는 불협화음이 연달아 이어졌다.

　초인종을 누르면 되는데, 그럼 얼른 달려가 열어줄텐데……. 네 자리 비밀번호가 기억이 안 나서 이것저것 눌러대며 망연자실 우두커니 서 있겠지.

　소울이 눈곱을 닦아주던 것을 마무리하고 천천히 일어나 도어 뷰로 문밖을 살펴봤다. 산책길에 나섰다가 예상치 못한 비로 흠뻑 젖게 된 남편의 검게 염색한 머리와 구부정한 어깨가 보였다. 문을 열어 주었다. 소울이가 오늘 처음으로 꼬리를 흔들었다.

비밀번호 또 바꿨어요?

남편은 현관 앞에서 두 손으로 머리와 옷에 묻은 물기를 털어 냈다.

당신이 못 외우는 거죠.

달마다 바꾸니. 외우면 바꾸고 적응하면 또 달라지고.

여름이지만 뜨거운 물에 샤워를 하고 싶어 욕실로 향하는 남편의 발걸음이 급했다.

그러게요. 달의 주기에 따라 번호를 받는 거라 도리 없네요.

연화가 보일러를 급속 온수로 설정하며 대답했다.

돈 워리, 긴 로또 번호 따라 하지 않은 게 그나마 다행일세.

피죤 향이 배어 있는 청결한 목욕 수건을 받으며 남편은 옷을 벗었다. 연화는 멀찌감치 밀어 놨던 보스턴 백을 열었다. 이틀에 한 번은 바깥 잠을 자야 하는 남편의 옷과 세면도구, 책과 물통, 도시락통을 꺼냈다. 십 년도 훨씬 더 쓴 가방은 군데군데 해지고 색깔도 많이 바랬다. 이놈의 보스턴 백. 그녀 입이 또 튀어나왔다. 샤워를 마치고 나왔음에도 남편은 궁기에 찌들어 보였다.

좀 바꿔요, 이 백.

이틀간 지낼 옷과 필요한 것들 들어가기에 딱 맞춤한대, 왜 또?

이 가방, 자꾸 그때가 생각나…….

또 쓸데없는 소리, 어여 준비해요. 근처에 쇼핑몰이 생겼던데, 거기나 구경 가요.

나간 김에 당신 들고 다닐 가방 하나 사야겠다.

그거 다 필요 없고 손녀 선물이나 하나 사고 저녁밥이나 먹고 옵시다.

아들의 결혼 생활이 파탄 난 그날, 아들이 들고 왔던 보스턴 백 속에는 변색된 내의와 구멍 뚫리고 짝 잃은 양말이 가득 들어 있었다. 제대로 빨지도 않아 누런 속옷들이 걸레처럼 뭉쳐있었다. 결혼 생활 내내 아들의 속옷과 양말은 그대로였다. 아들에게 마련해주는 속옷은 이게 마지막이다 싶어

애잔한 마음으로 챙겨주었던 국내산 100수 면내의와 목이 길지 않아 신기 편한 남자 정장 양말들. 스무 번의 계절을 통과하면서 거쳐 온 세월의 흔적 들이, 흰 건 누렇게, 쫀쫀한 조직은 횅한 구멍으로 여지없이 드러나 있었다. 연화가 짐을 풀면서 울었던가? 그 뒤로도 손녀 앞에서, 소울이 앞에서 숱하 게 눈물을 보였겠지만 그날 아들 앞에서 운 기억은 없었다. 돌아가라고, 가 서 네가 지켜내야 할 것을 지키라고, 그런 말도 하지 않았다. 세상에서 가장 귀한 것과 가장 쓸모없는 것을 양손에 나란히 들고 아들은 집으로 왔다. 아 이 손목 잡고 헌 양말 잔뜩 든 보스턴 백 들고 온 아들의 얼굴은 평온해 보 였다.

살다 보니 별 해괴한 일이 생기는구나 싶었다. 아들은 그렇다 쳐도 아무 것도 모르고 행복해야만 할 어린 손녀를 아침저녁으로 이 집에서 보게 되다 니. 손녀 얼굴을 실컷 보고 싶다는 소망이 요상하게 해결된 것 같아 연화는 찜찜했다. 소원을 들어주는 원숭이 발을 갖게 된 부부가 이백 파운드 돈 대 신 갖게 된 건 아들 죽음이라는 오싹한 이야기가 생각나기도 했다. 연화 입 이 점점 툭 튀어나오고, 남편 입에서 돈 워리 소리가 점점 줄어들어 갈 즈음 이었다. 연화는 하늘에서 떨어지든 조상님한테서 내려오든 아들과 손녀한 테 웃음을 주고 싶었고, 퇴직한 남편한테 미래가 있다고 알려주고 싶었다. 쓰나미처럼 불시에 닥쳐오는 운명이라는 거센 물살에 그냥 가라앉을 순 없 었다. 사달 난 것 같은 두렵고 막막한 시절을 무슨 수를 써서라도 헤쳐나가 고 싶었다. 눈먼 돈을 바라는 게 아니고 욕심을 부리는 게 아니었다. 한여사 를 따라 연남동 달빛 선녀를 찾아갔다. 아들 중학교 때부터 이웃이던 한여 사는 입버릇처럼 '진인사대천명, 그 후엔 샤먼의 힘이야'를 외쳐댔다.

외벌이로는 한 달에 수백만 원 대치동 수학학원 과학학원비를 감당 못 해 대리운전까지 뛰어야 했던 억척 여장부 한여사는 결국 아들아이를 종합 병원 의사로 만드는 데 성공했다. 종내 안과 전문의를 며느리로 맞이해 시 력 교정 전문 개업 의사를 주말마다 동으로 서로 불러낸다고 했다. 어느 모 로 봐도 명실상부 여사 타이틀이 썩 어울리게 된 한여사는, 유난히 성재의 이혼 소식에 안타까워했다.

그러게, 영재학교를 같이 보냈어야 했어.

알게 된 지 이십여 년이 다 돼가지만 가차 없는 한여사의 눈빛과 말투는 여전했다.

성재는 영재도 아니고, 과고, 영재고 다니며 나랏돈으로 공부하고 결국 엔 개업의 시킬 배짱 없어, 우린.

말을 하면서도 한여사한테 잡힌 손에 자꾸 땀이 차는 것 같아 연화는 그 게 더 신경이 쓰였다.

헝그리하지 않은 거야, 성재 앞길이 걸린 건데. 상대편 집이 잘살아봤자 지. 전문직업을 가져야 큰소리치며 살아.

한여사니까 저런 말을 해도 참을 수 있다는 걸 연화도 알고 있었다. 세월 이 서로의 성격을 건딜 수 있게 해준 셈이었다.

헝그리하지 않다니…… 배 많이 고파. 애먼 돈을 소화 시킬 철벽 위장이 없는 것뿐이야.

연화 대답에 밉지 않게 눈을 흘기며 여장부 한여사는 땀이야 나든 말든 연화 손을 꼭 붙잡고 연남동 길을 휘저어 갔다. 거기에 그렇게 많은 골목길 이 있었던가. 국민학교를 신촌에서 나온 연화는 홍대 앞과 연희동, 연남동 이 낯설지 않았다. 하지만 마치 도쿄나 홍콩, 뉴욕 혹은 밀라노의 어느 뒷골 목을 갖다 대도 이물스럽지 않을 이국적인 간판과 세련된 색상들이 그 당시 연화의 발밑을, 눈앞을 어지럽혔다.

달빛 선녀는 곱게 생긴 남자였다.

점집이라고 하기엔 향내 피울 향불도 없고 금박 입힌 와불도 없고 하물 며 사주 오행 적힌 두툼한 역학책은커녕 인터넷 주역을 띄우는 모니터도 없 었다. 예약 시간에 맞춰 안내되어 들어간 방엔 천장의 작은 할로겐 등이 새 벽 달빛 정도의 광도를 내며 선녀를 감싸고 있었다. 온갖 색의 구슬들이 가 득 들어 있는 길이 50센티, 지름 10센티가량의 투명한 유리병들이 사방 벽 을 촘촘히 둘러싸고 있었다. 여장 남자는 좋아하는 색을 물어봤다. 다음엔 인생에서 남기고 싶은 장면들을 떠올려보라고 주문했다. 눈앞을 스치어가는 기억 중에서 힘이 되는 것, 흘려보내고 싶은 것, 지켜줘야 할 것, 사랑하는 것을 꼽아 보라고 했다. 연화 머릿속에 남편과 중매로 만나 결혼식을 치르고 신혼여행을 갔던 경포 앞바다가 떠올랐다. 희붐한 동이 떠오는 새벽. 마치 그날 그 장소에 있는 것처럼 새벽 한기가 그대로 느껴졌다. 힘센 파도를 온몸으로 받아내던 암녹색의 바위가 보이고 연화는 검은 녹색이라고 말했다. 그리고 아들 성재가 들고 온 보스턴 백의 빨간 로고가 떠올라 붉은색을 불렀다. 이어서 갓 목욕시킨 소울이의 말끔한 흰 털이 보였고 손녀의 분홍 입술도 보여 흰색과 분홍색을 말했다. 달빛 선녀가 현실로 연화를 소환했다. 운명의 돌을 잘 살펴보고 색깔별로 네 개만 집으라고 했다. 그가 내민 쟁반에는 수십 개의 작은 돌들이 갖가지 색으로 빛을 내뿜고 있었다. 연화는 네 개의 돌을 집어 들었다.

처음 받아온 행운의 숫자는 7685였다.

전화기를 눌러보니 숫자 밑에 있는 알파벳들이 소울이 이름과 같은 SOUL이라 기억했다.

선녀는 쓸 수 있는 모든 곳에 숫자를 응용하라고 했다. 달의 정기를 받아 이십 팔일만 유효하니 그동안 기부를 7685원만 해도 좋고 휴대전화 잠금장치를 한 달간 7685로 해도 좋고 각종 비밀번호에 다 써 두라 했다. 달의 마법, 숫자의 마력이 한 달간 마음을 편하게 해 줄 것이라 했다. 한여사는 아들이 고교생 수학 경시대회에 나갔을 때 아무도 못 푼 마지막 문제에 그달의 행운 숫자를 대입해서 풀어봤더니 식이 풀려 금상을 받을 수 있었다고 귀에다 속삭였다. 복권이나 도박엔 쓰면 안 된다고 했다. 거긴 달의 영역이 아니라고, 좀 더 깊고 음험한 기운이 지배한다고 했다.

정기상담에 가입한 뒤 매달 이십 팔일에 꼬박꼬박 문자로 배달되는 행운 숫자는 주로 현관문 도어락에 쓰였다. 휴대전화도 잘 사용하지 않다 보니 비밀번호를 걸어둘 필요도 못 느꼈고 당시엔 수학 문제를 풀거나 입시 치를 어린 자식이 있는 것도 아니었으니. 요행을 바라고 갔으나 얻은 건 생활의 불편함이었다. 연화는 수년간 숫자를 받아 보고 달마다 숫자 쓸 곳을 궁리했다. 다달이 지불하는, 큰돈은 아니지만 무시할 수도 없는 액수의 돈을 아깝게 여기지 않는 이유는 그날 방에서 보았던 운명의 돌들이 내뿜던 따뜻한 빛과 직접 들어 올릴 수 있던 돌들의 무게 때문이었다. 현실은 바위처럼 무겁고 요지부동이라 해도 손끝으로 올려지던 돌들의 가뿐한 무게를 생각하면 한 발걸음씩 걸어서, 아니 기어서라도 시련들을 헤치고 나갈 수 있을 것 같았다.

*

성재에겐 불편한 감정이 찌꺼기처럼 달라붙어 있었다. 개를 못 맡겠다고 한 이후로도 어머니와 통화했고 목소리도 평소와 다르지 않았다. 그래도 그는 아이가 개만 보면 제 엄마 생각이 나는지 표정이 달라지고 부쩍 침울해진다는 것을 제대로 설명했어야 했다. 적어도 이번 휴가를 무척 기다린 아버지에겐 확실하게 말했어야 했다. 두 분에겐 소울이가 소울이로 보이겠지만 성재와 아이에겐 그때 그 개일 뿐이었다. 이름을 지어주고 시간이 흘러가도 마음에 맺힌 어떤 것들은 달라지지 않았다.

그는 때때로 헤어진 아내 생각을 했다. 아니, 아이가 사춘기에 들어선 이후로는 거의 매일 했다. 아이는 커갈수록 제 엄마를 닮아갔다. 전처와 성재는 고등학교 동창이었다. 둘은 학교가 떠들썩할 정도로 소문난 연애를 했다. 둘 다 좀 더 공부에 열중했더라면 원하는 전공을 선택해 대학에 갈 수 있었을 것이다. 다시 돌아가 삶을 새로 산다면 어떤 선택을 할까? 소녀와 소년은 열일곱 여름에 처음 만났다. 운동장이 내려다보이던 등나무 밑, 첫 키스 후 소녀가 말했다. 넌 이제 나만 바라보고 내 말만 들어야 해. 학교에서 공부나 체력이나 누구에게도 진 적 없던 소년은 그 말에 픽 웃었다. 뽀뽀 좀 했다고? 희고 갸름한 얼굴의 소녀가 보일 듯 말 듯 미소를 띠며 소년의 가슴팍을 네 번, 방향을 바꿔가며 지그시 눌렀다 뗀다. 마치 주문처럼. 칠.육.팔.오. 에스. 오. 유. 엘. 전화 패드의 숫자와 철자가 눈앞에 보이는 양 소녀의 손가락은 거침이 없다. 지금 누른 건 네 영혼으로 가는 전화번호야. 축하해. 넌 내 소울메이트가 되었어. 에스. 오. 유. 엘. 잊으면 안 돼.

소녀는 소년의 가슴에 무거운 지문을 남겼다. 하얀 거미처럼 소녀의 손가락들이 감겨오던 순간, 인생의 여러 길들이 지워지고 한 갈래의 길만 오롯하게 떠올랐다.

그 길의 어디에 파국이 기다리고 있었던 걸까?

왜 싸웠는지 이유도 기억나지 않는 사소하고 흔한 다툼이었다. 여느 날과 달랐던 건 집을 나가겠다고 악에 받쳐 소리 지르는 아내였다. 그녀는 아이와 함께 나가버리겠다고 했다. 이제 너 따위, 텅 비어버린 영혼 따위 지겹다는 말도 덧붙였다. 아이와 성재를 바라보는 매서운 눈길에 그는 덜컥 겁이 났다. 말리거나 회유해 볼 여지도 없이 등산 캐리어를 메고 아기부터 둘러맸다. 물리적으로 아기와 한 몸이 되었다. 성재가 스스로 벨트를 풀지 않는 한 아기는 그에게서 분리되지 못할 것이다. 이 집도, 이 방도, 심지어 캐리어조차, 집을 채운 물건 중에 그의 소유라고 할 만한 건 없었다. 얼마 안되는 월급은 외식이나 교통비, 가끔 아내에게 하는 선물 비용 등 소소한 잡비로 훌쩍 나가버리고 관리비며 세금, 카드값, 심지어 분유, 기저귀까지 아내의 친정에서 대 주었다. 그한테 바라는 게 있다면 아내의 영원한 남자친구 역할 뿐인 것 같았다. 둘만의 낙원에, 소꿉놀이 같은 장난에 인형 같은 아이는 필수조건이 아니었다. 셋이 함께 낙원을 이루지 못할 것이라면 추방자는 아이여선 안 되었다. 성재와 아기는 이인 일조가 되어 아내이자 엄마와 대치했다. 섬처럼 동떨어져 버린 아내는 외롭고 작아 보였다.

그리고 성재는 아내의 눈을 보았다.

눈물과 참회의 말, 후회의 몸짓을 예측하고 기대했지만 아내의 눈에 담긴 것은 경멸과 조소뿐이었다. 손을 대면 데일 것 같은 시선이었다. 성재는 그만의 아기를 둘러맨 채, 거북 같은 몸통을 하고 힘겹게 시선을 받아냈다.

헤어지자. 집을 나가겠다. 결론적으로 그날 나간 사람은 없었다. 하지만 그 이후로 계속되던 비슷비슷한 싸움, 다툼, 의견 차이, 오해, 불통, 고집. 불화를 이루는 단어들은 끊임없이 생성되고 퍼져나갔다. 아니, 변한 게 있었다. 아내가 아기를 멀리했다. 돌보지 않으려 했다. 그가 아내의 눈 속 깊은 곳을 보았듯이 아내 역시 남편의 눈을 보았다. 남편의 영혼이 아내에게서 떠났음을. 그렇게 그들은 전 부인, 전 남편이 되었다.

성재의 휴대전화 수신음이 울렸다. 늦은 밤에 울리는 벨 소리는 묘한 긴장감을 준다. 아이는 자기 방에서 노래를 들으며 공부하고 있는 것을 좀 전에 확인했다. 홀아비에 딸바보라 사교생활은 끊은 지 오래였다. 친구 녀석들이 얼굴 좀 보자고 해도 나가지 않았다. 아이가 대학 갈 때까지는 다 미뤄두기로 한 그였다. 전화를 받지 않을까 하다가, 혹시 어머니인가. 순간 머리끝이 쭈뼛할 만큼 한기가 들어서 그는 일부러 천천히 고개를 저었다.

성재는 발신번호표시제한이라고 액정에 뜬 글씨를 읽으며 휴대전화를 집어 들었다.

견인차에서 맞는 밤바람은 더 시원하구나, 얘야.

아버지다. 그는 긴장했던 어깨의 힘을 빼고 목 근육을 좌우로 돌렸다. 휴대전화 속 아버지 목소리가 귓전을 울렸다. 옆에서 어머니가 왜 애한테 전화를 해서 걱정을 시키냐고 한 소리 거든다. 윙, 윙, 경쾌하게 개 짖는 소리도 배경처럼 깔려있다.

아, 글쎄, 톨게이트를 향해 가는데 이놈의 차가 스륵 스륵 굴러가며 브레이크가 안 먹히는데 혼이 다 나가지 뭐냐. 다행히 큰 트럭이 비상등을 켜며 천천히 뒤따라와서 갓길로 방향을 틀 수 있었지. 견인차 운전사도 천우신조라고 하는구나.

여보, 여보, 저기 저 불빛 번쩍번쩍대는 곳이 새로 생긴 쇼핑몰이에요. 아저씨, 우리 저 앞에 내려줄 수 있지요?

아이구, 얘야, 들리니? 네 어머니는 오늘 기어코 저기를 가신단다. 지금 불어오는 바람이 좋다. 괜찮다. 이놈아. 돈 워리다. 돈 워리.

눈 어둡고 거동 느린 아버지가 낡아빠진 쏘울을 타고 다니는 게 예전부터 불안했다. 이 기회에 차는 폐차시켜야겠다. 전화를 끊고 성재는 아버지가 전해 준 축제 같은 분위기에 대해 골똘해졌다. 무언가 걸리는 게 있다. 아버지가 저리 말씀을 잘하셨나? 그리고 천우 머? 견인차 기사가 말했다는 천우신조 그 단어였나? 무엇보다 부모님이 사는 곳에 무슨 쇼핑몰이 생겼다는 것인가? 그런 뉴스는 검색해봐도 나오지 않았다. 불경기에 교외 낙후 지역에 대형 쇼핑몰이 갑자기 생길 수가 있나? 있지도 않은 쇼핑몰을 찾아간다는 부모님이나 알 수 없는 번호라고 뜬 전화도 속을 불편하게 하고 무언가가 뒤통수를 계속 잡아당겼다. 머리가 어지럽고 토하고 싶다. 어디선가 휑한 바람이 불어왔다. 무엇이 잘못된 것일까?

늙은 개 못 봐준 것이 마음에 걸리고 미안했다. 하지만, 단수 공지도 있었고, 아이도 예민하고……. 그래도 그렇지, 여행까지 취소하실 필요야……. 아무리 그래도 그렇지, 이 밤에 운전해서 나들이를 가다니.

머릿속에 휘몰아치는 생각들을 뚫고 아파트 벽면에 내장된 스피커에서 지직거리는 기계음이 들렸다. 관리실에서 내보내는 물탱크청소 공지였다. 순식간에 벌어진 사건처럼, 제자리를 못 찾은 소식처럼, 지겹도록 울려대는 단수 안내방송이 한밤중의 아파트 단지에 울려 퍼졌다.

이수진 ㅣ 0과 1 사이

1991년 대전 출생.
경희대학교 일본어학과 졸업.
호주 멜버른대학교 대학원 국제관계학 석사 졸업.
제76회 『한국소설』 신인상 『그리고, 다시』 당선.

0과 1 사이

이수진

눈을 떴을 땐 이미 점심시간에서 5분이 지난 시간이었다. 사무실 책상에 놓인 모니터가 눈에 들어왔다. 깊은 물 속에서 수면으로 떠오르는 듯한 몽롱한 감각을 느끼며 조금씩 잠에서 깨어났다.

최근 들어 몸이 나른하고 잠이 쏟아지는 일이 많아졌다. 추워지는 날씨 탓에 사무실 안에는 언제나 난방기구가 켜져 있었는데, 이로 인한 산소부족 탓일지도 몰랐다. 혹은 시기가 조금 늦어진 생리전증후군일 수도 있었다. 이유가 어찌 되었든 내 의지와 반하여 일어나는 일에는 불쾌감이 일었다. 정신을 차릴 심산으로 양치용 컵을 들고 자리에서 일어섰다.

사무실과 화장실 사이의 거리는 정확히 서른네 걸음이었다. 화장실에 도착해 양치를 마친 후 평소처럼 커피를 뽑아 마시기 위해 탕비실을 향했다. 희선과 해준이 이미 자리를 잡고 있었다. 이따가 다시 와야 할지 고민했으나 살짝 목인사를 하고 들어가 커피 머신을 작동시켰다.

유민 연구원님, 오늘은 평소보다 좀 늦게 커피 드시네요.

같은 팀 팀원인 희선의 목소리에 몸을 돌렸다. 특별한 일이 없는 이상 언제나 스케줄대로 움직이는 나의 습관은 이미 다들 공공연하게 알고 있는 사실이었다. 자느라 시간을 놓쳤다고 말하기가 곤란했던 나는 그냥 '예에'하고 말꼬리를 흐렸다. 곧바로 해준은 '오후 업무도 힘내세요'라고 의례적인 인사를 건넨 후 탕비실을 빠져나갔다. 이어 희선도 가볍게 목으로 인사하고 자리를 떠났다. 홀로 남겨진 나는 그대로 서 있었다. 갓 뽑아낸 커피에선 하얀 기체가 피어오르고 있었다.

해준은 대략 2개월 전 우리 팀 인턴으로 배정돼 들어왔다. 특유의 발산하는 에너지를 갖고 있는 그는 무엇이든 받아들일 준비가 되어있는 습자지 같은 존재처럼 보였다. 그에겐 분명 사람을 끌어당기는 힘이 있었고 나 또한 그 인력에 이끌린 사람 중 하나였다. 그러나 취업으로 연계되지 않는 기간제 인턴이었기에 그에겐 그다지 마음을 쓰지 않으려 했다. 어느 날 우연히 같이 세미나를 준비하며 회의실에 단둘이 있던 날, 달리 할 말이 없는 어색한 분위기 속에서 그에게 말을 건넨 게 제대로 된 첫 대화였다.

해준 씨. 너무 열심히 하지 마요. 굳이 모든 사람의 마음에 들려고 노력하지 않아도 돼요. 그게 정말로 사회생활 잘하는 거예요.

사실 해준의 나이가 스물여덟이니 나와는 두 살밖에 차이가 나지 않았다. 어쩌면 사회생활에 대해선 해준이 나보다 더 잘 알 수도 있었다. 그럼에도 나는 어쩐지 모든 이에게 사랑받는 그에게 거리를 두라고, 그렇게 말하고 싶었다.

해준은 그때 내 말을 듣고 웃어 보였다. 약간의 어색함이 섞인 억지스러운 웃음소리에 목덜미가 화끈해졌다. 비겁한 마음을 들킨 것 같은 느낌. 그렇기에 나도 더 이상 말을 이어가진 않았다. 그날 타 기관의 연구원들과 함께 한 세미나를 마친 후 뒤풀이 장소로 간 곳은 한 일식집이었다. 그날 이후 나와 해준은 오며 가며 마주칠 때 나누는, 흔한 인사를 곁든 잡담조차 할 수 없어졌다. 휴식 시간엔 서로를 제외한 다른 팀원들과 시간 대부분을 보냈다.

나는 의식적으로 해준을 무시하며 드는 죄책감을 애써 무시했다. 4개월 뒤면 이 회사에서 사라질 그는 나와 전혀 상관없는 사람이라며 스스로에게 계속 되뇌었다. 하지만 아무리 외면하려 해도 불편한 감정이 알 수 없는 곳으로부터 솟아올랐다. 나는 무겁게 욱신거리는 아랫배를 탓하며 사무실로 들어섰다.

점심시간을 마치고 돌아온 팀원들이 각자 자리에 앉아 이야기를 나누고 있었다. 내가 들어갔을 땐 팀장이 한창 말하는 중이었다.

그러니까 다들 조심해야 해. 인사팀에 강 사무원도 있잖아. 이번 건강검진 때 갑상선암인 걸 알았다고 하더라고. 자궁에도 뭐가 보였는데 다행히 그건 물혹인 것 같대. 그런 얘기 들으면 진짜 무서워. 건강은 알아서 챙길 수밖에 없다니까.

팀장의 말에 사람들은 제각각 한 마디씩 보탰다.

그분 얼마 전에 애기 돌잔치 하지 않았어요?

맞아. 그때 떡 돌리셨잖아요.

그 떡 맛있었는데.

아, 그래요? 떡이 진짜 살 많이 찐대서 저는 안 먹었어요. 다이어트 중이라.

갑상선암은 별로 큰 문제 없는 거 아니에요? 그래도 나중에 기프티콘이라도 보내야겠다.

아, 그러고 보니 저 기프티콘 있는데, 이따 커피 드시러 가실래요?

한 사람의 암 소식이 돌잔치, 떡, 기프티콘으로 흘러가는 기묘한 대화를 들으며 나는 옆자리에 앉아있는 해준을 의식했다. 타인에 대한 무관심이 대화의 결을 흩뜨리고 그 연속성이 불안정한 형태로 위태롭게 이어지는 것은 흔히 있는 일이었다. 나는 해준이 지금 어떤 생각을 하고 있는지 공연히 궁금했다. 나는 아무 말도 하지 않았다. 옆자리에서 해준의 목소리도 들리지 않았다.

얼마간의 잡담이 더 이어진 뒤 사무실 안은 다시 조용해졌고, 난방기구에서 나오는 낮은 기계음만이 울렸다. 후더운 실내공기가 답답해 터틀넥 스웨터의 목 부분을 쭉 당겨 보였다. 어쩐지 몸이 으슬으슬했다. 방금 팀장이 한 말이 머릿속을 맴돌았다. 그리고 나는 충동적으로 다음날 연차를 냈다.

사유는 건강검진이라고 적었다.

이즈음 나는 모든 이동 거리를 걸음 수로 재두고, 그 걸음 수에 맞춰 도착하는 데 집착하고 있었다. 한정된 공간 안에서 통제된 움직임으로 예측된 결과를 도출해 내는 것에서 오는 안정감이 만족스러웠다.

그것은 내가 시간과 공간 속에 갇혀 살아가는 인간이라는 자각에서부터 시작됐다. 나는 아무리 노력해도 이 둘을 떼어내서 생각할 수 없었다. 공간이 있기에 그곳엔 시간이 흐르고, 시간이 있기에 공간도 존재했다. 나는 그 인과율 속에서 인간의 보잘것없음을 느끼며 우울감에 빠지곤 했다. 그렇기에 나는 나의 모든 시간과 그 시간에 따른 공간의 움직임을 통제했다. 그리고 그 공간을 예측한다는 것엔, 거대하고 거스를 수 없는 시간마저 컨트롤할 수 있다는 오만함마저 들었다. 나는 철저하게 스케줄대로 행동했고, 특정 시간에 내가 하고 있을 행동을 예상할 수 있었다.

그렇기에 그날 해준과 함께 보낸 밤은 나에게 있어 다분히 이질적이었다.

그날 세미나 뒤풀이로 간 일식집에서 나온 뒤 나는 이만 가보겠노라 하고 자리를 떴다. 식사 중 몇 잔씩 받아먹은 술로 인해 어느 정도 취기가 올라와 있었다. 술에서 깰 겸 걸어서 귀가하기로 마음먹었다. 대충 짐작했을 때 20분이면 집에 갈 수 있을 것 같았다. 그렇게 일행에게 인사하고 뒤를 돌아 186번째 걸음을 걷던 참이었다.

연구원님.

누군가가 부르는 소리에 뒤를 돌아보니 해준이 꽤나 빠른 걸음으로 다가오고 있는 게 보였다. 나는 자리에 멈춰 서서 그를 기다려 주었다. 바싹 옆에까지 다가온 그는 말했다.

밤길은 위험해요. 제가 바라다 드릴게요.

나는 그의 행동이 이해되지 않아 의문 가득한 눈으로 쳐다보았다. 하지만 그는 입을 뗄 기색도 없이 그저 나를 보고 미소 짓고 있을 뿐이었다. 나는 곧 고개를 끄덕였고 우리는 나란히 쌀쌀한 밤거리를 걸었다.

연구원님은 평소 말씀이 많이 없으셔서 어떤 분이신지 항상 궁금했어요.

그의 말에 나는 말없이 숨을 깊게 들이마셨다. 폐 속 깊은 곳까지 한기가 스며드는 게 느껴졌다.

그래서 아까 말씀하셨을 때 조금 놀랐어요. 자주 그렇게 표현해 주세요.

표현이라면 저도 해요.

그의 말에 대꾸한 뒤 나는 다시 입을 다물었다. 그의 말을 듣고 대꾸하면서도 머릿속으론 걸음 수를 계속 세고 있었다. 그도 더 이상 말하지 않았다. 나는 그것이 그가 나의 말을 이해했기 때문인지 궁금했다. 하지만 묻지 않은 채 우리는 계속 걸었다. 멈춰야만 했던 것은 932번째 걸음을 떼려던 때였다.

발밑에 무언가가 차이는 기분이 들어 땅바닥을 보니 어둠이 깔린 보도블록 위에 얼어 죽은 새의 사체가 보였다. 나는 잠시 걸음을 멈추었다가 그대로 쪼그리고 앉아 생명력이 빠져나간 그 작은 피조물을 들어 올렸다.

묻어줄까요?

해준이 물었다. 나는 조심히 고개를 끄덕였다. 내 고갯짓을 본 그는 보도 옆 화단으로 가 무릎을 꿇었다. 주변을 휘휘 둘러 뾰족한 돌덩이 하나를 집어 든 그는 맨흙 바닥을 긁어내기 시작했다. 나는 새를 손바닥 위에 올려둔 뒤 양손을 오므려 손안에 동그란 공간을 만들었다. 그리고 느리지도, 서두르지도 않는 속도로 흙을 파내고 있는 해준의 옆에 가 앉았다.

고개를 숙이고 땅 파는 데 열중하던 그는 어느새 상체까지 기울어져 있었다. 한동안의 시간이 지난 후 그는 상체를 들어 올렸다. 구덩이는 알맞은 정도로 파여 있었고 나는 그 속에 새를 뉘었다. 그 위로 흙을 덮고 얕은 봉분이 만들어질 때까지 우리는 아무 말도 하지 않았다.

우리는 누가 먼저랄 것도 없이 흙바닥 위에 무릎을 끌어안고 앉았다. 주황빛 가로등이 내려앉은 도로엔 이따금 차가 지나갔다.

연구원님, 그거 아세요? 이렇게 죽은 동물을 땅에 묻으면 불법이래요.

그럼 어떻게 해요?

쓰레기봉투에 버려야 된대요. 하수도 오염이나 악취 문제가 있어서요.

그런데 왜 묻자고 했어요?

나의 질문에 그는 어깨를 으쓱해 보였다. 나는 어쩐지 이해가 되어 더 이상 묻지 않았다. 그는 '불법이어서 하면 안 된다'는 말을 한 게 아니라, '이런 게 불법이라니 말도 안 된다'라는 말을 하고 싶었으리라. 인간의 편의대로 불법과 합법의 기준을 정하고 마땅한 것을 마뜩잖게 여기는 부조리를 꼬집고 싶었던 것은 나도 마찬가지였다. 문득 내 주위를 둘러싸고 있는 모든 것들이 거추장스럽게 느껴졌다.

저도 죽으면 이렇게 되겠죠.

새가 묻힌 자리를 내려다보는 나를 쳐다보는 그의 시선이 느껴졌다.

연구원님은 죽음에 대해 자주 생각하시나요?

그의 질문에 나는 조금 놀라 고개를 들었다. 사람은 언젠가 죽는다. 그것은 현재까지 알려진 이 세상의 진리였다. 생명이 끝나면 죽음이 찾아온다는 사실은 분명 내 무의식에 잠재되어 있었겠지만, 한 번도 이 주제에 대해 다른 사람과 이야기를 나눠본 적은 없었다.

저는 그렇게 생각해요.

거기까지 말한 그는 잠시 입을 다물었다. 무언가를 말하려는 듯 입술이 달싹거렸다.

저는 그렇게 생각해요. 이 세상의 삶만큼 죽음도 함께 존재한다고.

거기까지 말한 후 그는 다시 입을 꾹 다물었다. 말없이 새가 묻힌 자리를 쳐다보던 그는 이내 말을 이었다.

우리 삶 속에 이미 죽음이 있어요. 죽음이 있기에 나는 오늘도 살아있고 살아 있기 때문에 또 언젠가 죽겠죠. 그 둘은 불가분하고 서로를 의미 있게 해주는 개념 같아요.

그렇게 말한 후 그는 씁쓸하게 웃었다.

저는 죽으면 이끼가 되고 싶어요.

이끼?

제가 죽어서, 제 몸이 분해되어 흔적 없이 사라졌을 때, 그 자리에 이끼가 피었으면 좋겠어요.

왜 하필 이끼인지 묻고 싶었지만, 그의 표정엔 그 무엇도 묻기 힘든 쓸쓸함이 서려 있었다. 잠시 후 그는 내리떴던 눈을 들어 나를 바라보았다. 그의 눈 속엔 그를 바라보는 내가 비쳐있었다.

차가운 밤공기로 인한 한기 때문인지, 살짝 달아오른 취기 때문인진 몰라도 그 후 우리는 택시를 타고 그의 집을 향했다. 침대로 가는 동안 옷가지는 아무렇게나 내던져졌다. 침대에 뉘어진 우리의 몸은 포개져 하나가 되었다가 둘이 되기를 반복했다. 그날 밤 침대에 누워 바닥에 붙어있는 옷가지를 보며 이끼와 같다는 생각이 들었다. 창밖에 희미하게 새벽빛이 찾아올 때 우리는 잠들었다.

해준이 잠든 사이 그의 집을 빠져나온 나는 택시를 타고 집으로 돌아왔다. 걸음 수를 세는 것을 잊어버린 지가 오래여서 몇 걸음을 걸었는지 알 수 없었다. 그것이 몹시 두려워 나는 그날 이후로 해준을 피했다.

아침이 되어 해준에게 연락은 왔지만 받지 않았다. 이유조차 제대로 설명하지 않은 불친절한 방식이었다. 그럼에도 해준은 포기하지 않고 여러 차례 연락을 해왔다. 어느 날 연구원 복도에서 마주친 그가 내 팔목을 붙잡았다. 그는 자신이 불편하냐고 물었다. 불편한 게 아니라 무서운 것이었지만 어차피 작은 의미 차이는 중요치 않았다. 그렇기에 나는 고개를 끄덕였다. 그는 알았다는 듯 내 팔을 놓았다. 나는 그를 등지고 다시 걸었다. 등 뒤에선 발소리가 들리지 않아 마음이 아팠다.

자궁경부암 검진을 위해 찾은 곳은 집 근처 오래된 산부인과였다.

그 의사는 결코 친절한 사람이 아니었다. 나 또한 평소 의사의 본분은 의학적 지식을 기반으로 정확한 의료행위를 하는 것이라고 생각했지만, 지금은 낯선 이의 상냥함에라도 기대고 싶은 심정이었기에 매뉴얼대로 행동하는 그의 태도가 야속했다.

의사는 흑백의 부채꼴을 띄우고 있는 모니터 위로 동그랗고 까만 공간을 가리켰다. 그리고 무표정과 무미건조한 말투로 설명을 이어 나갔다.

여기 보면 아기집이 자궁 내에 잘 자리 잡았어요. 태아는 심장이 제일 먼저 생기는데, 그래서 정상 임신의 판단 유무는 태아의 심장이 잘 뛰는지를 봐요. 여기 깜빡이는 거, 이게 심장이에요.

텅 빈 것 같은 까만 공간에서 조그맣게 무언가가 어두워졌다 밝아지기를 반복했다.

6주 정도 된 것 같아요. 심장 소리 한 번 들어볼게요.

어두운 진찰실 내부에 둔탁한 소리가 일정하게 울려 퍼졌다. 나는 그 소리를 들으며 의사에게 해야 할 질문을 생각하고 있었다. 지울 수 있나요. 바로 일상으로 돌아갈 수 있을까요. 외견으로는 티 나지 않나요. 질문을 머릿속에 차곡차곡 쌓다 보니 눈물이 날 것 같았다.

진찰을 마치고 진료실 의자에 앉자, 의사는 창구에서 임신확인서를 받아 가라고 안내했다. 2주 후에 또 오라는 말과 궁금한 게 있냐는 질문도 함께. 나는 생각나는 질문이 너무나도 많아 생각나는 대로 입을 열었다.

커피랑 술을 마셨는데 영향은 없을까요.

그러자 의사는 앞으로 조심하면 된다며 다시 한번 '2주 후에 봅시다'라고 힘주어 말했다. 나는 그 단호한 축객령에 하릴없이 자리에서 일어나 진료실을 나섰다.

수납을 위해 창구에 가자, 간호사가 임신확인서와 흑백의 초음파 사진을 건넸다. 새까맣게 칠해져 있는 자궁 속 빈 공간을 보며 죽은 새를 담았던 나의 손이 떠올랐던 이유는 알 수 없었다.

밖으로 나오니 하늘은 잿빛이 되어있었다. 오후 3시밖에 되지 않는 시간이었지만, 하늘엔 이미 밤이 담겨 있는 듯했다. 그러고 보니 아침 하늘엔 새벽이 머무르고 자정의 밤하늘엔 어슴푸레한 새벽빛이 보였던 것도 같았다. 어디서부터 시작이었을까. 그건 어쩌면 하늘이 아니라 나에게 묻는 말이었을 수 있었다.

하늘을 바라보며 나는 잠시간 생각에 빠졌다. 그리고 휴대전화를 들어 번호 하나를 찾았다. 그러나 퇴근 시간까지는 아직 3시간이나 남아있었다. 결국 조금만 더 고민해야겠다 싶어 휴대전화를 다시 주머니 속에 찔러넣고 발을 옮겼다.

연구원 복도에서 매몰차게 그를 끊어낸 게 불과 일주일 전이었다. 그렇기에 쉽사리 연락하기가 어려웠다. 나는 병원 맞은편에 있는 카페에서 퇴근 시간 30분 전까지 앉아있었다. 초조하게 시간이 흐르는 걸 지켜보다 휴대전화를 꺼냈다. 다이얼패드를 열었다가 마음을 바꿔 문자창을 열었다.

－시간 되면 연락 주세요.

아홉 글자를 입력한 뒤 엄지손가락을 액정 위에서 빙빙 돌렸다. 역시 보내지 말자는 마음으로 문자창을 닫으려 한 순간, 획－하는 효과음이 들렸다. 나는 멍하니 보내져 버린 문자를 쳐다보았다. 어쩐지 내 마음대로 되는 것이 아무것도 없단 생각이 들어 무력감이 들었다.

해준이 전화한 시간은 오후 6시에서 고작 3분이 지난 때였다. 전화가 연결되고도 우리 둘은 한동안 말이 없었다. 전파를 통해 교환되는 고요 속에서 내가 먼저 말을 건넸다.

전화 줘서 고마워요. 혹시 잠깐 만날 수 있을까요.

나에 대한 원망 하나 없이 해준은 어디가 좋냐고 물어왔다. 나는 메이는 목을 가다듬은 후 그의 집 앞으로 가겠노라고 말했다.

전화가 끊어지고도 나는 자리에서 일어나지 못했다. 그를 만나면 뭐라고 말해야 할지 정해야만 했다. 살면서 일어났던 수많은 일들과 그때마다 내려야 했던 결정들에 대해 떠올렸다. 어떤 것은 좋은 결과를, 어떤 것은 나쁜 말로를 봐야만 했다. 하나의 결정을 위해 밤새 울었던 적도 있었고 몇 날 며칠을 방 안에 틀어박혔던 적도 있었다. 그 모든 결정이 모이고 모여 지금 이 순간을 만들어 낸 것일까. 내가 통제할 수 있다고 믿었던 그 모든 것들이 뒤틀어지는 느낌에 헛구역질이 몰려왔다. 나는 얼른 가방을 챙겨 자리에서 일어섰다.

카페에서 해준의 집까지, 택시를 타고 이동한 것을 제외하면, 577걸음이 걸렸다. 나는 신중하게 발자국 수를 세는 데 집중하며 그곳을 향했다. 도착하자 해준은 그의 빌라 앞에 서 있었다. 나는 멀리서 보이는 그의 모습에 침을 한 번 삼켰다. 해준은 오른손을 들려다 말고 가슴께에서 멈췄다.

해준은 저녁을 먹겠냐고 물었지만, 나는 고개를 저었다. 그럼 카페와 술집 중 어디가 낫겠냐고 다시 질문했고 나는 가까운 카페로 가자고 말했다. 해준은 고개를 끄덕이곤 앞장서서 걸었다.

해준의 뒤를 걸으며 나는 복잡한 심경이었다. 지금 그가 어떤 생각으로 나왔는지 왠지 알 것도 같고, 전혀 모를 것 같기도 했다. 확실한 건, '배 속에 아이가 생겼어' 따위의 이야기는 전혀 예상하지 못하고 있을 것이었다. 생각에 빠져있다가 고개를 들자 해준의 뒷모습이 조금 멀게 느껴졌다. 그러나 어느새 그의 보폭은 나와 비슷한 정도로 좁아져 그를 따라잡을 수 있었다.

얼마 뒤 도착한 곳은 모퉁이에 있는 작은 카페였다. 내부 인테리어가 짙은 밤색으로 되어 있어 차분한 분위기를 자아냈다. 해준은 아메리카노를 주문하곤 나를 뒤돌아봤다. 나는 잠시 고민하다가 '유자차'라고 작게 말했다.

자리에 앉고 침묵이 흘렀다. 어떻게 말을 꺼내야 할지 고민하던 차에 해준이 먼저 입을 뗐다.

그날은 죄송했어요. 불편하게 만들려던 건 아니었어요.

나는 해준이 말하는 그날이 언제일지 잠시 고민했다. 함께 화단에 비밀을 묻은 그날인지, 회사 복도에서 내 걸음을 멈추게 한 그날인지 알 수 없지만, 둘 중 무엇도 해준이 사과할 일은 아니었다. 그렇기에 나는 대답하지 않았다.

난 이제 병원에서부터 현재까지 이어지고 있는 무력감, 그리고 그 이유와 원인을 그에게 말해야만 했다. 내 말을 뒷받침할 초음파 사진도 가방에 들어있었다. 하지만 '임신했다'는 네 글자로는 도무지 지금의 상황을 설명할 수 있을 것 같지 않았다. 나는 더욱 적절한 전달 방식을 찾기 위해 시간을 벌고자 줄곧 궁금했던 것을 물었다.

왜 하필 이끼가 되고 싶어요?

뜬금없는 질문에 해준은 잠시 당황한 표정을 지었다. 입을 꾹 다물었다가 창밖을 본 뒤 오른손으로 목덜미를 쓰다듬던 그는 어렵사리 입을 열었다.

저에겐 여동생이 있었어요.

그렇게 말하곤 그는 미간을 약간 좁혔다. '있었다'고 표현한 그의 말이 걸려 숨을 잠시 멈췄다.

저보다 9살이나 아래였어요. 가끔 생각나요. 아기 때 '오빠'라고 발음하지 못해서 '오―'라고 부르곤 했어요. 어느 날 '오빠'라고 정확하게 발음한 날은 서운하기까지 하더라고요.

그는 얼굴을 찌푸린 채로 입술을 깨물었다. 말을 한다기보단 아주 무거운 것을 들어 올리는 표정에 더 가까웠다.

어린 눈에도 얼마나 예뻤는지 엄마한테 졸라서 직접 우유도 먹여주고 옆에서 데리고 자보기도 하고. 동생을 보기 위해서 방과 후 친구들이랑 노는 것도 마다하고 집에 온 적도 있었어요. 아, 해솔이에요. 제 동생 이름은.

해준은 동생의 이름을 알려주며 내 얼굴을 똑바로 바라봤다. 나는 그 이름을 정확히 기억했다는 것을 알려주고 싶어 고개를 끄덕여 보였다.

저는 아직 아기인 해솔이를 보면서 닮고 싶단 생각을 하곤 했어요. 울다가도 금방 웃고, 아플 때도 좋으면 웃고, 화가 났어도 금세 풀리고. 꾀병을 부리거나, 좋은데 싫은 척한다거나, 그런 건 일절 없었죠. 어른들은 곧잘 조금 아파도 많이 아픈 척을 하고 화가 풀렸어도 자존심에 고집을 부리곤 하잖아요. 물론 해솔이뿐만 아니라 모든 아기는 순수하기 때문에 그때그때의 감정에 충실하죠. 전 해솔이를 보면서 많은 것을 배웠던 것 같아요. 매 순간마다의 상황과 감정에 자신의 모든 것을 다 하는 태도 같은 것을요.

나는 내가 한 번도 해본 적 없는 그 생각에 차마 고개를 끄덕일 수 없어 잠자코 있었다. 해준도 잠시 뜸을 뒀다. 유자차가 담긴 컵 안쪽에 물방울이 맺히다 뭉쳐져 다시 유자차 속으로 주르륵 흘렀다.

해솔이는 네 살 때 갑작스럽게 세상을 떠났어요. 원인도 알 수 없이.

한 번도 본 적 없는 순수하고 천진한 아이의 활짝 웃는 모습이 머릿속에 떠올랐다. 가슴에 누름돌이라도 올려진 듯한 기분이었다.

학교에서 수업을 듣고 있는데 선생님이 얼른 집에 가라고 하셨어요. 무슨 일인지 물었지만, 집에 가면 부모님이 말씀해 주실 거라고만 하시더라고요. 뭔진 몰라도 어쩐지 기분 나쁜 불안감이 들어 집까지 달음박질쳤어요. 머릿속이 백지장이 됐다, 그런 표현을 쓰잖아요. 정말 아무 생각도 들지 않고 그저 달리는 것밖엔 할 수 없었어요. 하지만 집에 돌아왔을 때 해솔이는 이미 싸늘해진 후였어요.

해준의 눈에서 눈물이 후드득 떨어졌다. 그는 급하게 손을 들어 올려 물기를 닦아낸 후 멋쩍게 웃었다. '이젠 진짜 괜찮은데 왜 또 눈물이 나지'라는 혼잣말도 덧붙였다.

해솔이가 떠난 후, 우리 집은 그야말로 풍비박산이었어요. 다들 어떻게 살아가야 할지 모르는 것 같았어요. 마치 해솔이가 우리 인생의 길라잡이였던 것처럼. 다들 얼마나 제정신이 아니었는지, 해솔이가 죽은 지 얼마 안 됐을 무렵 동네 어떤 종교인이 우리 집에 찾아왔었어요. 어떤 종교인지는 말 안 할게요. 해솔이가 다시 살아 돌아올 수 있다고 했어요. 평소라면 그런 사기꾼의 말에 넘어갈 부모님이 아니셨어요. 하지만 그 사람의 말에 혹해서 몇백만 원을 갖다 바쳤어요. 전 옆에서 그걸 모두 목격하면서 생각했어요. 저건 말이 안 되는데. 근데 내심 생각했죠. 정말 해솔이가 살아 돌아올 수 있을까. 저 사람 말이 진짜면 좋겠다.

해준은 컵을 들어 조금 목을 축였다.

정말 슬펐지만, 저 자신에게 위로가 된 생각은, 해솔이는 죽을 때 후회가 없었을 거란 믿음이에요. 아이였으니까요. 죽음이 다가온 순간 그 아이는 이렇게 해볼걸, 그건 하지 말걸, 이걸 더 했으면 좋을 텐데, 그런 생각 따위는 하지 않았겠죠. 모든 순간에 그 아이는 진심이었을 테니까.

나는 가만히 배에 손을 댔다. 바깥세상의 일이 어떻게 흘러가고 있든지 상관없이 그저 자라는 데에만 열중일 어떤 한 생명체를 떠올렸다.

그래서 전 항상 죽음이 우리 삶에 한 부분이라는 생각을 하고 있어요. 우린 죽음은 언제라도 우리 삶에 자신의 존재를 드러낼 준비가 되어 있어요. 그렇기에 전 모든 순간에 최선을 다하려고 해요.

그의 말에 나는 카페에서 해준의 집까지 걸린 577걸음, 해준의 집에서 여기까지 걸린 383걸음을 떠올렸다. 삶은 그 자체로 안정됐든 불완전하든 연속성을 지니고 있다고 생각했다. 그렇기에 시간의 흐름과 공간의 변화에 의미를 두고 걸음 수를 세어왔다. 그것은 내가 목적지에 다다를 것이라는 무의식적인 확신이 있었기에 가능한 것이었다. 그동안 기억해 둔 무의미한 숫자들이 머릿속에서 흘러나왔다. 마치 잠에서 깨어나는 것처럼 의식이 몽롱해졌다.

내가 죽어 이 육신이 흙으로 돌아간다면, 그 자리엔 이끼가 피어나길 바라요. 나의 죽음이 그 끊임없는 생명력으로 바뀌어 가장 낮은 곳에서 바람에 흔들리고 비에 젖으면서 뻗어나가면 좋겠어요. 해솔이가 그랬듯, 그리고 해솔이가 죽어서도 나에게 이렇게 살아갈 힘을 주고 있듯이요.

그제야 나는 고개를 끄덕여 보였다. 아마 나는 꽤 어두운 얼굴을 하고 있었을 터였다. 그래서인지 그는 조금 전과 확연히 달라진 밝은 톤으로 말했다.

연구원님이 다른 사람들과 친하게 지낼 필요 없다고 하셨을 땐 당황했어요. 저는 연구원님과 친해지고 싶었거든요.

왜요?

이런저런 생각이 드는 와중에도 나는 해준에게 언제 임신 사실을 알려야 하나 고민하고 있었기에 나에 대한 호감을 나타내는 그의 말이 긍정적으로 들렸다. 왜인지를 묻는 나의 질문에 해준은 또다시 톤을 바꿔 진중히 말했다.

저는 연구원님이 침묵으로 표현하시는 게 좋았어요.

그는 나를 이해하고 있었다. 고맙다는 말 대신 빙긋이 웃었다.

해준에겐 다시 연락하겠다고 말한 뒤 홀로 카페를 나섰다. 결국 임신 사실을 알리진 못했다. 스스로도 혼란스럽고 어떻게 해야 할지 모르겠는 상황에서 말하는 게 어쩐지 바람직하지 않다는 생각이 들었다. 해준은 꼭 연락 달라고 부탁했다. 고개를 끄덕이고 카페 문을 나서면서 뒤를 돌아보자 해준이 가볍게 손을 흔드는 게 보였다.

대로변으로 나와 택시를 바로 잡을지 고민했다. 뱃속에 다른 생명체가 들어있다고 생각하니 모든 행동을 하기에 앞서 조심하게 됐다. 자동차의 진동과 걷는 것 중 어떤 것이 더 안전할까 고심했다. 아까 의사에게 물어보면 좋았을걸, 쫓겨나듯 진료실을 나온 게 이제 와서 후회됐다. 어디에선가 임신했다고 바로 모든 활동을 멈출 필요는 없다고 들은 것 같아 잠시 걷기로 했다.

하나, 둘, 셋, 넷, 습관처럼 숫자를 세다가 멈췄다. 발을 계속 움직이며 고개를 들어 주변을 훑었다. 어둑해진 하늘을 배경으로 앙상해진 가지들이 흔들리고 있었다. 지나가는 사람들은 목도리와 장갑 같은 방한용품을 동원해 온몸을 보호하고 있었다. 차들이 스쳐 지나가고 있었다. 상점에는 불빛이 환하게 들어와 있었다. 그리고 때마침 그곳을 내가 지나가고 있었다. 새삼 모든 풍경이 다르게 보였다.

중심가에 들어서면서 사람들이 점점 더 많아졌다. 이 시간에 이곳에 없었다면 만나지 못했을 그 사람들을 바라보며 나는 조금 몽글한 감정이 들었다. 차도엔 아까보다 조금 더 많아진 차들이 줄을 지어 신호에 맞춰 움직였다. 멀리서 자동차 경적 울리는 소리가 들렸다.

앞을 보며 걸었다. 눈에 들어오는 것들을 최대한 많이 담아두고 싶었다. 태어나서 처음 느끼는 기분과 감각이 밀려 들어왔다. 이런 기분이 드는 건 배 속에 있는 아기 때문일 수도 있지 않을까 싶었다. 인간은 이렇게 갑작스럽게 한 여성에서 어미로 변할 수도 있는 것인지 믿기지 않아 작게 '허'하고 헛웃음이 나왔다.

나는 해준에 대해서 생각했다. 그가 바르고 정직하고 모든 일에 최선을 다하는 사람이란 것은 이미 알았다. 조금 전 대화를 통해 그가 생각보다 더욱 올곧은 성격이란 것을 확인할 수 있었다. 그와 함께 아이를 키워나갈 미래가 당장으로선 그려지지 않았지만, 가능성은 0이 아니었다. 지금은 인턴이지만 얼마든지 직장을 구할 수 있는 능력을 갖추고 있고 일단은 내가 경제활동을 하고 있기에 큰 문제는 없었다. 설령 그가 이 생명을 거부한다고 해도 혼자 아이를 키우는 게 아주 불가능한 일은 아니었다. 해준과는 상관없이 결국 결정과 책임은 오롯이 나에게만 있었다. 그렇게 생각하자 조금 외롭고 두려워졌다.

주변이 소란스러웠다. 멀리서 들리던 경적이 점차 다가오고 있었다. 찢어지는 듯한 그 소리에 불안감이 몰려와 저절로 몸이 휙 돌아갔다. 뒤를 돌자, 자동차 한 대가 내 쪽을 향해 달려오는 것이 보였다. 이쪽은 인도라서 자동차가 올 일이 없는데, 그런 생각이 드는 시간조차 사치였다. 생각이 언어로 전환되기도 전에 그 차는 벌써 바로 눈앞까지 와있었다. 헤드라이트 불빛에 반사적으로 눈이 감겨졌다.

나는 피하고자 있는 힘껏 땅을 박찼다. 최대한 멀리 뛰어지기를 기도했다. 발이 떼어지는 순간, 나의 몸이 공중에 부웅 떠올랐다. 다리는 아직 땅에 닿지 않았다. 한 발짝이 되기 전, 나의 모든 것이 그곳에 있었다. 내가 내려야 하는 결정들이 모두 명확해지는 순간이었다.

임미정 ㅣ 끝과 시작, 크메르

문학석사, 국어 교사(전), 한글 교사(현).
제70회 『한국소설』 신인상, 제5회 전국 청소년 호수예술제 수필 부문 최우수상 수상,
제10회 치악 문화제 수필 부문 장원, 제1회 원주 MBC 주부백일장 수필 부문 장원.

끝과 시작, 크메르

임미정

투두둑, 양철 지붕의 울림소리에 연수는 눈을 떴다. 창밖은 아직 어둠 속에 있었다. 스콜성 기후에 익숙해질 때도 됐는데, 의지와 상관없이 연수의 몸이 먼저 반응했다. 신경 어딘가에 감지기라도 달린 것처럼 연수는 날씨의 변화에 민감했다. 시아누크빌 날씨에는 전주가 없었다. 한 손을 머리 위에 올릴만한 틈조차 주지 않았다.

비행하기에 좋은 날씨는 아니었다. 우르릉 쾅, 천둥소리에 연수는 터뷸런스를 만날 때처럼 가슴이 철렁했다. 연수는 끙, 앓는 소리를 내며 몸을 돌렸다. 눈을 감고 잠을 청하려고 할수록 그날의 일들이 또렷이 생각났다. 연수는 벌떡 일어나 창가에 서서 비가 내리고 그치는 모습을, 하늘 한쪽이 붉어 오는 풍경을 지켜봤다. 한순간이었다. 지옥과 천국은 라이스페이퍼 한 장처럼 얇았다. 연수는 휴대전화로 오늘 날씨를 확인했다. 현재 기온 23.3도, 최고 기온 32.3도, 태양 위로 구름과 뇌우가 걸쳐있었다. 일 년 전과 비슷한 날씨였다. 연수는 챙이 넓은 모자 위에 선글라스를 올리고 스쿠터에 올라 시동을 걸었다. 미쓰비시 스쿠터에서 품어져 나온 회색빛 연기와 기름 냄새가 도로 위로 길게 늘어졌다.

중국어로 쓰인 간판과 좌판 위에 뒤집어 올려놓은 파란색 플라스틱 의자, 그리고 건설 중인 건물과 짓다 만 건물을 지나자 넓은 백사장이 나타났다. 밤과 달리 백사장은 한가했다. 연수는 스쿠터에 내려서 늘 그렇듯이 맨발로 백사장 위를 걸었다. 부드럽고 촉촉한 질감이 발바닥에 느껴졌다. 땅콩버터 위를 걷는 느낌이었다. 오렌지 빛깔의 파도가 밀려왔다.

"쑤, 안뇽하세요?"

쩜난이었다. 쩜난은 테이블과 의자를 가져와 백사장에 폈다. 가이드 일이 없는 날에 쩜난은 근처 카페에서 아르바이트했다. 대학을 갓 졸업했다는 쩜난은 크메르어, 중국어, 일본어, 영어 그리고 최근에는 한국어로 된 인사말까지 섭렵하고 있었다. 그렇다고 모든 언어를 능숙하게 구사한 것은 아니었다.

"쩜난, 쫌 리업 쑤어."

연수가 두 손을 모아 가슴 높이에 두고 고개를 숙여 인사를 건넸다.

"쑤, 그냥 쑤어 쓰따이 해."

쩜난이 어깨를 들어 올리며 장난스럽게 말했다. 연수는 쩜난의 나이를 묻지 않았지만 쩜난을 보고 있노라면 자신의 이십 대가 떠올랐고 손가락이 욱신거렸다. 연수는 힘들 때마다 벽에 걸린 팔절지 크기의 세계지도를 바라봤다. 돌이켜보면 연수가 형광펜으로 색칠했던 도시 중에 시아누크빌은 존재하지 않았다.

바람이 야자수 잎사귀를 통과하며 요란한 소리를 냈다. 파라솔이 흔들리고 펼쳐놓은 의자가 넘어졌다. 테이블과 의자를 끈으로 연결하는 쩜난의 팔 위로 땀방울이 맺혔다. 연수는 쩜난을 뒤로하고 바닷속으로 걸어 들어갔다. 작은 파도가 연수의 발목을 쓰다듬다가 밀려나기를 반복했는데, 연수의 눈은 한 곳에 멈춰있었다. 바다 끝, 수평선 너머를 보는 것 같았다. 정지된 티브이 화면처럼 보였다. 연수는 매일 강한 태풍이 밀려와 바닷속을 헤집어 놓기를 간절히 바랐지만, 스콜이 지나가고 나면 바다는 온순해졌다. 지루할 만큼.

"쑤, 후이취 아이랜드 월 고 투데이?"

쩜난이 혀 짧은 영어로 물었다. 쩜난은 연수의 가이드였다. 연수가 처음 시아누크빌에 왔을 때 게스트하우스 주인 밥이 소개해줬다.

"여기서 해군 기지까지는 얼마나 돼요?"

연수는 해군 기지가 아니라 해군 기지 앞 바다에 가고 싶다고 말하려다가 참았다. 쩜난은 연수가 목적지를 정하면 가장 빠르고 쉽게 갈 수 있는 교통편을 추천해 줬고 때로는 가이드 비용을 받지 않고 목적지까지 동행하기도 했다. 쩜난은 연수에게 주변 마을과 해변 근처의 아름다운 섬들 그리고 중국의 일대일로 사업의 장단점까지 얘기하면서도 연수에게 목적지에 가는 이유를 묻지 않았다. 연수는 쩜난의 그 점이 가장 마음에 들었다.

열어 놓은 주방 창문으로 고소한 버터 냄새와 스크램블 냄새가 풍겨왔다. 신선한 오이와 허브, 하우다 치즈 냄새도 따라왔다. 아침 메뉴는 늘 비슷했는데도 연수는 물리지 않았다.

"쑤, 굿모닝."

"굿모닝, 밥."

밥은 군청색 반바지에 야자수가 프린트된 하얀 티셔츠를 입고 있었다. 연수가 회사에서 제공해준 호텔에서 나와 발루 게스트하우스에 들어섰을 때와 같은 모습이었다. 연수는 가끔 색상만 다를 뿐 같은 문양의 티셔츠가 가득 걸어져 있을 밥의 옷장을 떠올려 보곤 했다. 그때마다 검정 라운드, 검정 브이넥, 검정 터틀넥, 검정 옷으로 채워져 있던 남편의 옷장이 오버랩됐다.

"수를 찾는 전화가 왔었어요."

밥이 전화번호가 적힌 메모지를 건넸다. 82로 시작하는 번호였다.

"꼭, 전화해 달래요."

접시에 샐러드를 담는 연수를 보며 밥은 '콜'과 '백'이라는 단어에 악센트를 줬다. 연수가 고개를 끄덕였다. 익숙한 전화번호였다. 연수는 보험회사

직원일 거라고 단정 지었다. 한동안 잠잠하나 했다. 보험회사 직원은 때와 장소를 가리지 않고 전화했다. 연수가 먼저 보험금을 요구한 것도 아니었는데 처음에는 보험 사기범 취급을 하더니, 나중에는 제출할 서류와 보상금에 대해 길게 설명했다. 연수가 한국을 떠나오고 나서는 뜸하더니 다시 전화를 한 걸 보면 당분간 끈질기게 전화할 것이 틀림없었다.

연수는 전화번호가 적힌 메모지를 손으로 구겨 슬쩍 쓰레기통에 넣었다. 밥은 그것을 놓치지 않았다. 밥은 정확히 연수가 왜 혼자서 게스트하우스에 머무는지, 추측하기 어려웠다. 연수는 자기 이야기를 잘 하지 않았고 저체온증에 걸린 것처럼 감정의 높낮이가 없었다. 연수는 매일 새벽 일찍 일어나 스쿠터를 타고 해변에 다녀왔다. 가끔 근처 섬을 다녀오기도 했지만 연수는 관광객이라 하기에는, 그렇다고 비즈니스 업무 중이라고 하기에도 애매했다. 연수의 패밀리 네임이 하, 라는 것 영어를 잘한다는 것 외에 아는 것이 없었다. 연수는 예의가 발랐고 간혹 한국 게스트와 문제가 생기면 연수를 통해서 해결할 수 있었다. 밥은 여행 가방을 끌고 들어서던 연수의 첫 모습을 잊을 수가 없었다. 연수의 얼굴에는 여행에 대한 설렘이나 불안감, 추억이나 기억 같은 것도 깃들지 않은 것처럼 보였다. 밥은 혹시 연수가 나쁜 생각이라도 할까 봐 관심을 기울였다. 가뜩이나 말이 많은 상인들이 나쁜 소문이라도 퍼트려서 게스트하우스 이미지가 나빠질까 봐 염려됐다. 염려와 달리 연수는 단단했다. 무엇이 연수를 일깨우는지 정확하게 알 수는 없지만 연수에게는 자신만의 루틴이 있었다. 밥은 쓸모없는 염려를 거두었다. 자신만의 루틴이 있는 사람은 결코 세상을 등지지 않는다는 것을 밥은 경험을 통해서 알고 있었다.

*

연수 남편은 집을 나서기 전 아이디를 목에 걸고 나서 여권과 지갑, 핸드폰이 있는지 확인했다.

"혼자 있다고 굶지 말고 밥 잘 챙겨 먹고. 잘 다녀올게."

남편은 비행 가방을 끌고 나가면서 연수의 어깨를 토닥였다. 연수가 남편을 배웅한 지 얼마 되지 않아 벨이 울렸다. 등기 우편이었다. 보험회사 이름이 박힌 봉투는 두툼했다. 이 인간 또, 넘어갔구나. 연수는 한숨이 저절로 흘러나왔다. 며칠 전 남편은 명퇴한 친구의 아들에 관해 말했다. 장황한 얘기를 정리하면 친구의 아들이 군 제대 후 보험회사에 들어갔다는 것이었다.

"자기 친구도 보험 하지 않았어? 그 친구한테 종신보험, 암보험, 손해보험 또 뭐였지?"

"울 마눌님 기억력 좋네. 다른 건 기억도 못 하면서. 그 친구는 진작 그만두고 고향에 내려가서 농사짓고 있어."

"당신, 매달 나가는 보험료가 얼마인지 알기나 해? 인정에 휩쓸리지 말란 말이야. 왜 꼭 영업하는 사람은 아는 사람부터 찾아와서 감성팔이 하는지 정말 짜증 나. 쉽게 일할 생각부터 한다니까."

"고만하셩. 알았다니까."

"또 보험 넣으면 알지. 이번에는 절대 그냥 안 넘어가. 확 다 해약해버릴 거야."

연수가 팔짱을 끼고 눈에 힘을 주어 말했다. 남편은 걱정하지 말라면서 연수의 시선을 피했다.

연수는 등기 우편을 남편의 책상 위에 올려놓았다. 내용물을 확인하기 싫었다. 아마도 설계사에게 제법 이익이 갈 만한 특약을 확인도 하지 않고 사인했을 것이다. 남편은 마음이 물러서 주변 사람들의 부탁을 그냥 넘기지 못했다. 이익보다는 손실에 친숙한 사람이었다. 연수는 마음 온도가 높은 남편이 못마땅했지만, 여태껏 사기를 당한 적은 없으니까, 닦달하지는 않았다.

보험 계약서나 약관을 메일로 받으면 연수에게 들킬 염려가 없을 텐데도, 남편은 종이로 된 서류를 고집했다. 연수도 알아야 한다는 이유에서였다. 둘 사이에 아이가 없어서 그런지 남편은 연수를 아이 취급했다. 남편은 연금이나 보험 가입 증서를 파일에 정리해 두고 분기별로 연수에게 설명했지만 연수는 건성으로 들었다. 주로 암이나 질병 치료비, 간병비 이외에 남편 사망 후에 받을 수 있는 돈이었다.

연수는 남편에게 전화해서 보험에 대해 따지려다가 참았다. 비행 나가는 남편의 마음을 불편하게 만들고 싶지 않아서이다. 비행에 방해가 될만한 실마리를 제공하지 않는 것, 둘 사이에서 암묵적으로 지켜온 약속이다. 남편은 비행 나가기 24시간 전부터는 타이레놀 한 알도 먹지 않을 정도로 자기 관리에 철저했다. 연수 또한 남편 비행 일정이 있는 날은 출발지와 도착지의 기상을 먼저 확인했다. 오랫동안 몸에 밴 습관이었다.

—인천 공항에 잘 도착했어요.

남편은 고개를 옆으로 흔들며 아주 많이 사랑해, 라는 이모티콘을 같이 보냈다. 남편을 닮은 듯한 이모티콘을 보며 연수는 픽, 웃었다. 신호대기 중에 연수도 곰이 큰 하트를 내미는 이모티콘으로 답했다. 강의 시간이 한 시간 정도 남아있었다. 연수는 느긋하게 드라이브 스루에 차를 세우고 테이크 아웃 커피를 사서 강의실에 들어갔다.

수업을 시작하기 전에 연수는 강의실을 둘러봤다. 같은 동양인이라 해도 중국, 베트남, 몽골 학생들의 외모와 억양은 달랐다. 중국 학생들은 대체로 평서문의 끝을 올렸다. 베트남 학생들은 ㄴ과 ㄹ 발음을 뭉쳐서 발음했고 몽골 학생들은 어미에 ㅇ을 붙여서 발음했다. 학생들은 주로 같은 나라 사람들끼리 어울려 다녔고 수업 시간에도 함께 앉으려고 했다. 연수는 학습 효과를 높이기 위해 나라별로 학생들을 안배해서 조를 나눴다.

"오늘부터 수업 시간에는 조별로 앉도록 해요. 스타이팅 투데이, 렛스 싯 인 그룹스 듀어링 더 클래스."

연수는 먼저 한국어로 말한 다음 영어로 말했다. 학생들은 어리둥절한 얼굴로 이름이 불리면 일어서서 자신이 속한 조의 자리에 가서 앉았다. 누구도 왜요? 묻지 않았다. 학생들은 대체로 온순했고 연수의 말을 잘 따랐다. 처음에 학생들은 서로 눈도 마주치지 않고 어색해하더니 간간이 얼굴을 붉히기도 하고 웃음을 터트렸다. 다양한 말투와 몸짓으로 안부를 주고받는 학생들을 보며 연수는 빙그레 웃었다. 한국인이 말하는 것보다 생동감이 느껴졌다. 최근 들어 중국 학생들이 줄어들고 베트남 학생들이 많아졌다. 덩달아 학교 주변에 베트남 음식점도 늘어났다. 마치 세계 경제, 외교의 상황을 보여주는 듯했다. 연수는 주기적으로 자신이 가르치는 학생들과 함께 그들 나라의 음식점을 방문했다. 학생들이 선택한 메뉴는 이제껏 연수가 먹어본 음식보다 맛있었다. 연수는 학생들이 알려준 식당과 음식 이름을 메모했다가 다시 방문하곤 했다. 식당 주인은 용케 연수를 알아보고 미소를 지었다. 따스함이 묻어나는 미소였다.

연수는 퇴근길에 베트남 식당에 들러 볶음 누들을 샀다. 고맙습니다, 연수의 인사말에 사장은 앞치마에 손을 닦으며 멋쩍게 웃었다. 한국말이 익숙하지 않아 하는 행동이라는 걸 연수는 잘 알고 있다. 대신 사장은 숙주와 땅콩을 듬뿍 올려 마음을 담았다. 연수는 교직원 회의 시간에 주변 상인들을 위한 무료 한국어 수업을 제안했는데 고려해보겠다는 학교에서는 아직 답변이 없었다.

연수는 집에 도착하자마자 컵을 냉동실에 넣고 티브이 채널을 돌리며 남편의 카톡을 기다렸다. 잘 도착했다는 카톡을 받기 전에 맥주를 마실 수가 없었다. 연수는 그랬다. 남편이 비행 중일 때는 절대 알코올을 입에 대지 않았다. 남편은 베트남 시각 오후 7시 30분 호찌민 공항에 착륙 예정이었다. 베트남과 시차는 두 시간, 한국 시각으로 9시 30분에 착륙, 10시 30분 정도면 호텔에 도착할 시간이었다. 연수는 시간을 확인했다. 도착시간이 한 시간 정도 지나있었다. 연수는 플라잇 어웨이 앱을 열어 남편의 항공편 번호를 넣었다. 비행 중이라는 표시가 떴다. 한 시간 지연이라는 내용을 확인하고 호찌민의 날씨를 검색했다. 뇌우가 번쩍였다. 연수는 침대에 눕지 못하고 소파에 누워서 자다 깨기를 반복했다.

새벽 다섯 시에 눈을 뜬 연수는 제일 먼저 카톡을 확인했다. 남편에게 온

카톡은 없었다. 연수는 뉴스 기사를 확인했다. 비행 사고에 관한 기사는 없었다. 연수는 가슴을 쓸어내리며 남편의 항적을 조회했다. 항적을 알 수 없다는 내용이 적혀 있었다. 이상한 생각이 들었다. 출근 무렵 남편 회사에서 걸려 온 전화를 받고 연수는 모든 수업을 취소했다. 회사에서 알려준 호텔로 가면서 연수는 자주 신호를 놓쳤고 뒤차의 경적에 놀라서 액셀을 밟았다.

자신을 노사담당 임원이라고 소개한 남자가 가족들을 맞이했다. 부기장의 아내라는 여자는 아이와 함께 왔고 연수는 혼자였다.

"언론의 무분별한 접촉으로부터 가족분들을 보호하고, 현지 상황을 먼저 알려드리기 위해서 회사에서 호텔을 마련했습니다."

노사담당 임원은 연신 손수건으로 이마를 훔쳤다.

"그런데 꼭 호텔에 있어야 하나요?"

여자의 목소리에는 두려움이 없었다. 연수는 여자를 돌아봤다. 부기장의 아내였다. 삼십 대 중반으로 보이는 여자는 여리여리해 보였고 아이의 손을 꼭 잡고 있었다. 연수는 여자의 당찬 목소리의 근원 중 하나가 아이, 일 거라는 생각이 들자 입 안에 돈은 돌기가 더 아렸다.

"가족분들의 협조를 부탁드립니다."

임원은 가족들에게 호텔에 머무를 것을 간곡히 부탁했다. 남편의 친한 동료들이 호텔에 도착했다. 그들은 연수에게 눈인사를 건넬 뿐, 아무 말도 하지 않았다. 연수는 그들의 어두운 얼굴을 보자 마음속에서 쿵, 뭔가 내려앉는 소리가 들렸다.

"항적은 조회가 됐나요?"

여자가 연수를 이상한 눈빛으로 바라봤다. 남편의 동료들은 ELT, 시간제한, 블랙박스 같은 단어들을 소곤거렸다.

"현재는 레이더상의 위치, 고도, 비행기 방향, 속도 들을 분석하여 추락

지점을 예상하고 있습니다."

"뭐라고요? 추락이라고요?"

여자가 털썩 주저앉았다. 주변 사람들이 여자를 일으켜 세우려고 했는데 여자는 대리석 바닥에 엎드려 흐느꼈다. 여자와 달리 연수는 지나치게 침착해 보였다. 임원은 연수에게 앞으로 있을 구조 작업에 관해 설명했다.

"제수씨, 노조에서도 협조하고 있으니 곧 구조할 수 있을 겁니다."

남편의 동료들은 실종, 추락 같은 단어 대신 구조라는 긍정적인 용어를 사용했다. 연수는 그 말을 믿고 싶었다. 회사 사람들이 가고 난 뒤 연수는 호텔 방으로 들어갔다. 연수의 휴대전화에는 붉은색 숫자가 찍혀있었다. 연수는 누구와도 연락하고 싶지 않았다. 통화에 시간을 낭비하고 싶지 않았다. 연수는 티브이나 인터넷 기사를 검색하면서 비행기 항적을 찾기 위해 애썼다. 전문가들은 각자의 지식을 동원하여 비행기 추락지점을 예상했다. 연수는 컴퍼스로 그려놓은 것 같은 동그라미 속 도시들을 눈여겨봤다. 전문가들은 항공기에 장착된 ELT 신호를 따라가면 위치를 찾을 수 있다고 했다. 하지만 제한 시간이 40시간이라고 했다. 40시간이 지나면 사실상 생존 가능성이 없다는 분석에 연수는 숨이 막혔다. 연수의 시선은 자주 시계에 머물렀다가 흩어졌다. 연수는 시간이 움직이지 못하게 죽이고 싶었다. 배터리를 빼도 시간은 죽지 않고 흘러갔다.

연수는 호텔 방안이나 로비를 서성이며 블랙박스나 비행기 항법 장치가 발견되기를 초조히 기다렸다. 비행기 추락지점으로 예상되는 해상에는 바람이 강하고 파고가 높아서 접근이 어렵다고 했다. 연수는 매일 여자와 함께 수색 보고를 받았지만, 얘기는 섞지 않았다. 보고가 끝나면 임원은 따로 연수를 찾아왔다.

"회사에서 최선을 다해 찾고 있으니 좋은 소식이 있을 겁니다. 다만 사고의 원인이 부기장에게 있는 건 아닌지 조심스럽게 짐작하고 있습니다."

"부기장분께 무슨 문제가 있었나요?"

"부부 사이에 문제가 있었나 봅니다. 성격 차이도 심하고. 아직 젊으니까 감정을 추스르지 못하고 그날도 비행 나가기 전에 다퉜다고 합니다. 그러니 비행 중에 얼마나 조언을 잘했겠습니까. 최근에 우울증 약을 처방받았다는 의료 보고서도 있고요."

"그럼, 일부러 사고를 냈다는 건가요?"

"확실한 건 아니고요, 좀 더 조사하면 사고의 원인이 밝혀질 겁니다."

임원은 부기장의 평소 성격, 인간관계 그리고 그들의 내밀한 가족 관계까지 꿰뚫고 있는 듯이 말했다.

연수는 화가 치밀어 올랐다. 모든 사고의 원인이 부기장과 그의 아내에게 있는 것처럼 여겨졌다. 당장 쫓아가서 따지고 싶었다. 하지만 그건 나중이었다. 무엇보다도 남편의 비행기를 찾는 것이 먼저였다. 회사에서는 기장과 부기장의 가족들을 한 공간에 두지 않았고 만남을 만들지도 않았다. 만일에 있을 불상사를 예방하려는 조치라고 했다. 연수는 한순간도 기대를 놓지 않았다. 임원은 전문 잠수사들이 무리하게 접근했지만, 해저 탁류로 인해 시야 확보가 어렵다고 했다. 그 사이 40시간이 지나가 버렸다. 언론에서는 골든 타임이 지나갔다는 뉴스와 함께 독일 항공기 사고의 사례를 다뤘다. 조종사의 우울증과 사고에 관한 분석이었다. 며칠 동안 부기장이 일부러 사고를 낸 듯한 기사가 오르내렸다. 로비에서 연수와 여자는 얼굴을 마주쳐도 서로 고개를 돌렸다.

일주일이 지나가 연수 남편이 든 보험에 관한 얘기가 언론에 흘러나왔다. 보험의 종류와 액수가 걷잡을 수 없는 속도로 퍼져나갔다. 사망 보험금이 오십억, 어떤 인터넷 뉴스에서는 백억이라고 했다. 남편은 순식간에 보험금을 노리고 비행기를 추락시킨 범죄자로, 부기장은 희생자로 둔갑했다. 연수는 어이가 없었다. 임원에게 항의하면 임원은 나중에 진실이 밝혀질 겁니다. 대수롭지 않게 말했다. 시간이 갈수록 연수와 부기장의 아내 곁을 지키던 사람들이 줄어들었다. 우연히 복도에서 마주친 여자가 연수를 쏘아봤다. 분노가 가득 찬 눈빛이었다. 연수의 눈빛도 다르지 않았다.

매일 꿋꿋하게 자리를 지키던 연수의 마음도 갈팡질팡했다. 오전에는 생존 가능성이 없다는 사실을 인정했다. 구조 작업을 하는 사람에게 피해가 가지 않도록 남편 시신이라도 빨리 찾았으면 했다. 그런데 오후가 되면 마음이 바뀌었다. 남편이 어딘가를 표류하고 있거나 무인도 같은 곳에 살아있을 거라는 확신이 들었다. 연수는 임원이나 남편의 동료들을 만나면 확신에 찬 목소리로 그이는 살아있어요. 같은 말을 반복했다. 그럴 때마다 임원은 은근슬쩍 고개를 돌렸고 남편 동료들은 고개를 숙였다. 결국 비행기 수색은 실패로 끝났다. 생존에 대한 희망은 사라지고 화재로 인한 사고사로 결론 지었다. 노조는 전기 배터리가 화물기 화재의 원인이라고 주장했고 회사는 기상, 기체 결함, 조종사의 잘못 등 여러 가지 관점에서 조사 중이며 조사가 끝날 때까지 확실한 원인을 알 수 없다고 했다. 부기장의 가족은 장례를 치렀지만 연수는 장례를 거부했다. 회사에서 부기장 보다 너 많은 액수의 위로금을 제시했는데도 연수는 타협하지 않았다. 주변에서 돈 때문이라는 이야기가 들렸지만 연수는 개의치 않았다. 회사와 보험회사의 끈질긴 회유를 피해 연수는 프놈펜으로 가는 비행기에 올랐다.

비가 내리고 있었다. 고도를 올려 비구름을 피한다 해도 상승하는 과정에서 예상되는 터뷸런스를 피하기 어려울 터이다. 연수는 안전벨트를 조이고 눈을 감았다. 자주 비행기가 심하게 흔들렸다. 그때마다 불안정한 기류의 영향으로 기체의 흔들림이 예상되니 좌석 간 이동을 삼가고 안전벨트를 매라는 기장 방송이 들렸다. 승객들은 개의치 않고 영화를 보거나 와인을 마셨고 면세품을 샀다. 연수는 창문 커튼을 살짝 올려 남편이 지나갔을 바다를 내려다봤다. 아무것도 보이지 않았다.

*

─사모님, 그동안 잘 지내셨죠. 강입니다. 회사에서 연락이 왔습니다. 내일 메인 뉴스에 기사가 보도될 예정이라고 합니다. 연락 부탁드립니다.

휴대전화에 카톡이 떴다. 연수를 대리해서 일을 처리하는 강 변호사였다. 남편의 사고로 연수는 반쯤 넋이 나가 있었고 현실과 망상을 오갔다. 연수에게는 기댈 부모나 형제도 없었다. 직장 동료들이나 친구들은 있었지만 일을 제쳐두고 나설만한 여건이 되지 않았다. 보다 못한 남편 동료들이 변호사를 선임해 줬다.

"강 변호사님, 비행기 찾은 거예요?"

"근처를 지나던 어선에 의해 비행기 날개 끝으로 보이는 조각과 기내 부유물이 발견됐다고 합니다."

"그이는요?"

"아직…. 기장님에 관한 소식은 없습니다. 죄송합니다."

"장소는요?"

"사모님이 맞았습니다. 시아누크빌에서 북서쪽으로 8km 지점, 렘 해군 기지 앞바다로 추정하고 있습니다. 조만간 회사에서 기체 발굴 작업을 시작한다고 합니다. 다행이라고 해야 하는 건지. 뭐라고 드릴 말씀이 없습니다. 다시 연락드리겠습니다."

"전, 좋은 신호라고 믿어요."

연수의 목소리는 확신에 차 있었다. 연수는 두꺼운 스프링 노트를 꺼냈다. 남편의 비행기가 사라지고 나서 연수는 하루도 빠지지 않고 한국과 국제 뉴스를 스크랩했다. 연수는 놓친 기사가 있는지 뉴스판을 검색했다. 눈앞이 흐릿했다. 연수는 눈을 감았다. 눈을 감자 검은 점들이 더 또렷하게 보였다. 요즘 들어 하루살이 같은 것이 시야를 방해했다. 검은 점들은 더 많아졌고 무리를 지어 움직였다. 자주 눈이 부시고 눈물이 났지만 연수는 병원에 가지 않았다.

도로 위로 묵직한 쇳덩어리가 끌리는 소리가 들렸다. 연수는 날씨를 확인했다. 다행히 비 소식은 없었다. 연수는 서둘러 스쿠터를 타고 바다로 향했다. 중장비에서 쏟아내는 불빛에 눈이 부셨다. 처음 맞이하는 광경에 사람들이 몰려들었다. 큰 화물선이 정박하고 있었다. 쩜난이 연수를 발견하고 손을 흔들었다.

"한국 비행기 찾았대. 렘으로 간대요."

"혹시 조종사들 얘기도 들었어요?"

"노. 조종사들은 아마 죽었겠지."

"아니에요. 살아있을 거예요."

"왓? 쑤, 아는 사람들이에요?"

"쩜난, 어떻게 하면 렘으로 가장 빨리 갈 수 있어요?"

"쪼기 그랩 택시 따라가요. 친구 차예요. 지금 렘에 간다고 했어요."

연수는 쩜난이 가리키는 손가락 끝을 바라봤다. 영어로 그랩이라는 쓰인 낡은 택시가 보였다. 쩜난이 택시를 향해 크메르어로 소리쳤다. 검게 그을린 팔이 창밖으로 올라왔다. 연수는 스쿠터로 택시의 뒤를 따라갔다. 해안을 따라 여러 개의 백사장이 펼쳐졌다. 바다와 강 주변에 고급 리조트들이 자리를 잡고 있었다. 여행객들은 스쿠터나 택시가 와도 길을 비켜주지 않았다. 왕처럼 대열을 지어 느긋하게 거리를 활보했다. 크메르의 왕 노로돔 시아누크의 이름을 따라 지었다는 도시의 이름에 걸맞은 행동이었다. 연수는 속이 탔다. 택시의 뒤를 따라가다가 옆으로 다가갔다. 택시에 탄 여자가 보였다. 어딘가 낯이 익었다. 도시를 빠져나오자 도로가 한산했다. 왼편으로 강이 보이더니 습지대가 나타났다. 어깨 위로 태양이 부서져 내리는 데도 연수는 등이 서늘했다. 택시가 속도를 올렸다. 연수는 스쿠터의 핸들을 꼭 잡고 몸을 곧추세웠다.

아직 화물선은 도착하지 않았다. 주황색 옷을 입은 승려가 지나갔다. 연수는 스쿠터를 세우고 택시에 다가갔다.

"쏨 또, 이 근처에 렘 앞바다까지 갈 수 있는 배가 있을까요?"

연수가 크메르어와 영어를 섞어서 물었다. 기사는 대답 대신 어딘가에 전화해서 큰 소리로 말했다. 알 수 없는 언어였다. 잠시 후 한 남자가 나타났다.

"어꾼."

연수는 손을 모아 중지 끝을 아랫입술까지 올렸다.

"유 알 웰컴. 나 쩜난 친구."

기사는 치아를 드러내고 씩 웃었다. 유난히 치아가 하 다. 연수가 남자에게 비용을 묻자 기사가 끼어들었다. 연수는 쩜난 이라는 단어만 이해했다. 기사의 말이 끝나자 남자가 자신도 쩜난 친구, 라고 했다. 친구의 범위가 어디까지 인지는 모르지만 연수는 마을 사람 모두가 친구인 시아누크빌이 가깝게 느껴졌다. 왕복 십 달러, 남자는 시간은 제한하지 않았다. 연수가 고개를 끄덕이자 남자는 팔로미, 하며 손을 내저었다.

"저기요. 한국 분이시죠."

택시에서 내린 여자가 연수에게 말을 걸어왔다. 익숙한 언어였는데도 연수는 낯설게 느껴졌다. 한국 관광객이 많아서 자주 한국말을 들을 수 있었지만 연수는 한국 사람들이 길을 물으면 대부분 영어로 답했다. 한국 사람과 엮이기 싫었다. 자신과 남편을 보험 사기꾼으로 매도하고 악성 댓글을 달았던 사람들을 생각하면 끔찍했다.

"저기···. 장 기장님 사모님 맞죠? 그사이 많이 변하셔서 몰라볼 뻔했어요. 저 신세희 부기장 아내입니다."

장 기장이라는 단어에 연수는 가슴이 찌르르했다. 한동안 들을 수 없는 단어였기 때문이다. 연수는 선글라스를 벗고 여자를 쳐다봤다. 변한 건 여자 또한 마찬가지였다. 여자는 여전히 여리여리했지만, 눈은 깊어졌고 광대뼈가 튀어나와 있었다. 갑자기 나이를 열 살 정도 더 먹은 것처럼 보였다.

"어떻게 오셨어요?"

"잔해 인양 작업을 한다고 회사에서 연락이 와서 왔어요. 저도 현장에 가고 싶은데 사모님과 동행해도 될까요?"

연수는 여자의 부탁을 거절할 수 없었다. 현장을 혼자 지키는 것보다 누구라도 곁에 있는 게 나을 듯싶었다. 남자가 빨리 오라는 듯이 손을 내저었다. 연수는 여자의 짐을 나눠 들고 배를 향해 빠르게 걸었다.

*

인양 작업은 더디게 진행되었다. 화물선 주변으로 끈으로 묶인 듯한 부유물이 떠 있었다. 크레인 작업이 늦어지자 연수와 여자가 동시에 한숨을 내쉬었다. 연수와 여자는 작업을 지켜보다가 항구로 돌아왔다. 그 사이 프놈펜 지사 직원이 도착해서 인양 작업에 관해 설명했다. 직원은 갑자기 잡힌 일정이라 여자가 묵을 숙소를 아직 예약하지 못했다고 했다. 성수기라 방 찾기가 어렵다는 말을 덧붙였다. 직원은 오히려 근처 호텔과 연수가 묵고 있는 게스트하우스에 관해 물었다.

여자가 신발 앞꿈치로 모래를 후볐다. 신발 앞꿈치가 점점 모래 속으로 빠져들어 갔다. 연수는 여자가 자신과 같은 상태에 처해있다는 사실을 알 수 있었다.

"저랑 같이 가실래요?"

연수의 말에 여자가 고개를 들었다. 여자의 눈이 젖어있었다. 연수는 패스 앱으로 택시를 불러 여자가 택시에 타는 것을 보고 스쿠터에 올랐다. 회사 직원들은 연수에게 고맙다며 고개를 숙였다.

여자가 먼저 게스트하우스에 도착해 있었다. 밥은 연수가 말하기 전에 연수 방에 여자의 여행 가방과 침구류를 가져다 놓았다. 그리고 테이블 위에 화이트 와인 한 병과 하우다 치즈를 가져다 놓았다. 밥은 연수에게 여자와의 관계나 여자가 이곳에 온 이유에 관해 묻지 않았다. 연수의 마음 깊은 곳에서 뜨거운 것이 올라왔다.

연수와 여자는 같이 저녁을 먹으면서도 별 이야기를 나누지 않았다. 식사 후에는 함께 해변을 거닐었다. 바람 끝에서 비 냄새가 묻어왔다. 연수가 스쿠터로 달려가며 여자에게 빨리 타요, 소리쳤다. 여자는 영문도 모른 채 달려와 스쿠터에 올라 연수의 옷을 살짝 붙잡았다. 연수가 속도를 내자 여자는 연수의 등에 몸을 밀착했다. 숙소에 도착하기 전 후드득 비가 쏟아졌다. 연수는 어깨 위로 쏟아지는 비를 온전히 맞았다. 어깨를 움츠리지도 않았다. 등이 불에 댄 것처럼 뜨거웠다. 연수는 여자의 눈물 때문이라고 생각했다. 여자는 연수가 눈물을 참고 있다고 생각했다.

데칼코마니처럼 일상이 반복됐다. 태양은 에메랄드빛 바다 위로 쏟아져 내렸고 밤이 되면 달궈진 백사장 위로 오렌지색 파도가 밀려왔다. 여자와 연수는 매일 스쿠터를 함께 타고 렘에 가서 인양 작업을 지켜보았다. 연수와 여자는 밥이 가져다 놓은 와인에는 손도 대지 않았다. 연수는 항상 스쿠터에 기름을 가득 채워놓았고 잠을 잘 때도 스쿠터 열쇠를 주머니에 넣고 잤다. 여자는 한순간도 휴대전화를 손에서 내려놓지 않았고 소리를 죽여가며 아이와 통화했다. 인양 작업은 영영 끝나지 않을 것처럼 보였다.

사람들의 고함이 들렸다. 비행기의 전방 동체가 크레인에 걸려 올라왔다. 조종석을 포함한 부분이었다. 연수와 여자가 달려갔지만 보안 요원들이 접근을 막았다. 누군가가 찢어 놓은 것처럼 토막이 난 비행기를 바라보며 연수는 주저앉았다. 주황색 옷을 입을 승려가 목탁을 두드렸다. 여자가 두 손을 모으고 공손히 고개를 숙였다. 연수는 회사 직원에게 동체 안을 보게 해달라고 부탁했지만, 직원들은 자신들이 결정할 수 없는 문제라며 발을 뺐다. 숙소에 가 계시면 연락드릴게요, 같은 말만 반복했다. 하루가 지나도 회사에서는 연락이 없었다. 연수는 강 변호사에게 전화해서 남편의 생사를 알아봐 달라고 부탁했다.

"조종석 부분을 분리하는 데 시간이 걸리나 봅니다. 누구보다 사모님께서 힘든 시간을 지나왔다는 사실을 잘 알고 있는데요 조금만 더 기다려주세요. 죄송합니다."

"막상 동체를 보니 마음이 조급해져요. 또 구조 타이밍을 놓칠까 봐요."

"……"

휴대전화를 든 연수의 손이 미세하게 떨렸다. 여자는 연수가 지금까지 남편의 죽음을 받아들이지 못하고 있다는 사실에 가슴이 먹먹했다. 여자 기억에 연수는 비행기 사고 소식에 가슴을 치거나 소리를 내 울지 않았다. 임원을 대하는 태도나 질문부터도 달랐다. 공군 전투기 출신 조종사 아내답다고 생각했다. 노사담당 임원이 기장의 카지노 출입과 보험에 관한 말을 꺼냈을 때 여자는 연수에게 달려가 소리쳤다. 죽으려면 혼자 곱게 죽지 왜 그랬냐고. 나중에 카지노 출입을 한 사람은 동명이인으로 밝혀졌다. 보험의 액수도 사실상 방송에 나온 것과 다르다는 것도 알게 되었다. 하지만 여자는 사과하지 않았다.

여자가 연수의 손을 붙잡았다. 연수의 큰 눈에 눈물이 가득 고였다. 둘은 서로의 손을 잡고 한참 동안 바라봤다. 그때 휴대전화가 울렸다. 강 변호사였다.

"사모님, 기장님 찾았답니다."

강 변호사의 목소리가 떨렸다.

"그이 살아있죠?"

"그게…."

여자가 연수의 손에서 휴대전화를 낚아챘다.

"여보세요. 선 부기장 아내입니다. 저에게 말씀해 주세요."

"아…. 예. 충격이 크실 텐데…."

"저, 저는 들을 준비가 됐습니다. 사모님께는 제가 대신 말할게요."

"아이디가 남아있어서 신분이 확인됐다고 합니다. 기장님은 계기판 윗부분에서, 부군께서는 부기장 좌석에서 발견됐다고 합니다. 이런 소식을 전하게 돼서 죄송합니다."

연수는 전화기에서 흘러나오는 소리에 귀를 기울였다. 결국 남편은 돌아온다는 약속을 지켰다. 연수는 입을 다물었다. 남편의 사망을 확인한 후, 연수는 한동안 말을 하지 않았다. 실어증에 걸린 사람처럼 보였다. 밥이 묻는 말에 겨우 예스, 노 정도로 대답하는 연수를 보며 여자는 가슴이 뻐근했다. 연수와 여자는 남편의 아이디를 유품으로 받았다. 겨우 몇 조각만 남은 남편의 뼈를 화장하고 나서 둘은 유골함을 가슴에 안았다. 여자는 유골함을 가지고 한국으로 돌아갈 거라고 했다.

연수는 테이블 위에 놓인 화이트 와인을 여자의 잔에 따라주며 할 말을 떠올렸지만 적절한 말이 떠오르지 않았다. 연수는 용과를 까서 접시 위에 올려 여자 쪽으로 밀었다.

"저랑 같이 한국에 돌아가실래요?"

여자가 먼저 말을 꺼냈다. 연수는 대답 대신 용과 껍질을 만지작거렸다.

"저, 내일 돌아가요. 참, 죄송했어요."

"뭘요?"

"기장님과 사모님이 정말 원망스러웠어요. 그땐 주변을 돌아볼 수 있는 마음이 없었어요."

여자의 눈이 붉어졌다. 연수가 눈가를 손가락으로 찍어 냈다. 여자는 가방 속에서 포장된 썬 밤을 꺼내 연수에게 내밀었다.

"어…. 저는 아무것도 준비 못 했어요. 미안해요."

연수가 얼굴을 붉혔다. 창밖에서 빗소리가 몰려오더니 양철 지붕을 두들겼다. 미의 높낮이에서 시작된 소리는 시, 시, 시, 밤새 양철 지붕 위를 굴러다녔고 연수와 여자는 쉬 잠들지 못했다.

*

왁자지껄한 관광객이 떠난 백사장은 한가로웠다. 연수는 여자가 돌아가고 나서 한동안 방에서 나오지 않았다. 밥이 연수가 좋아하는 바게트 샌드위치를 방에 가져다 놓았지만 연수는 거의 음식에 손을 대지 않았다. 연수는 길을 잃은 것처럼 보였다. 연수는 밖으로 나가는 길을 찾지 못하는 것 같았다. 한 개의 눈으로도 볼 수 있는 길을 연수는 찾아내지 못하고 방안에 웅크리고 앉아있었다. 누구도 대신 연수의 눈을 뜨게 할 수는 없었다. 밥은 몇 년 전 자신을 보는 것 같았다. 밥은 누구에게 말하지 못했던 그 막막함에 대해서 말하고 싶은 충동을 느꼈다. 짙은 안개 속에 혼자 서 있는 느낌, 머리부터 발끝까지 이슬이 내려앉는, 하얀 적막함에 대해 하고 싶은 말을 꿀꺽 삼켰다. 대신 밥은 자주 연수의 방에서 나는 소리에 귀를 기울였다. 가끔 나직한 목소리로 속삭이는 소리가 들렸다. 누군가와 대화하는 것 같기도 하고 기도 소리 같기도 했다.

밥은 스쿠터 소리에 눈을 떴다. 아침 여섯 시. 늘 연수가 바다에 나가는 시간이었다. 밥의 입에서 저절로 오 지저스, 라는 소리가 터져 나왔다. 밥이 방에서 나왔을 때 연수의 스쿠터가 막 대문을 빠져나가고 있었다.

막상 숙소에서 나왔지만 연수는 어디로 가야 할지 막막했다. 먹구름이 몰려오고 세찬 바람이 연수를 뒤로 밀어냈다. 곧 태풍이 올 것처럼 보였다. 길가 야자수가 몸을 흔들었다. 마치 작별 인사를 하는 것 같았다. 연수는 바닷가에 스쿠터를 세우고 유골함을 들고 백사장을 향해 걸어 들어갔다. 21그램, 영혼의 그램 수만 담겨있었다. 연수는 유골함에서 남편의 영혼을 꺼내 바다에 뿌렸다. 하얀 거품이 일었다. 연수는 하얀 거품을 따라 들어갔다. 물에 연수의 발목이, 종아리가, 허리까지 잠겼다. 연수는 멈추지 않고 거품을 따라 나아갔다. 물이 연수의 목까지 차올랐다. 순간 파도가 연수의 머리를 삼켰다. 쩜난이 정리하던 테이블을 팽개치고 달려왔다.

연수는 한동안 앓아누웠다. 밥은 열이 오르내리고 헛소리를 지껄이는 연수 곁을 지켰다. 할 수만 있다면 밥은 야자나무 사이에 걸어 놓은 해먹에 연수를 옮겨다 놓고 싶었다. 연수 마음에 작은 공간이 생기기를 바랐다.

이주 만에 자리를 털고 일어난 연수는 얼굴이 핼쑥했다.

"수, 스노클링 할래요?"

밥이 연수에게 소시지를 내밀었다. 연수는 거부하지 않았다. 밥과 연수는 수경과 오리발을 착용하고 물속으로 걸어 들어갔다. 붉고 푸른 산호초의 색깔과 모양이 들여다보일 정도로 물이 맑았다. 노란색의 열대어가 지나갔다. 연수가 소시지를 뜯어 건네자 물고기들이 다가왔다. 노란색, 분홍색, 파란색 열대어들은 연수가 내미는 소시지를 뜯어 먹었다. 열대어들은 먹는 것에 전력을 다했다. 연수는 울컥했다. 밥 잘 챙겨 먹으라는 남편의 말이 떠올랐다. 누구도 피할 수 없는 긴 여행을 남편이 먼저 떠났다. 연수는 계획되지 않은 남편의 여행을 받아들이기가 힘들었다. 어쩌면 세상에 혼자 남겨졌다는 사실을 외면하고 싶었는지도 모른다.

연수는 숙소로 돌아와 강 변호사에게 보험 처리를 부탁했다. 위임장을 팩스로 보내고 나니 정말 남편이 세상에 없다는 사실이 뼛속까지 느껴졌다. 방문을 노크하는 소리가 들렸다. 밥이 카카오 워터와 바게트 샌드위치가 담긴 쟁반을 들고 서 있었다.

"브라이브예요."

"왓?"

"뇌물. 나 한국어 배우고 싶어요. 수 곧 떠날 거잖아요. 한국 사람들 많이 오는데 수도 없으면 나 어떡해."

덩치에 어울리지 않는 밥의 목소리와 표정에 연수의 입꼬리가 슬그머니 올라갔다.

"당분간 여기에 있을 거예요. 대신 놈빵 빠테는 매일 먹을 수 있죠?"

밥은 양어깨를 으쓱하며 오브 코스를 반복했다. 연수는 코코넛 워터로 목을 축이고 나서 놈빵 빠테를 손에 들었다. 바게트를 와삭와삭 씹으며 입가에 흘러내리는 소스를 닦아냈다. 그동안 밀린 식사를 몰아서 하는 것 같았다. 밥은 흐뭇한 표정으로 연수를 바라봤다. 서쪽 하늘이 붉어졌다.

김아인 ㅣ 단약

단국대학교 문예창작과 졸업.
2022년 『한국소설』 신인상 당선.

단약

김아인

"정말 웃기기도 해라. 툭하면 자살, 동물 학대, 툭하면 온갖 비리가 우수수 쏟아지고, 자기가 세상의 구원자라도 되는 마냥 큰소리치는 사람들, 툭하면 와글와글 끓어오르는 그 더러운 냄비근성, 툭하면 무너지기밖에 더하겠어?"

아내가 알약 서너 알을 술과 함께 들이켜며 말을 지껄였다. 그녀는 연거푸 비워낸 술잔을 손가락으로 툭 쳐서 쓰러뜨렸다. 나는 알코올과 아내의 침으로 절은 술잔이 쓰러지자마자 용수철처럼 자리에서 벌떡 일어났다. 아내가 눈초리를 흘겼다.

"정말로 떠나겠다고?"

"그럴 수 있다면 그럴 거야."

아내는 나를 발톱에 낀 때처럼 경멸하며 응시했다. 쓸모없는 인간, 버러지 같은 인간, 나가 죽어버려 쓰레기야, 라고 말하는 듯했다. 팔다리에 닭살이 두둑두둑 돋아났다. 그 눈은 이미 내 머리채를 휘어잡은 지 오래였다.

"그럴 수 없으니까 하는 말 아냐."

처음에는 아내의 눈동자가 내게 말을 걸고 툭툭 건드리며, 잠을 잘 때도 밥을 먹을 때도 쉴 새 없이 지껄이는 것이 무서우면서도 신기했다.

'이야, 꽤 신기한데? 눈은 입이 없는데 내게 말을 하고 있잖아!'

그러나 시간이 지나면서 점차 귀에 들어앉은 딱지 때문에 소리가 들리지 않았다. 언젠가 귓속을 가득 메운 딱지가 저절로 외이도를 기어 나오기 전까지, 나는 그 눈을 계속 모른 체할 셈이었다.

"정말 우스워. 당신 같은 사람들이 당신 같은 사람들을 욕하고 있잖아. 또 그걸 욕하고 있는 사람들은 다시 당신 같은 사람들을 욕하고. 우스운 일이지. 안 그래?"

그녀가 '정말 우스워'하고 더운 숨을 토해낼 때마다 배 속의 창자가 움찔거렸다.

"난 이만 갈게, 쎄씨."

"그러든지. 정말 우스워."

아내가 술잔에 소주를 부으며 중얼거렸다. 그녀는 홀로 '정말 우스워'를 혀 안에 꾸역꾸역 주워 담았다. 나는 그 소리가 싫었다. 그러나 그녀에게서 멀어지면 멀어질수록, 그 악취 나는 단어가 내 귓속의 딱지를 밀어내고 그 자리에 꽉 들어차는 듯했다.

"이거 왜 이래? 왜 안 따라지고 지랄이야? 정말 우스운 놈이야."

아내의 외침이 들려왔다. 그녀는 쓰러진 술잔에 계속해서 술을 들이붓고 있었다.

***

처음 내가 그곳에 도착했을 때 사람들은 나를 성대하게 반겨주었다. 그들이 내게 건넨 첫마디는 이것이었다.

"당신은 아주 사소한 것이 인생을 뒤흔들 수 있다고 믿으십니까?"

"아니오. 믿지 않습니다."

나는 확고하게 대답했다. 세상의 많고 많은 질문 중 내가 유일하게 확신할 수 있는 답이었다.

그들은 내게 파란색 설탕으로 만든 솜사탕과 와인 먹은 소의 간 요리를 내주었다. 나는 음식을 먹은 뒤 잠잘 곳을 달라고 했다. 그들은 즉시 자그마한 방으로 나를 안내했다. 회색빛 문에는 수없이 지워진 자국 위에 다시 새 긴듯한 선명한 글씨가 있었다.

"쎄씨의 방."

나는 그 글자를 천천히 읽으며 그것이 무슨 뜻인가를 생각해보려 애썼다. 하지만 아무것도 생각나지 않았다.

방안에는 각각의 모서리에 침대와 옷장, 책상과 화장대가 하나씩 있었다.

"잠은 어떻게 자라는 거지요?"

내 물음에 나를 안내했던 사람 중 가장 땅딸막한 남자가 말했다.

"침대에서 자면 됩니다."

"옷은 어떻게 넣으라는 거지요?"

"벗어서 옷장에 넣으면 됩니다."

"화장대는 필요하지 않습니다."

"언젠가 필요하게 될지도 모르지요."

그는 단조로운 목소리로 대답하고는 하품을 하며 뒤돌아 가버렸다. 다른 이들도 모두 그를 따라가자 나는 방안에 혼자 남았다.

공기는 서늘했지만, 옷을 입고 있는 것이 몹시 답답했다. 옷장은 천장의 모서리에 박혀 언제라도 머리 위로 떨어질 것 같았다. 나는 까치발을 든 채 팔을 뻗어보았지만 소용없었다. 하는 수 없이 옷을 바닥인지 천장인지 모를 곳에 내팽개치고는 샤워를 하기 위해 욕실로 들어갔다. 욕실의 문은 거꾸로 달려있었지만 들어가기는 수월했다. 일단 벽을 밟자 나는 벽을 걷고 있었고, 욕실 문의 손잡이를 열자 안으로 들어갈 수 있었다.

'이상한가? 아니야. 이건 당연한 일이야.'

샤워기의 물줄기는 시원하게 쏟아졌다.

똑똑.

누군가 밖에서 욕실의 문을 두드렸다. 나는 허리에 수건을 두르고 문을 열었다.

"누구십니까?"

샤워를 채 마치지 못해서 기분이 별로였다. 그는 뭔가 우스워 죽겠다는 표정으로 자신만만하게 대꾸했다.

"나는 이 집의 주인이자 하인이자 주인이오. 키득 키득."

그가 키, 득, 키, 득, 하고 또박또박 발음하자 귓속의 딱지가 불쾌한 듯 부르르 진동했다.

"따지고 보면 나도 방값을 지불했으니 주인이나 마찬가지오만. 그런데 한 가지만 묻겠소. 지금 나랑 말장난하자는 겁니까?"

그러자 그는 내 말이 무슨 뜻인지 전혀 이해하지 못하겠다는 듯 고개를 갸우뚱했다. 나는 그가 왜 갸우뚱하는지 이해하지 못해 같이 고개를 갸우뚱했다.

"안내데스크에나 가서 따지쇼."

문을 '쾅' 닫고 다시 물을 틀었다. 아무 소리도 나지 않았다. 화가 나서 비누를 바닥에 던졌지만 이번에도 아무 소리도 나지 않았다.

'이게 뭐지? 소리가 없어지다니? 이게 다 그 남자 때문이다.'

나는 욕실로 돌아가지 않으리라 생각하고 가운을 걸치고 나왔다. 그는 이미 사라지고 없었다. 나는 오른손으로 왼손의 손등을 찰싹 때렸다. 아팠지만 소리는 나지 않았다. 나는 있는 힘껏 소리치며 "찰싹!"하고 손등을 때렸다. 그러자 이번엔 소리가 들렸다. 그것은 내 입에서 나온 단어치고는 이질적이고, 이질적이라기에는 너무도 친숙했다. 살면서 살 껍질에 들러붙은 모기들을 얼마나 많이 때려잡았던가.

그 순간 나는 깜짝 놀라며 팔을 흔들었다.

"가만히 있어요. 내가 떨어지겠어요."

그녀가 내 왼팔을 붙잡고 늘어진 채 속삭였다. 나는 찌르르한 전기가 심장 속을 관통하는 것 같아 몸을 부르르 떨었다.

"당신은 갑자기 어디서 온 겁니까?"

"여기에서요."

그녀가 오로지 내 눈동자만을 보고 대답해서 나는 '여기'가 어디인지 알
수 없었다.

"난 당신을 모르는데요."

"그렇겠죠. 이미 알고 있으니까."

여자는 죽은 사람처럼 나를 응시했다. 나는 내 팔에 매달린 그녀의 눈을
피하고 싶어 고개를 돌렸다.

꼬르륵.

나도 모르게 배가 고팠다. 식사를 대접받기 위해서는 방을 나가야 했다.
하지만 이 여자는 어떡하지? 오른손으로 식사를 할 수야 있겠지만 여자는
내게 불필요한 존재였다.

"배가 고픈가요?"

그녀가 내게 물었다.

"그렇소."

"그럼 날 손질하지 그래요?"

나는 그 말의 의미를 이해하지 못하면서도 무의식중에 그녀를 바라보았
다. 그녀는 실오라기 하나 걸치지 않은 알몸으로 나를 빤히 올려다보았다.
얇은 비늘이 온몸을 덮고 있고, 두 눈은 퀭하니 감기지 않았으며, 썩은 내장
이 배꼽에서 줄줄 흘러내리고 있었다.

"옷은 언제 벗었소?"

"처음부터요. 전 옷을 입고 있었던 적이 없어요."

나는 그녀의 알 수 없는 대답이 모두 역겹게만 느껴졌다. 그래서 식도를
비집고 올라오는 욕지기를 그녀의 정수리에 토해냈다.

"당장 내 팔에서 떨어져요! 난 혼자 편안하게 쉬고 싶습니다! 그러니 좀!"

왼팔을 크게 휘두르자 그녀는 순식간에 눈앞에서 사라졌다. 마치 증발해
버린 듯 소리 없이 떨어져 나갔다. 나는 한숨을 쉬며 침대로 올라가야겠다
고 생각했다.

욕실에 들어갈 때는 쉬웠지만 침대로 가는 것은 만만치 않았다. 나는 벽

을 걷다가 미끄러지고, 또 기어오르다가 주르륵 미끄러져 천장인지 바닥인지 모를 곳으로 추락했다.

'도대체 어떻게 침대에서 자면 된다는 거야? 여길 올라갈 수 있는 방법이 있다고?'

"벽을 오를 때는 이렇게 하는 거예요."

내 옆에 있는 남자아이가 방긋 미소를 지었다. 아이의 얼굴은 하얀 솜털이 가득했고 커다란 두 눈의 동공은 죽 찢어져 있었다.

"넌 어디서 왔니?"

"그걸 몰라서 물어요?"

아이의 대답이 내 귓속의 딱지를 훑는 것 같아 나는 다시 몸을 부르르 떨었다.

"잘 봐요. 이렇게 벽을 오르면 돼요."

아이가 손톱을 바짝 치켜세우더니 벽을 오르기 시작했다. 자석처럼 들러붙은 손바닥과 발이 빠르게 벽을 툭툭 치고 올라가더니 어느새 아이는 이불 속에 쏙 들어가 고개를 내밀고 있었다.

"해 봐요! 아주 쉬워요!"

천장에 있는 아이의 눈과 마주치자 현기증이 나듯 눈앞이 뱅뱅 돌았다. 나는 정신을 가다듬고 아이가 했던 것처럼 손톱을 바짝 세웠다. 그러자 의외로 쉽게 벽을 올라 침대에 도착했다.

"거봐요, 쉽잖아요."

아이가 나를 보며 방긋 웃었다. 나는 억지로 미소를 지어주고는 이불속에 파고들어 잠을 청했다.

"아저씬 왜 이곳에 온 거죠?"

그야 올 수밖에 없었으니까. 나는 속으로 대답하며 아이가 빨리 사라져주기를 바랐다.

"왜 날 버렸죠?"

난 어떤 것도 버려본 적이 없어. 버릴 만큼 충분히 가져본 적이 없으니까.

"아저씨는 정말 음울한 사람이네요."

"이제 그만 가라, 아이야."

그러자 더 이상 아이의 말소리는 들리지 않았다. 나는 침대가 허전해진 것을 느끼며 이리저리 굴러다녔다. 조금 전까지만 해도 바닥이었던 천장이 눈앞에 보였다. 텅텅 비어있었다. 내가 내팽개쳤던 옷가지조차 보이지 않았다. 대신 거무죽죽하고 물컹거렸다. 검은 비닐 수백 겹이 파도치는 것 같았다. 출렁거리는 천장이 나를 덮쳐 버릴까 봐 무서웠다. 눈을 질끈 감고 억지로 잠을 청했다.

"이봐, 최부장! 프레젠테이션을 뭐 그따위로 해? 회사 말아먹을 일 있어?"

"죄송합니다."

나는 연신 고개를 숙이며 죄송하단 말을 반복했다.

"그깟 반려동물 하나 죽었다고 뭐 이리 난리야! 온종일 흐느적, 흐느적. 이만하면 자네도 오래 쓸 만큼 두고 썼네! 거, 자네 희망퇴직 신청서 아직도 내 책상 위에 안 올라와 있던데?"

나는 바닥에서 붕 떠오른다. 그러자 침팬지가 주둥이를 벌리고 마구 날뛰어댄다. 나는 회색빛 빌딩을 빠져나와 하늘을 난다. 햇빛, 구름, 사람들, 초록빛, 한강, 지지부진한 클리셰들을 거치고 나서야 나는 비로소 땅에 착지한다. 갑자기 타는 듯이 목이 마르다. 마침 공원 한복판에 자판기 하나가 있다. 나는 버튼을 누른다.

"동전을 투입해 주세요."

그제야 아차, 하며 주머니를 뒤져보지만 역시나 텅텅 비어있다.

"이보게. 자네를 좀 도와줄까?"

몽구리 머리에 누더기를 걸쳐 입은 할아버지가 말한다. 아니, 꼬마이기도 하다. 얼굴은 할아버진데 몸은 영락없는 꼬마다. 고사리같은 손은 뽀얗고 부드러우며 만져보면 젤리처럼 말랑말랑할 것만 같은데, 새까만 얼굴은 주름과 검버섯으로 뒤덮인 채 버적버적 갈라져 있다.

"이걸 거기다 넣게."

할아버지 꼬마가 내 손바닥 위에 무언가를 떨어뜨린다. 울퉁불퉁하고 못생긴 돌멩이 몇 개가 마치 자신들이 민틋하다고 생각하는 듯 저마다 태를 뽐내고 있다.

"이건 동전이 아닌 것 같은데요."

'요'는 어줍게 입술에서 달랑거렸다.

할아버지 꼬마는 동전이 아니면 무엇이겠느냐면서 숨넘어가도록 웃어댔다. 그 미소는 벽을 오르던 꼬마와 비슷했지만 끔찍할 정도로 추레했다.

"확실하게 말할 수 있는 건, 이 말 뿐이군요. 당신이 내게 준건 동전이 아닙니다."

내가 단호하게 말하자 할아버지 꼬마가 직접 시범을 보여주었다. 그가 울퉁불퉁하게 모난 돌멩이를 동전 주입구에 투입하자 딸그락, 소리가 들렸다.

"봤나?"

나는 내키지 않았지만, 그가 했던 대로 주입구에 돌멩이를 밀어 넣었다. 그런데 돌멩이는 좀처럼 들어가지 않았다. 애초에 동전만 한 구멍에 동전이 아닌 다른 것을 넣는다는 자체가 우스운 일이었다. 나는 헛웃음을 터뜨렸다.

"정말 말도 안되는 군요."

"그렇담 이렇게 생각해보게. 어차피 이건 꿈일세."

그의 말에 나는 웃음을 뚝 그쳤다.

'그래. 이건 꿈이다. 안될 것도 없지.'

나는 다시 한번 돌멩이를 주입구에 세게 밀어 넣었다. 그러자 조금씩 돌멩이가 안으로 들어가기 시작했다.

"옳지, 그래. 더, 더!"

어린아이처럼 방방 뛰며 좋아하는 그의 태도에 이유를 알 수 없이 화가 났지만, 오기가 생긴 나는 기어코 돌멩이를 집어넣고 말겠다고 다짐했다. 마침내 돌멩이는 주입구를 짓이기고 구멍 속을 비집고 들어갔다. 그것을 깊숙이 집어넣자 자판기에서 달그락 소리가 나면서 무언가 아래로 쿵 떨어졌다.

나는 출구에 손을 넣어 심장을 꺼냈다. 검은 액체가 뚝뚝 떨어져 발아래 잔디를 적셨다. 나는 황급히 주위를 둘러보았다. 할아버지 꼬마는 사라지고 없었다. 내가 돌멩이를 집어넣었던 동전 주입구에서 피를 토하듯 검은 액체가 주르륵 흘러내렸다. 그러고 보니 자판기도, 심장도, 잔디도, 사람들도 모두 짙고 끈적이는 검은색이었다. 나는 무릎을 꿇었다.

"이제 그만 깨어나고 싶습니다."

하늘은 귀찮다는 듯이 으르렁거렸다. 별안간 빗줄기처럼 떨어진 유리공들이 가차 없이 내 머리를 우그러뜨렸다.

"이 무슨 감때사나운 꿈이란 말입니까."

어디선가 할아버지 꼬마의 목소리가 울려 퍼졌다.

"우끼끼끼!"

그 속에 발악하는 침팬지 소리가 섞여들자 나는 귀를 막았다. 머리가 아팠고 온몸이 덜덜 떨렸다. 나는 다시 한번 하늘을 향해 소리쳤다.

"깨어나게 해주십시오."

그러자 콰르릉, 눈부신 번개가 번쩍하고 땅이 소용돌이쳤다. 이런 꿈에서 깨어나기엔 너무 고전적인 방법이다, 라고 나는 생각했다. 그리고 그 생각이 미친 순간 나는 내가 이미 꿈에서 깨어났다는 걸 알아차렸다.

"편히 쉬셨습니까? 이제 식사하러 내려오시지요."

천장에서 땅딸막한 남자가 날 올려다보고 있었다. 나는 고개를 끄덕이고 침대를 빠져나왔다. 천장의 문을 열고 남자와 함께 방을 나서자 이상하게도 그 방이 터무니없다는 생각이 들었다.

'정말 이상한 곳이야. 다시는 들어가지 말아야겠어.'

남자는 방을 나와 긴 복도를 끝없이 걸어갔다. 키가 내 허리춤밖에 되지 않는 남자를 따라가며 문득 주변에 수없이 많은 쎄씨의 방들이 있다는 것을 깨달았다. 긴 복도에 이어진 똑같은 방문들은 숫자라든가 차별된 표시조차 없이 그저 길게 늘어서 있었다. 나중에 다시 오면 어떻게 내 방을 찾지? 다시 오지 않기로 마음먹은 것이 다행스러웠다.

남자는 끝없이 걸어갔다. 나는 온통 회색빛뿐인 복도를 걷는 것이 지루했다.

"여긴 어딥니까? 어디까지 가는 겁니까?"

"여긴 닫혀있는 자들의 방입니다. 어디까지 가는지는 아무도 알 수 없습니다."

남자가 앞을 보고 걸어가며 무미건조하게 대답하자 나는 화가 났다.

"분명 내게 식사를 하러 내려오라고 하지 않았소. 그럼 식사를 주든지 어딘가로 내려가기라도 해야 할 것 아니오."

"나는 당신에게 식사를 주고 어딘가로 내려가기로 정해져 있습니다."

"그럼 식사를 주든지 어딘가로 내려가기라도 해야 할 것 아니오."

"나는 당신에게 식사를 주고 어딘가로 내려가기로 정해져 있습니다."

그가 똑같은 말을 반복하자 더 이상 말을 듣고 싶지 않았다. 그가 걷자 나도 걸어갔다. 그리고 어느 순간 그들이 내게 물었다.

"당신은 아주 사소한 것이 인생을 뒤흔들 수 있다고 믿으십니까?"

그러면 나는 예전의 기억을 되살려 떠오른 단어들이 식도를 거쳐 입 밖으로 튀어나오는 것을 내버려 두었다. 다음 순간에는 파란색 설탕으로 만든 솜사탕과 와인 먹은 소의 간 요리가 입안을 가득 메우고 있었다. 그들은 어딘가로 내려와 나를 방으로 데리고 갔다. 나는 벽을 올라가 욕실에서 샤워를 하고, 누군가와 대화를 나누다가 내 팔에 들러붙은 생선을 떼어낸 뒤 꼬마의 말을 따라 침대까지 기어올랐다. 그리고 꿈을 꾸다가 깨어나 다시 땅딸막한 남자를 따라 복도를 걸었다. 다시 눈을 뜨면 나는 솜사탕을 물어뜯고 간을 꿀꺽꿀꺽 삼키고 있었다.

어느 날 내가 땅딸막한 남자에게 물었다.

"여기서 나가려면 어떻게 해야 합니까?"

"나갈 수 없습니다."

그는 이렇게 대답하고는 입을 다물었다. 나는 이전에도 수없이 이 질문을 반복해서 그때마다 똑같은 대답을 들었던 것 같은 착각이 들었다.

그가 내려가는 곳은 점점 더 깊어졌다. 발밑에 계단이 있는지 없는지도 알 수 없었다. 그저 걸으면 걷게 되고, 그러다가 멈추면 솜사탕을 물어뜯었다. 방으로 돌아갈 때는 내려왔던 길을 다시 올라가지 않았다. 그저 남자를 따라 걷다 보면 어느새 복도를 걷고 있었고 방 안에 들어가 있었다. 서서히 깊어지는 것인가, 하고 생각한 적도 있지만 그것 역시 오래전에 이미 떠올린 적 있는 것 같은 느낌이 들었다.

"편히 쉬셨습니까? 이제 식사하러 내려오시지요."

나는 그들에 의해 조련당하고 있었다. 그러나 그 사실을 인지하면서도 굳이 이곳을 빠져나가야겠다는 생각을 하지 않는 것까지 당연해지기 시작했다. 이미 정해진 일은 어떻게 해도 바꿀 수 없다, 나는 그 말을 우물우물 되씹었다. 이곳엔 소리도, 벌거벗은 여자도, 꼬마 아이도, 침팬지도 없었다. 만약 그들이 내 눈앞에 나타난다면 그것은 모두 허상에 불과했다. 나를 귀찮게 하는 무언가는 사라지라고 하면 사라졌고, 그렇게 사라질 수 있는 것은 허상밖에 없었다. 내가 살아왔던 세상과 달리 이 안에서 내가 하는 모든 말은 실존했다. 그 사실은 내 마음에 쏙 들었다.

"오늘은 꽤 깊게 내려가는군요."

"내일은 내려가지 않을 겁니다. 당신의 아내가 퇴원한다는군요."

나는 땅딸막한 남자를 따라 어둠 속을 내려가며 전에도 이런 대화를 한 적이 있었나를 생각했다. 하지만 한참을 생각해도 도무지 '떠올려본 기억'이 떠오르지 않았다.

"어떻게 된 거죠? 나는 당신과 이런 대화를 나눈 기억이 없습니다."

그러자 남자가 걸음을 우뚝 멈췄다. 나는 점점 불안해져서 바들바들 떨리는 손가락을 깨물었다. 그가 처음으로 뒤돌아 내 눈을 보며 또박또박 말했다.

"처음부터 나는 당신과 대화를 나눈 적이 없습니다."

남자의 입 주위는 하얀 털로 뒤덮여있었다. 그리고 역삼각형 콧잔등을 따라 퍼진 검은 털과 긴 수염, 길게 찢어진 동공이 보였다. 나는 왜 지금껏 한 번도 이 남자의 얼굴을 알아차리지 못했나를 생각했다. 남자는 세모난 귀를 쫑긋 세운 채 뾰족한 송곳니를 드러내며 씩 웃었다. 고양이가 웃을 수 있다? 역시 '생각했던 기억'이 나지 않았다. 등줄기로 식은땀이 주룩 흘러내렸다.

"기억하러 내려가시겠습니까?"

고양이가 내게 물었다. 내가 간신히 고개를 끄덕이자 놀라운 일이 벌어졌다. 어둡고 휘휘했던 세상이 순식간에 돌돌 말려 암흑 속으로 빨려 들어갔다. 그리고 다음 순간 눈을 떴을 때 나는 초록빛 잔디밭 위에 서 있었다. 푸른 하늘 위로 바람이 불어왔다.

"드디어 왔구나."

나는 뜬금없이 찾아드는 먹찬 감정에 나를 맡겨두었다. 그렇지만 이 모든 것은 결코 끝나지 않으리라. 끝없이 반복되다가 어느 순간 끝난다는 것은 상상할 수조차 없었다. 나는 다시 어둡고 휘휘한 세상으로 발을 내딛었다.

***

34년간 다니던 직장을 그만두고 배낭에 짐을 챙기자 사람들은 내가 미친 것이 분명하다고 했다. 그들은 내가 배낭에 칫솔과 치약, 비누, 면도기, 수건, 팬티와 옷가지 몇 개를 집어넣는 동안 그 동작이 쎄씨의 항문에 돌멩이를 쑤셔 넣는 행위라도 되는 것처럼 몸서리치며 바라보았다.

'그들'은 아내의 눈동자에 담긴 수많은 사람을 의미했다. 오로지 두 개의 눈동자 속에만 존재하며, 형체도 없고 밖으로 나오지도 않지만 끝없이 웅성거리는 사람들이 아내의 동공 속을 꿈틀꿈틀 기어 다녔다.

아내는 태어나자마자 길바닥에 버려진 걸 발견한 순간부터 14년 동안 금이야 옥이야 키우던 고양이 쎄씨가 죽었을 때의 모든 상황을 눈 안에 틀어박고 나를 끈질기게 추궁했다. 나는 그녀의 눈에서 그날에 있었던 일과 웃음소리, 비명소리, 알 수 없는 괴물이 포효하는 소리를 들었지만 그녀의 입은 내게서 떨어질 줄을 몰랐다. 그녀는 빨래를 개키는 일, 샤워 후 남은 물기를 청소하는 일, 중간이 아닌 끝부터 치약을 짜는 일 등 사소한 사건마다 고함을 내지르며 내 일상을 견딜 수 없는 소음으로 가득 메웠다.

"시끄러우니까 그 입을 좀 다물어줬으면 좋겠어."

내 부탁에 그녀의 눈동자는 더욱 악을 쓰며 메아리쳤고, 그녀의 입은 더 시끄러운 비명을 질러댔다.

쎄씨가 발견된 것은 비가 온 다음 날이었다. 물에 퉁퉁 불고 구더기를 잔뜩 뒤집어쓴 채 마주한 두 눈은 텅 비어있었다. 쎄씨의 몸은 아직 축축했지만 햇빛이 너무나 강해 동시에 부글부글 끓어오르기도 했다. 나는 베란다에 널려있는 돌멩이들과 쎄씨의 사체를 비닐봉지에 함께 담았다. 현관문을 열자 경찰서에서 '아들'의 실종신고를 거절당하고 온 아내가 퉁퉁 부은 얼굴로 들어왔다.

그녀의 눈은 내 손에 들린 검은 봉지에 머물렀다. 그 순간 나는 내가 왜 그래야 했는지도 모른 채 그녀를 밀치고 복도로 뛰기 시작했다. 1층이라 계단을 내려올 필요도 없이 순식간에 밖으로 빠져나왔다. 그리고 '재활용 분리수거' 푯말이 가리키는 곳으로 뛰어갔다. 아니, 뛰어가려고 했다. 그러나 어느새 뒤를 바짝 쫓은 아내가 내 팔을 붙잡았다.

"뭐야?"

그녀는 애써 무미건조한 투로 물었다. 하지만 눈꺼풀이 파르르 떨리는 것만은 막지 못했다. 나는 조용히 그녀의 불어터진 눈을 쳐다보다가 '그냥 음식물 쓰레기'라고 말하려 입을 열었다.

"그냥 쎄씨 쓰레기."

그녀가 순식간에 봉지를 획 낚아챘다. 갑작스러운 충격에 봉지 안에 들어있던 돌멩이가 와르르 쏟아졌다. 그리고 내가 말한 그 '쓰레기'도 바닥에 철퍼덕 쏟아졌다. 우리는 아파트 입구에 서서 한참 동안 그것들을 바라보았다. 그사이 한가로운 주말 오후를 산책하던 사람들이 '쓰레기'를 구경하기 위해 하나둘 모여들기 시작했다. 사람들은 비명을 질렀고, 아이들은 재미있다는 듯 사진을 찍었으며, 경비원은 일반 종량제 봉투 20L짜리를 건네주며 하품을 했고, 혹여 소문나면 아파트값 떨어질라 노심초사한 늙은 관리소장이 무어라 고래고래 소리를 질렀다.

"이거 뭐야?"

아내가 했던 말을 또다시 반복해서 물었다. 나는 그녀에게 '그냥 쓰레기'라고 대답했다. 사실이었다. 영혼이 사라진 사체가 쓰레기 말고 또 무엇이 될 수 있단 말인가. 그러나 아내는 내가 정답을 말했음에도 불구하고 끊임없이 아니라고 울부짖었다. 아니야, 이거 뭐야, 아니야, 이거 뭐야, 순서 없이 쏟아지는 말들이 머릿속을 어지럽혔다.

"시끄러우니까 그 입 좀 닥치라고!"

그러자 주위가 일순간 조용해졌다. 나는 시끄러우니까 시끄럽다고 말한 것뿐인데 왜 그런 눈으로 쳐다보지? 나는 조용히 하라고 조심스럽게 타이른 것뿐인데 왜 그런 눈으로 쳐다보지? 나는 사람들을 쳐다보며 그들이 왜 나를 쳐다보는지 생각했다. 그리고 사람들은 저 남자가 왜 자신들을 쳐다보는지 생각하는 것 같았다.

경찰은 같은 동에 사는 개구쟁이 아이들이 그악한 장난을 친 것이라고 말했다. 아이들은 베란다에서 밥을 먹던 쎄씨를 끌어내려 자신들의 아지트로 데리고 갔다. 한 놈이 쎄씨를 붙잡으면 한 놈은 두 눈을 파내고, 다른 한 놈은 입과 항문에 돌을 쑤셔 박았다. 쎄씨의 입과 창자에서는 총 26개의 울퉁불퉁하고 뾰족한 돌들이 발견되었다. 아이들은 고통에 몸부림치며 발악하던 장난감이 축 늘어지자 흥미를 잃고 하수구 밑으로 차버렸다. CCTV에는 아이들이 흉물스러운 사체를 뻥뻥 차는 장면이 적나라하게 찍혀있었다. 그리고 퇴근시간에 주차를 마친 뒤 어디선가 풍겨오는 고약한 냄새에도 불구하고 아무런 표정 변화 없이 지상으로 올라가는 사람들의 모습도 보였다. 그들의 얼굴은 다음날 아파트 입구에서 비명을 지르던 사람들의 얼굴과 매우 비슷했다.

시간이 지나고 부엌용 가위로 쎄씨의 두 눈을 도려냈던 아이가 돌아왔다. 그놈은 쎄씨의 꼬리를 붙잡고 끌어내더니 화면 밖으로 사라졌다. 경찰이 아이를 추궁했을 때, 아이는 울면서 장난감을 가지고 논 후에 제자리에 가져다 두듯, 쎄씨가 원래 있던 곳으로 되돌려보내 준 것뿐이라고 자백했다. 다음날 나는 느슨해진 쎄씨와 두 눈알과 찢어진 항문에서 빠져나와 뒹굴던 돌멩이를 발견했고, 곧 아파트 주민 전체가 그것을 볼 수 있게 되었다.

"한국에서 동물 학대는 1년에 약 1000건 정도 신고되는데, 구속되는 경우는 거의 없다고 봐야 됩니다. 일단 처벌 수위가 낮기 때문에 고작해야 몇만 원에서 몇십만 원 정도의 벌금형이 다고요. 부검을 실시하려면 말씀을 하세요. 그런데 사체 보면 답이 딱 나오는데. 그나저나 요즘 주변 동네에 워낙 이런 사건이 많아서, 저희들도 범인을 잡는다고 출동을 하긴 하는데…. 글쎄 저번에는 누가 강아지 사체를 토막 내서 여기저기 버리는 바람에 저희가 그걸 찾겠다고 사방팔방 뒤졌지 뭡니까? 근데 그놈의 머리통이 어디로 갔는지 당최 찾을 수가 없더라니까요. 그래도 이 경우엔 토막 낸 것까지는 아니니까 잘 한번 생각을 해보시고."

"아이들의 부모님과 이야기를 나누시겠어요?"

경찰이 심드렁하게 물었다. 그는 한시바삐 일을 처리하고 숨 막히고 끈적거리는 경찰서를 벗어나고 싶어 하는 것처럼 보였다.

"장차 이 나라를 책임질 소중한 아이들에게 보잘 것 없는 어른들이 감히 죗값을 물어서야 되겠습니까? 그저 고양이입니다, 고양이."

내 의무적인 대답에 경찰도 의무적으로 고개를 끄덕였다. 그리고 귀찮다는 듯 빨리 나가보라는 손짓을 했다. 나는 내가 움직이는 행위는 그의 손짓에 의한 것이 아니라는 생각을 상기시키며 경찰서를 어기적어기적 기어 나왔다. 아내는 '아들을 잃은' 정신적 충격으로 입원해있었다. 입원하기 전 그녀가 매주 처방받아 하루 세 번씩 먹던 알약이 든 봉투가 서랍 두 번째 칸에 비죽 튀어나와 있었다. 나는 이때다 싶어 약 봉투를 꺼냈다.

♣ 복약지도: 이 약은 평범하게 살다가 평범하게 죽을 각오를 한 분에게 적합한 최신 제약기술이 집약된 제품입니다. 평범하게 살아온 부작용으로는 후회와 좌절, 자기비하를 동반한 설사와 구토, 메스꺼움, 어지럼증, 환각 증상 등이 있습니다. 자살 충동이 있는 사람은 이 약의 복용을 증량하시고 의사와 상의하지 마십시오. 자살 시도 이력을 가진 사람은 아스피린, 항우울제 등 다른 약물의 투여를 중지하고 이 약만 드시길 바랍니다. 주변에 당신과 비슷한 증상을 지닌 사람이 있을 경우 이 약에 대한 장기적인 상담이 필요합니다. 그분의 몫까지 알약을 더 드립니다. 이 약을 장기간 과량복용할 경우 뇌사상태를 일으킬 수 있으니 당장 결심이 선 분은 지금 바로 다량 섭취하십시오. 무색무취의 환형정 무한개. 어린이 안전포장. 주의사항: 임의 단약 금지. 유통기한: 실제 사망 시까지. ♣

"정말 웃기는군."

알약을 '우지끈' 씹어 삼키며 나는 실소를 터뜨렸다. 정말 우스운 일이었다. 겨우 고양이 한 마리 때문에 뙤약볕에 생전 근처에도 안 가본 경찰서를 들락거려야 한다니, 겨우 고양이 한 마리 때문에 혈관이란 혈관마다 링거를 주렁주렁 매달다니, 겨우 고양이 한 마리 때문에 평생 살던 집에서 사채업자에게 쫓기듯 뛰쳐나오다니.

아내는 더 이상 구석구석 아들이 떠오르는 집에서 살 수 없다며 집을 즉각 처분했다. 나는 그녀가 이리저리 뛰어다니며 집문서와 인감도장, 계약서, 부동산, 요새 시세가 얼마인지나 아세요?, 당신들 말고도 들어올 사람들은 널렸어, 여보 나 다시 병원에 가야 할까 봐, 요새 우리 아들이 다시 꿈에 나오지 뭐야, 하는 것들을 지켜보았다. 나는 어디에도 끼어들지 못하고 그녀의 수많은 쉼표를 동그마니 바라보기만 했다. 온갖 친목 모임과 제과학원, 한식 자격증, 꽃꽂이 수업 따위로 온종일 쉼표를 찍던 아내는 내 배낭을 보자 눈동자를 번뜩이며 느낌표 하나를 툭 집어던졌다.

"아들을 잃었는데 남편까지 잃으라고? 이 새끼야, 너 가면 나 죽어버릴 거야!"

나는 그녀의 외침이 '나 죽어, 버릴 거야?'라는 말로 들렸다.

'응. 죽으면 버려야지.'

나는 속으로 대답했다. 그리고 밤마다 그녀의 눈동자가 외치는 소리에 시달렸다.

"나가기만 해봐, 아주. 그 즉시 이혼이니까!"

마침내 집을 나오자 배낭끈을 물고 늘어진 아내는 "야, 이혼 도장 찍기 전에 술이나 한잔하고 가. 나 약 먹을 시간인거 잊었어?"라며 길거리의 포장마차로 이끌었다. 마지막 마침표를 찍기에는 더없이 좋은 장소였다.

그녀는 늘어진 고무처럼 술잔을 되감으며 '정말 우스워'를 되풀이했다. 나는 도무지 뭐가 우습다는 것인지 알 수 없었다. 나는 구시렁거리던 아내를 뒤로하고 포장마차를 몰래 빠져나왔다. 땀이 삐질삐질 흘렀다. 무작정 앞만 보고 달렸다. 등 뒤에 가방이 있는지는 전혀 개의치 않고, 호랑이에게 쫓기는 토끼처럼 '걸음아, 날 살려라'를 외치며 내달렸다. 한참 후 나는 한 번도 와본 적 없는 낯선 곳에 와있었고, 그곳이 아이들이 우리 쎄씨를 욕보인 장소라는 사실을 알았다. 갑자기 모든 것을 씻겨줄 듯한 비가 내렸다. 나는 두 팔을 벌리고 고개를 들었다.

"아아, 바람이 부는구나."

그때 쎄씨가 폴짝 품속으로 뛰어들었다. 쎄씨는 복슬복슬한 털이 가득한 얼굴을 내 볼에 비비며 핥아댔다. 그러자 귓속에 박혀있던 딱지가 토옥 바닥에 나뒹굴며 떨어졌다.

한참을 주저하던 쎄씨는 이내 결심한 듯 따라오라는 눈짓을 보낸 뒤 뻥 뚫린 구멍 속으로 쏙 사라졌다. 나는 아무리 기다려도 허가가 내려오지 않아 섣불리 실행하지 못했던 그것을 결재 없이 해보기로 하고 곧장 쎄씨를 향해 암흑 속으로 뛰어내렸다. 그리고 그것을 해보지 않았다면 평생 느끼지 못했을, 찰나의 기쁨과 환희를 맛보았다. 알약의 효과는 굉장했다.

김한중 ǀ 새끼손가락

한양대학교 상담심리대학원 교수.
한국소설가협회 회원.
제75회 『한국소설』 신인상.
2023년 Journal of Asia Pacific Counseling 국제학술상.

새끼손가락

김한중

1

"이놈에, 개새끼."

나는 연탄집게를 번쩍 들었다. 가히 위협적인 태세로 그것을 그놈에게 들이댔다. 그러나 이 망할 놈의 개는 나의 공격을 요리조리 피해 조금 뒤로 물러설 뿐, 꿈쩍도 하지 않았다. 다리에 어찌나 힘을 주고 서 있는지 흙바닥에 오선지 같은 줄이 여기저기 그어졌다. 몽이만이 부산스럽게 움직였다. 그때였다. 나는 그의 앞다리를 잽싸게 찔렀다. 연탄집게의 창살이 앞다리에 가닿기도 전에 깨갱거리고 앞발을 들어 올리며 엄살을 부리는 모습이 고소하기만 했다. 왼쪽 다리에 털이 떨어져 나가고 그 자리는 까맣고 지저분한 딱지가 앉아, 그렇지 않아도 꺼림칙한 몰골이 더 형편없어 보였다. 그랬다. 땡칠이는 이미 나에게 단단히 응징당한 터였다. 일주일 전쯤에 우리 집 마당까지 기어들어 와 몽이를 데리고 나가는 장면이 하교하고 돌아온 나에게 덜컥 잡히고 만 것이다. 아직 발갛게 열기가 남은 연탄집게로 그의 앞다리를 정통으로 찔렀는데 살이 꿰이기 무섭게 쏜살같이 도망가 버렸었다. 그날은 연탄집게를 들고 한바탕 기분 좋게 웃었는데 몽이는 제집에 들어가 저녁 늦게까지 밥도 굶고 나에게 안기려 들지도 않았다.

사실, 몽이는 땡칠이와 어울리는 것을 좋아했다. 하지만 나는 몽이가 땡칠이와 노는 것이 싫었다. 늙은 떠돌이 수캐 주제에, 하얗고 보송한 털에 '몰티즈'라는 꽤 괜찮은 품종의 몽이와 회색과 누런색이 마구 섞여 그 품종조차 알 수 없는 땡칠이는 무엇 하나 댈 수도 없음에도 불구하고 그들은 각별한 우정을 과시하곤 했다. 몽이는 사료의 양이 적든 많든 꼭 반쯤 남겼는데 그것이 땡칠이 몫이었다. 몽이의 밥그릇에 입을 처넣고 허겁지겁 게걸스럽게 먹어내는 땡칠이를 여러 번 목격했다. 나는 그럴 때마다 발길질해대며 그놈을 쫓아내야만 했다. 그러나 내 발길질은 언제나 허공에서 헛돌 뿐, 그놈의 엉덩짝 한 번 차주지 못했다. 그러다가 그를 쫓아내기에 안성맞춤인 연탄집게를 발견했고, 그 후로는 그놈과의 싸움에 항상 연탄집게를 휘두르게 되었다.

　"너네 집에 썩 못 가!"

　일부러 상처 난 자리를 노려서 찌르는 시늉을 했다. 위협만 주려고 했는데 같은 자리를 또 가격하고 말았다. 땡칠이는 창살에 딱지가 뜯겨나가 거무죽죽하게 곪은 것이 그대로 드러났다. 그런데도 물러서지 않고 버티는 것이었다. 나는 눈살을 찌푸리며 연탄집게를 냅다 집어던졌다. 눈알을 부라리며 발부리로 흙을 그놈에게 사정없이 튀겼다. 그러나 나는 곧 이 신경전에 지쳐버렸다. 작전을 바꾸어야 했다. 이길 수 없을 때 최선의 방법은 후퇴하는 것이다. 후퇴, 몽이를 품에 안고 집에 들어와 버렸다. 마당에 덩그러니 남은 땡칠이는 연신 킁킁거리다가 꼬리를 내리고 대문 밖으로 사라졌다.

　솔직히 내게 땡칠이를 불쌍히 여기는 마음은 없는 것은 아니었다. 세상에 늙고 병든 떠돌이 수캐를 괴롭히고 못살게 굴고 싶은 사람은 없을 것이다. 처음 이 동네에 땡칠이가 나타났을 때— 내가 지어준 이름이다 —이 동네 사람 중에서 제일 먼저 그의 출현을 알아챈 것도 나였다. 나는 등하굣길에 버스 종점을 지나가야 하는 데 그놈은 겁 없이 거기를 거처로 정한 것 같았다. 땡칠이는 하루에도 여러 차례 아저씨들한테 발로 걷어차이거나, 세차장 호스로 물세례를 받는데도 질기게 버티었다. 그동안 어떻게 살아왔는지 짐작이 갔다. 처음엔 재미로 몇 번 긁어주다가, 그것도 시들해진 모양인지 시간이 좀 지나서는 더 이상 그 개를 건드리는 사람은 없었다. 그러던 어느 날, 엄마가 일하는 분식점으로 가는 길에 땡칠이가 폐타이어 밑에서 엎드려 있는 것을 길수 아저씨가 한동안 안쓰럽게 바라보다 집으로 데려가는 걸 보게 되었다. 길수 아저씨가 데려가기 전에 나도 두어 번 그 녀석에게 간식거리를 제공했었다. 그런데 은혜도 모르다니.

큰 도로 끝 버스 종점을 기점으로 해서 뒷골목으로 집이 들어선 이 동네에서 내 또래라고는 나와 학교 친구인 경호가 전부였다. 엄마 등에 업힌 아기도 몇 되었지만, 그들은 나에게 관심 밖이었다. 버스 종점이라서 출구에는 언제나 버스들이 기차처럼 늘어서 있고, 폐타이어들이 아무렇게나 쌓여 있어서 밤이 되면 그 주위는 음산하고 사위스러웠다. 게다가 버스 기사 아저씨들의 거칠고 사나운 욕설들 때문에 나는 거기를 지나갈 때마다 이유 없이 주눅이 들곤 했다.

"난 커서 버스 기사가 될 거야."

경호는 아직도 코를 흘리는 코흘리갠데, 그의 장래 희망은 버스 기사였다. 정말이지 소박한 꿈이었다. 코나 좀 닦고 다녀, 버스 기사는 세 피아로 미뤘다가 마지막에 정말 할 게 없을 때 해도 돼. 바보, 꿈이라는 건 내가 될 수 없는 걸로 정하는 거야.

"될 수도 없는 걸 왜 장래 희망으로 정하는 건데?"

콧물이 줄줄 흐르자, 소매로 쓱 닦는 경호의 머리에 꿀밤 놓은 시늉을 하며 나는 말했다. 될 수 없으니까, 꿈이지. 이루어질 수 없는 걸 꿈이라고 하는 거야. 달나라에 토끼가 정말 있을 거로 생각하니? 있으면 좋겠다, 그렇게 되었으면 좋겠다고 생각하는 거잖아. 그런 게 꿈이야. 알겠니?

뒤통수를 긁적이며 아직도 내 말뜻을 알아듣지 못한 경호는 빤질빤질한 소매로 다시 코를 훔쳤다. 달나라 토끼, 달나라 토끼를 중얼거리며 경호는 폐타이어로 경계만 지어놓은 버스 출구를 털레털레 지나갔다. 나와 달리 경호는 버스 출구를 잘 건너갔다. 나는 출구를 건널 때마다 다리를 최대한으로 벌려 뜀박질하듯이 건너는데 아무리 최대한으로 벌려도 오십 걸음이 넘었다. 나는 반쯤 건너다 말고 경호에게 등을 돌려 큰길가로 나왔다. 버스 정류소 앞까지 걸어왔다. 건너편에 허름한 분식점이 보였다. 엄마는 긴 꼬챙이에 어묵을 꿰고 있었다. 미닫이 유리문에는 엄마가 아침에 집에서 가져간 종이가 붙어 있었다. 김, 밥, 한, 줄, 팜, 니, 다 라는 일곱 글자가 세로로 적혀 있었다. 학교에서 하는 받아쓰기에 반타작 짜리 맞춤법 실력이지만 '팜니다' 가 틀렸다는 것쯤은 나도 알았다. 교복을 입은 여중생 둘이 지나가면서 지네들끼리 낄낄거리며 웃었다. 그들이 유리문에 붙은 문구를 보았는지는 확신할 수 없었다. 하지만 내 심장이 딱딱해져 왔다. 엄마가 부끄럽다는 생각과 그것을 부끄럽게 여기는 나 자신, 그리고 엄마의 서툰 문장을 보며 수도 없이 지나갔을 행인들이 한꺼번에 나를 덮쳐오는 느낌이었다.

길수 아저씨는 오늘도 어묵 한 개와 핫도그 한 개를 먹고는 천 원을 내고 이백 원을 거슬러 받고 있다. 엄마의 손이 아저씨의 손바닥에 잠시 스쳤다가 지나갈 때마다 붉어지는 아저씨의 귓불과 답작거리는 엄마의 입술이 그렇게 미울 수가 없었다. 돌멩이를 집어 분식점을 향해 던져보지만, 중앙선도 넘지 못하고 도로에 떨어졌다. 내 앞에 선 운전사 아저씨 하나가 창문을 열고는 그런 나를 향해 고래고래 고함을 쳤다. 엄마와 길수 아저씨의 눈이, 동공이 확장된 눈이 나에게 와서 멎었다. 되바라지게 악을 쓰고 다시 종점을 향해 뛰었다. 사실, 내가 땡칠이를 극도로 싫어하는 것은 길수 아저씨가 거두어서 키우고 있기 때문인지도 몰랐다. 길수 아저씨는 123번 버스 운전기사였다. 길수 아저씨는 땅딸보에 마흔이 넘도록 장가 한 번 들지 못한, 소위 어른들의 말로 숫기라고는 전혀 없는 위인이지만 정이 많고 바지런한 편이었다. 그의 아버지가 오입질로 가산을 전부 탕진하였다는 것을 이 동네 사람이면 모두 알고 있었다. 배다른 누이가 있었는데, 병으로 죽었다고 했다. 집안 내력에 간질도 있고, 한센병도 있어서 장가들고 싶어도 그럴 수 없을 거라고 했지만 내가 보이에는 그는 장가들지 못한 것은 그의 성격 탓인 것 같았다. 수줌음 또한 많이 타서, 별명이 '새색시'였는데, 우리도 그를 새색시라고 골려 부르곤 했다. 하지만 그는 다른 어른들처럼 성내는 법도 없이 조막막 한 우리들의 놀림에도 수줍게 웃어넘기곤 했다. 특히 나의 버릇장머리 없는 —땡칠이를 못살게 군다든가, 그를 새색시라고 부른다든가, 그의 버스에 돌멩이를 던진다는가 하는— 행동에 대해서 침묵을 지켰다. 그의 그런 태도들은 내가 그를 더 얕잡아보게 해주었다. 그래서 나에게 새색시 길수 아저씨는 경호와 동급으로 분류되어 '내가 무시해도 괜찮은 존재'로 여겨졌다.

게다가 이 동네에서 새색시 길수 아저씨가 우리 엄마 주위를 맴돌고 있다는 걸 모르는 사람은 한 명도 없었다. 분식점 주인아줌마는 걸핏하면 엄마와 길수 아저씨 이름을 입에 올렸다. 동네 사람들은 길수 아저씨가 엄마를 짝사랑한다고 했다. 땅딸보 길수 아저씨와 아직 곱다는 말을 줄기차게 듣는 엄마와는 서로 댈 것도 없었다.

"희범이 엄마, 정말 알고 모르는 척하는 거야, 아님 정말 모르는 거야?"

"뭘요?"

"어휴, 보는 사람만 답답하지. 박길수 씨 말이야."

"희범이 들으면 어쩌려고 그래요, 목소리 낮추세요."

엄마의 목소리가 떨리고 있었다. 이 동네 사람이면 다 알고 있는 그 사실을 엄마는 왜 나만 모르길 바라는 걸까. 무엇이 무서워서? 아버지 때문에?

아버지. 그렇다, 아버지 없이 자식이 태어날 수 없듯이 내가 존재하는 이유 중의 하나가 아버지였다. 그렇게 성실한 편은 아니었지만 —아버지는 도배공으로 밥보다 술을 더 좋아하고 트로트를 잘 부르고 엄마보다 나이가 열 살이나 많았다— 그런대로 생활을 유지할 만큼은 벌어왔던 것 같다. 엄마가 지금처럼 분식점에 일 나가지 않고도 밥 세 끼 거르지 않고 때때로 매장에 에누리 판매 기간이 돌아오면 나와 엄마에게 옷 한 벌씩은 사주었으니 말이다. 고급 식당은 아니지만, 이따금 고기 뷔페에서 외식이라는 것도 했었다. 그렇게 부르지도 고프지도 않은 생활을 유지하던 어느 날, 감쪽같이 아버지가 사라져 버렸다.

실종이나 가출이었다면 엄마는 아버지를 찾아 나섰을 것이고, 도배공을 먼 곳에서 부를 턱도 없으니 출장 같은 것도 아니었다. 더 이상한 것은 엄마가 아버지를 찾아 나서지 않았다. 처음부터 아버지라는 존재가 없었던 것처럼 엄마는 행동했다. 나는 아버지에 대한 배신 때문에 엄마가 오히려 냉정해진 것으로 생각했다.

숨은 알코올 성분으로 되어있다고 하던데, 숨이 과해서 알코올처럼 아버지도 증발해버린 것은 아닐까, 턱을 괴고 나만의 공상에 빠져 있는데 운동장에서 들려오는 와자지껄한 소리에 문득 바깥을 내다보았다. 남자아이 셋이 땅을 파고 뭔가를 묻으려고 하는데, 여자아이 하나가 울음을 터뜨리고 있는 모습이 눈에 들어왔다. 호기심이 일어 교실에서 빠져나와 운동장으로 뛰어나갔다. 세 명의 남자아이 중에 경호도 끼어 있었다.

"뭐해?"

신문지로 둘둘 말아 공처럼 뭉친 것을 막 땅에 넣으려던 경호는 대수롭지 않게 말했다.

"응, 강아지. 어제 우리 강순이가 새끼를 일곱 마리나 낳았는데, 글쎄 이게 병신이잖아. 다리 하나가 없어. 그래서 묻어버리려고."

순식간에 일어난 일이었다. 눈앞에 보이는 게 없었다. 경호 뒤로 서 있는 남자아이 둘을 밀어서 넘어뜨렸다. 그리고 나는 한 손으로 경호의 멱살을 부여잡고 나머지 한 손으로 그의 손에 들려 있던 신문지 뭉치를 빼앗았다. 따뜻하고 물컹한 촉감이 손바닥에 그대로 전달되었다. 평소에 경호를 놀리긴 했었지만, 그에게 심한 욕설을 하거나 때린 적은 없었다. 신문지에 싸인 따뜻하고 물컹한 생명체를 품에 안고 경호의 정강이를 발로 차버렸다. 아야, 나한테 왜 그래. 내가 뭘 잘못한 거야? 눈물을 찔끔거리며 어안이 벙벙해져 버린 경호를 운동장에 확 밀어 버리고는 책가방도 버려둔 채 교문을 빠져나왔다.

무엇이 나를 그렇게 화나게 만들었단 말인가. 그것은 어쭙잖은 자격지심 때문이었으리라. 병신. 손바닥을 활짝 펼쳤다. 조금 더 커서는 아직 덜 자라서 그렇다는 엄마의 말을 믿지 않게 되었다. 그 말을 믿고 새끼손가락이 어서 자라기를 기다렸던 나 자신이 더 바보스럽게 여겨졌다. 내 새끼손가락은 남들보다 마디가 하나 작았다. 그것은 손가락 길이의 문제가 아니었다. 나는 마디 하나를 더 갖지 못하고 태어난 것이다. 손가락이 병신이라서, 군에도 못 가겠네. 쯧쯧. 요새 세상에, 군에 안 가면 더 좋지 뭘, 그래. 험한 꼴도 안 보고. 언젠가 집에 놀러 온 고모할머니의 말을 듣고서야 내 새끼손가락이 병신이라는 것을 알게 되었다.

신문지를 펼쳤다. 하나, 둘, 셋. 경호의 말대로 다리는 세 개밖에 없었다. 하나는 어디에 숨어 있는지 보이지 않았다. 경호네 강순이가 낳은 새끼 중에서 도태된 녀석이었다. 어차피 경호가 묻으려고 하지 않았어도 형제들의 틈바구니에서 젖도 제대로 빨지 못해 결국엔 죽었을 것이다. 나와 몽이의 인연은 이렇게 시작되었다. 몽이는 용케 죽지 않고 살았다. 살이 오르고, 몸집이 커지더니 처음 한동안은 발육이 부진했던 다리가 조금씩 자라는 것처럼 보이기도 했다. 그러나 다른 다리들은 더 빠른 속도로 자랐다. 그러나 기적 같은 건 일어나지 않았다. 예상대로 몽이는 절름발이가 되었다.

아버지가 사라진 지 한 달 후에 종점 출구에서 아버지와 곧잘 포커를 치고 술자리에 빠지지 않고 늘 함께하던 뻑사리 아저씨를 만났다. 130번 뻑사리 아저씨는 ─노래할 때마다 뻑사리가 난다고 사람들은 그를 그렇게 불렀다─ 학교 마치고 집에 가던 나를 불러 세웠다.

"아저씨 소식 들었나?"

나는 조금의 희망을 품고 뻑사리 아저씨를 쳐다보았다. 그의 얼굴은 궁금하지? 하지만 쉽게 가르쳐 줄 순 없지 하는 표정이 역력했다. 나는 침을 꿀꺽 삼켰다.

"아저씨, 우리 아버지 어디 간 줄 아세요?"

"알다 말다."

그때 세차장에서 뻑사리 아저씨를 부르는 소리가 들려왔다.

"어, 금방 갈게. 난 그만 가봐야겠다. 담에 또 보자."

가르쳐 주고 가세요, 네. 입에서 말이 나오기도 전에 눈물이 먼저 그렁그렁 맺혔다. 만약에 아버지의 죽음을 듣게 되더라도 남의 입을 통해서 확인하고 싶었다.

"모르는 게 약일 듯싶구나. 어이, 가봐라."

뻑사리 아저씨는 내 뒤통수를 한 번 쓰다듬고는 가버렸다. 나는 아버지가 돌아가신 거라고 단정 지었다. 나는 주체할 수 없는 기분에 사로잡혀 소리 내어 엉엉 울었다.

뒤따라오던 경호가 헐레벌떡 뛰어와 내 앞에 섰다. 경호에게 약한 모습을 보이는 게 싫었지만 상황이 상황인지라 어쩔 수 없었다.

아버지가, 아버지가 돌아가셨어. 나는 맥없이 경호에게 말했다. 그러나 경호는 나를 빤히 쳐다볼 뿐 이렇다 할 말도 하지 않았다. 평소에 그렇게 무시하던 경호였지만, 정작 그가 나에게 어떤 말도 해주지 않았다는 사실에 자존심이 상했다.

"넌 친구도 아냐, 인마."

"저기."

경호는 입술만 움짝달싹하며 뜸을 들이더니 코가 줄줄 흐르는 그 면상을 내 앞에 들이대는 것이다. 초점이 불분명한 그의 눈이 평소와 달리 반짝거렸다.

"우리 엄마가 그러는데, 아니, 이 동네 사람은 죄다 알고 있대. 그러니까 우리 엄마가 퍼뜨린 것도 아니고."

화들짝 놀라며 횡설수설하는 그의 서설에 무서운 말이 튀어나올 것 같아 가슴이 쿵쿵거렸다. 어서, 어서 말해봐. 나는 경호를 재촉했다.

"그게, 그러니까, 엄마가 너한테 말하지 말라고 했거든. 내가 말해줬다고 하면 안 돼. 알았지?

"알았다니까! 무슨 말인데?"

"너희 아버지 바람났대. 숲 다방 미스 최랑 바람에 도망간 거래. 너희 엄마는 진작부터 알고 있었는데 모른 척한 거래."

나는 눈앞이 하얘졌다. 상상도 못 한 반전이다. 아버지가 우리를 버린 것이 고작 그런 시시하고 지저분한 연애 때문이라니. 차라리 죽어버렸으면 이렇게 끈적끈적하고 더러운 기분은 들지 않았을 텐데. 지금 생각해 보면 그때의 그 기분은 맨 처음으로 동경했던 여배우의 추잡한 연애 기사를 읽었을 때의 기분과 똑같다. 처음엔 배신한 사람에 대한 분노가, 그다음에는 버림받은 것에 대한 허탈함이, 또 그다음에는 소중한 것을 잃어버렸다는 슬픔이 차례대로 찾아왔다. 그리고 그 감정들은 뒤범벅이 되어서 한동안 아버지를 떠올릴 때마다 함께 따라오곤 했다. 사춘기를 지나는 동안에 변덕이 심해지고, 이렇다 할 이유 없이 반항하게 된 것도 이때 형성된 아버지에 대한 불신도 한몫하였으리라.

엄마는 아버지가 돌아오지 않은 그다음 날부터 분식점에 일자리를 구해 생계를 꾸려나가기 시작했다. 말수가 적고 남과 말 섞는 것에 서툰 엄마가 언제 일자리를 알아보고 구한 것인지 의문스러웠는데, 우연히 길수 아저씨의 도움을 받았다는 걸 알게 되었다. 곱다는 말을 종종 듣던 엄마였다. 엄마는 길수 아저씨에게 부에 넘치는 사람이다. 나는 길수 아저씨가 엄마를 짝사랑한다는 그 사실 자체가 혐오스러웠다. 어쩌면 아버지는 엄마와 길수 아저씨를 오해해서 홧김에 미스 최와 떠나버린 것인지도 모른다. 마담도 아니고 일개 레지 나이 서른다섯이면 많아도 한참 많은 축에 드는데 미스 최는 단골 아니면 불러주는 사람도 없었다. 나도 몇 번인가 미스 최를 본 적이 있다. 비가 오는 날에 도배하는 사람은 없었다. 아버지는 공치는 날이면 으레 비번인 버스 기사 아저씨들과 종점 사무실에 모여서 낮부터 술을 마시거나, 포커를 쳤다. 따는 날보다 잃는 날이 더 많은 사람은 아버지였고, 아버지는 밑천이 바닥나면 숲 다방에 전화를 걸어 미스 최에게 커피 배달을 시켰다. 미스 최는 아버지에게만 특별히 외상으로 커피를 날라다 주었다. 숲 다방 말고도 다방은 세 군데나 더 있었는데 미스 최는 거기서도 제일 나이 많은 레지였다. 더 나이 어리고 싱그러운 레지를 불렀으면 하는 바람을 다른 아저씨들은 가지고 있었을 터이지만 공짜 커피를 마실 수 있기 때문에 잠자코 있는 것 같았다. 나는 엄마 심부름으로 아버지를 찾기 위해서 종점 사무실을 기웃거리곤 했다. 커피는 이미 바닥나고 정해진 시간이 한참 지났는데도 미스 최는 다방으로 돌아가지 않고 포커 치는 걸 구경하거나, 소재용 가위로 손톱을 다듬곤 했다. 아마도 어린 레지들처럼 찾는 곳이 별로 없어서 오래도록 앉아서 그들과 찐한 농을 주고받으며 시간을 보내는 것 같았다. 포커 구경도 슬슬 지겨워질 때쯤이면 아버지는 자리에서 벌떡 일어나 소주병에 숟가락을 꽂고는 '갈대의 순정', '마포종점', '미워도 다시 한번' 등을 구성지게 불렀다. 목소리까지 떨어가며 감탄사를 터뜨리는 미스 최는 아버지의 열렬한 팬이었다. 미스 최는 미인과는 거리가 먼 축에 들었다. 말머리처럼 길쭉한 얼굴에 턱은 뾰족하게 찌를 듯하고 코는 매부리코였다. 게다가 짙은 화장에도 불구하고 굵기도 제각각이고 실밥 자국도 선명하게 남은 쌍꺼풀이 영 눈에 거슬렸다. 무허가 미용실에서 싼값에 시술받아서 실패한 거라고 미스 김이 삑사리 아저씨에게 소곤거리는 걸 언젠가 들은 적이 있었다. 그리고 여드름 까맣게 죽어 거뭇거뭇했는데 아무리 화장해도 감춰지지 않는 모양이었다. 거뭇한 피부는 미스 최를 나이보다 더 늙어 보이게 했다. 그런 미스 최에게 예쁘다고 말해주는 사람 또한 아버지뿐이었다. 팬 서비스치고는 꽤 후한 것이었다. 고운 마누라랑 살면서, 어떻게 미스 최에게 예쁘다는 말이 나오지? 아저씨 하나가 핀잔을 주자 나머지 사람들은 하하하, 하고 웃었다. 웃지 않는 사람은 아버지와 미스 최뿐이었다.

하필이면 하고 사람들은 이야기한다. 나도 마찬가지였다. 왜 하필이면 미스 최와 도망갔을까, 아버지는 레지 중에서 젊고 몸매 좋은 레지들도 많은데.

나는 김밥을 말고 있는 엄마를 훔쳐보다가 돌아섰다. 조금 후면 길수 아버지가 올 것이다. 십 분 전에 123번 버스가 종점 입구에 들어가는 것을 보았으니, 삼십 분 후면 여기로 찾아올 것이 분명했다. 나는 그와 맞닥뜨리고 싶지 않다. 그러나 타이밍을 잘못 계산한 것인지 종점 입구 폐타이어 더미에서 길수 아저씨와 땡칠이가 마주쳤다. 길수 아저씨는 상처에 약을 발라주고 있었다. 쓰라린지 땡칠이는 고개를 연신 절레절레 흔들면서도 약을 발라주는 손길을 뿌리치지는 않았다. 나는 주먹을 불끈 쥐고 종점 입구를 천천히 지나갔다. 땡칠이와 눈이 마주쳤다. 나는 발밑에서 돌 하나를 주워들었다. 땡칠이를 향해 던질 생각은 없었다. 땡칠이가 머리를 아래로 흐느적거리며 늘어뜨리는 게 이상했던지 길수 아저씨가 고개를 돌려 나를 보았다.

"희범아, 학교 갔다 오는 길이니?"

그 특유한 가늘고 여린 목소리로 나에게 말을 걸어왔다. 그러나 나는 그를 무시하고 지나갈 셈이었다. 어림없어요. 당신 주제에 어딜 넘봐요. 목구멍에서 가래가 들끓어 올랐다. 목에서 가래를 끌어올려 바닥에 탁 뱉으며 말했다.

"상관 말아요."

나는 그가 보는 앞에서 땡칠이에게 그 돌을 집어 던졌다. 다행인지, 불행인지 돌은 그의 발 앞에서 투박한 소리를 내며 떨어졌다. 그의 표정이 돌처럼 굳어졌다.

"말 못 하는 짐승도 다 느끼는 법인데, 그렇게 하면 못써. 아파하고 있다고."

"아버지 돌아오면, 전부 다 이를 거예요. 각오해요."

그의 표정이 흔들렸다. 동요하고 있음이 분명했다. 땡칠이는 배를 바닥에 붙이고 엎드렸다. 길수 아저씨의 핀셋 든 손이 파르르 떨렸다. 그러나 곧 고개를 내게서 거두고 조심스럽게 땡칠이 다리 상처에 약을 발라주었다. 땡칠이는 쓰라린지 가늘게 신음을 냈다.

그의 앞을 지나갈 때 나는 그가 혀를 내밀어 입술을 적시는 걸 보았다. 입술은 촉촉하게 젖어 윤이 났다. 그는 내게 무슨 말인가 더 하고 싶은 듯했다. 그러나 옴짝달싹하던 입술은 더 이상 미동을 보이지 않았다. 결국 그는 입을 꼭 다물고 말았다. 내가 이긴 것이다. 나는 씩씩하게 그들 앞을 지나갔다. 승자처럼.

2

아버지가 돌아왔다. 아버지는 혼자 돌아왔다. 동네 사람들은 미스 최의 행방이 궁금한 모양이었지만 아버지에게 선뜻 물어볼 염두는 못 내는 것 같았다. 엄마는 아버지를 용서하는 것처럼 보였다. 적어도 겉보기에는 그랬다. 하지만 밤이 되면 엄마는 아버지의 이부자리를 봐주고 잠은 내방에 건너와 잤다. 분식점에 일도 계속 나갔다. 엄마는 아버지를 용서하지 못하고 있음을 어렴풋이 짐작했다. 처음엔 안방의 불이 오래도록 꺼지지 않더니, 얼마 후에는 저녁이 되어도 안방에는 불이 켜지지 않았다. 아버지는 바깥출입도 하지 않은 채, 내가 저녁으로 날라다 주는 소주 두 병만 계속해서 비웠다. 엄마는 아침마다 빈 소주병을 대문 앞에 내다 놓았다. 숨 막히는 시간이 연일 계속되었다.

"어때?"

"뭐가?"

"너희 아버지 말이야. 용서해 주기로 한 거니?"

"몰라. 묻지 마."

"우리 엄마가 그러는데 미스 최 병 걸려서 너희 아버지 버리고 혼자 돌아온 거래."

경호는 콧물을 들숨과 함께 들이마셨다. 가려운지 까만 떼가 낀 손톱으로 목덜미를 긁으며 말했다. 이 동네에서 나보다 더 불쌍한 아이는 경호였다. 경호 엄마는 언제나 동네 소문의 중심에 있었다. 동네 사람들이 말하길 경호 엄마는 배가 만삭만큼 불러 큰 옷 가방 하나만 들고 혼자의 몸으로 이 동네에 흘러들어왔다고 했다. 경호 엄마는 열 달도 못 채우고 경호를 낳았고, 산후조리 없이 그다음 날부터 동네 미용실에서 비질하며 눈대중으로 미용 일을 배우기 시작했다고 했다. 그리고 몇 달 뒤에 도매상에서 파마약, 중화제, 염색약, 파마 로드 등을 사서 구색을 갖춘 다음 소위 지금의 출장 미용사가 되었다. 물론 자격증도 없었지만, 시골을 돌아다니며 노인들의 머리를 싼 가격에 해주는 일이다 보니 자격증이 딱히 필요한 것도 아니었다. 수입은 꽤 괜찮은 모양이었지만, 초창기 때 어느 시골 미용실 주인 여자에게 덜미가 잡혀 머리카락이 한 움큼 뽑혔는데 그 자리에 머리카락이 안 돋아 원형탈모증 환자처럼 보였다. 그러나 이제 세월이 그녀를 단단하게 만들어주었는지 그것을 영웅담처럼 이야기하곤 하였다. 그러나 영구 머리를 연상하게 하는 그 땜질을 볼 때마다 나는 웃음이 났다. 그건 나뿐만 아니라 이 동네 모든 사람이 그러했다. 게다가 요즘에는 과일 상회 김 씨 아저씨와 정분이 났는데 김 씨가 경호를 눈엣가시처럼 싫어한다는 말을 김 씨 아저씨를 단골로 둔 미스 김이 미스 최에게 하는 말을 우연히 들은 적이 있었다. 이 동네에서 그 사람을 모르는 사람은 경호뿐이었다. 경호는 세상에서 엄마를 가장 좋아했고, 바보같이 엄마 말이라면 모두 진실이라고 믿고 시키는 건 뭐든지 다 하는 그런 아이였다. 그러나 경호 엄마는 경호를 그렇게 귀애하지 않은 탓인지— 아님, 김 씨가 경호를 싫어해서 정말 구박이라도 하는 건지— 소매가 빤질빤질하다 못해 윤이 나도 손수건 한 장 챙겨주지 않았다.

그러나 소문의 중심에 우리 식구가 놓이다 보니 생각이 달라졌다.

나는 경호가 손톱의 때를 빼내느라 정신이 팔린 참에 주먹으로 그의 복부를 가격했다. 경호는 무방비 상태로 뒤로 밀려났다. 도로로 밀려난 경호는 중심을 바로 세우지 못하고 종잇장처럼 흔들렸는데 그때 막 버스 한 대가 들어오는 게 보였다. 경호는 엉덩방아를 찧고 주저앉았다. 나는 번갯불을 맞은 것처럼 두 눈이 번쩍 뜨였다. 경호의 팔을 잡기 위해서 손을 뻗었지만 팔은 허공에서 뻣뻣하게 굳을 따름이었다. 온몸이 굳고 심장은 바닥으로 곤두박질치고 이마와 등에 식은땀이 흘렀다. 무서웠다.

"경, 경호야."

입에서 말은 맴돌 뿐이었다. 그리고 아래쪽에서 따뜻한 기운이 몰려들었다. 바짓가랑이를 타고 노랗고 찝찝한 물줄기가 양말과 운동화를 적셨다.

버스가 경호를 덮치기 직전 나는 눈을 감았다. 나는 영원히 눈 뜨지 않기를, 그리고 시간이 멈춰버리기를 간절히 바랐다. 하지만 그런 일은 일어나지 않는다는 걸 알고 있었기 때문에 짧은 시간에도 불구하고 절망감을 느꼈다.

"조심해야지."

암흑 속에서 귀에 익은 음성이 들려왔다. 누굴까. 누군가 나의 팔을 잡았다. 이대로 끌려가는 것일까. 어디로 끌려가는 걸까. 소년원에 가게 되는 것일까. 천천히 눈을 떴다.

"도로에서 장난치면 안 돼. 위험하잖아. 근데 바지가 왜 그래?"

나의 팔을 잡고 있는 손은 경호의 것이었다. 경호는 코를 들이마시며 수박씨 같은 눈으로 나를 바라보았다. 귀에 익은 음성은 경호가 아닌 길수 아저씨였다. 길수 아저씨는 버스 차창을 열고 고개를 내밀어 나를 내려다보고 있었다.

얼굴이 화끈거렸다. 몸을 돌려 반대 방향으로 뛰었다. 경호가 부르는 소리가 들렸다. 그 소리가 들리지 않는 곳까지, 그들이 보이지 않은 거리만큼 한달음에 뛰어가서는 주저앉았다. 그리고 멈췄던 숨을 한꺼번에 내뱉었다.

대문에 들어섰다. 빈집처럼 조용했지만, 아버지 신발이 가지런히 놓여 있는 것으로 보아 아버지는 방에 있는 모양이다. 나는 내 방으로 돌아와 속옷과 바지를 갈아입었다. 그것들을 세탁기에 넣으려다가 부엌에서 까만 비닐봉지를 꺼내 바지와 속옷, 양말을 뚤뚤 뭉쳐서 집어넣고는 미련 없이 쓰레기통에 버렸다.

방문 앞에 빈 소주병이 나와 있었다. 나는 노크도 없이 방문을 벌컥 열었다. 아버지는 책상에 앉아 뭔가를 쓰고 있었는데 열없는 말간 얼굴로 나를 바라보았다. 수척하고 퀭한 얼굴에 눈빛만 살아 있었다. 조금 전에 있었던 일을 아버지에게 말하고 그 품에 달려들어 안기고 싶은 욕망이 일었다. 그러나 생각지도 못한 말이 입에서 불쑥 튀어나왔다.

"아버지, 왜 돌아오셨어요?"

아버지의 눈동자가 잠시 흔들렸다. 나는 스스로가 놀랄 만큼 냉정하고 차분하게 아버지와 마주하고 있었다.

"정말 우리 버리고 도망갔던 거예요? 또다시 그 여자한테 갈 거예요? 말씀 좀 해보세요."

아버지는 천천히 고개를 저었다. 나는 침묵으로 일관하고 있는 아버지의 태도에 심한 적개심이 일었다. 나의 영혼은 지칠 대로 지쳐 쉬고 싶었으며 따뜻한 위안이 절실히 필요했다.

"나중에 얘기하자꾸나. 하지만, 분명한 것은 네가 오해하고 있다는 거야. 진실은 그게 아니야. 아버지를 이해해주렴."

나는 문을 쾅 닫고는 내방으로 돌아왔다. 그렇게까지 심한 말을 할 생각은 없었다. 몽이가 내 이불 속에서 꼼지락거리다가 바깥으로 머리를 밀고 나왔다. 나는 몽이를 가슴에 품고 소리죽여 울었다. 내가 오늘 경호에게 한 짓은 아무래도 용서할 수 없는 성질의 것이었다. 아버지에게 해서는 안 될 말을 하고야 말았다. 내 정신은 점점 피폐해져 가고 있었다. 내일 경호에게 용서를 빌어야 한다. 나는 몽이를 더 꽉 껴안으며 그렇게 다짐했다. 몽이는 나의 슬픔을 아는지 내 손등을 조금씩 핥아주었다. 며칠째 몽이는 내 방에서 나와 함께 지내고 있었다. 땡칠이와 몽이를 떼어 놓기에 이보다 더 좋은 방법이 없기 때문이었다. 땡칠이는 빈 마당을 배회하다가 돌아가더니 더 이상 우리 집에 출입하지 않았다.

엄마는 평소보다 늦게 집에 돌아왔다. 안색이 좋지 않았다. 아버지는 술을 찾지 않았다. 내가 한바탕 난리를 부린 탓인 것 같았다. 누구도 먼저 말을 꺼내는 사람 없이 밤은 깊어져 가고 나는 잠이 들었다.

다음 날 아침 경호를 피해 일찍 등교하였다. 그러나 경호는 오후가 되어도 학교에 나타나지 않았다. 몸이 아파 결석했다는 담임선생님의 말에 내 마음이 불편해졌다. 모든 게 내 탓인 것 같아 집으로 돌아가는 발걸음이 무겁고 또 한편으로는 몹시 허전하였다. 그러고 보니, 항상 경호와 함께 있었다. 경호의 존재가 이렇게 크게 느껴질 줄을 꿈에도 몰랐다. 날씨는 야속하게도 맑았다. 스웨터를 벗어 가방에 쑤셔 넣었다. 그러고 보니 삼월 말. 봄이 오고 있었다. 가로수마다 연한 잎들이 돋아나고, 폐타이어로 만든 울타리에 거무죽죽하게 서 있던목련 나무는 이미 꽃들을 하얗게 피우기 시작했다. 세차장 고무호스에서 뿜어져 나오는 물줄기도 햇살에 반사되어 반짝거렸다. 평화롭고 아름다운 계절이 돌아온 것이다. 전선에 앉아 수다를 떨던 새들이 일제히 날아올랐다. 그러나 그것은 전부 나와 무관하게 아름다운 것이었다. 지금 나는 겨울보다 더 춥고 힘겨운 시간을 보내고 있을 따름이었다.

멀리서 넓적한 냄비에 물을 붓고 고추장을 풀고 있는 엄마의 모습이 보였다. 유리문에 붙은 종이에는 〈김밥 한 줄 팝니다.〉라고 바르게 고쳐져 있었다. 노란색 유치원 유니폼을 입은 한 떼의 아이들이 병아리처럼 그 앞을 지나가고 있다. 손가락을 빨고 있는 아이 하나가 입에서 손가락을 빼고는 떡볶이를 가리켰다. 벙긋벙긋하는 입 모양을 보니, 맛있겠다는 말을 한 모양이었다. 엄마는 오랜만에 하얀 이를 드러내고 웃었다. 내 마음도 어느 정도 해토처럼 풀렸다.

경호는 집에 없었다. 엉성한 담벼락에는 철쭉이 핏빛을 뿜으며 피어 있었다. 까맣게 썩어든 나무 대문을 딛고 우편함에 유리구슬 다섯 알을 집어넣고 돌아왔다. 얼마간 마음이 홀가분해짐을 느꼈다.

아버지뿐인 집에 일찍 들어가기 싫었지만, 경호 없이는 딱히 갈 곳도 없었다. 와도 끝에 돌아온 아버지는 몰래 숨어든 쥐 같은 존재였다. 아버지는 그렇게 엄마와 나의 신경을 갉고 있었다. 죽어버렸으면 좋겠다는 말을 입밖에 뱉은 마당에 아버지와 마주하기도 거북스러워 인사 없이 내 방에 들어와 이부자리에 드러누웠다. 눈꺼풀이 점점 무거워지더니 설핏 잠이 들고 말았다.

어디서 여자의 날카로운 비명이 들려왔다. 본능적으로 나는 눈을 떴다. 그러나 몸은 젖은 솜처럼 무겁게 가라앉아 뜻대로 움직여지지 않았다. 나는 결국자리에서 일어나는 것을 포기하고 도로 눈을 감고 깊은 잠에 빠져들고 말았다.

경호가 우편함에서 유리구슬을 꺼내고 있었다. 다섯 알의 유리구슬을 차례대로 삼켰다. 구슬은 까놓은 포도알처럼 옅은 풀색이었는데 경호의 손바닥에서 하나씩 사라져 갔다. 나는 경호를 말리려 했지만, 그때처럼 몸이 내마음대로 움직여지지 않았다.

"유리구슬을 먹는다고 사람이 죽지 않아."

경호가 나를 보며 말했다. 경호의 코에서는 더 이상 콧물이 나오지 않았다. 그때 마당에서 땡칠이가 뛰어나와 경호 옆에 붙어 섰다. 이상한 일이었다. 땡칠이 다리의 상처는 말끔히 사라지고 없었다. 처음부터 없었던 것처럼 말이다. 나는 경호와 땡칠이를 번갈아 보며, 다시 아랫도리에 따뜻한 기운이 몰려오는 것을 느꼈다. 몸이 뻣뻣해졌다. 마려운 것도 아닌데 찔끔찔끔 나오다니. 나는 몸을 돌려 집으로 뛰어갔다.

눈을 떴다. 손을 바지에 넣어 확인했지만, 속옷은 젖어 있지 않았다. 다행이야, 안도의 한숨과 몸을 일으켜 세우는데, 이불이 땀에 젖어 있었다. 눅눅해진 이불을 걷고 자리에 일어섰다. 집안은 조용했다. 아버지의 구두가 보이지 않았다. 어디 나가신 걸까. 운동화를 꿰고 마당에 나서는데 몽이가 불안하게 눈알을 굴리며 매어놓은 염소처럼 제자리를 빙글빙글 돌고 있었다.

바깥은 사람들의 웅성거림으로 소란스러웠다. 대문을 열고 밖을 내다보았다. 경호 집에 동네 사람들이 모여 있었다. 자석에 붙은 듯이 내 발걸음은 자연스럽게 경호의 집을 향해 움직였다. 엄마와 아버지의 모습도 보였다. 길수 아저씨도 땡칠이를 옆에 두고 서 있었다. 그러나 정작 경호와 경호 엄마는 보이지 않았다.

"무슨 일이에요?"

나는 엄마의 윗도리를 잡아당겼다. 엄마는 몸을 숙여 나를 끌어안았다.

"무서운 일이야. 무서운 일이 일어난 거야. 아니, 슬픈 일이야. 세상에 이런 일이."

엄마는 넋 나간 사람처럼 중얼거렸다. 나는 손을 뻗어 우편함에 집어넣었다. 차갑고 매끄러운 촉감이 느껴졌다. 유리구슬은 처음 내가 놓아둔 그대로 있었다.

조금 후, 들것이 나왔다. 하얀 천이 덮여 있었으나 그것이 경호임을 직감적으로 알았다. 엄마의 말처럼 무서운 일이 일어난 것 같았다. 어머나, 세상에나, 어떻게 이런 일이, 짐승만도 못한 사람들의 입에서 자기가 할 수 있는 최대한의 감탄사들이 쏟아져 나왔다. 들것이 휘청하더니 축 처진 팔 하나가 밖으로 미끄러져 나왔다. 사람들은 또 한 번 저마다 안타까움이 깃든 감탄사를 터뜨렸다. 어른 손 하나가 나의 눈을 가렸다.

순간 내 시야는 그 끔찍한 광경에서 차단되었다. 그 손은 아버지의 것이었다. 아버지의 손가락들 사이로 들것 뒤로 경호 엄마가 보였다. 은빛 팔찌가 반짝거렸다. 그것은 텔레비전에서나 봤던 진짜 수갑이었다. 그때였다. 고개를 푹 숙인 채 들것 뒤로 따라가는 경호 엄마를 향해 누군가가 돌멩이를 던졌다. 그녀의 땜빵 난 자리에 날아가 정통으로 맞혔다. 몇 개의 돌멩이가 더 날아왔다. 경찰들은 돌멩이를 피하고자 경호 엄마의 발걸음을 재촉했다. 경호 엄마는 경찰차에 밀어 넣어졌고, 경호를 실은 구급차보다 먼저 현장을 빠져나갔다. 김 씨 아저씨는 보이지 않았다.

"화장실에서 건졌다지? 저, 땡칠이가 화장실 앞에서 계속 짖었대. 옆집 건희 엄마도 하도 이상해서 가봤다지 뭐야."

"왜 그런 거래?"

"김 씨하고 정분난 거지, 뭐."

"그렇다고, 애를 죽여? 입 다물고 말 안 하는 거 봤지? 경호 엄마 그렇게 독할 줄 누가 알았어? 참 무서운 세상이야."

"그러게 말이야. 우리 동네에 이런 일이 생길 줄이야."

사람들이 모두 흩어지고도 나는 한참 동안 그 자리를 떠나지 못했다. 경호에게 조금 더 친절하게 해주었으면 좋았을 텐데, 진작 갖고 싶어 할 때 유리구슬을 나눠주는 건데, 코 닦는 손수건 하나 샀다면 이렇게 안타깝고 사무치게 아프지는 않았을 텐데.

나는 까마득한 어둠을 품고 있는 경호네 집을 오래도록 떠나지 못했다. 겁이 많아서 한밤중에 화장실도 못 가는 나였지만, 이상하게도 무섭지 않았다. 나는 처음으로 죽음에 대해서 생각했다. 그리고 형용할 수 없는 슬픔이 밀려왔다. 나는 꼬챙이를 하나 주워 땅바닥을 후벼 팠다. 그리고 유리구슬을 땅에 묻었다. 나를 병신이라고 놀리지 않은 유일한 친구 하나를 잃고 말았다.

3

경호의 죽음은 나를 얌전한 아이로 만들어 버렸다. 더 이상 몽이와 땡칠이 사이를 훼방 놓지도 않았다. 처음엔 나만 보면 질겁하고 도망가던 땡칠이는 시간이 조금 흐르자, 나에게 멀찍이 떨어져 가끔 꼬리를 흔들며 반기기까지 하였다.

몽이가 뚱뚱해지고 식탐이 많아진다고 느꼈더니 몽이가 임신한 것 같다고 엄마가 귀띔해 주었다. 자세히 보니, 정말 살이 찐 것이 아니라 배가 불러오고 있었다. 유독 올여름엔 바람이 많이 분다고 엄마는 빨래를 널며 말했다. 엄마는 더 이상 분식점에 나가지 않았다. 아버지가 도배 일을 다시 시작했기 때문이었다. 그러나 아버지는 예전처럼 술도 마시지 않고, 노래도 부르지 않았다. 대신 책상 밑에 앉아 뭔가를 긁적거리는 일이 많아졌다. 아버지가 없는 틈을 타서 그것을 몰래 봤는데 연과 행이 나뉘어 있는 걸로 보아서 시 같았다. 꽃잎은 요요히 떨어지는데 인생은 낙엽처럼 밟히니, 나에게 아버지 시는 어려워 무슨 뜻인지 이해되지는 않았으나, 아버지가 이렇게 어려운 말들을 척척 적어내는 게 신기하기만 했다. 그리고 연습장을 꺼내 죽음에 관하여 생각나는 대로 적어보았다. 죽음, 끝, 경호, 하늘나라, 저승사자, 귀신, 부활.

선생님이 들려준 말이 기억났다. 사람은 죽으면 하늘나라에 가기도 하지만, 다시 태어나기도 한다고 했다. 다시 태어나는 걸 부활이라고 했다. 경호는 다시 태어났을까? 무엇으로 다시 태어났을까, 이번에 다시 태어나서 버스 기사가 된다고 하더라도 비웃지 않으리라. 나는 경호가 그리워졌다.

"너희 집 강아지니?"

학교를 마치고 돌아와 대문에 들어서려 하는 데 담벼락 옆에서 한 여자아이가 서 있었다. 여자아이의 품에는 몽이가 안겨져 있었다. 나는 대답 대신 고개를 끄덕여 보였다.

"예쁘다. 참 예쁜 강아지네. 나, 어제 이 동네에 이사 왔어. 너 이 집에 살지? 우리 앞으로 친하게 지내자. 난 숙희라고 해. 김숙희."

"난 박희범. 그리고 얜 몽이."

"몽이. 이름도 예쁘다."

"새끼 낳으면 한 마리 줄게."

"정말? 언제 낳는대?"

조만간 낳을 거야, 나는 새끼손가락이 보이지 않게 손을 내밀어 몽이를 받아안았다. 숙희가 종점에 새로 지은 주유소 외동딸이라는 것은 다음날 학교 가서 알게 되었다. 미국에서 살다 와서, 학기가 맞지 않아 내년에 새 학년으로 입학한다는 얘기도 들었다. 몽이로 인하여 나와 숙희는 친구가 되었다.

땡칠이와 교배하였으리라는 나의 예상은 적중했다. 몽이가 낳은 강아지는 모두 다섯 마리였는데, 흰색, 회색, 누런색이 골고루 섞인 녀석 들었다. 숙희는 다섯 마리중에서 가장 작고 연약해 보이는 미미를 골랐다. 다섯 마리의 이름도 전부 숙희가 지어주었다. 연이, 실비, 단지, 세리, 미미. 나는 암만 들여다봐도 고놈이 고놈 같은데 숙희는 구별해서 이름까지 불러주었다.

엄마 젖을 더 먹고 건강해지면 데리고 갈 거야. 누구 주면 안 돼. 숙희는 매번 새끼손가락을 보이며 약속했지만, 나는 숙희의 새끼손가락에 내 새끼손가락을 걸지 못했다. 숙희에게 새끼손가락을 보이고 싶지 않았다.

학교에서 돌아오는 길에 한바탕 싸움이 벌어진 것을 목격했다. 한달음에 뛰어가서 어른들 틈바구니에서 그 광경을 지켜보았다. 낯익은 얼굴이 보였다. 다름 아닌, 길수 아저씨였다. 덩치가 크고 우락부락하게 생겨서 우리에게 킹콩이라고 불리던 아저씨가 길수 아저씨의 멱살을 잡아 흔들고 있었다.

"이 새끼야, 네가 뭘 안다고 나불거려?"

글쎄, 길수 저 양반이 박 씨 비위를 건드렸지 뭐야. 물론 술 먹고 운전한 박 씨도 잘못이지만, 이십 년 무사고 경력에 오점을 남겼으니 그걸 고자질한 길수도 잘못했지, 뭐. 이번에 박 씨가 아전 운전 표창장 받을 차례였다지. 딱하게 됐어. 둘 다.

길수 아저씨는 킹콩 아저씨에게 심하게 맞았고, 말릴 엄두도 못 내고 있던 구경꾼 중에 나이 지긋한 남자가 중재에 나섰다. 싸움이라기보다 그건 길수 아저씨가 일방적으로 당할 뿐이었다. 입가와 코에 피를 줄줄 흘리며 길바닥에 털썩 주저앉은 길수 아저씨의 눈에 눈물이 그렁그렁 맺혀 있었다.

"위험하니까."

구경꾼들은 그의 고지식하고 순박한 성품에 혀를 내두르고는 자리를 떴다. 길수 아저씨의 아버지는 음주로 버스를 몰다가 사고가 났는데 그때 버스를 타고 있던 승객이 모두 죽었다고 했다. 나는 고개를 절레절레 흔들었다. 나는 한동안 그를 피해 다녔었다. 하지만 앞으로 그를 피하지 않기로 다짐했다. 땡칠이만이 그 자리에 남아 그를 지켜주었다. 숙희는 여름이 다 가기 전에 다시 미국으로 떠나버렸다. 미미를 데리러 오겠다고 말했지만 나는 그 말을 믿지도 않았다. 나는 숙희에게 내 새끼손가락을 들키지 않았다는 것이 그 애와의 이별보다 더 컸던 모양인지 한동안은 마음이 편안했다. 그러던 어느 날 우연히 미미의 한쪽 다리가 뭉이처럼 짧은 것을 알게 되었다.

학교에서 숙희의 사촌이라는 아이를 통해서 숙희가 미국으로 간 사연을 듣게 되었다. 거기 왜, 종점에 주유소 있잖아. 거기 사는 내 사촌이라는 애.

걔 다시 미국에 갔어. 심장이 약해서 수술받으러 가는 건 데 성공할 확률이 십 퍼센트도 안 된대. 친척들 전부 걔가 죽으러 가는 걸 알고 작별 인사하러 갔는데, 글쎄 걔가 강아지랑 같이 보내달라고 숙모한테 떼를 엄청나게 썼나 봐. 미국 가면 더 예쁜 강아지도 많을 텐데 왜 굳이 데려간다고 그러는지. 그것도 다리가 하나 짧은 병신에다 잡종이래. 숙모가 걔 때문에 엄청나게 울었어.

그날 저녁 나는 열이 40도나 올랐다. 병원에서는 해열제를 처방해 주며 감기, 몸살이니 집에서 쉬면 괜찮아질 거라고 했다. 엄마는 온종일 내 옆을 지켜주었다. 아버지도 도배 일이 없는 날이면, 바깥출입도 하지 않고 손수 물수건을 갈아주었다.

나는 꿈속에서 경호와 숙희를 번갈아 가며 만났다. 약에 취해서 고통스럽게 잠이 들었는데 한 번도 만난 적이 없는 경호와 숙희가 서로 친구 하기로 했다며 함께 나오기도 했다.

"미스 최가 위암 말기 진단받고는 고향에 내려가고 싶다고 하는데 그냥 둘 수가 없었소. 왜냐하면, 내 노래를 세상에서 가장 황홀하게 들어준 팬이었거든. 길수와 당신이 이복 남매라는 것에서 서로에게 느끼는 연민과 동정, 그런 거와 비슷할 거요. 사람이 죽어가는 걸 지켜본다는 게 얼마나 힘든 일인지. 미스 최를 고향에 데려다주고 한동안 여기저기 돌아다녀도 보았소. 그리고 문득 뭔가가 쓰고 싶어서 견딜 수가 없는 거요."

엄마는 내 머리에서 물수건을 갈아주었다. 길수 오라버니는 참으로 고지식한 사람이에요, 내가 집안 내력 때문에 불행하게 살까 봐 전전긍긍해요. 숨긴다고 어디 숨겨지나요. 전 희범이 가졌을 때 혹시 병을 갖고 태어날까 봐 얼마나 가슴 졸였는지 몰라요. 새끼손가락 마디 하나 없는 것쯤이야. 엄마는 내 손을 꺼내 마디 하나 부족한 새끼손가락을 꼭 쥐었다. 따뜻했다.

나는 열에 들뜬 채로 실낱같이 눈을 떴다. 형광등 불빛에 도로 눈을 감았다. 바깥에서는 가을비 내리는 소리가 차갑게 들려왔다. 저 가을비가 내 몸의 열들을 식혀주는 것 같았다.

송선애 ㅣ 경주의 미소 수막새

경기 양주출생.
국민대학교 문예창작대학원 졸업.
2013년 경기문화재단 문예진흥기금 시집 출간『시간 화석』.
2023년『문학나무』여름호 소설 신인상「석수」.
한국문인협회 · 한국소설가협회 · 경희 문인회 · 문학나무 숲 회원.

경주의 미소 수막새

송선애

  웃는 얼굴이 아니었다. 누가 봐도 아이가 만들고 있는 얼굴은 웃는 모습이 아니었다. 턱까지 삐뚜름하게 내려간 입과 처진 눈꼬리는 곧 울음을 터트릴 피에로처럼 보였다. 아이는 입을 크게 벌리고 있으면 웃고 있다고 생각하는지 모른다. 아니면 웃는 모습을 어떻게 만들어야 하는지 모르는 걸까. 빙긋 웃거나 활짝 웃는 모습을 만들어도 괜찮을 텐데, 하고 생각했다. 나는 도서관 강의실의 컴퓨터가 놓여있는 책상 앞으로 걸어갔다. 책상 위에 놓아둔 사진을 아이에게 보여줄 생각에서였다. 신라의 미소라고도 불리는 '경주 얼굴 무늬 수막새' 사진이었다. 내가 아이에게 보여주려는 실제 얼굴 무늬 수막새는 프린트해 온 사진보다 훨씬 작다. 그렇다 하더라도 더 크게 보여주고 싶었다. 나는 아이들이 찰흙으로 수막새의 웃는 얼굴을 따라 빚으며 웃음기가 퍼지기를 바라고 있었다. 아이에게 다가가 책상 위에 슬며시 사진을 내려놓았다. 사진을 뚫어지게 바라보던 아이는 찰흙이 잔뜩 묻은 손가락으로 사진의 모서리를 집어 들었다. 이거 가져가세요. 내가 만든 이 얼굴이 좋아요, 라며 나에게 사진을 건넸다. 나는 얼떨결에 사진을 받으며 움찔했다. 빔프로젝터 화면으로 아이들이 웃는 얼굴 수막새를 보았고, 사진을 한참 들여다보아서 그렇게 말할 줄 몰랐다. 가끔 엉뚱하면서도 남다르게 만드는 아이들이 있어서 은근히 기대하고 있었다. 그런데 얼굴을 붉히며 말하는 아이의 표정을 보며 웃는 얼굴을 만들고 싶은 마음이 없다는 게 느껴졌다.

아이들이 수막새가 무엇인지 모르니 수막새를 보여주어야 했다. 빔프로젝터 화면으로 기와집을 먼저 보여주었다. 다음 화면으로 기와 끄트머리에 장식으로 붙어있는 수막새를 보여주었다. 오래전부터 기와집을 볼 수 있는 곳이 많지 않고, 기와집을 보더라도 기와 끝에 붙인 수막새를 눈여겨보지 않는다.

"기와집 지붕에 얹은 기와 중에서 하늘을 향해 볼록한 기와를 수키와라고 해요. 그 끝에 둥그렇게 만들어서 붙인 것이 수막새입니다."

나는 아이들이 '수막새'를 이해했는지 몰라서 표정을 살폈다. 책상 위에 실제 기왓장을 보여주며 수키와를 가리켰다.

"오늘 여러분이 만들 건 수키와 끄트머리를 장식했던 웃는 얼굴입니다."

내 말이 떨어지자마자 여기저기서 수막새를 외쳤다. 동생과 찰흙 놀이를 했던 어느 날이 떠올랐다. 찰흙으로 엄마 아빠를 빚으며 활짝 웃는 얼굴을 만든 적이 없었다는 생각이 퍼뜩 떠올랐다. 나는 아이에게 사진을 받아들고 강의실을 둘러보았다. 맨 앞자리에 앉아있던 아이가 나와 눈이 마주치자 손을 들었다. 아이의 파란색 원피스가 눈에 들어왔다. 내가 다가가자 엄마랑 박물관에 가서 동그라미 안에 있던 웃는 얼굴을 봤다고 했다. 그 아이의 말이 떨어지자마자 아이들이 웅성거렸다. 얼마 전에 박물관으로 현장학습을 갔었는데 웃는 얼굴이 어디에 있었냐고 소리를 높였고, 전시실에는 연꽃 무늬만 있었지, 사람 얼굴은 없었다고 말하는 아이도 있었다. 파란색 원피스의 아이는 할머니 댁이 경주라며 나를 바라보았다. 이쯤에서 내가 나서지 않을 수 없었다. 여러분이 현장학습으로 다녀온 박물관은 서울에 있는 국립중앙박물관이고, 이 친구는 국립경주박물관에서 보고 왔을 거예요. 라며 나는 경주박물관에 더 힘을 주어 말했다. 경주에 가서 보고 왔으면 실물을 보고 온 거였다. 실물 만한 것이 있을까. 사진으로 몇 번을 보아도 그 웃는 모습을 제대로 느낄 수 없을 테니까 말이다.

　몇 해 전이었다. 경주 얼굴 무늬 수막새가 기와로는 처음 보물로 지정되어 특별전이 열린다는 기사를 보았다. 울산에서 서울로 올라가는 길이었는데 신라의 미소를 지나칠 수 없었다. 국립경주박물관은 '신라의 미소, 얼굴 무늬 수막새'라는 제목으로 두 달여 동안 신라 역사관에서 전시하고 있었다. 동그란 수막새들이 한 전시실에 모여있었다. 거의 연꽃무늬 수막새로 채워져 있었는데 얼굴무늬 수막새는 따로 놓여있었다. 연꽃무늬도 서로 다른 무늬였다. 연꽃의 씨가 볼록하게 도드라진 것, 연꽃의 잎맥을 선으로 표현한 것, 연꽃잎이 여섯 장이기도 하고, 여덟 장이기도 했다. 어떤 수막새는 연꽃잎과 연 씨를 비슷한 크기로 만들어서 동그랗게 펼쳐 놓기도 했다. 그 옆으로 용의 얼굴무늬 수막새도 눈에 띄었다. 옹기종기 모여있는 수막새 가운데 검은색 진열대 위에 얼굴무늬 수막새만 오롯이 따로 놓여있었다. 나는 엄지손가락을 세워 올렸다. 누가 뭐래도 신라의 미소 퀸이었다.

　경주 얼굴무늬 수막새는 역사 교과서 표지에 실리는 문화재의 이름이다. 나는 그 이름 앞에 '신라의 미소 퀸'이라고 어엿하게 불러주었다. 신라의 미소 퀸은 고등학교 2학년 때부터 내가 부르는 이름이었다. 몇몇 친구들과 '역사, 그때의 눈으로 바라보기'라는 동아리 모임을 했었다. 생각해보면 동아리 이름만 거창했다. 남자 고등학교 학생 두 명도 함께 했던 역사 공부 모임이었다. 그 고등학교는 내가 다녔던 학교에서 가까운 곳에 있었다. 남자 학교의 학생 가운데 버스에서 자주 마주쳤던 남학생이 있었다. 인규였다. 비를 맞으며 집으로 뛰어가는 나를 어디서부터 보았는지 인규가 선뜻 우산을 건넸다. 인규에게 우산을 돌려주며 동아리가 시작된 셈이었다. 새 학기가 시작되자마자 모임을 시작했다. 학년이 끝나갈 무렵 지난 일 년의 발자취를 남겨보자는 마음으로 신문을 만들었다. 아주 작은 신문이었는데 요즘의 일자리 정보를 싣는 정도의 크기였다. "모나리자와 비교도 하지 마라, 신라의 미소 퀸" 나의 기억에 지금껏 남아있는 제목이었다. 그때 인규와 나누었던 말을 글의 마무리에 썼다. 웃는 얼굴 기와를 빚은 사람은 어떤 사람일까. 글을 읽은 친구들이 했던 말도 기억이 났다. 기와의 무늬는 나무틀에 찍는데 얼굴 무늬를 손으로 빚었다니 그게 무슨 말이냐고 물었다. 그 친구에게 마치 내가 보고 찍어온 것처럼 사진을 보여주며 말했다. 자세히 보면 두 눈과 도드라진 두 볼이 다른데 그건 사람이 손으로 매만졌다는 증거라고 말해주었다. 내가 자신 있게 말할 수 있었던 건 경주박물관에서 인규가 찍어온 몇 장의 사진이었다.

인규는 내 글의 제목처럼 미소 퀸이었다. 지금도 인규의 웃는 모습은 쐐기를 박아 놓은 것처럼 나의 머릿속에 자리 잡고 있다. 쐐기라는 단어를 쓰고 보니 나는 잘 웃는 남자를 괜찮은 사람이라고 생각했던 것 같다. 내가 잘 웃지 않아서였을까. 내가 알고 있는 쐐기는 원시 시대에 큰 돌을 잘라낼 때 쓰였던 나무로 만든 도구였다. 나무의 끝을 뾰족하게 깎아 바위에 박아 놓고 물을 부으면 나무가 불면서 돌이 갈라진다고 들었다. 고인돌이 모여있는 화순이었는지 고창이었는지 답사를 했었다. 옛날에는 저렇게 큰 바위를 어떻게 잘랐냐고 누군가 물었고, 이곳에 고인돌의 덮개로 쓰였던 돌을 떼어낸 채석장이 있다고 누군가 대답을 했었다. 어떻게 잘랐냐는 물음에 답은 아니었어도 쐐기를 박아서 잘라냈다는 것은 거의 알고 있었다.

쐐기니 미소 퀸이니 들먹이는 것도 인규의 웃는 얼굴을 기억한다는 말일 것이다. 인규는 신라의 미소와 견줄 만큼 웃는 모습이 보기 좋았다. 동아리 신문의 실린 인규의 글을 보며 엉뚱한 질문을 했었다. 그때 나는 영국의 록 그룹 '퀸'의 음악에 빠져있던 때였다. 나에게 퀸은 영국의 여왕보다 록 밴드 퀸의 프레디 머큐리가 나에게 퀸이었다. 내가 인규에게 너에게 퀸은 여왕이냐고 물었고 눈치를 챘는지 아니라며 웃었다. 록 그룹 퀸도, 신라의 미소 퀸도 견줄만한 대상이 없다고 여겼던 때였다.

내가 신라의 미소 퀸이라고 부르던 경주 얼굴무늬 수막새를 실제로 본 건 오랜 시간이 흘러서였다. 십일 점 오 센티미터 속의 미소를 경주박물관에서 보게 된 것이다. 기억을 더듬어보니 여러 차례 경주박물관에 갔었다. 그때마다 번번이 지나쳤다. 많은 연꽃무늬 수막새를 지나쳤던 것처럼 다른 유물을 보느라 그랬는지 알 수 없다. 인규의 웃는 모습을 생각했더라면 그냥 지나치지 않았을 텐데, 하는 알 수 없는 마음이 들었다.

웃는 얼굴을 아이들과 같이 만들려고 찰흙이 담긴 봉지를 뜯었다. 손바닥에 올려놓고 동그랗게 폈다. 찰흙은 언제 만져도 손가락으로 전해오는 말랑한 느낌이 좋다. 그 느낌이 싫다는 아이들이 가끔 있었다. 이번 수업에 함께하는 아이들 가운데도 있었다. 엉거주춤하게 서있던 아이가 나와 눈이 마주치자 손으로 장갑을 끼는 흉내를 내고 있었다. 라텍스 장갑을 상자에서 뽑자, 아이가 재빠르게 장갑을 가지러 나왔다. 자리로 돌아가는 아이에게 찰흙을 싫어하는 사람도 있냐며 옆에서 놀려댔다. 찰흙이 만지기 싫다는 아이들은 물렁물렁한 느낌이 싫다고 했다. 찰흙을 만지지 못하는 아이의 이야기를 엄마에게 한 적이 있다. 요즘 애들은 참 별나다고 목소리를 높였다. 목소리를 높일 일은 아니었는데, 아차 싶었다. 초등학교 졸업할 무렵까지 엄마에게 가끔 들었던 말이 있었다. 먹고 사는 게 바빠서 우리를 제대로 챙겨주지 못해서 미안하다고 했다. 몇 해 전부터 아버지는 웃음을 잃었다. 계절이 지나가도 한결같이 봄이라며 계절을 묻는 나의 얼굴을 빤히 쳐다보았다. 멈춰버린 아버지의 봄은 다시 돌아올 수 없다는 걸 엄마와 나는 알고 있었다. 활짝 웃던 아버지는 즐거웠던 기억만 사라진 걸까. 행복했던 기억은 없었던 걸까. 아버지의 웃는 모습을 찾아주고 싶었다. 만들어주고 싶었다.

"신라의 미소 퀸을 만들어볼까?"

신라의 미소 퀸이라는 말이 나도 모르게 튀어나왔다. 그렇게 말을 하고 보니 오늘 미소 퀸은 어떤 웃음을 띠고 있을까. 나는 동그랗게 펴놓은 찰흙을 어디에 내려놓고 만들어야 할지 몰라서 손에 쥐고 있었다. 아이들은 신라의 미소나 신라의 미소 퀸이나 다르게 들리지 않은 것 같았다. 지금 우리가 만들고 있는 게 신라의 미소니까 여자아이 중에서 퀸을 뽑아요. 퀸이 어디 있나. 아이는 능청스럽게 자리에서 일어나 둘러보았다. 몇 안 되는 남자아이 가운데 여자아이들에게 말을 잘 거는 아이였다. 이 아이에게만 신라의 미소 퀸이라고 들렸던 것 같았다. 강의실이 술렁거렸다. 이럴 때는 아이들끼리 견주게 한다거나 작품을 전시한다고 하면 한층 열심히 하는 모습을 종종 보아왔다. 나도 가장 예쁜 미소를 뽑아보자고 아이들을 부추겼다.

　수업을 시작하기 전, 책상에 신문지를 깔아놓고 나서 찰흙을 두 개씩 놓아두었다. 하나는 자신이 만들고 싶은 꽃무늬를 조그맣게 만들고 남은 찰흙으로 웃는 얼굴을 만들어보자는 생각에서였다. 그런데 아이들에게 웃는 얼굴을 만들어보라는 말만 하고 있었다. 나는 아이들에게 말을 하면서도 울 것 같은 얼굴을 만들던 아이가 자꾸 신경이 쓰였다. 그 아이에게 웃는 얼굴을 만들어주고 싶었다. 내달릴 듯 힘찬 웃음이 아니면 어떤가. 아이들은 웃는 얼굴을 만들며 어느새 자신도 웃고 있었다. 웃는 얼굴이 그렇게 생겼냐고 묻는 친구에게 내 동생은 이렇게 웃는다고 대답하는 아이, 마음이 상했는지 네가 만들고 있는 건 더 이상하다며 눈을 흘기는 아이, 웃는 얼굴을 못 만들겠다는 아이에게 한 아이가 슬며시 다가갔다. 상장을 받아서 엄마에게 보여주었을 때 엄마 얼굴 생각해봐. 바로 그 얼굴이라며 씽긋 웃었다. 아이들은 맞아, 맞아, 외치며 웃어댔다. 아이들의 저 웃음을 21세기 수막새로 만들었으면 좋겠다고 생각을 하니 뿌듯해졌다.

　수막새가 뭔가. 지붕의 처마나 담장 끝을 잘 매만져서 꾸민 기와 장식 아닌가. 지붕 위에 연꽃이 피었다고 생각만 해도 멋스럽지 않을까. 오가는 사람이 웃는 얼굴을 쳐다보며 따라 웃을 거라는 상상을 한다. 웃는 얼굴에 소리를 지르며 달려들 사람이 몇이나 있을까. 눈이 보이지 않을 만큼 볼살이 통통한 남자아이가 일어섰다. 웃는 얼굴을 막 새겼다고 막새 인가 봐요. 덩치답게 목소리가 우렁찼다. 여기저기서 아이들이 키득거렸다. 손으로는 쉬지 않고 만들면서 말이 끊이지 않았다. 티브이에서 보는 연예인의 몸과 얼굴이 익숙하니 그럴 만했다. 얼굴무늬 수막새의 얼굴이 아이들의 기준에 못 미친다는 걸 알면서도 섭섭했다. 달콤하면서도 쌉싸름했다. 열한 두 살의 아이들이 이러쿵저러쿵 유물에 관심을 보이니 달콤해지고. 그렇다 하더라도 신라의 미소 퀸이 아이들 눈에도 멋있어 보였으면 좋겠다는 마음으로 쌉쌀했다. 수막새의 얼굴은 아버지의 웃음이 들어있었다. 웃음이 사라진 아버지에게 웃음을 찾아주고 싶었다. 그런 마음이 들 때면 휴대전화에 저장해놓은 웃는 얼굴을 찾아서 들여다보았다. 천 사백여 년 전 신라 땅에 살았던 엄마의 얼굴인지, 그 땅에 살고 있던 누구의 얼굴인지 모르지만 나는 아버지의 웃는 얼굴을 거기서 찾았다. 웃는 얼굴 수막새를 빚었던 기와 장인의 아내일지도 모르겠다. 혹은 그의 어머니일지 알 수 없는 일이다. 여러 가지 생각이 들면서 엄마를 기다리며 동생과 찰흙 놀이를 하던 집 앞의 풍경도 함께 떠올랐다. 어렸을 때부터 다른 놀이보다 찰흙 놀이를 좋아했다. 흙을 만지고 있으면 엄마의 하얀 젖가슴을 만지던 느낌이 손끝에 전해졌다. 동생에게 엄마를 빼앗겼다고 생각을 해서였을까. 흙 놀이는 텅 빈 집에 들어가기 싫어서 동생을 데리고 했던 놀이이기도 했다. 학교에서 집에 오면 유치원에서 돌아온 남동생을 돌봐줘야 했다. 아침에 출근하면서 엄마는 언제나 똑같은 말을 했다. 내가 누나니까 동생을 잘 데리고 놀라는 부탁이었다. 어떻게 하면 나도 지루하지 않고 엄마가 돌아올 때까지 동생을 데리고 있을까. 그것은 언제부터인지 내가 좋아하는 찰흙으로 만들기였다. 로봇을 만들겠다며 진우는 찰흙을 한 주먹 쥐고 머리부터 만들까, 다리부터 만들까. 어떤 로봇인지 모를 로봇을 만들겠다며 들떠있기도 했다. 작은 손가락으로 꼼지락거리다가 마음대로 되지 않으면 손바닥으로 눌러 뭉개버리기 일쑤였다. 진우의 마음은 길 건너 놀이터에 가 있었다. 여러 가구가 다닥다닥 붙어사는 우리 동네는 놀이터가 없었다. 길 건너 오래된 아파트의 놀이터도 쓸만한 놀이기구도 없는데 거기 가서 놀겠다고 떼를 썼다. 내가 동생을 돌보는 것을 또래 아이들에게 보여주기 싫었다. 그때를 떠올려보면 우리 집 형편이 어렵다는 걸 보여주고 싶지 않은 마음이 컸던 것 같다. 동생이 내 앞에서 놀아야 마음이 편했다. 그날도 놀이터에 가자는 진우를 앉혀놓고 우리 가족을 만들어보자며 달랬다. 너는 누구 만들래? 하고 물어보자 바로 엄마라고 대답했다. 진우에게 엄마라는 대답은 자연스럽기도 하고 안타까운 말이었다. 하루에도 몇 번이나 나에게 물었다. 엄마는 언제 와. 진우는 늘 엄마를 찾았다. 나는 진우에게 엄마를 물려준 누나답게 보이려고 했다. 엄마를 만들며 진우는 엄마가 옆에 있는 듯 흥얼거렸다. 손바닥으로 흙을 비벼서 꼬불꼬불한 머리카락을 꽤 여러 가닥을 붙였다. 힘들다고 하면서도 이번에는 엄마의 입을 만든다며 나에게 보여주었다. 나는 진우가 엄마를 만드는 동안 아버지를 떠올렸다. 기억이 없는 걸까. 그런 생각이 들 수밖에 없었다. 내 마음속에는 엄마를 힘들게 하고 우리에게 엄마를 빼앗아 간 아버지였다. 무슨 일인지 아버지가 한동안 집에 없었던 기억이 있다. 돌아왔을 때 아버지의 얼굴은 누렇게 떠 있고 검고 긴 눈썹은 더 새까맣고, 덥수룩한 수염 때문인지 더 낯설게 느껴졌다. 아버지의 기억을 들춰봐도 유치원 다닐 때 기억마저 없었다. 진우와 내가 빚은 우리 가족을 신문지에 펼쳐 놓았다. 이상한 것은 엄마와 동생은 환하게 웃고 있는데 나와 아버지는 웃고 있는 듯 보여도 동생의 표정과 달랐다. 어정쩡한 미소, 어느새 그 미소가 내 얼굴에 자리 잡았다. 동생이 만든 엄마의 얼굴은 한껏 웃고 있었다. 어떤 재료로 만들던지 엄마의 얼굴은 한결같이 웃는 얼굴이었다. 아버지에게 미소를 만들어주었던 그때를 생각하니 찰흙을 쥐고 있던 손에 힘이 들어갔다. 입을 크게 벌리고 억지로 웃는 웃음이 아니고 미소면 어떤가. 큰 소리로 웃어도 더 슬퍼 보이는 웃음도 있다. 웃는다는 건 잘 웃는 사람에게는 쉬운 일이지만 잘 웃지 않는 사람에게는 쉽지 않다는 걸 나를 보면 알 수 있다. 나는 불안하거나 일이 생각대로 되지 않으면 입꼬리를 한껏 올리고 웃는 이모티콘을 자주 그렸다. 내가 그린 이모티콘을 보며 따라하기도 했다.

이런저런 생각을 거두고 아이들이 만드는 수막새를 보려고 창가 쪽으로 걸어갔다. 웃는 표정을 만든다는 게 울고 있는 얼굴을 만드는 것보다 쉬울 거라 여겼는데 쉽지 않아 보였다. 사람 얼굴은 못 만들겠다며 연꽃무늬를 만들겠다고 말하는 아이도 있다. 연꽃무늬가 아니어도 좋으니 마음껏 상상의 꽃을 만들어보라고 했다. 흙으로 사람의 표정을 만들기가 어려울지도 모르겠다. 찰흙 놀이를 많이 해보았던 나를 기준으로 아이들에게 만들어보자고 했는지도 모른다. 덧붙여서 예쁜 미소를 뽑는다고 부추겨놓았으니 어림도 없는 일일지 모르겠다. 하지만 만들어보면 경주 얼굴무늬 수막새를 잊을 수 없을 것이다. 얼굴무늬 수막새는 그것 하나만의, 그것이다. 무엇보다 잃어버렸던 신라의 미소를 찾아와서 경주박물관에 놓여있다는 사실과 지금도 여전히 웃고 있다는 데 의미를 두고 싶었다. 그 얼굴을 보면 따라 하고 싶고, 너그러운 할머니 품 같고, 울다가도 바라보면 등을 토닥여주려고 달려올 엄마 같고, 지금은 웃음이 사라진 아버지의 지난 웃음이 들어있었다.

며칠째 비가 오다가 개고 나자, 공기가 무척 건조했다. 아이들이 만드는 동안에도 찰흙이 마르며 이음새가 갈라졌다. 갑자기 파란색 원피스의 아이가 만들고 있던 얼굴을 손바닥으로 눌러버렸다. 얼굴이 이지러졌다. 마음에 들지 않는 부분만 바꾸면 될 텐데, 아쉬운 마음으로 지켜보았다. 실제 경주박물관에서 보고 온 아이는 다르게 보일 수 있겠다 싶어서 궁금해졌다. 아이는 어느새 물을 가져와 손에 물을 묻혀 튕기며 옆에 있는 아이에게 작은 소리로 말했다. 찰흙이 마르면 물을 뿌려서 손바닥으로 꾹꾹 누르면 다시 만들 수 있다며 아이는 두 손바닥에 힘을 주었다. 아이의 원피스가 파닥댔다. 열어놓은 창문으로 들어오는 바람 때문만은 아니었다. 나는 파닥대는 원피스를 바라보고 있었다. 아이는 내가 보고 있다는 걸 느꼈던 것 같았다. 오늘 찰흙으로 기와 공부 한다고 엄마가 이 옷 입고 가라고 했다며 눈이 먼저 웃고 있었다. 웃는 모습이 분홍빛 코스모스꽃 같다. 창밖으로 도서관 앞뜰에 피어있는 노란 코스모스 사이로 분홍빛 코스모스가 한들거렸다. 파란 원피스 아이에게서 나의 어린 날이 고스란히 보였다. 찰흙으로 동생과 만들기를 하는 날은 엄마가 미리 꺼내놓은 짙은 색 원피스를 입었다. 흙물이 들면 지워지지 않는다는 걸 알고 있었다.

"우리가 만들고 있는 얼굴 무늬 수막새는 기와를 장식하려고 만들었다고 했잖아요? 멋있게 보이려면 예쁘게 꾸며야지 무서운 도깨비 얼굴은 왜 만들었어요?"

빔프로젝터로 보이는 도깨비 무늬 수막새를 가리켰다. 그리고 책상 위에 올려놓은 실제 암키와 두 개 사이에 올려놓은 수키와를 가리키고 있었다. 아이들의 눈이 기와에 쏠렸다. 내가 가지고 간 기와는 수막새는 없어도 그런대로 보여줄 만했다. 수업이 시작되자 바로 암막새와 수막새의 여러 무늬를 보여주고 난 뒤 설명을 했었다. 그런데 이 아이는 처음 들어본 것처럼 말했다. 우리는 다 아는데, 네가 늦게 와서 설명을 못 들은 거라며 뒤에 앉았던 아이가 그 친구를 꾹 찔렀다. 아이들의 반응은 웃는 얼굴 수막새를 만들면서도 뜨거웠다. 무섭게 표현한 짐승 얼굴의 기와 사진을 보자 저런 걸 지붕 위에 올려놓으면 무서워서 어떻게 처다보냐고 말하기도 했다. 그런 기와는 나쁜 기운이 집에 들어오지 말라고 지붕에 놓았다고 하자 고개를 끄덕였다.

수업을 준비하며 인터넷 검색을 하다가 보았던 논문이 있어서 소개한다. 국립문화재연구소가 펴내는 계간 학술지 '문화재'에 실린 '수막새에 새겨진 선악의 철학—신라의 미소 수막새를 통한 고찰'이라는 제목의 논문이었다. 저자인 윤병렬 교수는 이렇게 기술하고 있었다. 기와 장인은 우락부락한 도깨비나 맹수가 아닌 '웃는 사람의 얼굴'로 사악한 기운을 쫓아내려 했을까. 도깨비 형상 및 동물무늬 기와는 눈을 부라리고 이빨을 드러내어 병과 불행을 몰고 오는 악령을 막으려 한다. 하지만 진짜 악귀라면 그런 정도의 도깨비나 동물 얼굴쯤 얼마든지 깔아뭉갤 수도 있을 것이다. '얼굴무늬 수막새'는 이 점을 노린다. 험상궂거나 무서운 표정 대신 넉넉한 미소로 사악한 기운을 돌려보낸다는 것이다. '얼굴무늬 수막새'에는 신라인들의 기발한 해학이 녹아 있다는 내용이었다. 웃음기 있는 얼굴을 보고 화를 낼 사람이 있겠느냐는 내 생각과 같아서 옮겨보았다.

나는 기왓장을 좋아했다. 오랫동안 함께 유적지 곳곳을 찾아다니던 답사팀과 어느 산성을 오를 때였다. 한 연구원이 길섶에 떨어져 있는 손바닥 크기의 기왓장을 들어 보였다. 내가 좋아하는 바랜 회색 기와였다. 기와의 색은 흙과 굽는 온도에 따라 달라진다며 기와의 뒷면을 보여주었다. 성글게 짠 삼베무늬의 자국이 그대로 남아있었다. 기와를 이을 때 미끄러지지 않게 하고, 기와를 만들 때 둥근 틀에서 떼어내기 쉽게 하려고 삼베를 안에 넣었다고 했다. 설명하던 연구원이 유물은 제자리에 있어야 한다며 깨어진 기와

조각을 길섶에 내려놓았다. 그 일은 내가 도서관에서 아이들과 유물을 만들어보고 유물 한 점이 가지는 역사를 되짚어보고 이야기를 입혀보는 수업을 하게 된 이유가 되었다.

시市에서 운영하는 도서관은 일 년마다 강사를 뽑았다. 나는 유물에 관심이 있어서 유물 이야기를 아이들에게 재미있게 전하고 싶어서 계획했었다. 프로그램 이름은 '나도 박물관 스타'로 정했다. 아이들도 유물을 사랑하는 스타가 많아졌으면 좋겠다는 마음으로 지은 수업의 이름이었다. 나의 유물 이야기는 수업의 이름과 내용을 바꾸어 가며 이어오고 있었다. 나는 찰흙을 만들기 재료로 많이 쓰고 있다. 흙은 자연에서 온 재료여서 좋다. 가장 구하기 쉽고 옛것을 만드는데 공장에서 만들어낸 재료를 쓸 수는 없었다. 선사박물관으로 아이들을 데리고 체험학습을 간 적이 있었다. 그곳에도 수막새를 만들 수 있게 천막을 쳐놓고 체험활동을 하고 있었다. 수업을 진행하는 선생님은 아이들에게 연꽃무늬 틀과 색이 있는 점토를 하나씩 나눠주며 눌러서 찍으라고 했다. 손에 흙을 묻히는 것을 싫어하는 아이들에게 마음을 써 주는 일이라고 생각을 했다. 그래도 점토보다 찰흙으로 만들면 한층 기와집의 수막새 같지 않을까 하는 아쉬운 마음이 있었다. 찰흙과 비교하면 훨씬 가볍고 만들기 쉬운 재료가 많다는 걸 모르는 건 아니다. 찰흙으로 쓰지 않아도 되는데 굳이 무거운 찰흙을 들고 다닐 필요가 있냐고 말하는 친구도 있다. 별나다는 말도 들었다. 그런 것 같기도 하다. 나는 어떤 말을 들어도 막새는 찰흙으로 만들어야 한다는 생각을 바꾸고 싶지 않았다.

오늘도 주차장에서 강의실까지 찰흙을 들고 오느라 몇 차례 내려놓으며 가지고 왔다. 암키와 두 장과 수키와 한 장도 가져오느라 다른 날보다 더 무거웠다. 암키와 두 장 사이에 수키와를 얹어서 보여주면 자료 화면으로 보는 것보다 훨씬 쉽게 이해할 수 있을 것 같아서였다. 가끔 사진으로만 기와를 봐서 실제 기와를 모르는 아이들도 있었다. 이럴 때 쓰려고 구해온 몇 장의 기와였다. 차를 타고 지나가다 눈여겨보았던 기왓장이었다. 회색빛 컨테이너를 둘러싸고 쌓아놓은 기왓장 사이로 풀이 자라서 그냥 지나칠 수 있는 곳이었다. 녹물이 번져 더욱 낡아 보이는 컨테이너는 잠겨있었다. 언제 붙여 놓았는지 굵은 숫자만 겨우 남아있는 번호로 전화를 걸었다. 몇 번 만에 전화를 받은 사람은 기왓장을 팔고 사는 사장이었다. 기와집 헐 때를 기다렸다가 구해온 옛날 기왓장이라 요즘 나오는 기와와 비교할 수도 없다고 했다. 강화플라스틱 기와로 지붕을 올린 집은 기와집도 아니라며 말소리가 커지기도 했다. 보기만 해도 다르다는 걸 모를 사람이 어디 있다고 기와 사장은 계속 말을 이어갔다. 회색빛이 도는 기왓장은 바래 있었다. 나도 이런 기와는 찾기 어려울 것 같아서 여러 장의 기와를 사 왔다. 베란다에 세워 두고 기와를 가지고 뭘 할까 생각하다가 여러 날이 지나갔다. 불현듯 아버지 얼굴을 그리고 싶어졌다. 지난주에 엄마와 함께 요양원에 갔다가 엄마를 보고 굳어지는 아버지의 얼굴이 영화의 마지막 자막처럼 훑고 지나갔다. 엄마는 뇌출혈 후유증으로 아버지를 보살필 수가 없었다. 그 사실을 알려줘도 곧 잊어버렸다. 나도 아버지의 얼굴을 보러 가는 게 전부였다. 아버지의 웃음기 있는 얼굴을 그려야겠다는 생각이 들자 얼굴무늬 수막새의 웃고 있는 얼굴이 떠올랐다. 고속도로 경주 요금소를 나오자마자 바로 보이는 얼굴이다. 어디를 가든지 웃는 얼굴이 경주를 채우고 있었다. 길을 걷다가도 어디서든 마주치는 경주의 얼굴. 어디를 가든 어느 곳이든, 나의 머릿속을 틀어쥐고 있던 그 얼굴을 그리기 시작했다. 천 사백 년을 그저 웃고만 있지만 지나온 일을 나는 또렷하게 기억하고 있었다.

경주 얼굴무늬 수막새는 일제강점기에 경주 영묘사靈廟寺 터에서 출토되었다. 1934년 골동 상점에서 다나카 도시노부[田中敏信]가 비싼 가격에 사가서 일본으로 건너갔다. 일제강점기에 총독부 경주분관장을 두루 거쳐 지낸 오사카 긴타로와 박일훈 경주박물관장의 여러 차례 다나카 노사노부를 설득했다. 1972년 다나카 노사노부가 경주박물관에 직접 와서 얼굴무늬 수막새를 기증했다. 경주박물관에 자리를 찾기까지 고된 기억은 잊은 듯 가득 번지고 있는 웃음기!

나는 기왓장에 검은색 아크릴물감을 묻혀 두꺼운 붓으로 얼굴의 테두리를 그렸다. 먼저 짙은 눈썹을 그렸다. 많은 사람 속에서도 짙은 눈썹이 눈에 들어오는 아버지였다. 그리고 눈 아래로 볼을 바싹 올렸다. 우뚝한 코언저리로 웃음이 퍼졌다. 그림을 본 엄마는 놀란 얼굴이었다. 손으로 비슷하게 만들기는 했어도 그림을 그리는 건 나조차 생각지도 못한 일이었다. 기억도 잃고 웃음도 잃은 아버지의 모습을 그리고 싶지 않았다. 지금보다 훨씬 젊었던 시절의 웃음을 찾기 바랐다. 엄마는 바랜 앨범에서 결혼사진을 꺼내서 나에게 보여주었다. 사진 속 젊은 엄마와 아버지가 옅은 미소를 짓고 있었다. 하필 치매는 걸려서, 하는 엄마의 한숨 소리가 다른 날보다 더 크게 들렸다.

수업을 마치면 아버지에게 가려고 아버지의 웃는 얼굴을 그린 기왓장을 가지고 나왔다. 나는 아이들과 아버지의 웃는 얼굴을 만들어서 요양원에 가져가려고 했던 흙을 아직도 쥐고만 있었다. 아이들이 만들고 있는 동글동글한 얼굴을 둘러보았다. 웃는 얼굴을 거의 마무리 짓고 있었다. 아이들은 만들어 놓은 얼굴을 만지고 있다가 실제 수막새의 깨어져 나간 입 주위와 이마를 잘라내었다. 그렇게 해야 오래된 느낌이 나지 않겠냐고 했다. 나는 울음을 터뜨릴 것 같은 얼굴을 만들었던 아이 옆으로 다가갔다. 여기를 잘라내야 신라의 미소지. 라며 아이는 이마와 턱이 얼마나 깨졌는지 정확하게 기억하고 있었다. 내가 보여준 사진을 뚫어지게 바라보더니 허투루 본 게 아니었다. 아이가 만들어 놓았던 얼굴도 몰라보게 바뀌어있었다. 입술은 살짝 올려놓았고 볼까지 내려왔던 눈썹을 시원하게 올리니 웃는 얼굴 수막새를 그대로 닮았다. 그보다도 아버지의 잔잔한 웃음을 닮았다. 이거 선생님께 주고 갈게요, 집에 가져가도 버리니까요. 웃는 얼굴로 바꾸어놓은 아이의 마음을 선뜻 받을 수 없어서 망설이는데 아이의 얼굴이 어두워졌다. 아이가 말을 하지 않아도 알 수 있었다.

보통 엄마들은 아이들이 유치원에 돌아오면 무엇을 만들었던지 거의 보관해놓는다고 한다. 그러다 초등학교 4, 5학년쯤 되면 얼마간 책상 위에 두었다가 버린다는 걸 들어서 알고 있었다. 아이들은 엄마가 집으로 가져가면

버린다는 친구의 말을 듣자 마치 자기의 일처럼 웅성거렸다. 아이들은 자신들이 만든 것을 집에 가지고 가면 며칠 두었다가 휴지통에 버린다는 아이들과 유치원 다닐 때부터 지금까지 모아놓은 상자가 있다는 아이들로 갈리었다. 나는 엄마가 아니라서 엄마의 마음을 알 수 없다. 그렇다 해도 아이가 열심히 한 결과물을 하찮게 여기지 말아줬으면 하는 마음은 아이들을 볼 때마다 들었던 생각이었다. 여자아이들 가운데 미소 퀸을 뽑으라고 장난스럽게 말했던 아이가 외쳤다. 다 만들었으니 예쁜 미소를 뽑아달라고 했다. 아이들이 만들어 놓은 수막새에서 웃음소리가 들리는 듯했다.

"이상해요, 분명히 눈썹도 깨지고 입도 깨지고 턱도 반은 없어졌는데 웃는 얼굴로 보여요."

나는 아이 옆으로 바짝 다가갔다. 바지 뒷주머니에서 휴대전화를 꺼내 신라의 미소 퀸이라는 이름의 폴더를 열었다. 인터넷에서 찾아놓은 여러 장의 사진이었다. 어떤 사진은 검은빛이 강했고 어떤 사진은 붉은빛이 도는 사진도 있었다. 같은 얼굴이어도 조금씩 다르게 보였다. 경주박물관에서 내가 찍어왔던 사진과 달랐다. 이상한 일이었다. 밖에 전시된 조형물은 햇빛 때문에 때때로 다른 표정을 보이지만 실내 전시물도 다르게 보일 수 있구나 싶었다. 며칠 전에 휴대전화를 잃어버려 저장되어있던 사진이 모두 사라졌다. 휴대전화를 바꿀 때마다 옮겨서 저장했고 잃어버리기 전에도 신라의 미소 퀸 폴더를 열어서 가끔 들여다보았다. 휴대전화를 잃어버린 것보다 그 속에 담겨있던 미소를 잃어버려 더 안타까웠다. 하는 수 없이 블로그에서 화질이 좋은 것으로 저장해놓은 사진이었다. 천 사백 년 전에도 그랬고 지금도 여전히 품이 넓은 미소로 내 마음속에 있었다.

"눈과 입, 그리고 볼이 웃고 있어서 그럴 거야."

볼이 웃는다는 말이 이상한지 아이는 고개를 갸우뚱거렸다. 그 수막새를 만들었던 장인은 두 볼을 어떻게 만들어야 할지 깊이 생각한 흔적이 보였다. 볼의 한쪽은 더 도톰하게 빚었고 다른 한쪽은 약간 낮게 빚었다. 두 볼의 크기와 위치를 달리 만들었다는 것으로 장인의 눈썰미를 알아차릴 수 있었다. 누가 기와의 지붕을 자세히 본다고 수막새를 그렇게 만들 수 있을까. 아이는 자기가 만든 얼굴을 보며 흉내를 냈다. 다른 아이들도 만들어 놓은 얼굴을 보며 따라 웃고 있었다. 그 모습들이 언뜻 보면 비슷하게 보여도, 서로 다르게 생긴 얼굴만큼 표정도 달랐다. 아이들은 모두 웃고 있었다.

나는 거울을 자주 들여다보지 않는다. 가끔 거울 속에 비친 나의 얼굴이 다른 사람처럼 느껴질 때가 있다. 그럴 때 애써 웃는 표정을 지었다. 내가 먼저 웃어야 거울 속에서도 나를 보며 웃어준다는 것을 알았다. 몸에 근육이 있듯이 사람의 얼굴에도 뼈와 피부 사이에 표정 근육이 있다고 한다. 근육을 어떻게 쓰는지에 따라 찡그린 표정을 짓고, 웃는 표정을 짓는다는데 찡그릴 때 더 많은 근육을 쓴다고 한다. 웃지 않으면 웃음 근육이 마음대로 움직이지 않아 웃을 수 없게 될지도 모른다는 의사의 말을 듣기도 했다. 나는 내가 잘 웃지 않는 이유를 아버지에게서 찾았다. 그러던 내가 아버지의 잃어버린 웃음을 찾아 줄 수 있을까. 흐트러져있는 퍼즐을 맞춰놓고 싶었다. 슬라이딩 퍼즐을 자주 했던 때가 있었다. 한 칸은 비어있어서 한 조각씩 옮겨가며 그림을 맞추는 놀이다. 어느 날인가 슬라이딩 퍼즐 맞추기를 하려는데 그림 조각들이 쏟아졌다. 동생은 자기가 그런 게 아니라고 고개를 저었다. 내가 다시 끼워 넣으려고 해도 넣을 수도 없었다. 가끔 슬라이딩 퍼즐이 생각났다. 아버지의 웃는 얼굴을 찾아서 퍼즐 판에 넣어두고 싶었다. 마음 한쪽에서는 흙 놀이로 채웠던 날들이 꾸역꾸역 올라오기도 했다.

몰라보게 웃음을 띤 얼굴로 바꿔놓은 아이가 가방을 챙기고 있었다. 아이에게로 다가가 손을 내밀었다. 펼쳐 놓았던 신문지에는 군데군데 말라버린 찰흙이 허옇게 묻어 있고, 흙이 덜 묻은 신문지 귀퉁이에 아버지를 닮은 얼굴이 놓여있었다. 아이는 손톱마다 찰흙이 잔뜩 낀 손으로 내 손바닥에 웃는 얼굴을 올려놓았다. 아이에게 몇 번이나 고맙다고 말했다. 우는 모습에서 웃는 얼굴로 바꾸어줘서 고맙고, 쓰레기통으로 들어가더라도 자신이 만든 유물을 엄마에게 보여주는 것도 고맙고, 아버지를 닮은 웃는 얼굴을 나에게 선물해줘서 고마웠다. 아이는 한결 밝아진 얼굴로 강의실 문을 향해 걸어갔다. 다른 아이들도 강의실 밖에서 기다리는 엄마에게 하나둘 뛰어갔다. 창밖에는 엄마와 손을 잡고 걸어가는 아이들 사이로 쏜살같이 뛰어가는 아이의 뒷모습이 보였다. 나는 아이가 내 손에 올려놓은 얼굴을 들여다보았다. 아직 마르지 않은 아버지의 웃음이 서려 있었다.

이문자 | 내미는 손

2022년 『계간문예』 제70호 소설 신인상 당선으로 등단.
2020년 ≪경북일보≫ 문학대전 시부문 문학상 수상.

내미는 손

이문자

탁상시계로 눈길이 간다. 오전 7시 20분이다. 탁자 위에는 노란색과 빨간색이 많이 들어간 시화 액자가 놓여 있다. 내 작업실에 드나들던 소희가 주고 간 작품이다. 시화 속에는 엄마와 소녀가 웃으면서 손을 꼭 잡고 있다. 아침에 찌개 끓는 소리와 냄새에 눈을 뜨고, 엄마가 부르는 소리에 행복하다는 내용이다.

소년 소녀 가장들과 영화를 보기로 한 날이다. 인문학 모임 회원들과 얼마 전부터 계획한 일이다. 모임 장소인 청천동 부평 CGV 영화관으로 아침 일찍 출발했다.

부평 아이즈빌아울렛 건물주차장으로 들어섰다. 1층은 아웃렛 매장과 가까워서 CGV가 있는 주차장 쪽으로 올라간다. 몇 번을 돌아서 올라가니, 차가 빼곡하다. 어렵게 주차해 놓고, CGV 안으로 들어간다. 영화관에 있는 디지털 시계가 오전 11시 20분을 가리킨다. 정오 12시에 만나기로 약속했으니, 40분 정도 여유 시간이 있다.

유명 브랜드 상설할인매장으로 들어갔다. 노스페이스, 마코스포츠, 핑, 데니스골프, 링스골프, 디즈니골프, 젤러웨이 스포츠 매장을 차례로 돌았다. 마지막으로 들어갔던 젤러웨이 매장에서, 남편의 주황색 기능성 반팔 티셔츠 하나를 구매했다. 쇼핑으로 30분 정도 시간을 보냈다. 10분을 남기고 영화관으로 올라갔다.

나머지 회원과 인솔자가 아이들을 데리고 도착했다. 아이들은 대부분 처음 보는 얼굴이라, 어색한지 말이 없었다. 자세히 보니, 낯익은 여자아이가 보인다. 너무 반갑기도 하고, 설마 아니겠지 생각하면서도, 가슴이 먼저 뛰고 있다. 그 아이도 나를 알아봤는지 웃고 있다.

"안녕하세요?"

아이의 얼굴이 조금 붉어진다. 나도 얼떨결에 미소를 지어 보인다.

"너, 소희 맞지?"

"네"

"그래, 오랫동안 못 봐서 궁금했는데. 잘 지냈니?"

원룸에 작업실을 만들었다. 작업실로 옮기면서 그림 도구가 빠져나간 집 서재는 책상과 책장, 책과 노트, 필기구만 가득하다.

새로 마련한 작업실에서 편하게 그림을 그릴 수 있다는 생각으로 기분이 좋다. 그렇다고 이곳에서 그림만 그리는 것은 아니다. 글도 쓴다. 특별히 외출도 거의 하지 않는다. 그런 원룸에서 주어진 시간은, 상상의 시간을 만들어 준다. 집에서는 경험할 수도 느낄 수도 없는 또 다른 환경이다.

"준비물 사야 하는데, 깨우지도 않고."

여자아이는 짜증스러운 목소리로 울먹거린다.

"알았어. 마음 풀고 한 숟가락만 먹고 가."

"엄마는 늦었다는데 정말!"

계속 울먹거리며 골목으로 사라진다.

이 건물에 아이가 있는 줄을 미처 몰랐다. 얼마 전에도 아이 울음소리가 들렸지만, 다른 건물이거나 잘못 들었겠지 생각하며 지나쳤다.

영화 예약 시간은 오후 1시 40분. 12시 전에 만났으니 시간은 많이 남았다. 옆에 있던 인솔자가 잠시 고민하는 듯하더니 말을 꺼낸다.

"관람 전에 시간 여유가 있으니 뭣 좀 먹고 들어가죠?"

다들 별 의견 없이 따른다. 회원들과 아이들은 식당으로 이동한다. 식사 메뉴도 아이들이 좋아하는 피자, 샐러드, 감자튀김, 카레밥, 샌드위치 쪽으로 의견이 모아졌다. 처음에는 무표정하던 아이들이 시간이 지날수록 웃음과 말이 많아졌다. 나와 회원들도 덩달아 웃음이 많아졌다.

수업을 끝내고, 작업실 쪽으로 차를 몰았다. 매일 조금씩 그리지 않으면 점점 그리기 싫어질 것 같다는 생각이 들었다. 수업 시간에 남편에게서 메시지가 왔다. 퇴근하고 직원들과 스크린 골프 치고, 저녁을 먹고 온다는 내용이다. 알았다고 답장을 보냈다. 남편은 사람과 술을 좋아한다. 밥을 먹고 온다는 말은 술을 먹고 온다는 말이 된 지 오래다.

딸과 아들도 야간 자습을 하고, 학원에 다녀오기 때문에 늦는 경우가 많다. 많이 늦는 날은 데리러 갈 때도 있다. 대학이 뭔지, 이렇게까지 해야 하나? 그런 생각이 문득 든다. 이렇게 하고도 좋은 결과가 나오지 않으면 어쩌지? 아이들이 안쓰럽다. 대신해 줄 수 없는 일이기에 가슴이 더 쩡해 온다. 주말에는 남편과 아이들이 먹을 홍삼과 비타민을 사러 가야겠다고 생각한다.

동네 사거리에 있는 대형 마트에 들렀다. 2층으로 올라가 보니, 한쪽에 미술 도구를 진열해 놓았다. 매장도 크고, 전문가용이 비교적 잘 구비되어 있다. 필요한 것을 마트 바구니에 담는다. 진열대를 막 돌아서려고 하는데, 전문가용 색연필 72색이 보인다. 연필화에 살짝 색을 넣고 싶어서, 그것도 바구니에 넣었다.

1층으로 내려와 패스트 푸드점을 찾았다. 저녁밥을 혼자 해결해야 하기 때문에 버거 세트를 샀다. 불고기가 들어 있는 버거를 선택했다. 음료는 커피로 바꿔 주문했다. 기본은 콜라로 나오지만, 커피 마니아인 나는 매번 바꿔 주문한다. 학원에 다녀오면 출출해 하는 딸과 아들을 위해, 치즈버거 두

개를 작은 것으로 주문했다. 단품으로 주문하는 것도 잊지 않았다.

작업실 앞에 들어서려고 하는데, 주차 공간이 없다. 골목 안에 오래된 원룸은 두 대의 주차 공간이 있을 뿐이다. 두 대 중 한 대는 3층, 주인집 아들이 주차하는 경우가 대부분이다. 하는 수 없이 원룸 건물과 옆 건물 사이 공간에 어렵게 주차했다. 내리기 전에 차 안을 둘러본다. 가지고 내릴 것을 쇼핑백에 담았다.

작업실 건물을 들어서면, 가장 먼저 우편함이 보인다. 각종 고지서와 광고지가 지저분하게 꽂혀 있다. 105호 작업실 우편함에는, 열정 헬스장 삼개월 할인 행사 광고지와 도시가스 고지서가 꽂혀 있다. 일주일에 한 번씩 청소하는 여자가 있지만, 관리가 쉽지 않다. 엘리베이터도 없는 오래된 3층 건물이다. 우편함 밑에는 등받이도 없고, 앉는 가죽 부분은 날카로운 것에 찍힌 듯 보이는, 낡은 의자가 있다. 나도 앉아 본 적이 있지만, 움직일 때마다 삐걱거렸다.

B01호 노인이 낡은 의자에 앉아 있었다.

"운전을 어쩜 그렇게 잘해?"

"감사합니다."

"참말 멋있어."

"더운데 왜 나와 계세요?"

"누구 기다려."

"식사는 하셨어요?"

물음에 노인은 고개만 끄덕인다. 작업실이 있는 1층은 우편함이 있는 곳에서 계단을 올라가야 한다. 노인에게 가볍게 인사한다. 작업실 105호가 있는 방향으로 돌아서는데, 2층에서 뛰어 내려오는 소리가 들린다. 계단을 내려오는 여자아이의 얼굴을 보니, 내가 방과 후 수업을 맡은 반 아이다. 여자아이가 먼저 알아본다.

"선생님, 안녕하세요?"

약간 당황해 하는 얼굴이다.

"그래, 소희야. 여기 사니?"

어제 아침에 일어났던 일이 생각났다. 수업이 없어서 아침부터 작업실에 와 있었는데, 2층에서 여자아이가 짜증을 내며 울먹이던 그 목소리. 생각해 보니 소희 목소리였다.

"선생님도 여기 사세요?"

아이는 반가운 얼굴을 하고 있으면서도, 의아하다는 표정이다.

"사는 건 아니고, 선생님 작업실이 여기 있어서, 시간이 나면 거의 매일 와."

작업실 문을 열고 있는데, 소희가 궁금한지 들여다본다.

"와, 그림이 정말 많네요."

며칠 전, B01호 노인이 2층에 초등학생 여자아이가 산다고 말했다. 버릇도 없고, 동네 안 좋은 남자애들과 어울려서 질이 안 좋다고 흉을 보았다. 그렇다면 그 아이가 소희?

"선생님."

"응?"

"저 그림 구경하고 싶어요."

나는 조금 망설이다가 대답했다.

"들어와."

작업실에 들어온 소희는 벽에 걸린 시화를 신기한 듯 읽어본다. 한가운데 나무 이젤 위에는 유화 그림이 있다. 그림 속에 손으로 머리를 받쳐 놓고 기대 있는 여인은, 무엇인가 생각에 잠긴 듯 보인다.

"소희야, 햄버거 좋아하니? 선생님이 치즈버거 사 왔는데 먹을래?"

아이들 간식으로 준비한 치즈버거 한 개를 소희 앞으로 내밀었다.

"저 치즈버거 좋아해요."

소희가 웃으며 치즈버거를 받는다. 버거 포장지를 벗기는데, 양배추와 당근 채가 바닥으로 떨어진다. 물티슈로 방바닥을 훔치는 모습을 보며, 냉장고에서 콜라 캔을 꺼내서 건네주었다.

불고기 버거를 먹고, 이젤 위 인물화에 유화 물감을 더 칠한다. 신기하고 궁금한 게 많은지, 소희가 계속 질문한다. 정신이 없기도 하고, 덥기도 해서 소희에게 아이스크림 먹으러 나가자고 제의했다. 소희는 허락을 받기 위하여 위층 집으로 올라갔다.

외출하기 위하여 가스 밸브가 잠겼는지, 전기는 안전한 상태인지 확인한다. 현관문을 열고 나서는데, 건물 입구에서 큰 소리가 들린다. 내려다보니 B01호 노인과 낯익은 노인이 언성을 높이고 있었다.

"잘 알지도 못하면서 남의 말 함부로 하지 말란 말이야!"

"이 노인네가 내가 뭘 어쨌다고 이 난리야? 나 아무 말도 안 했어."

두 노인이 화를 내며, 금방이라도 머리끄덩이를 잡을 모양새다.

"할머니, 우리 할머니한테 그러지 마세요!"

위층에서 내려오던 소희가 B01호 노인을 무섭게 노려본다.

"어린 것이 지 할미를 닮아서 버릇이 없네."

B01호 노인이 씩씩거리며, 지하 계단을 내려가다가 휘청거린다. 소희 할머니도 얼굴이 붉어진다. 나는 소희의 모습을 묵묵히 지켜본다. 아무리 그래도 그렇지, 어른한테 버릇이 너무 없다는 생각이 스쳐갔다.

"할머니, 괜찮아?"

"별일 아니야. 넌, 신경 쓰지 마!"

소희는 흥분한 할머니의 팔짱을 끼고, 도로 위층으로 올라갔다가 조금 뒤에 다시 내려왔다.

소희와 골목을 빠져나와 길 건너, 24시 편의점에서 바닐라 아이스크림 두 개를 샀다. 편의점 앞에는 파라솔과 둥근 탁자와 네 개의 의자가 있다. 가로수가 울창하다. 비둘기들이 왔다 갔다 분주하게 걸어 다닌다. 소희와 의자에 앉아 아이스크림을 먹는다.

편의점 앞에서 무더운 오후 시간, 오가는 사람들을 바라보았다. 유모차를 몰며 지나가는 부부의 모습이 보기 좋았다. 오가는 차를 바라보며, 요즘 인기 있는 차종과 색깔을 생각하고 있을 때였다. 흰색 승용차가 지나간 후,

비둘기는 주검이 되어 도로에 누워 있다. 그 사건에 충격을 받았는지 다른 비둘기들이 사체를 맴돌고 있다. 시간이 조금 더 지나자 한 마리씩 떠난다. 마지막 한 마리가 오래도록 주검을 지킨다. 그러나 결국 그 한 마리조차, 더 이상 그 자리에 남아 있지 않았다.

비둘기의 사체를 어찌해야 하나 고민하고 있는데, 초등학교 저학년으로 보이는 아이들이 모여들었다. 죽은 비둘기를 둘러싸고 무엇인가 의논하는 것 같다. 잠시 후에 아이들은 비둘기를 나무 막대기로 비닐봉지에 담아서 어디론가 몰려갔다.

사고는 한순간이다.

"선생님, 비둘기가 너무 불쌍해요."

옆에서 소희가 울어서 엉망인 얼굴이다.

"이제 어두워지는데 그만 들어가자."

작업실에 도착한 소희는 좀 진정하나 싶더니, 계속 울먹인다. 하는 수없이 요즘 인기 있는 걸 그룹 이야기를 하며, 분위기를 전환시켰다. 소희는 가수들의 옷차림과 외모 이야기에 관심이 많았다. 걸 그룹 이야기로 기분이 나아진 소희를 집으로 올려보냈다. 어느새 이젤 위 그림 속에는 비둘기만 가득하다. 더 이상 아무 생각도 떠오르지 않는다. 어질러진 작업실 안을 대충 정리하고 집으로 돌아왔다.

밖에서 누군가가 현관문을 두드렸다.

"누구세요?"

"선생님, 저 소희인데요. 놀러 왔어요."

밝은 목소리에 문을 열어주니, 소희가 찐 고구마를 가지고 왔다. 우리는 고구마를 먹으며 책을 읽었다. 소희는 내가 가지고 있던, 생텍쥐페리의 『어린 왕자』를 읽었다. 그 책을 정말 좋아했다. 토요일 아침에 내가 작업실에 와 있는 것을 알고, 또 놀러왔다.

"선생님, 제가 아침에 어린 왕자한테 편지를 썼어요."

쑥스러운지 웃으며, 머리를 긁적거린다.

"그래? 그럼 한 번 읽어볼까."

우리 정말 오랜만이다. 항상 그랬듯이 문득 네가 생각나서, 이른 아침부터 말을 걸어 본다.

나는 너를 찾을 때면 어김없이 '길들여진다'는 말을 먼저 떠올리곤 해. 그 말처럼 멋지고 아름다운 말도 없거든. 너의 작은 별에서 매일 지겹도록 보았을, 한 송이 장미꽃을 찾아 헤매니 말이다. 그런 걸 보면 매일 익숙한 것들이 얼마나 소중한 것인가, 우리는 느끼며 살아야 해. 너는 실망했었지. 너의 소중한 장미가 내가 사는 이 별에선 흔하디흔한 장미라는 게, 아마도 슬프고 화가 났을 거야. 너하고 있으면 마음이 편해져. 오늘도 언제나처럼 조금 벗어나고 싶어질 때면, 너에게 어김없이 말을 걸지. 너는 정치도 이념도 철학도 말하지 않아. 오직 소중한 것에 대해서만 얘기하지. 아무런 계산 없이 그냥 읽어 나가다 보면, 내게 주어진 것들을 사랑해야겠다는 생각이 저절로 들어. 모든 것들이 소중해져.

요즘처럼 일상이 지겹게 느껴질 때면, 네가 있는 책장을 열게 되지. 자, 그럼 내 이야기는 그만하고, 지금부터 네가 사는 세상으로 우리 한 번 떠나 볼까? 언제나처럼 우유 한 잔으로 시작하자. 창밖을 보니 오늘 날씨가 선선하니 좋은 거 같아. 참, 저녁에는 비 소식도 있더라. 우산을 챙겨도 좋을 거 같아. 지저귀는 새소리도 아침을 열기에 너무도 정겹다. 지금부터는 네가 있는 곳에 들어간다. 자, 첫 장을 열어 보자고.

소파에 앉아서 리모컨을 누르며, TV 채널을 바꿔가며 보고 있다. 밖은 어둠이 짙어진다. 학원에서 돌아온 딸과 아들이 현관을 들어선다. 여느 날과 다르게, 신발을 대충 벗어놓고 들어온다. 낮에 사 온 치즈버거를 반으로 나눠 주며, 탄산음료 대신 따뜻한 보이차를 준비한다. 온종일 에어컨 바람 밑에서 찬 음료만 마셨을 것이다. 딱딱한 의자에 앉아 힘들었을 것을 생각해서 따뜻한 차로 준비한다. 버거를 먹고, 씻고 나온 딸과 아들은 피곤하다며, 각자의 방으로 들어간다.

책상 앞에 앉아 보았지만, 오래 버티지 못한다. 남편은 술에 취해 늦게 들어온다. 취해서 정신이 없는지 대충 씻고 나와서, 잠이 든다. 옆에서 코를 심하게 곤다. 밤새 뒤척이다 제대로 잠을 이룰 수가 없었다. 얼마 전, 아파트 놀이터에서 소희가 자꾸 떠오른다. 학교 선배인지 친구인지는 모르겠으나, 남학생 세 명과 여학생 한 명이 같이 있었다. 소희와 그 친구들은 험악한 얼굴로 초등학교 저학년으로 보이는 여자아이를 노려보았다. 소희가 그 여자아이를 밀쳤고, 아이는 서럽게 울기 시작했다. 소희가 B01호 노인에게 보인 행동과 놀이터에서 아이에게 저지른 언동이 예사롭지 않았다.

식사를 먼저 끝낸 아이들은 오락실을 드나들었다. 여학생보다 남학생들이 오락에 더 정신없이 빠져들었다. 여학생 서너 명은 오락실 입구에 놓여 있는 인형 뽑기에 관심을 보였다. 유행하는 초록색 인형을 조심스럽게 잡아당겼지만, 놓치고 말았다. 영화 상영 시간이 다 되어 가는데도 끝낼 기미가 없다. 인형을 놓친 여자아이는 아쉬운 얼굴로 미련을 버리지 못한다. 어쩔 수 없이 억지로 끝내게 하고 데리고 나왔다.

영화는 아이들이 좋아하는 '트랜스포머―사라진 시대'였다. 상영 시간이 세 시간 가까이 걸리는 긴 영화다. 나는 영화관으로 이동해 관람을 위하여 화장실도 다녀오고, 매점에서 아이들을 위한 팝콘과 음료수도 샀다. 옆에 있던 소희가 음료수를 들어준다.

상영 시간 전, 20분의 여유가 생겼다.

"애들아, 우리 시간 있을 때 단체 사진 찍고 들어가자."

인솔자가 짧은 시간 빠르게 움직인다.

옆에 있는 젊은 커플에게 부탁한다. 인상 좋은 청년은 기분 좋게 응한다. 밝은 매점 옆에서 사진을 찍는다.

"이제 찍을게요. 웃으세요. 하나, 둘."

청년이 웃으며 외친다. 찰칵 소리와 동시에 플래시가 터진다.

"감사합니다."

"잠깐만! 다시 한 번 더 찍어 드릴게요. 하나, 둘."

찰칵 소리가 나며 플래시가 다시 한 번 터진다. 두 장의 사진에는 활짝 웃고 있는 모습도 있고, 어색한 듯 고개를 살짝 돌린 아이도 있다. 움직여서 사진이 이상하게 나왔다고, 속상해하는 여자아이도 있다. 그것도 자연스러워서 좋은 추억이 된다고, 나는 위로해 주었다.

아침부터 비가 계속 내린다. 작업실 입구로 들어서는 그 잠깐 사이에도 옷은 젖고, 신발은 진흙투성이다. 발이 닿는 곳마다 웅덩이라 걸을 때마다 짜증스럽다. 그런 상황이 요즘 나의 생활과 닮아 있는 것 같아, 저절로 한숨이 난다.

경찰관 두 명이 계단을 내려온다. B01호 노인도 경찰관들이 떠나는 것을 지켜본다.

"무슨 일이 있었나요?"

차가운 분위기가 맴돈다. 계단 위 102호 여자도 얼굴을 찡그리며, 부채질만 한다. B01호 노인이 의자에 앉으며 혀를 찬다.

"글쎄 B02호에 도둑이 들었다네. 오래 살아도 생전 이런 일은 없었는데. 선생도 뭐 없어진 거 있는지 잘 살펴봐."

"에고, 무슨 그런 일이 다 있어요? 도둑은 잡혔어요?"

"아직 못 잡았는데, 뒷골목에 작은 창문을 열고 들어와, 돼지 저금통과 금반지를 가져갔다나 봐. 작은 창문으로 들어온 걸 보면, 아무래도 애들 소행 같아. 그런데 이상한 건 CCTV가 있는 큰길에서 들어와야 B02호 창문이 나오는데, 경찰관이 CCTV에는 뒤쪽으로 간 사람이 없다는 거야. 그렇다면 도둑은 이 건물 안에 있다는 얘기 아니겠어."

노인은 범인이 원룸에 사는 사람이라고 단정 지으며, 매우 흥분한 상태로 무릎을 연달아 팍팍 친다. 그것도 창문을 열고 들어올 수 있는 사람은,

작은 체구의 아이일 것이라는 말까지 덧붙였다. 원룸에 범인이 있을 수 있다는 가능성을 짚는 것이 아니고, "있다"고 강조한다. 이런 원룸에는 대개 아이들은 살지 않는다. 그리고 이 건물에 살고 있는 아이라면 소희밖에 없지 않은가. 그렇다면 소희?

소희는 내가 작업실에 있는 것 같은 기미만 보이면 곧잘 찾아왔다. 학교에서 있었던 일들을 재미있게 조잘대기도 한다. 늦게까지 작업실에 있을 때가 있다. 그런 날이면 소희는 집에서 옥수수, 고구마, 떡볶이, 튀김, 부침개 같은 것을 챙겨 왔다.

소희와 함께 보내는 시간이 늘어나면서, 부모님이 경제적인 어려움을 겪다가 이혼한 사실을 알게 되었다. 소희는 형제와 자매가 없다. 외할머니와 엄마와 살고 있다. 소희 엄마는 건설 현장 함바식당에 일을 나간다.

나는 소희를 보면, 어린 시절이 자주 떠오른다. 초등학교 때 아버지는 사업을 크게 했다. 외국 수출까지 하던 회사는, 직원을 잘못 둬서 문을 닫고 말았다. 물론 여러 이유가 있겠지만, 사업 실패는 우리 집에 아무것도 남겨 두지 않았다. 아버지는 오랫동안 술독에 빠져 살았다. 시간이 갈수록 가족들은 힘든 생활을 견뎌야 했다. 어머니는 견디다 못해, 아버지 대신 생계를 위해 일을 찾아다녔다. 처음에는 식당 일을 하다가, 나중에는 동네에 잘 아는 부동산에서 일했다. 그것이 그래도 적성에 맞는지, 생활을 유지하며 돈을 모았다. 어느 정도 돈이 모이자, 어머니는 작은 부동산을 직접 운영했다.

어느 날 작업실에서 그림을 그리고 있는데, 소희가 스케치북을 가져와서 보여주었다. 스케치북에는 소희가 쓰고 그린 시화가 들어 있었다.

"선생님, 제가 쓰고 그린 시화예요."

"제법인걸! 이렇게 따뜻한 그림은 오랜만에 보는구나."

엄마의 따뜻한 사랑이 느껴지는 내용의 시와 그림이다. 정말 마음이 따뜻해지는 작품이다.

소희는 저녁을 먹고 다시 오겠다며 집으로 올라갔다. 나도 잠시 후 저녁 식사 거리를 사러 나가려고 일어섰다. 책상 위 핸드폰을 챙기고, 지갑을 꺼내려고 싱크대 서랍을 열었다. 서랍 속에 있어야 할 지갑이 없었다. 내가 작업실에 온 뒤로 소희 외에는 들어온 사람이 없는데? 설마 아니겠지. 아니라고 생각하는 한구석에 그래도 혹시 모른다는 의혹이 나를 자꾸 흔들었다. 얼마 전에 B02호 도둑이 든 일도 떠오른다. 싱크대 이곳저곳을 정신없이 찾았다.

"뭘 그렇게 찾아? 뭘 잃어버린 거야?"

여름이라 현관문을 열어 두었더니, 달그락거리는 소리에 B01호 노인이 궁금했는지 들여다본다.

"지갑을 여기 서랍에다 넣어 둔 거 같은데, 보이지 않아서 찾고 있어요."

"아까 보니까, 2층에 사는 소희가 왔다 가는 것 같던데?"

노인의 말을 들으며, 움직임이 느껴져서 고개를 옆으로 돌렸다. 소희가 뒤돌아서서 도망치듯 계단을 뛰어 내려갔다.

그날은 애들 학원이 쉬는 날이다. 남편에게 전화를 걸었다. 애들이 학교에서 바로 온다는 말을 듣고, 남편도 퇴근하고 바로 오겠다고 대답한다. 작업실을 서둘러 나서는데, 현관 앞에 B01호 노인이 앉아 있다.

"집에 가는 거야? 오늘은 일찍 가네. 2층에 소희가 요즘 많이 늦게 들어온다고, 아이 할머니와 엄마가 걱정하던데."

비가 많이 내린다.

'무슨 일이 있나? 며칠째 소희가 통 안 보이고, 늦게 집에 들어온다는 얘기도 들리고.'

작업실 물건을 정리하고, 옷을 갈아입으면서 소희를 떠올린다. 요즘 학교에서도 통 볼 수가 없고, 작업실에도 놀러오지 않는다.

'아무래도, 소희네 가봐야겠어!'

신고 온 신발이 진흙투성이라 슬리퍼를 신고 나섰다. 슬리퍼를 신은 것이 신경 쓰였지만, 진흙투성이 신발보다는 괜찮다고 생각하며 계단을 오른다. 202호 소희네 집 문을 두드렸다.

"실례합니다."

여러 번 부르고 잠시 기다리니, 안에서 인기척이 느껴진다.

"누구신가요?"

"밑에 층에 사는 사람인데요. 여기가 소희 학생 집 맞나요?"

현관문이 열린다.

"맞는데. 무슨 일 때문에 그러시죠?"

안에서 낯익은 얼굴의 노인이 나왔다. 노인도 나를 알아보는 눈치다. 노인의 표정이 어둡다. 소희가 작업실에 드나들며 음식도 날랐으니, 집에서 내 아야기를 했을 것이다.

"소희가 요즘 놀러 오지도 않고, 학교에서도 안 보여서요."

"소희 엄마가 일하던 곳에서 좀 크게 다쳤어요. 그래서 소희가 이모들과 병원에 가 있어요."

노인은 기어들어가는 목소리로 겨우 대답한다.

"어머, 그러셨군요."

이야기 중에 소희 할머니는 금방이라도 쓰러질 것 같다. 나는 더 이상 물어보지 못하고, 돌아설 수밖에 없었다. 계단을 내려오는데 앞이 점점 뿌예지면서, 눈시울이 젖어 들었다.

그로부터 얼마 뒤, B01호 노인과 현관에서 마주쳤다.

"선생, 얘기 들었어? 2층 202호 그 애 엄마가 죽었다네. 에고, 불쌍해서 어쩌누. 엄마가 없으니 여기서 살 수가 없겠지. 할머니랑 이모네로 들어간다고 하더라고."

"그런 일이 있었군요!"

"그런데, 저번에 B02호 도둑 들었던 거 기억나지? 글쎄, 도둑이 초등학교 남학생 두 명이라네. 고놈들이 뒷담을 넘어 그쪽 창문을 자주 훔쳐본 모양이야. 욕실 창문도 그쪽에 있잖아. 아무튼, 그러다 집이 빈 걸 알고 그 짓을 저지른 모양이야!"

나는 몸이 휘청거려서 벽을 잡았다.

나는 좌석을 두 줄로 앉아서 볼 수 있게 예매했다. 회원들과 아이들은 조용히 자리를 찾아 앉았다. 숨을 죽인 가운데 영화 관람이 시작됐다. 빠른 화면의 변화와 음향 효과는 아이들의 마음을 끌기 시작했다. 시간이 지날수록 아이들의 표정은 변화가 많았다. 웃었다가 찡그렸다가 놀랐다가, 표정만 보아도 즐겁다. 영화의 중간 부분이 되자 우주, 외계인, 로봇이 나왔다. 화면의 변화가 많은 영화라 한 여학생이 무섭다고 말했다. 눈을 가린 여학생은 소희였다. 소희는 내 옆자리 다음 칸에 앉아 있었다. 내 옆자리는 비어 있었다.

"내가 손잡아 줄까?"

소희는 아무 말 없이 고개를 끄덕인다. 나는 손을 소희가 앉아 있는 곳까지 뻗어서 잡아주었다. 처음에는 어색한 듯 살짝 잡던 손을, 시간이 지날수록 꼭 잡고 놓지 않으려 한다. 나는 잡았던 손을 놓을 수가 없었다. 화면을 보면서 빛나는 맑은 눈동자, 나의 손을 꼭 잡고 놓지 않는 손. 어느 정도 시간이 지났다. 뻗은 손에 허리가 결린다. 그래도 놓을 수 없는 손. 2시간 44분의 관람 시간은 결코 짧은 시간이 아니다.

소희가 손을 빼고 화장실에 갔다. 이제 좀 편하게 볼 수 있겠구나, 하고 생각했다. 자세를 고쳐잡고 화면을 보다가 옆에 소리가 나서 돌아본다. 소희가 이번에는 내 옆자리에 앉아 있었다. 그 모습에 응답이라도 하듯 다시 손을 잡아주었다. 그 체온을 느끼는 순간, 힘들다는 생각보다 따뜻하다는 생각이 먼저 든다.

"선생님."

"왜?"

"저 드릴 말씀이 있는데요."

"그래?"

"저 그때 작업실에서 선생님 지갑 훔치지 않았어요."

"알고 있어. 그때 너는 내 지갑을 훔치지 않았어."

"어떻게 아셨어요?"

"내가 잠시 착각했어. 내 지갑을 가방으로 옮겨 놓은 걸 깜박한 거야."

"그래요?"

"만나면 사과하고 싶었지만, 네가 다른 곳으로 이사 가는 바람에 그 기회를 놓쳤어. 미안해, 소희야."

"지금이라도 오해가 풀려서 다행이네요."

소희가 해맑게 웃는다.

집주인 여자가 정화조 비용을 받으러 왔다. 싱크대 문짝이 망가져서 고쳐 달라고 며칠 전에 요청했지만 그 여자는 들은 척도 않았다.

"날씨 덥고 비 올 때는 창문 좀 열어놓고 지내요. 안 그러면 벽지에 곰팡이가 핀다니까."

기분이 안 좋았다.

"알았어요."

"뭐 불편한 건 없죠? 있으면 말해요."

서랍에서 지갑을 꺼내 돈을 지불했다.

"없어요."

길게 말하고 싶지 않아, 싱크대 문짝을 언제 고쳐 줄 생각이냐고 따져 묻고 싶었지만 그만 포기해 버렸다. 그 와중에 서랍에서 꺼낸 지갑이 내 가방 속으로 들어갔던 모양이다.

지갑 찾는 것을 포기하고, 창문을 닫은 다음, 가스 밸브가 잘 잠겼는지 확인한다. 짐과 가방을 챙겨 밖으로 나가려는데, 서랍 속에 있어야 할 빨간 지갑이 가방 속에서 얼굴을 살짝 내밀었다.

영화 관람이 끝났다. 아이들이 집으로 가면 저녁 시간이 될 것 같다. 늦어진 관계로 걱정이 되어, 바로 작별 인사를 해야 했다. 나는 악수만 하고 헤어지는 게 서운해서, 아이들을 한 명씩 보듬어 주었다. 처음에는 남학생들이 좀 어색해했지만, 잠시 후에는 모두가 웃고 있다.

　나와 눈이 마주친 소희가 먼저 인사한다.

　"선생님, 안녕히 가세요."

　"그래, 소희야. 우리 또 보자."

　나는 소희와 전화번호를 주고받으며 웃었다.

　아이들과 헤어져 주차장을 빠져나오는데, 잠자리 떼가 시야에 들어왔다. 차를 멈추고 그 광경을 잠시 바라본다. 작은 손 하나가 비둘기처럼 떠올랐다가 사라졌다.

방안나 | 제로섬, 너머

2023년 『월간문학』에 단편소설 「블랭크」가 당선되어 등단.

제로섬, 너머

방안나

몸에 이상이 온 것은 남편 비트가 먼저였다. 어느 날 저녁부터 겨드랑이가 가려워 살펴보니 좁쌀처럼 토돌토돌 푸른 열매가 돋아있었다. 긁으면 긁을수록 열매는 커졌다. 좁쌀만 한 크기가 머루만 해지고 포도송이만 하자 자라는 것을 멈추고 보랏빛으로 변했다. 보랏빛으로 변하자 생아는 포도송이를 따서 지체하지 않고 항아리에 재웠다. 어렸을 적 엄마는 입 많은 자식 먹는 것만큼은 마르지 않게 한다고 뭐든 박스채 사들였다. 포도는 집에서 키울 정도로 좋아하는 과일로 가장 많이 먹고 자랐다. 항아리에 재워 포도주를 만들어 먹는 것도 모자라 잼으로도 만들었다.

코인이 나락으로 미끄럼을 탈 때마다 비트의 겨드랑이에서는 포도가 주렁주렁 열렸다. 비트에 이어 생아의 겨드랑이에서도 포도가 열렸다. 주식이 마이너스 사십 프로에서 마이너스 오십 프로를 향해 내리꽂히기 시작하자 겨드랑이는 참을 수 없이 가려웠다. 긁을수록 대책 없이 열려 부지런히 따서 재웠다. 겨드랑이에 포도가 열린 사람들은 그래도 다행이었다. 어떤 사람은 정강이에 사과가 열리기도 하고 허벅지에 자두가 열리기도 했다. 가려워서 긁으면 무차별적으로 열매가 주렁주렁 열려서 불편했다. 모두 따서 생아처럼 과일주를 담거나 잼을 만들었다. 자신의 몸에서 난 것이라 차마 생으로는 먹을 수 없었다. 열매가 몸 밖에서 열린 사람은 그래도 다행이었다. 몸 안에 열린 사람들은 독을 품고 있어 레이저로 태우거나 기계로 제거해야 했다. 그러나 대부분의 사람들은 가격이 너무 비싸 제거하지 못하거나 제거했다 해도 계속 몸 안에서 독소를 뿌리고 다녔기 때문에 오래 살지 못했다.

몸에 열매가 열리는 사람들은 코인에 대량 손해를 봐서 죽기 일보 직전에 몰린 사람들이었다. 주식으로 폭삭 망한 사람들이나 아파트에 올인해 반토막이 나는 바람에 치솟는 대출 이자와 원금상환을 감당 못 해 경매로 넘어가거나 재판에 걸려 있는 사람들도 수두룩했다.

비트는 생아 몰래 코인에 투자해 일억 삼천만 원을 잃었다. 회사 사람들도 친구들도 주식 아니면 코인을 하고 있어 비트 혼자 고고한 척 초연할 수 없었다. 출근하면 코인으로 몇억씩을 벌었다 자랑하는데 자신만 병신 같고 시대에 뒤처지는 것 같았다. 가만히 있을 수 없어 아파트를 담보로 대출을 받아 투자했다. 다행히 신용이 좋아 생각보다 많은 금액을 받을 수 있었다. 비트도 처음에는 쏠쏠하니 이익을 봤다. 탄력을 받아 회사에서 생활자금 대출을 오천만 원이나 추가로 받아 투자했다. 투자하자마자 내리막길을 타는 바람에 원금 상환과 대출 이자 지불이 늦어져 월급에서 차감됐다.

그동안 천금같이 모아 놓았던 진주에도 손을 댔다. 더 이상 손해 볼 수 없어 술 마신 다음 날 아침이면 몸에서 사리처럼 나온 진주까지 손해 보면서 처분했다. 광고회사 팀장인 비트는 클라이언트를 만난 날이면 술이 고주망태가 됐다. 새로운 광고를 맡을 때마다 술을 마신 다음 날 아침이면 흘러내린 뽀얀 침 속에서 우윳빛 진주가 또르르 굴러 나왔다. 입적하신 스님 몸에서 사리가 나오듯 술 마신 다음 날 녹초가 된 입에서는 역겨운 술 냄새 대신 콩알 만한 진주가 하나씩 흘러나왔다. 광고회사 다닌 지 오 년 차부터 나오기 시작했으니 십 년째 보석함에 모은 셈이다. 비트의 뇌와 몸을 굴려 만들어진 진주라 팔지 않고 신주 모시듯 모았는데 코인이 대책 없이 무차별적으로 마이너스를 치자 피눈물을 쏟으며 처분했다. 아내 생아가 알기 전에 어떡하든 회복하고 싶었다. 비트의 몸은 날이 갈수록 비쩍비쩍 마르고 생기가 없어졌다. 매사에 속없는 사람처럼 이래도 허허 저래도 허허 웃고 다니던 얼굴에 그늘이 지기 시작했다.

생아는 자신의 주식 손해 본 것을 만회하려고 발버둥 치느라 비트의 월급이 어떻게 되는지도 몰랐다. 어차피 생활비는 카드로 지출되기에 상세히 체크가 안 됐다. 카드는 정지되지 않고 사용하는 데 이상이 없으니 딱히 신경 쓰지 않았다. 생아의 천오백만 원 손해는 돈도 아닌 것 같았다. 하지만 돈의 가치로 따지면 비트의 일억 팔천만 원 못지않게 값진 것이다. 친척들의 사랑을 담보한 두 아이의 미래 자금이 아이스크림처럼 녹아내리지 않았던가. 그나저나 비트의 마음고생이 심했을 거라는 생각에 미치자 미안하고 짠하기까지 했다.

생아는 잠에서 깨자 눈을 감은 채 머리맡을 손으로 더듬어 휴대폰을 찾았다. 휴대폰이 손에 잡히자 조개가 껍데기를 힘겹게 벌려 혓바닥으로 온 힘을 다해 갯물을 토해 내듯 뻑뻑한 눈을 몇 번 비벼 눈꺼풀을 풀었다. 어김없이 모래알처럼 단단한 사금이 검지를 타고 나오자 조심스레 옥으로 된 보석함에 넣은 후 천천히 눈을 떴다. 일정 기간 사람의 눈을 피해 보관해 놓으면 정제된 금으로 변했다. 행여 눈으로 확인할라치면 흙먼지가 되어 사라지는 것을 몇 번 경험했기에 잊지 않고 최대한 눈 뜨는 것을 지체했다. 다른 사람들은 취미로든 일로든 사금을 채취하기 위해 강물 속이나 흙더미 속에서 갖은 방법을 동원해 찾는데 생아는 아침만 되면 따로 공을 들이지 않아도 어느 날부터 나오기 시작했다. 정확히는 밤새워 해외주식 창을 보고 새벽에 잠든 날들이 계속된 후부터였다.

오늘도 어김없이 새벽까지 해외주식 창을 열어 밤새 보는 바람에 눈이 침침하고 뻑뻑했다. 눈이 침침하고 뻑뻑할수록 아침에 나오는 사금의 양과 질이 뛰어났다. 양질의 사금을 채취하기 위해서 눈을 혹사한 것은 결코 아니다. 어쩔 수 없이 밤새 마음 졸이며 주식 창을 지켜보느라 눈을 혹사했더니 눈곱 대신 사금이 나왔다.

생아가 사금을 처음 본 것은 초등학교도 입학하기 전 까마득한 시절이다. 외할머니와 함께 사시암 깊은 산골로 진달래꽃을 훑으러 갔을 때였다. 진달래주는 참 진달래꽃으로만 담는데 할머니는 해마다 사람 발길이 뜸한 깊은 골짜기에만 피는 참 진달래꽃을 훑기 위해 사시암을 찾았다. 꼬막손으로 진달래꽃을 훑다가 목이 마른 생아는 심마니들이 파놓은 작은 옹달샘으로 갔다. 명감나무 잎으로 샘물을 뜨다가 크고 작은 자갈 사이에서 유난히 반짝이는 사금을 명감나무 잎에 담았다. 할머니가 끼고 있던 금반지보다 투명하고 맑게 빛났다. 그때부터 강물이나 옹달샘만 보면 눈을 밝히고 사금을 찾았다. 깊은 산골이나 강물에서 나올법한 귀한 사금이 생아의 눈에서 나오리라곤 상상하지 못했다.

휴대폰을 열고 숫자를 입력해 잠금장치를 풀었다. 두세 번의 터치를 거쳐 증권회사 어플을 열자 메인화면을 거쳐 관심그룹3으로 이동했다. 새벽에 마지막까지 보았던 건설 관련 주식이 모여 있는 그룹이다. 오월, 시장 선거를 앞두고 후보자들이 시민들의 주거난 해소를 위한 공약에 재건축 재개발이 있어 얼어붙은 주택시장에 활력을 불어넣듯 다양한 건설주가 호재로 움직이고 있다. 파란불보다는 빨간불이 계속 반짝이는 장이다.

그런데 2차 전지와 반도체 관련주는 며칠째 파란불을 밝히며 끝없이 내려가고 있다. 미국의 P사가 우리나라에 의존했던 배터리를 N사에 맡겨 자체 생산하겠다고 선언하는 바람에 끝없이 추락하고 있다. 그동안 경쟁상대가 없어 고가로 호황을 누렸던 국내 삼사의 주가는 대폭락을 맞고 있다. 누구도 범접할 수 없는 독자적인 기술로 이십 년 동안 투자해 이만 개가 넘는 최다 특허를 지닌 R사를 비롯해 이천 개가 넘는 특허가 있는 또 다른 기업 M사는 악재에 악재를 거듭하고 있다. R사의 기술을 M사가 도용하는 바람에 거대 강국인 남의 나라 땅에서 자국민끼리 혈전을 벌이고 있다. 종종 있는 일이다. 건설 수주든 조선이든 어느 분야를 막론하고 해외에서 우리나라 기업들이 제 살 깎아 먹듯 단가를 낮추어 입찰하는 경우는 종종 있는 일이다. 선점한 업체에서 후발주자가 인력을 빼내는 일 또한 비일비재하다. 선점한 업체에 소송을 당해서라도 인력과 기술을 끌어당겨 추진해야 하는 절박한 이유가 여기에 있다. 기업 간의 윤리적 책임은 물론 기술자 또한 이미 후발주자 기업으로 마음을 선회한 순간 예견된 일이어서 연구원의 손을 떠난 일이다. 이렇게 소송을 벌이고 있던 차에 해외 거대 거래처에서 자체 생산을 선언한 것이다. 고래도 새우도 닭 쫓던 개 지붕 쳐다본 격이 되었고 한밤중에 벼락 맞은 셈이다.

실시간 유튜브를 열어야 할 시간이 훨씬 지났음에도 생아는 켤 생각도 않는다. 켜봤자 어제에 이어 같은 말만 반복할 것이다. 주식은 살아있는 생물이라 언제 어디로 튀어 오를지 모르니 포기하지 말라, 이럴 때일수록 장은 절대 떠나지 말고 발을 푹 담그고 있으라, 담그고 있다 보면 오르니까 현금이 있으면 더 사두라, 지금이야말로 절호의 기회다, 전문가라 칭하는 사람마다 매수할 것을 권했다. 이런 기회가 십 년에 한 번 올까 하니 사두고 몇 년 푹 잠자고 일어나면 천천히 올라와 있을 거다, 요즘이 그런 장이다. 너도나도 나와서 손으로 햇볕을 가리듯 입에 침도 안 바르고 떠들어댔다. 얼굴도 보기 싫어 아예 쳐다보지도 않다가도 또 불안하고 초조해서 들어가보곤 한다.

팔아서 현금으로 전환해 인출하고 싶어도 대출이 백사십 프로 풀로 차서 팔지도 못한다. 신용대출 이자만 꼬박꼬박 내고 있다. 하루라도 밀리면 반대매매된다고 협박성 문자가 곧바로 도착했다. 보유종목 이십이 개 중 이십이 종목 모두 파란불이다. 이 중 십육 프로는 해외주식이고 국내주식은 팔십사 프로이다. 계란은 한 바구니에 담지 말라는 명언을 되새기며 포트폴리오를 골고루 짜서 바구니에 나눠서 야무지게 담아 놓았건만 끝도 없이 추락하고 있다.

언제 또 마이너스 사십오 프로를 찍을지 몰라 가만히 넋 놓고 있을 수 없었다. 마이너스 육십 프로에서 많이 차고 올라왔다. 이렇게 차츰차츰 차고 올라온 것도 감사했다. 나머지 바구니에 작게 담아 놓은 것들을 처분하고 새로운 것을 담다 보니 잡주로 가득 차 있는 것 같아 작은 것은 손해를 보더라도 쏟아버리기로 했다. 손해라 봤자 몇만 원 정도인 것은 과감하게 미련을 털었다. 일 년 넘게 안고 있는 것도 있지만 시대의 일 등 주를 찾기 위해서는 잡주와는 과감히 이별하고 다시 세팅해서 빨간불을 보고 싶다.

아직 장이 시작되기 전이니 무엇을 담아야 할지 며칠 전부터 고민을 했지만 담을 것이 너무 많았다. 하락장이라 주워 담을 것이 많아서 어느 것을 먼저 담아야 할지 계획을 세운다 해도 장이 열리면 상황이 다르기에 계획 자체가 무의미했다.

주식 방송 전문가의 조언도 보란 듯이 빗나가고 구름 속에서 빠끔 내미는 햇살처럼 이리저리 약만 올리고 있었다. 어떤 매도매수도 소용이 없었다. 아이들의 미래가 아이스크림 녹듯 눈앞에서 무참히 녹아내리는 계좌를 속수무책으로 지켜볼 수밖에 없었다. 그 와중에 다행인 것은 티끌 모아 태산이라고 아침마다 모아둔 사금이 꽤 모여 몇 돈이 되었다. 주식이 폭락하고 밤샘을 할 때마다 양질의 사금이 채취되고 금값은 올랐다. 그러나 손해본 주식을 만회하기엔 턱없이 부족했다.

처음 주식을 매수한다고 아이들의 통장을 헐었을 때 생아는 포도나무에 포도가 주렁주렁 열리듯 빨갛게 치솟는 숫자로 계좌를 물들일 것이라 확신했다. 그런데 시간이 지날수록 계좌는 온통 파란불 일색이었다. 파란불이 높은 숫자를 향해 올라갈수록 생아의 가려움은 극에 달했고 몸이 가려워 긁을수록 포도는 주렁주렁 열렸다.

비록 주식은 마이너스에서 허우적거리고 있지만 그 미끄럼이 생아네 가족을 음지에서 양지로 끌어올려 놓은 것 같았다. 그러나 여전히 행복한 사람은 주식도 코인도 건물도 손해 보지 않은 사람들이다. 그들은 아무것도 손해 보지 않았기에 마음고생도 하지 않고 일상생활을 온전히 즐기고 있다. 투자의 귀재 언니가 그 장본인이다. 고통이 인생의 깨달음을 준다지만 이런 깨달음은 겪지 않아도 됐다. 가족과 함께 행복한 시간을 보내며 아무 일 없이 일상의 평온함을 누리는 것이야말로 신이 내린 축복이다. 겪지 않아도 될 불행은 최대한 피하는 것이 인생의 참 행복이고 행운임을 절실히 깨닫는 게 요즘이다.

생아는 평생 주식의 주자도 모르고 살았다. 특별히 집안에 주식으로 손해 본 사람도 없건만 주식 하면 집안 말아먹는다는 인식이 깊게 뿌리 박혀 있어 남편이 갖다 준 월급으로 애 둘 건강하게 키운 것만으로도 감사한 일이라 생각하고 꾸역꾸역 살아왔다. 팬데믹으로 세계주식시장이 동굴을 파고 V자 곡선을 긋고 있을 때도 전혀 신경 쓰지 않았다. 민지 엄마는 삼월 V자로 동굴을 팔 때 M전자와 R전자를 사서 다음 해 일월 네다섯 배의 이익을 봤다고 전화로 날마다 자랑을 했을 때도 남의 일로 생각했다. 생아 자신 내 돈이 아닌데 돈을 벌면 얼마나 벌까 싶었다. 민지 엄마도 선재 엄마도 윤주 엄마도 남편 덕에 주식을 만져서 이익을 봤다고 했을 때도 신경 쓰지 않았다. 그런데 그 기운이 채 사그라지지 않은 설 연유 때, 언니를 만나고부터 일은 초고속으로 진행됐다. 남편 월급의 오분의 일이나 지불하고 있는 가족 보험을 진단받아 겹치는 부위는 과감히 정리했다. 그리고 언니가 추천하는 주식 유튜브에 구독 버튼 누르고 그 자리에서 증권회사 어플을 깔아 계좌를 텄다. 휴대폰으로 계좌를 열 수 있어 그 자리에서 가슴 떨릴 시간도 없이 곧바로 개설했다. 언니를 절대적으로 믿는 데는 한 치도 의심할 여지가 없었다.

결혼 전 언니는 회사에서 회계를 담당했다. 매사에 철두철미하고 언니의 손이 가는 것마다 자석처럼 돈이 따라붙었다. 그것은 엄마를 닮았다. 엄마는 돌밭도 옥토로 만들어 가을이 되면 온갖 곡식을 수확하듯 엄마가 손대는 무엇이든 몇 곱절 이득을 남겼다. 그런데 생아는 돈 모으는 데는 젬병이었다. 월급을 받아도 모자랐다. 공무원인 형부보다 월급이 많았는데도 언제나 쪼들렸다. 버는 족족 열심히 쓰고 다녔다. 주중에는 퇴근 후 곧바로 집에 가지 않고 동료들과 먹고 마시고 사고 이것저것 배우고 주말에는 연월차까지 내서 여행을 다녔다. 통장에 돈이 남아날 리 없었다. 월급날이면 카드값으로 고스란히 다 나가 다음날이면 민망한 숫자만 통장에 남아있었다. 결혼자금을 모을 필요도 없었다. 결혼만 하면 집에서 대 줄 테니까 돈을 모아야 하는 강박관념도 없었다. 원 없이 놀면서도 기본은 하고 살았다. 각종 건강에 관한 보험료와 주택부금만은 꼬박꼬박 납입한 덕에 결혼할 때는 신혼집 준비하는데 한몫 톡톡히 했다. 퇴직금으로 기타 결혼비용을 충당했기에 부모님께 손을 벌리지 않아도 됐다. 그래도 딸이 결혼한다니 당신들이 준비한 자금은 넘겨주셨고 언니나 동생들도 십시일반 인사를 치르는 바람에 결혼하는 데 무리는 없었다. 그 덕에 맞벌이를 안 해도 시댁이나 남편에게 주눅들지 않고 떳떳하게 살고 있다. 아파트 자금의 육십 프로가 생아 자금이다.

언니가 작은 자금으로 살살 주식을 해서 소폭 이득을 취하고 있었다는 것은 알고 있었지만 생아는 관심도 없었기에 언니는 딱히 권하지도 강요하지도 않았다. 주식이나 재테크 자체에 관심은커녕 해볼 엄두도 안 냈다. 오피스텔이 재테크에 도움이 되자 언니는 최소 자금으로 구입해 돈을 불리고 하나 불리면 또 하나 사서 서너 개는 됐다. 형부가 벌어다 준 월급으로 이리 쪼개고 저리 쪼개서 종잣돈을 만들어 하나씩 장만하더니 지금은 그 오피스텔들이 효자 노릇을 하고 있다. 이 동네 저 동네 생아를 데리고 다니며 계약을 했지만 생아는 필요성도 관심도 없었다. 언니는 미안한지 너도 비상금 모아놓은 돈 있으면 같이 하자고 했으나 계약금의 십 프로 혹은 잔금 치를 삼십 프로가 없어 엄두도 못 냈다. 그러나 언니는 이리 빼고 저리 쳐서 잘도 맞췄다. 벌써 서너 개나 됐다. 조카들 하나씩 주고 형부와 언니 하나씩 소유하면 소소히 월세를 받아 형부가 퇴직하고 나면 연금과 함께 안정된 노후를 보낼 수 있다. 생아보다 월급이 적었던 형부는 어느덧 몇 푼 안 되는 공무원 월급에서 이제는 몇 푼이 아니라 누구도 부럽지 않은 시간을 보내고 친구들 대기업에서 털려 나 제2의 인생을 준비하고 있는데 형부는 무탈하게 건재하고 있다. 공무원이 철밥통이라지만 한 치 앞을 모르는 게 인생인지라 언니는 평소 알뜰살뜰 모아서 복주머니를 여기저기 던져 놓고 매달 알차게 복어 알을 챙기고 있다. 그런 언니의 재테크는 의심할 여지가 없었다.

몸에서 난 열매로 만든 주스나 와인, 잼을 먹어본 사람들은 이 세상에서 맛보지 못한 신비롭고 오묘한 맛을 느꼈다. 주식으로, 코인으로, 건물에 투자해 손해 본 사람들이 모였다. 자신들의 몸에서 난 열매로 만든 각종 주스나 와인, 잼을 만들어서 먹어치울 게 아니라 상품화하기로 했다. 어차피 열매는 몸에서 자라고 있으니 돈을 따로 들일 필요가 없었다. 손해 본 사람들의 직업군들도 다양해 조언을 구하거나 전문가도 필요 없었다. 여러 분야의 사람들이 다양한 생각을 제시하자 일은 속전속결로 진행되었다. 하루라도 빨리 시작해야 손해를 최소화할 수 있었다. 주류 회사나 음료 회사에서 소문을 듣고 자신들의 회사로 넘길 것을 의뢰했지만 몇십억 몇백억씩 손해 본 결과 얻은 천금 같은 열매로 만든 주스를 넘길 리 없었다. 열매가 열리는 족족 제공한 사람들은 당연히 주주의 한 사람으로 행사하고 열매를 많이 제공하는 것에 따라 주식 수량은 많이 책정하기로 했다. 손해를 볼수록 주식 수는 많았고 가려움은 더했다. 긁으면 긁을수록 열매는 주렁주렁 열렸다.

비트는 일억 팔천만 원을 투자해서 천오백만 원 남았지만 다른 사람은 몇십억 혹은 몇백억씩 투자한 사람도 있어 종일 잠도 못 자고 긁느라 다른 일을 할 수가 없었다. 긁느라 일을 할 수도 없었지만 그 전에 이미 많은 돈을 잃은 충격으로 일상생활을 영위할 수 없는 상태에 놓인 사람들이 대부분이었다. 그럴수록 열매는 많이 열리고 배당 주식 수는 많았다. 최대주주는 코인에 천억 투자한 건설회사 사장으로 건설 경기마저 바닥을 치자 회사는 부도처리 되고 직원들 월급도 못 챙겨주고 서울역에서 노숙하고 있다. 포도가 열리자 처음에는 배가 고파서 따먹다가 너무 많이 열리는 바람에 주변 사람들까지 나눠 주고 남은 것은 서울역 광장에서 팔아 생활비로 충당했다. 그러다가 무료급식을 받으려고 줄을 서서 기다리고 있는데 앞에 서 있던 노숙자가 광장에 있는 전광판을 가리키자 모임이 있다는 것을 알고 곧바로 합류했다. 건설회사 사장은 까마득한 시절 남쪽 끝자락에 사두었던 맹지에 공장을 지었다. 한때 중건 건설사를 운영한 경영인답게 최단시간에 공장을 짓고 갈 곳 없는 사람들을 위해 아파트도 지었다. 사람들은 열매를 공장으로 곧바로 넘겨 생산에 차질 없도록 수급에 만전을 기했다.

생아는 처음 주식 계좌를 트고 나서도 선뜻 들어가지 못했다. 한 번도 해본 적이 없었기에 추천해 준 유튜브 채널을 열심히 구독했다. 그 채널 이외에 여러 채널을 찾아서 구독했다. 날이 갈수록 채널은 늘어나고 할 일은 많았다. 아침에 남편 비트가 출근하고 나면 시간대별로 필요한 채널을 찾아 탐독했다. 보면 볼수록 궁금한 것도 많고 공부할 것도 많았다. 신세계에 입문한 듯 학구열에 불타 열심히 찾아 공부하며 기록했다. 전문가라 칭하는 자들이 추천해준 종목을 적고 변화 추이를 그래프로 확인하고 모르는 산업군이 나오면 답답함을 해결하기 위해 유튜브를 찾았고 그래도 안 되면 책까지 사서 탐독했다. 전문가가 너무 많아 어느 채널이 알짜인지 감별하는데도 어려웠다. 모두가 전문가로 열정적이고 실력이 있어 보였다. 두 달쯤 듣고 나니 옥석이 가려졌다. 선수들이 자신의 이익을 위해서 초짜들인 주린이들을 대상으로 특정 종목들을 추천했다. 생아처럼 주린이도 못된 주생아는 혀로 만든 달콤한 그물에 걸려들기 딱 좋은 살벌한 장이었다. 어느 채널을 거르고 구독해야 할지 감별이 됐다. 주식 방송을 보니 세계의 산업이 보이고 경제가 어느 사이클로 돌아가는지 한눈에 들어왔다.

눈 뜨자마자 열어야 할 채널과 시간이 있을 때마다 들어가 봐도 될 채널들로 구분이 됐다. 눈 뜨자마자 여는 채널은 쓰리탑 프로로 세 명의 전문 프로가 각 영역별로 진행했다. 증권회사 애널리스트를 초대해서 현재 상황을 실시간으로 알려주었다. 새벽에는 해외주식 장이 끝나고 여는 채널이라 진행자도 밤새 주식 창을 보고나왔는지 피곤한 모습과 목소리로 진행했다. 해외주식 담당 애널리스트를 초대해서 간밤에 있었던 해외증시 현황을 들려주었다. 한 시간 동안 현황 분석이 끝나면 출근길 아침 라이브 방송이 진행됐다. 전날 국내증시 현황과 오늘 주식 전망을 분석해 주는 시간이다. 해외주식보다 심각하지 않고 아침 출근시간대에 진행되기에 사랑방 같은 분위기에서 가벼운 마음으로 시작하지만 보유자들에게는 속이 타는 시간이기도 했다. 전날 마감 상황과 비교해 오늘 어떤 주식이 또 요동을 칠지 누구도 알 수 없었다. 미 연준의 의장 목소리가 매파가 되느냐 비둘기파가 되느냐에 따라 그날의 주식시장은 달랐다. 세계 금리와 우리나라 원화 가치가 의장 입에서 무슨 말이 나오느냐에 따라 요동을 치기에 아침 라이브 방송이 썩 유쾌하거나 마냥 웃을 수만은 없었다. 그렇게 심각하게 요동치는 장이지만 하루를 산뜻하게 시작하는 아침이어서 무거운 주제보다는 마음을 가볍게 풀어주려고 진행자들은 애쓰지만 보유자 입장에서는 오늘 장이 어떻게 시작할지 들으면서도 조마조마했다. 마이너스 숫자가 파랗게 장식하는 것이 아닌, 제발 빨간불을 켜고 마이너스 숫자를 줄여주기만 간절히 바랄 뿐이다.

두 달 넘게 유튜브를 탐독한 끝에 사야 할 종목이 선별됐다. 당연히 전문가들이 추천한 종목을 선정했다. 자금은 복주머니 찰 능력도 없고 모아놓은 돈도 없어서 아들 서린과 딸 유린의 자금을 과감히 뺐다. 그러면 안 되는데 몇 배로 불려서 다시 넣기로 하고 미래 자금을 헐었다. 아이들이 태어나서부터 할아버지 할머니 큰아빠 작은 아빠 고모 삼촌 이모들이 한두 푼씩 준 것을 한 푼도 안 쓰고 모아놓은 돈이다. 남편과 상의도 없이 혼자 조용히 일을 저질렀다. 찾고 보니 두 아이 것 도합 삼천만 원이었다. 일차 대학 등록

금과 이차 결혼 자금으로 여기고 자유적립식으로 생길 때마다 꼬박꼬박 저축한 돈이다. 아이를 사랑하는 친척들의 소중한 마음이 담긴 알토란 같은 자금이다. 친척들의 마음을 담보로 한 것이어서 절대로 손해를 보면 안 됐다. 반드시 몇 배로 증식해서 넣을 것이다. 포도 넝쿨처럼 풍성하게 뻗어서 주렁주렁 열매가 열려 몇 그루의 포도나무를 심을 것이라는 각오로 아주 맛있는 와인을 빚을 생각으로 대망의 첫 주를 매수했다. 초대박 주린이가 아닌 주생아로서 모두가 안전하고 믿고 맡기는 우리의 대장주에 배팅했다. 한반도가 쓰나미에 휩쓸려도 이 기업들은 건재할 것이므로 돌다리를 굳이 두드리지 않아도 되는, R전자와 M전자, 인터넷의 양대 산맥 B사와 F사, 미래산업의 일꾼으로 선두주자인 2차전지와 배터리에서 빼놓을 수 없는 R화학과 M산업으로 각각 십오 프로씩 적정 가격에 매수했다. 매수 순간을 결코 잊을 수 없다. 매도는 최고점을 찍는 오전 열 시 전후로, 매수는 하방을 찍는 오후 두 시 반 전후를 상기하며 과감히 매수했다.

매수 한 달 동안은 계속 빨간불을 장식해도 무서워서 매도하지 못했다. 그러다가 내려갈 것 같은 종목은 곧바로 매도했다. 그리고 내려가는 소형 주식을 사들이기 시작했다. 대부분 R전자와 M전자에 납품하는 소부장으로 대장주도 건재하니 소부장도 당연히 건재하기 때문이다. 매수 한 달 내내 붉은 숫자를 장식했다. 십 프로가 올라도 팔지 않았다. 어차피 팔지 않고 장기 보유할 테니까.

그런데 어느 순간부터 모든 주식이 내리막길로 치닫기 시작했다. 한없이 내려갔다. 다행히 생아의 주식은 천천히 내렸다 올랐다 시소를 타는 것 같아 올라갈 때마다 조금씩 처분해서 전망은 있는데 내리막길을 치닫는 주식을 매수하기 시작했다. 자동차주가 열심히 내리막길을 타자 자동차 부품 관련주 중에 대장주를 사두면 반드시 오를 거란 확신에 과감히 매수를 단행했다. 분할 매수 분할 매도인 분산 투자를 원칙으로, 달걀은 절대 한 바구니에 담지 말라는 명언을 염두에 두고, 전문가들의 무릎에서 사서 어깨에서 팔라는 조언도 잊지 않고 사고판 덕에 몇 주 안 가서 상한가를 치고 이십 프로가 넘는 수익을 냈다. 오른 종목들은 삼분의 일을 처분해서 또 다른 주식을 매수했다. 리 오프닝주인 여행, 화장품, 의료주에도 손을 댔다.

국내주식으로는 불안해 해외주식에도 눈을 돌렸다. 아직 원화 가치가 원활해서 S&P500지수나 QQQ3 ETF와 QQQ-3 ETF도 안전하게 매수를 했다. 버핏이 보유하고 있는 코카콜라와 애플도 몇 주 매수했다. 생아도 서학 개미 대열에 합류한 것이다. 동학 개미 열풍에 힘입어 입성했으니 서학 개미라고 도전 못 할 것도 없었다. 테슬라는 못 잡아도 애플이나 코카콜라 ETF일망정 S&P500지수를 한주라도 갖고 싶었다. 국내주식 팔십 프로, 해외주식 이십 프로로 균형을 맞추었다. 해외주식은 달러 리스크와 환전수수료가 무서워서 이십 프로로 고정하고 종류 안에서 넣었다 뺐다 반복했다. 오르면 매도해서 내린 것을 매수하고 이리 치고 저리 쳐서 삼 프로만 올라도 매도를 실행했다. 오 프로까지는 오르지도 않을 뿐더러 기다릴 자신이 없었다. 금방이라도 떨어질 것 같아 오르면 곧바로 매도하고 내린 주식에 또 매수를 단행했다. 소소하지만 이익이 쏠쏠해서 남은 것으로 한 주 한 주 더해가는 재미가 스릴 있었다.

계좌를 트고 2분기까지 오르내리기를 반복하던 주식은 3분기가 본격적으로 시작되자 무섭게 아래로 내리꽂히면서 본격적으로 미끄럼을 탔다. 주식은 십일월에 사서 사월에 팔아야 물리지 않는다고 한번 물리면 빼도 박도 못하니 명심하라고 메가폰을 들고 외치듯 했건만 소소한 이익에 눈이 멀어 시기를 놓치고 말았다. 오월부터 시월까지는 꼼짝 말고 쉬라는 숨은 전문가들의 조언을 깜박하고 열심히 사고팔기를 반복하고 말았다. 그래프 상 십일월이 되면 올라야 할 주식이 일월이 되고 오월이 돼도 계속 내리더니 마이너스 오십 프로까지 치달았다. 마이너스를 치는 동안 생아는 홍어 속처럼 썩어가고 하루하루 눈을 뜨고 주식 창을 여는 자체가 고문이었다. 그래도 오늘은 혹시나 하고 열어보면 여전히 V자 곡선에서 허우적거리고 있었다. 예년이라면 올라갔다가 내려왔으면 올라가야 하는데 꼼짝도 하지 않았다.

밑에서 동굴을 파다 못해 아예 돗자리를 푹신하게 깔고 누워 횡보하고 있었다.

포도농장 주식을 상장한 지 일 년이 지난 지금, 매일 상한가를 치고 있는 주식을 흐뭇하게 바라보고 있다. 주식이 상한가를 치는데도 손해 본 사람들은 아직 회복하기까지 적지 않은 시간이 소요될 것이라는 생각에 여전히 몸을 긁고 있다. 사람들은 열매를 채취해서 공장으로 보내는 일을 게을리하지 않았다. 이 세상에서 맛보지 못한 주스, 와인, 잼은 상용화된 지 삼 개월도 안 되어 마트의 전 매장에 진열되고 내국인의 입맛뿐만 아니라 중국인의 입맛까지 사로잡았다. 중국인의 입맛을 사로잡았다는 것은 동남아로 이미 수출길이 열렸다는 의미이다. 일본도 겉으로는 우리나라 산업을 시기의 눈초리로 인정하려 않지만 음료나 음식만큼은 우리 것을 거부하지 못했다. 사계절 아름다운 자연환경과 맑고 신선한 공기는 모든 생물이 자라기에 천혜의 조건을 갖추었다, 그런 자연 속에서 음식을 먹고 자란 몸에서 열린 열매니 세상에 존재하지 않은 맛을 낼 수 있다고 극찬했다.

손해 본 자금이 서서히 회복되고 일상생활이 정상으로 회복되어 가도 한 번 몸에 뿌리내린 가려움증은 가시지 않았다. 수술해도 다시 돋아 긁어줘야 시원하고 열매가 잘 자랐다. 이제 한 몸이 되어 굳이 떼어내고 싶지도 않았다. 열매가 주렁주렁 열려야 주스를 계속 만들고 공장이 가동됐다. 공장이 계속 가동되어 동남아, 유럽, 미국시장까지 수출하고 있다. 이럴 줄 알았으면 미국에서 상장할 걸 하고 사람들은 종종 후회했다. 그런데 미국에서 상장하지 않아도 주식의 황제 버핏도 테슬라의 머스크도 페이스북의 버그도 포도농장 주식을 보유하고 있다. 아침에 일어나자마자 포도농장의 신비로운 주스와 달콤한 잼이 들어간 빵을 먹어야 하루를 산뜻하게 시작하고 하루의 피로를 와인으로 풀었다. 코카콜라 대신 코카콜라 주식 대신 포도농장 주식을 소유하고 음료를 유럽, 동남아, 미국, 일본, 아프리카 대륙까지 판매

하고 있다.

베스트탑 투자증권 문경은 이사가 장 시작을 알렸다. 문 이사야말로 상한가를 날리고 있는 사람이다. 과장으로 시작해 부장을 거쳐 이사 자리까지 초고속으로 승진한 케이스이다. 팬데믹으로 뜬 사람 중에 원탑이다. 비가 오나 눈이 오나 장이 끝나고 그날의 장 상황을 하루도 빠짐없이 몇십 년째 꾸준히 유튜브에 올린 결과 성실성을 인정받아 쓰리탑 프로까지 초대되었다. 그의 진가를 알아보고 고정자리에 앉히자 인기는 정점을 찍었다. 쓰리탑 프로가 아니라 퍼탑 프로로 진행해야 할 정도로 인기가 하늘 높은 줄 모르고 오르다가 마이너스를 치닫자 요즘은 주춤하는 추세이다. 처음 수면으로 올라와 얼굴을 내밀자 공중파 여기저기서 이 사람 코너를 마련하려고 경쟁이 치열했다. 문경은 이사의 개장 소식을 들으며 여덟 시 오십오 분이 되면 주식 창으로 가서 보유주식이 어떻게 움직이는지 살펴본다. 너무 많이 빠져서 일이 프로가 오른다 해도 별 변동이 없다. 여전히 파란불을 켜고 열심히 마이너스를 치고 있다. 장이 마감되면 클로징 방송이 진행됐다. 장에 있던 전문가들이 어떤 주식이 오르고 내려갔는지 상황을 분석했다. 어떤 산업군이 뜨고 물려있는지 시장 상황을 알 수 있었다. 이 프로가 끝나면 아이들이 학교에서 돌아올 시간이라 잠시 멈추고 간식을 먹이고 학원 챙겨 보내야 했다. 나머지 방송들을 찾아 탐독하다 보면 또 하루가 저물고 저녁에는 해외주식을 살피고 생방송 유튜브를 시청하느라 새벽까지 잠을 설치곤 했다.

몸에서 열매가 열리는 사람들은 계속 늘어났다. 포도농장 주식만 상한가를 치고 여전히 다른 주식은 끝없이 추락하고 있다. 작년보다 오르긴 했지만 장은 마이너스 사오십 프로를 선회하고 있다. 건물은 더 폭락했다. 아예 전세가를 밑도는 가격이 올라와 집주인을 경악케 했다. 시간이 갈수록 숨어

있던 코인 투자자들이 폐인이 되어 나타나고 실소유자들은 배임 혐의로 인터폴에 지명수배 중이다. 코인이 금융권에서 얼굴을 감출 만하면 뉴스에 등장했다. 아예 세계 시장에 명함도 못 내밀 것으로 생각했는데 어느 캄캄한 동굴에서 아직도 희망을 채굴하고 있는지 숨은 피해자는 잊을 만하면 나타나 사회의 이목을 집중시켰다.

열매를 공장으로 보내는 사람이 기하급수적으로 늘어나자 건설회사 사장은 공장과 아파트를 더 지었다. 그동안 좁은 공장에서 수량을 맞추느라 밤샘 작업을 했는데 그럴 필요가 없었다. 공장 규모도 늘리고 사원들에게 다양한 복지 혜택을 주자 생산량은 배가 되고 양질의 주스를 충분히 공급할 수 있게 되었다. 사람들이 고통스럽게 손해를 볼수록 열매는 오묘한 맛을 더했고 그 맛은 결국 주스의 신비한 맛으로 거듭나 처음보다 신비롭고 알 수 없는 맛으로 세계인의 입맛을 사로잡았다. 그러자 사람들은 주스의 끊임없는 변신을 위해서는 사람들이 더 손해를 봐야 하는 것 아니냐고 반문했다. 사람들의 고통을 담보로 한 주스는 아이러니하게도 신선이 내린 맛으로 취급되어 가격은 고공행진하고 일반인들은 손에 넣을 수 없을 정도로 고급화되었다. 이에 초창기 멤버가 나서서 일반인들도 코카콜라처럼 쉽게 즐길 수 있는 브론즈, 실버, 골드 형으로 구분해 판매하자고 제안했다.

생아는 휴대폰 알람을 듣고 잠에서 깨자마자 뻑뻑한 눈을 부드럽게 풀었다. 어제보다 단단한 사금이 검지를 타고 내리자 재빨리 보석함에 담았다. 주방으로 가 냉장고에서 골드 형 주스 두 개와 빵에 넣을 잼을 꺼내 식탁에 앉았다. 빵에 잼을 듬뿍 바르고 있는데 술이 덜 깬 얼굴로 비트가 냉장고에서 생수를 꺼내 들이켰다. 생아는 비트가 식탁 맞은편에 앉자 빵과 주스를 내밀었다. 넓게 펼쳐진 주방 창밖으로 안개가 서서히 걷히자 포도농장의 포도송이가 미명의 햇살 아래 투명한 보랏빛으로 물들어가고 있었다.

이영숙 | 갯벌 바다

2019년 『광주문학』 신인상 단편소설 「별천지」 등단.
소설집 『별천지』 외 작품 다수.
한국소설가협회, 경기광주문인협회, 현대문학사조 회원.

갯벌 바다

이영숙

아저씨. 아저씨. 물에 빠진 해라는 아저씨를 부르며 구해 달라고 울었다. 물살이 무섭게 밀려왔다. 질퍽질퍽한 갯벌에 점점 빠져들었다. 언니, 언니야, 물이 계속 들어와, 나 무서워, 나 좀 물 밖으로 꺼내줘…… 해라는 바들바들 떨며 소리쳤다. 이마에서 구슬 같은 땀방울이 전신으로 번져 속옷까지 축축하게 스몄다. 자리에서 벌떡 일어났다. 머리맡 스탠드의 핑크색 불빛이 갑자기 무서워졌다. 순간 외로움이 밀물처럼 밀려왔다.

─나는 왜 아직도 어렸을 적에 물에 빠져 죽을 뻔한 공포에서 벗어나지 못하고 이렇게 밤마다 허공을 헤매며 아저씨를 부르고 있을까.─

창밖으로 뽀얗게 동이 터왔다. 소지품과 옷을 챙겨 캐리어에 차곡차곡 넣었다. 욕조에 물을 받아 반신욕을 하였다. 해라는 화장대 앞에 앉아 얼굴을 보았다. 젊은 날에는 제법 곱던 피부였는데, 팔자 주름의 고랑이 깊어지고 있었다. 립스틱을 짙게 바르고 검정 원피스에 갈색 코트를 걸쳤다.

해라는 아파트 지하 주차장으로 내려갔다. 엄마는 화사한 색이 어울린다며 아들이 선물해준 자주색 승용차에 시동을 걸었다. 아들에게 메시지를 보냈다.

─아들아. 엄마 여행 다녀올게.─

전남 고흥 쪽으로 핸들을 틀었다. 해라가 살던 고향에서 조금 떨어진 곳에 그 바다가 있다. 밤마다 꿈속에서 나를 부르는 그 바닷가에 갈 작정이다.

아침 햇살이 벌겋게 번져간다. 눈이 부시다. 해라는 고속도로를 달린다. 녹음이 짙었던 산야는 가을답게 나뭇잎들이 붉게 물들었다. 들녘에는 황금 물결이 출렁이고 군데군데 밀대 모자를 쓴 허수아비들이 바람에 흔들거린다.

남편과 여행을 떠난다면 얼마나 좋을까. 그는 왜 내 곁을 그렇게 빨리 떠나야만 했을까. 함께한 지난날이 떠오르니 남편이 몹시 보고 싶어진다.

아들이 초등학교 2학년, 따뜻한 봄날이었다. 해라는 전화 한 통을 받았다.

"여기는 경찰서입니다. 김해라씨인가요?"

"네. 그런데 무슨 일이신데요?"

"장대선씨가 남편인가요?"

"네. 제 남편입니다."

"현장에서 사고가 났습니다. S병원으로 가보세요."

해라는 하던 일을 멈추고 허겁지겁 택시를 잡아타고 병원으로 갔다. 해라는 남편이 있는 곳으로 뛰어갔다. 하얀 천이 남편을 덮고 있었다. 설마 아니겠지. 해라는 하얀 천을 들쳤다. 분명 남편 얼굴이었다. 하지만 남편은 이미 싸늘한 주검으로 변한 뒤였다. 출근할 때 미소 짓던 모습은 보이지 않았다. 해라는 그 자리에 주저앉아 버렸다. 이 세상에 피붙이라고는 어린 아들밖에 없다. 미래를 꿈꾸며 차곡차곡 쌓아둔 당신과의 약속은 어찌하란 말인가. 해라는 미친 듯이 밖으로 뛰어나왔다. 해맑게 떠가는 구름을 붙잡고 묻고 싶었다.

―엄마는, 내가 엄마없이 얼마나 힘들게 살아왔는지 알아? 간신히 좋은 사람 만나 애도 낳고 행복했는데… 이제는 남편도 없이 살라구?―

부모님과 행복하게 살던 고향길로 접어들었다. 시골 장날 버스가 비탈진 산언덕에서 굴러버렸다. 해라는 그 사고로 부모님을 잃고 하루아침에 고아가 되었다. 겨우 초등학교 3학년 때 일이다. 그날을 상기하면 가슴이 미어진다. 지금은 사고가 났던 그 언덕길 옆으로 쭉 뻗은 이차선도로가 생겼다.

남편이 떠나자, 시어머니는 해라 혼자 살기가 버겁겠다며 시골에 내려오지 말라고 하셨다. 시어머니는 제사와 명절은 둘째 아들이 지내도록 했다.

마을에 도착한 해라는 아직 시어머니가 살고 계시는 집으로 향했다. 좁은 골목들이 자동차가 다닐 수 있게 잘 포장되어 있었다. 30가구 정도 되는 마을은 아담하고 포근한 느낌을 주었다. 아버지 땅이 한 뼘이라도 남아있었다면 나는 아버지의 땅으로 귀농했으리라. 대문 옆 감나무에는 수줍은 새색시 볼처럼 발갛게 익은 감들이 주렁주렁 매달려있다. 해라는 대문을 밀고 들어갔다. 시어머니는 고구마 줄기를 손질하다 말고 벌떡 일어나 뛰어왔다.

"내 새끼. 어쩐 일이냐?"

"어머니 보고 싶어서 왔어요."

"손자도 잘 있냐?"

"회사 일이 바빠서 함께 못해 죄송하다고 할머니께 전해 달라고 했어요."

해라는 시어머니를 시어머니는 해라를 꼭 껴안았다. 시어머니의 손등은 햇볕에 까맣게 그을렸고, 손톱도 고구마 줄기에 물들어 거무죽죽했다. 해라는 자동차 트렁크 문을 열고 화장품과 고기를 꺼내 방으로 들어갔다. 시어머니는 시골 어르신 같지 않게 집 정리를 잘하고 사신다. 안방 벽에는 누렇게 변색 된 해라 아들 돌 사진과 가족사진이 걸려있다. 사진 속에서 해 맑게 웃고 있는 남편이 무척 보고 싶다.

"어머니, 돌사진을 지금까지 벽에 걸어 놓았어요?"

"내가 죽을 때까지 걸려있겠지."

된장국을 끓여서 시어머니와 저녁을 먹었다. 고구마 줄기를 마저 손질하고 TV를 켰다. 시어머니가 좋아하는 가요무대에서 젊은 가수가 나훈아의 '고향역'을 구성지게 부르고 있다.

"시아버지가 생전에 좋아하셨던 노래구나."

"아버님이 그리우세요?"

"가끔 생각나기도 하드라. 젊은 너는 오죽하겠냐? 더 늦기 전에 좋은 사람 있으면 가거라. 벌써 너 나이가 50이 넘었지?"

"생각해 볼게요."

해라는 건성으로 대답하여 시어머니의 더 이상의 질문을 막았다. 시어머니는 따로 이부자리를 펴 주었다. 해라는 시어머니와 같이 자겠다고 고집을 부렸다. 시어머니는 자리에서 일어나 샤워하고 옷을 갈아입었다. 그리고 로션을 손바닥에 두어 번 탁탁 치더니 얼굴에 문질러 바르고 해라 곁으로 왔다. 시어머니 모습에서 엄마가 사무치게 그리워졌다.

부모님이 살아 계실 때 시아버지는 해라 집 머슴이었다. 부모님은 성실하게 일하는 머슴에게 큰 논배미를 주셨다. 그 논배미로 시어머니는 살림을 일구고 사셨다.

"내 새끼. 아버지 땅 팔지 않았으면 부자로 살 텐데. 땅 몽땅 팔아서 부산으로 이사 간 작은아버지는 잘사냐? 나쁜 사람이야. 나쁜 사람이고 말고."

시어머니는 아직도 부모님 땅에 미련이 남아있는지 흥분을 가라앉히지 못하셨다.

작은아버지는 키도 크고 체격이 좋았다. 아버지와 다르게 배짱도 두둑한 사람이었다. 피부가 까무잡잡하고 건들건들 걸을 때 보면 꼭 깡패 두목같이 무서웠다. 아버지는 술도 좋아하지 않았고 소심한 편이었다. 작은아버지는 술을 즐기셨고 여자를 좋아했다. 작은어머니와 사흘이 멀다 하고 싸울 때면 여자가 단골손님으로 등장했다. 부모님 장례를 치르자마자 작은아버지는 해라 집으로 이사했다. 여유롭게 머슴도 두고 살았다. 그 당시 해라는 너무 어려서 작은아버지에게 부모님 재산에 대해 거론할 수 없었다.

고등학교 2학년 초여름으로 기억한다. 대문으로 들어서다가 마당에서 서성거리던 작은아버지와 마주쳤다. 해라는 가볍게 인사하고 방으로 들어갔다. 옷을 갈아입고 있는데 갑자기 문이 확 열렸다. 작은아버지는 아랑곳

하지 않고 후다닥 방으로 들어왔다. 그리고 해라가 벗고 있는 교복을 방 구석진 곳으로 던져 버렸다. 해라는 앞가슴을 안고 부들부들 떨었다. 작은아버지는 해라를 안았다. 속옷을 우지직 벗겨버렸다. 작은아버지 손이 앞가슴을 더듬고 입술을 포개려고 하는 순간 해라는 숨을 쉴 수가 없었다. 눈물이 주르르 흘러내렸다. 그 눈물이 작은아버지 손등으로 뚝뚝 떨어졌다.

"내가 그렇게 싫으냐?"

속삭이듯 말하는 목소리에 진저리가 쳐졌다. 막걸리 구린내가 진동했다. 구역질이 나왔다. 작은아버지는 체념한 듯 해라를 한참이나 노려보다가 밖으로 나가 버렸다. 해라를 두고 먼저 떠나버린 부모님이 원망스러웠다. 그 이후에 작은아버지와 마주친 일이 거의 없었다. 해라는 고등학교를 졸업하고 서울로 독립할 수 있도록 작은아버지 딸인 사촌 언니에게 부탁했다. 이 집에서 해라를 아껴주고 사랑해 준 유일한 사람이었다.

몇 달 후 작은아버지와 언니는 서울 변두리에 방을 얻어 주며 이불과 필요한 생필품을 사주었다. 사촌 언니는 더 좋은 방으로 얻어 주지 못해 미안하다며 해라를 꼭 껴안고 눈물을 흘렸다. 사촌 언니는 작은아버지가 해라 부모님 재산을 가로챈 사실을 아는 것 같았다.

두 평 남짓한 방에 누웠다. 천장의 퇴색한 벽지 위로 개미가 열을 지어 지나갔다. 귀 옆으로 흐르는 물줄기가 베개 속으로 스며들었다. 하지만 자유를 찾았다는 설렘도 있었다.

비가 자박자박 내리는 일요일이었다.

"해라야. 해라야."

작은아버지 목소리였다. 부엌문을 사정없이 두들겼다. 가슴이 조이고 다리가 바들바들 떨리는 해라는 망설이다가 문을 열었다. 악취가 코를 자극했다. 부뚜막을 딛고 방으로 들어선 작은아버지가 말했다.

"어떠냐? 시골집보다 좋으냐?"

"아니요. 작은아버지 집이 더 좋지요."

해라는 떨리는 목소리로 마음에도 없는 대답을 했다. 작은아버지가 무서워서 쳐다볼 수 없었다. 작은아버지는 번개처럼 다가와 해라를 끌어안았다.

"부탁이에요. 아버지를 봐서라도 저를 놔 주세요. 제발요."

해라는 죽기밖에 더 하겠냐는 배짱이 생겼다.

"차라리 죽이세요. 죽여요. 우리 아버지를 생각하면 어떻게 작은아버지가 이럴 수 있어요."

작은아버지 가슴 속에서 소리치고 발버둥을 쳤지만, 아무런 대답이 없었다. 정적이 흐르더니 작은아버지는 해라를 한 손으로 힘차게 밀쳐 버렸다. 해라는 벽에 부딪히면서 방바닥으로 떨어졌다.

"못된 가시나. 여기서 아버지를 왜 들먹거려? 맥 빠지게. 이런 년을 조카라고 안타까워서 집 사주려고 올라온 내가 병신이지."

작은아버지는 코를 씩씩거리면서 말했다. 그리고 컥컥거리더니 가래침을 부엌 바닥에 내뱉었다. 작은아버지는 앞가슴을 두어 번 툭툭 치고 벼락같이 문을 열고 사라져 버렸다.

이 엄청나고 무서운 사건을 시어머니가 알면 부모님 땅 이야기를 더 할 수 있을까. 이 기막힌 아픔이 해라 가슴속에 돌덩이가 되어 묻혀있다. 이 무거운 돌덩이가 조각조각 부서질 날이 있을까.

－엄마. 지금 어디세요?－

아들에게서 메시지가 왔다.

－여행 가는 길에 할머니 집에 왔어. 할머니가 아들 많이 궁금해하신다. 연락드리렴.－

세상에 하나뿐인 보물 같은 내 아들. 남편이 가고 20년을 넘게 살면서 단 한 번도 얼굴을 붉힌 적이 없었다. 시어머니는 해라 옆으로 오더니 손을 만지작거렸다. 부모님 살아 있으면 공주처럼 곱게 살았을 텐데 여태 고생만 하고 살았다면서 긴 한숨을 몰아쉬었다.

꼬끼오. 꼬끼오. 정겹게 새벽을 알리는 소리에 해라는 눈을 떴다. 방 밖으로 나와보니 시어머니는 밭에서 수확한 것들을 차곡차곡 박스에 담고 있었다. 해라는 방으로 들어가 미리 준비한 하얀 봉투를 TV 옆에 놓았다. 아침을 먹고 차 시동을 걸었다. 언제나 변함없이 다정다감한 시어머니를 뒤로하고 해라는 갯벌 바다로 향했다. 도로가 옛길을 찾아볼 수 없을 만치 변했고, 갯벌 바다는 평야가 되어 있었다. 이렇게 변해 버리다니. 갯벌 사건이 순식간에 스쳐 갔다.

초등학교 5학년 때 일이다. 산야는 빨간 사과처럼 곱게 물들었다. 아주머니들이 즐비하게 늘어서서 대바구니 들고 썰물 때를 기다려 바다로 나갔다. 해라도 언니를 따랐다. 넓은 바닷가 갯벌에는 여기저기 뛰어다니는 짱뚱어, 슬금슬금 기어 다니는 게, 그림을 그리듯 지나가는 고동. 갯벌 위에서 펼쳐지는 그 모습은 장관이다. 어쩌다 구름이 햇살을 품고 잔잔한 미풍이라도 스치면 정말 시원하다. 아주머니들 곁에서 멀리 떨어져 있지 말라고 언니는 늘 말했다. 그날도 여전히 해라는 짱뚱어도 잡고 빨간 집게를 쫓아다니며 놀았다. 주위에 아무도 없이 혼자 있는지도 몰랐다.

"해라야, 빨리 나와. 물이 들어오고 있어."

저 멀리 바다 갓길에서 언니와 아주머니들이 발을 동동 구르며 소리쳤다. 바닷가 고랑을 보니 물이 넘실거리며 차오른다. 머리부터 발끝까지 뻘로 뒤범벅이 된 해라는 창백해진 얼굴로 푸들푸들 떨었다.

"언니! 언니야! 물이 계속 들어와. 나 무서워. 나 좀 데리고 가."

눈물마저도 멎어버린 애타는 심정을 알았는지, 지나가는 아저씨가 허겁지겁 바다로 뛰어들어 해라를 안고 바다 갓길로 나왔다. 해라는 시퍼렇게 질려서 땅에 쓰러지고, 언니는 눈물범벅이 된 얼굴로 해라에게 달려왔다. 그 아저씨는 심호흡을 서너 번 하더니, 유유히 사라졌다고 한다. 해라는 바닷물이 차오르던 그 무서운 순간이 뇌리에서 떠나지 않았다. 몸이 불덩이가 되어 학교도 결석했다.

일주일 만에 학교에 간 해라는 수업이 끝나고 마을 친구들과 집에 가는 길에 바다에서 일어난 무서웠던 이야기를 했다. 친구 중 한 명이 걸음을 멈추고 해라를 빤히 쳐다봤다.

"며칠 전에 내 짝꿍이 말했어. 밀물이 들어와 바다에서 나오지 못한 여자아이를 아버지가 구해주었다고. 하마터면 큰일 날 뻔했다고. 가족들에게 바다는 늘 조심해야 한다고 몇 번이고 말씀하셨다고 했어."

"정말? 너 짝꿍이 그런 말을 했어?"

다음날 해라는 학교에서 그 친구를 보았다. 그 친구는 친구들에게 가족 이야기하면서 해맑게 미소를 지었다. 부모님을 그리워하며 사는 해라는 아빠 엄마가 있는 친구들이 늘 부러웠다. 그 부러움 때문인지 질투심 때문인지 해라는 그 친구에게 먼저 다가가지 못했다.

30년이 지난 일들이 방금 일어난 사건처럼 생생하게 떠오른다. 해라는 둑 방위에 승용차를 세웠다. 해라가 죽을뻔했던 갯벌 바다는 개척되어서 평야가 되었다. 들녘에는 벼들이 누렇게 물결쳤다. 참새들은 창공을 휘젓고 벼 위를 맴돌다 나뭇가지에 대롱대롱 매달렸다. 조잘대는 소리가 제법 시끄럽다.

해라는 그 아저씨가 사는 마을을 향해 달렸다. 마을에 도착한 해라는 부둣가에 차를 세우고 언덕을 올라갔다. 야산을 등지고 있는 마을은 잘 익은 대추들로 시선을 사로잡았다. '민박'이라는 간판이 눈에 들어온다. 해라는 대문을 밀쳤다.

"방 있어요?"

"우리 집은 온돌방이에요."

"좋아요. 집 앞에 차 세워도 되나요?"

꼬마 아이가 아주머니 등에서 내려와 고개를 끄덕인다. 차를 가지러 부둣가로 다시 내려가는 길을 꼬마 아이가 걷고 뛰면서 앞장선다. 해라는 차 조수석에 그 아이를 앉혔다.

"이름이 뭐야?"

"재미."

묻기도 전에 손가락 4개를 꼼지락거리면서 펴 보인다.

"재미, 4살이야?"

고개를 위아래로 흔든다. 대문 앞에 차를 세우고 근처 슈퍼로 갔다. 재미가 좋아하는 아이스크림과 과자 몇 개를 샀다.

"며칠이나 있을 거요?"

"하룻밤만 신세 좀 질게요."

아주머니는 방을 안내해 주었다. 나무로 된 옷걸이가 방구석에 서 있고, 이불이 잘 정돈되어 있다. 오랫동안 방을 사용하지 않았는지 창틀에는 먼지가 쌓였다. 캐리어를 놓고 창문을 활짝 열어 환기를 시켰다. 해라 가슴 속도 시원하게 정화되었다. 둑방을 기준으로 오른쪽은 붉은 태양에 물든 황금 물결이 출렁이고 왼쪽 바다는 흰 물보라가 피어오른다. 해라는 바다를 향해 '좋다! 좋아!' 소리쳤다. 꼼지락거리는 소리에 뒤돌아보니 재미가 아이스크림을 흘리며 먹고 있었다. 머리카락을 양 갈래로 묶은 재미 눈동자는 유난히 까맣고 반짝였다. 인형처럼 예쁘다. 순간 해라는 재미가 내 딸이었으면 좋겠다는 생각이 들었다.

"아주머니, 재미 데리고 바닷가 구경 다녀와도 될까요?"

"할무니, 재미 갈거야."

재미가 먼저 신발을 신고 나섰다. 아주머니는 재미에게 손님 힘들게 하지 말라고 눈짓하신다. 해라는 재미 손을 잡고 선창 밑 좁은 길을 걸었다. 잔잔하게 일렁이는 파도가 햇빛을 받아 별처럼 반짝인다. 야산으로 올라가는 길섶 옆 조그마한 바위 위에 재미가 앉았다.

"재미야, 엄마는 어디 갔어?"

"엄마, 돈 벌어서 인형 사서 온다고 할무니가 그래."

해라는 재미 옆에 앉았다. 재미는 기다렸다는 듯이 해라 무릎에 누워 슬며시 눈을 감았다. 해라는 잔잔하게 출렁이는 바다를 바라보면서 지나온 날들을 반추했다. 어느덧 해가 지고 붉은 노을이 눈앞에 다가왔다. 처음 길이라 그런지 무서움이 밀려온다. 해라는 재미 머리카락을 넘겨주었다. 작고 귀여운 손으로 눈을 비비고 일어난 재미는 해라 등 뒤에 섰다. 등으로 얼굴을 파묻는 재미가 귀여웠다. 해라는 재미를 업고 민박집으로 가는 길이 제법 힘들었다. 도착하니 아주머니는 저녁 준비해 놓고 기다린 모양이다. 튀긴 생선, 호박 나물과 김치로 한 상이 차려졌다. 아침을 시어머니 집에서 먹고, 재미랑 사 먹은 빵이 오늘 해라가 먹은 음식 전부다. 허기진 해라는 단숨에 밥 두 그릇을 해치웠다. TV를 켰다. 연속극을 보고 9시 뉴스가 끝나도 또 다른 가족은 아무도 오지 않았다. 해라는 샤워를 하고 잠자리에 누웠으나 눈이 말똥말똥했다. 해라는 벌떡 일어나 가디건을 걸치고 밖으로 나와 와상에 앉았다. 뚜르르 뚜르르 귀뚜라미 우는 소리가 유난히 정겹게 들렸다.

"잠이 안 와요?"

"네. 부둣가에 가고 싶은데 무서워서 이렇게 앉아있어요."

"같이 가주면 좋겠는데, 재미가 자다 일어나면 할매를 찾아서."

"재미 엄마는 어디 갔어요?"

"어느 날, 마을 사람들과 게를 잡고 집에 와보니 재미가 얼마나 울었는지 목이 쉬어 있었소. 놀라서 재미를 안고 보니 바닥에 종이 쪼가리가 있었소."

— 어머니, 죄송합니다. 재미 부탁드릴게요. —

"아들이 고등학교를 졸업하고 놀고 있었소. 마침 서울에서 내려온 이웃집 형에게 사정했소. 내 아들 좀 데리고 올라가 달라고. 내가 딱했는지 아들을 데리고 갑다. 서울로 올라간 아들은 형이 소개한 공장에 취직했다고 합다. 2년이 지난 어느 날 직장을 그만두고 여자를 데리고 집으로 왔소. 며칠 동안 말없이 여자와 여기저기 돌아다니더니 아들이 말합다. 통통배 한 척만 사 달라고. 그러면 이 여자와 결혼하고 마음잡고 살아 보겠다고. 남편도 어부로 살다가 사고로 세상을 떠났는데, 아들이 배를 사 달라고 해서 두려웠소. 그래서 소리치며 싸우고, 또 싸우고. 울면서 달래고 사정도 해보고 전쟁 같은 며칠이 지나도 아들은 끄떡없습다. 자식 이기는 부모 없다는 말이 그때 이해가 됩다. 저도 어쩔 수 없습다. 그동안 근근이 모아두었던 돈과 농협에서 대출받아서 배 한 척을 사주었소. 같이 온 아가씨는 고

아라고 합디다. 내 아들을 따라 이 시골까지 내려와 준 것이 기특하고 고마워서 소박하게 결혼식도 해주었소."

아주머니는 지난날들을 회상하는지 한참 동안 말없이 허공만 바라보았다.

"그날도 파도가 잔잔해서 통통배를 타고 아들이 바다에 나갔소. 점심을 먹고 있는데, 갑자기 시커먼 먹구름이 바다 위를 덮치고 비바람이 휘몰아쳤소. 순식간에 어두컴컴한 날씨로 둔갑합디다. 무섭게 돌변한 파도가 사람을 삼켜 버릴 것 같았소. 너무 무서웠소. 다음 날, 어제 무슨 일이 있었나 싶을 정도로 하늘에는 해가 뜹디다. 그 무서운 파도는 언제 있었냐는 듯이 사라지고 평화롭고 잔잔한 파도만 출렁 입디다. 바다로 뛰어들어 내 아들을 찾고 싶었소."

아주머니에게 이런 기막힌 사연이 있을 줄이야. 시간은 돌덩이를 가슴에 묻고 사는 아주머니 마음도 알지 못하고 흘러간다. 밤이 소리 없이 깊어간다.

"그나저나 손님은 여기를 어떻게 알고 왔소?"

"제 고향이 여기서 가까워요. 30년 만에 찾아왔더니 도로가 잘 정리되어 있고, 갯벌 바다가 드넓은 논으로 변해있더라고요."

"갯벌 바다를 개척해서 어촌마을 사람들이 부자로 살고 있소."

"저는 30년 전에 갯벌에서 짱뚱어와 고동 잡고 놀다가 밀물이 밀려와 죽을 뻔했어요. 지나가던 이 마을 아저씨가 저를 바다에서 구해주어서 지금까지 살고 있어요. 요즘 그 아저씨가 꿈에 자꾸 나타나서 여기에 와봤어요."

"그런 일이 있었소? 그 아저씨 성이라도 알아요? 내가 이 마을에 세 번째로 들어와서 원주민이나 다름없어요. 모르는 집이 없어요."

"그저 아저씨라는 것만 알고 있어요. 아주머니, 재미는 유치원에 다니나요?"

"이 마을에 유치원은 없고, 저 산밑에 학교만 있어요. 내 나이가 일흔이 훌쩍 넘었소. 저 불쌍한 재미를 학교에 보낼 생각만 하면 마음이 저려와요.

재미에게 피붙이는 이 할매 밖에 없는데."

아주머니의 무너지는 한숨 소리를 타고 구슬 같은 눈물이 희미한 불빛에 반짝였다. 해라는 방으로 들어왔다. 불을 켜고 창밖을 바라보았다. 밀려오는 파도 소리가 귓가에 맴돌다 사라지곤 했다. 어둠이 싫어서 불을 끄지 않고 잠자리에 누웠다. 새벽을 알리는 닭 울음소리에 눈을 떴다. 세상이 다 변해도 닭 울음소리는 30년 전이나 지금이나 똑같다는 생각에 해라는 입꼬리를 말아 올렸다. 방 앞에서 바스락거리는 소리에 해라는 문을 열었다. 재미가 방으로 들어왔다.

남편은 생전에 경제적 여유가 생기면 배움을 갈구하는 학생들에게 도움을 주면서 살자고 늘 말했다. 해라 역시 그런 삶을 살기를 원했다. 어느새 그 꿈을 이루면서 살 나이가 되었다. 아들도 독립했다. 남은 시간을 재미랑 살고 싶다. 해라는 재미를 안고 세면장으로 갔다. 머리를 감기고 목욕을 시켰다. 재미는 엄마가 보고 싶다고 이슬 같은 눈물을 뚝 떨궜다. 마음이 아팠다. 해라는 재미를 왈칵 껴안았다. 방으로 들어가 머리카락을 양 갈래로 예쁘게 묶어 주었다. 아주머니가 차려 준 아침을 먹고 집을 나섰다. 아주머니는 해라에게 하고 싶은 이야기가 많은지 아쉬워한다. 생선 말린 것들을 봉지에 싸 주었다. 해라는 재미를 안아서 한 바퀴 빙그레 돌아주고 만 원 한 장을 주었다. 해라는 눈물이 나올 것 같아서 서둘러 차에 올라탔다. 마을 골목길을 따라서 산 밑에 있는 초등학교를 둘러보았다. 서울로 올라오는 내내 재미 모습이 떠나질 않았다. 집에 도착한 해라는 아주머니 집으로 전화를 걸었다. 긴 줄을 타고 엄마를 찾는 재미 목소리가 들린다. 해라는 목이 메어서 살며시 수화기를 놓았다. 해라도 엄마가 사고로 세상을 떠났을 때 엄마 품이 그리워서 울었던 생각이 스쳤다.

주말에 아들이 여자친구와 집으로 왔다. 3년 넘게 교제하고 있는데 결혼까지 갈까. 요즘 젊은이들은 만나고 헤어지는 게 자유로워서 크게 신경 쓰지 않았다.

"엄마, 여행은 즐거웠어요? 할머니도 무탈하시지요?"

"응. 할머니가 아들 많이 보고 싶어 하시더라."

해라는 찻잔을 들고 아들을 바라보았다. 재미의 이야기를 하고 싶었다.

"아들아, 엄마 노후에 어떻게 살지 생각이 많아. 부모에게 외면받은 아이들에게 도움을 주고 싶어. 아들 생각은 어때?"

"엄마, 아이들과 살고 싶어요? 제가 결혼하면 봉사하면서 사신다고 하셨잖아요?"

"어머니, 어려운 아이들을 돌봐 주면 너무 좋은 일이지요. 배 아파서 낳은 자식은 아니지만, 가슴으로 낳은 자식이라고 생각하면 얼마나 예쁘겠어요. 어머니가 아이들을 돌보면서 사시는 게 행복하시다면 저도 도와 드릴게요."

아들 여자친구가 또박또박 야무지게 말했다. 해라는 의아한 표정으로 아들 여자친구를 바라보았다. '내 아들이 여자 보는 눈이 있구나. 내가 며느리 복이 있나?' 해라는 백합처럼 활짝 웃어 주었다.

"엄마, 쉽게 결정할 문제가 아니니까 시간을 두고 고민해봐요. 저도 생각해 볼게요. 그나저나 갯벌에서 엄마를 구해준 아저씨 마을은 다녀왔어요?"

"그 마을 민박집에서 네 살짜리 재미를 만났어. 여자아이인데 할머니랑 둘이서 살고 있더라. 아버지가 사고로 죽고 엄마는 아이를 버리고 집을 나갔더라고. 내가 그 아이를 돌봐 주면 갯벌 바다에서 엄마를 구해준 아저씨에게 조금이라도 마음의 빚을 갚을 수 있지 않을까?"

해라가 하는 이야기가 무슨 내용인지 궁금해하는 여자친구에게 아들은 갯벌 이야기를 자세히 말해 주었다. 아들이 결혼하면 해라도 다니던 직장을 그만둘 생각이다. 외롭게 사는 아주머니와 게도 잡고 고동도 줍고 재미 학교도 보내고. 대 자연을 만끽하면서 살고 싶다.

가을도 지나가고 매서운 겨울이 꼬리를 감출 때 아들 상견례 날짜가 잡혔다. 칙칙하고 무거운 겨울옷들은 거실 한쪽으로 치우고, 흰색 정장을 입고 숄을 걸쳤다. 이대로 봄 여행이라도 떠나고 싶다. 상견례 장소는 조용한 한정식집이었다. 먼저 도착한 아들과 해라는 의자에 앉아 옷매무새를 매만졌다. 잠시 후 여자친구 가족이 들어왔다.

"어머니 오셨어요? 여기 제 가족을 소개할게요. 아버지, 어머니, 고모 그리고 저입니다. 이 집에서 예쁜 외동딸입니다."

"안녕하세요. 이렇게 시간 내주셔서 감사합니다. 저는 어머니와 단둘이 사는 외동아들입니다. 지방에 계신 할머니는 아쉽게도 참석 못 하셨습니다."

세련된 안사돈, 훤칠한 바깥사돈. 인상이 편안해 보이고 느낌이 좋았다. 아들을 30년 넘게 품고 살다가 새 둥지 틀어서 내보내는 해라 마음보다 딸을 보내는 어미의 심정은 더 하리라.

아들이 대학 입학하고 군대 지원했을 때, 부산으로 여행을 갔다. 햇빛에 반짝이는 모래를 밟으며 아들이 해라 손을 꼭 잡았다.

"엄마, 이제 아들도 대학생이야. 내 걱정은 그만하고 엄마도 좋은 사람 만나서 행복하게 살았으면 좋겠어. 혼자 너무 외롭잖아."

해라는 아들을 책임져야 한다는 사명감으로 살았다. 외롭고 사무치게 남편이 생각나면 책을 벗 삼아 살았다. 해라는 가장 힘들고 세상을 끝내려고 했을 때 곁을 지켜준 남편을 잊을 수가 없었다.

아카시아 꽃향기가 가슴으로 스며드는 날 아들이 결혼식을 했다. 폐백이 끝나고 식당으로 갔다. 하객들에게 감사 인사를 하다가 해라는 갑자기 움직일 수가 없었다. 전신이 마네킹처럼 굳어버렸다. '작은아버지다. 호랑이보다 더 무서운 나쁜 개새끼.' 해라는 온몸을 사시나무 떨듯 떨었다. 옆에 있던 아들이 놀라서 손을 꼭 잡았다. 해라는 심호흡을 하고 간신히 평정심을 유지하고 정신을 차렸다. 아들에게 한 번도 이야기한 적 없는 작은아버지를 소개해야 하나 말아야 하나 망설여졌다. 그때 작은아버지 옆에 있던 사촌 언니가 손을 흔들었다.

"해라야, 여기야. 여기."

"어머, 언니 너무 오랜만이에요. 와줘서 고마워요. 작은아버지, 멀리서 와 주서서 감사합니다. 아들아, 작은할아버지야. 부산에서 올라오셨구나."

"안녕하세요. 처음 뵙겠습니다. 이렇게 와 주서서 정말 감사합니다. 행복하게 잘 살겠습니다."

"그래. 축하한다. 해라야, 나 좀 잠깐 보자. 부산에 내려가려면 이제 일어나야겠다."

작은아버지는 식당 밖 모퉁이로 가더니 외투 속 주머니에서 봉투를 꺼내 해라에게 주었다. 세월은 그 누구도 비켜 가지 않았다. 작은아버지 얼굴은 축 처진 소가죽 같았다. 힘없이 듬성듬성 걸어가는 뒷모습이 영락없이 할아버지다. 해라는 전혀 측은해 보이지 않았다.

'항상 젊을 줄 알았어? 지은 죄가 얼마인데 당연히 추하게 늙어야지. 이 좋은 날 누가 반겨준다고 나타난 거야? 또 무슨 짓을 하려고 왔을까?' 해라 머릿속은 원망, 독기가 가득 찼다. 해라는 봉투를 들고 화장실로 뛰어갔다. 봉투 속에는 통장, 도장 그리고 누렇게 변한 편지 한 장이었다.

－형님은 아버지 분신이었다. 형은 아버지가 재산도 많이 주었다. 언제나 형과 비교당했다. 그래서 나는 형을 죽이고 싶도록 미워했다. 형이 사고로 죽었을 때, 나는 슬프지 않았다. 아버지에게 받은 형 재산 모두 내 것으로 만들고 싶었다. 술 취할 때면 조카도 품고 싶었다.

아내가 자궁암 말기로 아픔을 호소하면서 떨리는 목소리로 애원하듯 말하더라. 내 욕심 때문에 이렇게 무서운 병 걸렸다고. 지금이라도 해라 찾아가서 그동안 지은 죄를 사죄하고 빼앗은 형 재산을 돌려주라고 하더라. 고향에 논 한 마지기는 조카 앞으로 등기해 놓았다. 통장에 있는 돈으로 아파트 한 채 사서 살아라. 작은아버지 용서해 달라고 하지 않겠다. 잘 살아라. 미안하다. －

해라는 가슴을 치며 하염없이 눈물을 쏟았다. 끔찍했던 지난 일들을 반추하고 싶지 않았다. 간신히 마음을 추스르고 신혼여행 떠나는 아들을 배

응했다. 모든 행사가 끝나자 긴장이 풀려서인지 눈꺼풀이 무거워졌다. 다음 날 해라는 커피 한 잔을 마시며 통장을 펼쳐 보았다. 서울은 아니라도 경기도권에 아파트 한 채 정도는 살 수 있는 돈이다. 남편 사고로 받은 보상금도 그대로다. 아들 새 둥지 틀 때 주려고 했는데, 결혼 선물로 며느리 폐물만 원했다. 통장 두 개를 펼쳐 보니 해라는 마음이 들떴다. 재미를 돌보면서 새로운 삶을 시작하고 싶다. 아들 내외와 충분한 논의가 필요했다. 일주일 후 아들과 며느리가 신혼여행에서 돌아왔다. 해라는 아이들에게 작은아버지 이야기를 하면서 편지와 통장을 보여 주었다. 편지를 읽은 아들은 한동안 말이 없었다.

"이제야 알게 되어서 너무 속상하네요. 한스러운 일들은 마음속에 담아 두지 마시고 언제든지 말씀하세요. 들어 줄 수밖에 없지만 그래도 저는 항상 엄마 편이니까요. 엄마가 원하는 새로운 출발을 응원하고 도와 드릴게요."

결혼해서 그런가. 아들이 유난히 더 듬직하다. 해라는 활짝 핀 장미처럼 빨간 입술로 미소로 답했다.

해라는 30년을 넘게 다녔던 직장을 정리하고 재미에게 갔다. 아들 내외도 갯벌 바다가 궁금하다고 내려온다고 했다. 해라는 며느리에게 문자로 주소를 보냈다. 마을로 올라가는데 짧은 반바지를 입고 고양이 그림이 있는 티를 입은 재미가 뛰어와서 해라 가슴으로 덥석 안겼다. 재미를 안고 빙글빙글 서너 바퀴를 단숨에 돌았다. 아주머니도 반갑게 맞아 주었다. 재미는 좋아서 팔짝팔짝 하늘 높이 뛰었다. 해라는 아주머니와 이런저런 이야기꽃을 피우는데 빨간 승용차 한 대가 집 앞에 멈췄다.

"엄마, 저 꼬마 아이가 재미예요?"

"응. 귀엽지? 내려오느라 고생했어."

"어머니, 말씀하신 갯벌 바다가 여기였어요? 이 마을이 아빠 고향이에요. 이런 우연이 있다니 놀라워요."

"정말? 사돈이 동향 사람이었구나."

"아빠도 고모도 이 마을에서 학교 다녔다고 했어요. 저 끝에 보이는 빨간 기와집이 할아버지가 살던 집이에요. 1년에 한두 번 할아버지 산소 올 때 머무는 곳이에요."

해라는 사돈 고모가 동창일 수도 있다는 생각에 전화를 걸었다. 초등학교 5학년 때, 같은 반이었던 고모와 이야기하다가 해라는 고성을 지르고 말았다. 하염없이 눈물이 흘렀다. 가슴이 벌렁벌렁 뛰었다. 며느리 할아버지가 갯벌 바다에서 해라를 구해준 아저씨였다.

'세상에 이런 인연이! 이런 인연이 있다니!'

해라는 끝없이 펼쳐지는 바다. 출렁거리는 파도. 붉게 물든 저녁노을을 멍하니 바라본다.